修辞镜像中的历史诗学

张伟栋 著

华东师范大学出版社六点分社 **策划**

海南省哲学社会科学 2012 年专项课题成果

项目编号 HNSK12-6

目 录

第一部分:诗歌中的"历史对位法"问题

第一章:当代诗中的"历史对位法"问题
　　——以萧开愚、欧阳江河和张枣的诗歌为例 …………… 3
第二章:当代诗的政治性与古典问题……………………………… 21
第三章:诗歌的政治性:总体性状态中的主权问题 ………… 43
第四章:对"个人化历史想象力"的校对与重置…………… 54
第五章:"被诅咒的诗人"
　　——关于诗歌地理学的一个反思 …………………… 73

第二部分:历史的镜像与精神症候

第六章:有关诗歌的"当代性"问题
　　——对第二届北京青年诗会主题"成为同时代人"的
　　讨论 ……………………………………………… 85

第七章:"鹤"的诗学
　　——读张枣的《大地之歌》……………………… 102
第八章:语调及其精神症候
　　——读朱永良《另一个比喻》…………………… 123
第九章:经验的符码:历史镜像与缺席之物……………… 138
第十章:挽歌叙事中的"历史对位法"
　　——读张曙光的《岁月的遗照》………………… 158
第十一章:"在无词地带喝血"
　　——阅读多多…………………………………… 172

第三部分:法则与行动的修辞

第十二章:知识考古学视域下的"海子神话"…………… 193
第十三章:孤绝的合唱与行动的修辞
　　——对近十年诗歌的主观观察与简短描述……… 217
第十四章:诗歌观念下的"技艺之道"
　　——阅读蒋浩…………………………………… 230
第十五章:古典的法则与明晰诗意的生成
　　——读李少君《草根集》………………………… 254
第十六章:词语的戏剧
　　——读张尔《壮游图》…………………………… 272

附录一:我与"朦胧诗"论争
　　——孙绍振访谈………………………………… 289

附录二:记忆与心灵

——张曙光访谈 ········· 328

附录三:"为凤凰寻找栖所"

——王家新访谈 ········· 359

附录四:还有多少真相需要说明

——孙文波访谈 ········· 378

参考文献 ········· 398

第一部分

诗歌中的"历史对位法"问题

第一章:当代诗中的"历史对位法"问题
——以萧开愚、欧阳江河和张枣的诗歌为例

一、作为诗歌技艺的"历史对位法"

"历史对位法",是很多学者阅读荷尔德林的诗歌的一个基本思路,作为诗人的荷尔德林一生只发表过七十多首诗歌,但其后期诗歌所建立的伟大诗歌模型,将帮助我们澄清诗歌的众多隐秘源泉,其中的"历史对位法"可以作为一项诗歌法则来认识。和我们今天流行的两种与现实对位的历史观念相比较,一种是"赋予生活以最高的虚构形式"的超越历史观念,另一种是"介入"、见证和改造现实的历史观念,荷尔德林的这种带有"神学"色彩的历史意识似乎没有现实的意义,因而容易被丢弃在浪漫派的废墟,被当作历史的遗迹。在我们这里,因为前者宣称,通过一种更好的想象和更高的虚构来帮助人们生活,生活应该来模仿诗歌,而不是相反,诗人"一直在创造或应当创造我们永远

向往但并不了解的一个世界,因为他赋予生活以最高的虚构形式,否则我们的生活是不堪设想的"①在这里,"审美"和"想象"对人的感性机制的调节而获得的对政治的纠正和校准,被看作是改造现实最好的良药。我们所熟知的80年代"美学热",对政治权威所监管的"感性生活"挑战的成功,也就顺理成章地使其成为我们艺术惯习之一,后经过90年代海德格尔主义语言观念的改造,和欧美众多现代主义诗歌语言实践的夯实,而成为我们流行的诗歌标准之一;后者,介入的历史观念,试图通过介入现实而改变现实,从而使生活变得美好,在我们的诗歌标准里,介入式的写作因此成为衡量诗人的道德感的检测器,因为这种直接作证的诗歌,可以填补愤懑者的空虚感和无力的行动感。这里面所抱有的期许是,当现实中的"黑暗"状态开始诅咒个人的命运,并干涉个人改变自己命运的行动时,现实中就会出现与"黑暗"状态相伴随的紧急状态,这种状态要求个人去打破诅咒和干涉,直接作证的诗歌,就是在这里介入现实的,往往有着愤怒、反对、批判、针锋相对的面貌,并动用历史的名义。这种观念有着强大的历史传统和思想资源,比如儒家的"诗史"观念,左翼的革命诗歌传统,社会主义时期的政治抒情诗传统,"新左派"的全球化理论资源,这些传统和思想资源,在90年代以来的改革进程中,惊人地追上了我们的现实,并被我们作为现实接受下

---

① 华莱士·史蒂文斯《必要的天使》,见拉曼·塞尔登《文学批评理论——从柏拉图到现在》,刘象愚、陈永国等译,第34页,北京大学出版社,2000。

来,成为自我改造和现实改造的蓝图。它之所以被内化为当代诗的一个标准,也完全是出于这种现实的需要。

这里的问题是,如何更真实地来认识这一切,如何更精准地去校准我们的诗歌意识,而不使其沦为派系争论的僵化观念?如果我们承认,诗歌的写作并不是那种单纯地灵感迸发的迷狂行为,一种直接的"神授天启"式的写作,而是经过种种观念和现实的"中介"最终对语言的抵达,正如黑格尔的思想所宣称的,没有无中介的情感和意识,我们对自己和时代的理解和解释,都是经过这个"中介"授权和默许的,那么我们所谈论的诗歌意识终归是一种历史意识。荷尔德林当然在此也无权充当裁判者的角色,赫尔德当年反对将亚里士多德的悲剧观念当作普遍法则的做法,同样适用于我们,但可以将其作为一个例子和参照,这个参照的基本点即在于将这一问题放置在"诗艺"的范畴当中来认识,也就是荷尔德林在《关于〈俄狄浦斯〉的说明》中简略提到的,关于那些不可计算的,但需要确认和知晓其进程的活生生的意义,如何转换为一种可以确定和传授的可计算法则的技艺。在文学领域,真实的事情是,写作总是朝向于对这种可计算法则的探寻,至于诗歌的修辞、风格以及其现实的功效,则是随之而来而衍生的事情,所谓艺术上的进步,在于这种可计算法则的添加或成功地修改、改写。但这并不是那么容易理解的事情,有时候我们理解一件显而易见的事情,反而要困难得多,尤其在相对严密的诗歌体制内,技艺的问题被等同于技术的问题,"伟大的诗"的标准被所谓的新奇的风格、感人、有现实意义的"好诗"标准所替代的时候,"诗艺"因而被当作有着具体规定的实体性概念,而不是功能性的概念接受。

更加真实的事情是,诗人在他自己的时代,和他同时代人一样,也要面对艰深难解的现实和幽暗晦涩的未来,也被笼罩在历史的迷雾当中,就像1649年的弥尔顿一样,一厢情愿地将自己献身给"党争"的事业,实际上也是历史迷雾中的"盲者",诗人永不会是历史的先知,与他同时代人不一样的地方在于,诗人在与历史角力,试图在历史的裂缝中给出未来,尽管这种未来经常是一种回溯性的方式出现的。"历史对位法"就是诗人们在历史的迷雾中,向现实的讨价还价和对未来的计算法则,其轴心则是当下的真正的历史逻辑,正在展开的,塑造我们的现实和未来的具体法则。关于这一点,我们在伽达默尔对荷尔德林的阐释中,可以更明确地看到:"荷尔德林的直接性就是对时代的直接性。他的本质基础是由其历史意识而决定。……荷尔德林的历史意识更多的是当下的意识和对当下中产生未来的意识。……我们的诗人没有一个像他那样仿佛被未来的当下所吸纳。未来就是他的当下,就是他所见的东西,并以诗文形式宣告出来。"[①]着眼于这个"未来的当下"的诗人命运注定是暗淡的,这种对现实当下的拒斥和对"将来之神"歌咏的"非均衡性",注定了诗人与当下的不相容,因为今天的人们试图取悦这个当下的现实,"无论如

---

① 伽达默尔《荷尔德林与未来》,见《美学与诗学:诠释学的实施》,吴建广译,第23页,北京大学出版社,2013。

何都铁了心要去为他们的生存讨价还价,不管跟谁。这是对生命和财产的顶礼膜拜。"①,而这样的现实和历史从来都是战无不胜的,按照本雅明的说法,"它总是会赢",它充满诡计并且也依靠诡计。诗人惟有舍弃当下与未来的均衡性,舍弃"俗世诸神"与"唯一者"的平衡,"在舍弃中借力于真正历史的逻辑,西方的全部历史就向诗人敞开。历史的'深不可测的寓言'与希腊传说的诗学当下走到了一起。"②正如"对位法"在音乐中具有的结构性功能一样,也就是将几个旋律编织成一个整体的技法,荷尔德林诗歌中的"历史对位法",在于借助真正的历史逻辑,从而发明过去和未来的"神学"维度,通过这样一个维度,将历史重新编织成一个整体。

我将以伽达默尔精心阐释的《饼和葡萄酒》一诗,来继续这个问题,在这首诗中,"历史对位法"的取向就在于,这种带有"神学"色彩的历史意识,穷追当下的困厄,在当下的"黑暗状态"和不到场的"缺席之物"之中,从大地上和具体的时间、地点上,寻找解救和救赎的力量,而不是跟随教会里的基督将大地废弃,眼望上苍。这种未来的当下意识,在诗歌中汇集在"夜"这一形象之下,"夜"象征着欧洲诸神远离的时代,在这样的时代,对于未来,现实的计算法则,政治的或经济的,不断拖延这个"当下"的

---

① 雅各布·布克哈特《历史讲稿》,刘北成、刘妍译,第7页,生活·读书·新知三联书店,2009。
② 伽达默尔《荷尔德林与古希腊》,见《美学与诗学:诠释学的实施》,吴建广译,第14页,北京大学出版社,2013。

时间,精明的头脑满足于赢与亏的权衡,也不断制造着"缺席之物","他们被锻接到/自己的忙碌上,在喧嚣的工场里/他们听到的只是自己,这些野蛮者用强力的臂膀/拼命干活,从不停歇,然而怎么干都/没有结果,就如复仇女神,留下的都是可怜着的劳累"(《饼和葡萄酒》,吴建广译)。而诗人则以另外一种计算法则,已经熄灭的"白昼法则",来权衡诸神远离的困苦,并保存和传达神的信息。伽达默尔对此的解释是:"这就是诗人的使命:他是这个时代的领唱者。他唱出未来将要出现的东西。记忆演变成期待,保存演变成希冀"[①]。这种声调对于今天的诗人来说,可能过于高亢,原因就在于它几乎无法实现,它要价太高,我们现实的全面破产,注定我们无法支付这高额的索取,而以这样的观念来衡量今天的诗人,无疑也会被认定是在敲诈勒索。

二、"历史对位法"中的历史观念

这种要价太高的声调,之所以会遭到抵制和苛刻的审查,原因在于我们的语言里那些已经根深蒂固的历史观念在左右着我们。我们归根结底是观念的动物,我们总是通过已知的一切,我们总是通过我们已经学会的一切来选择和行动,我们自身的局限也可以归结为意识的局限,而历史作为未来的通道,已经先行占领我们,历史总是领先于未来,这种领先在于观念的先行预支

---

① 伽达默尔《荷尔德林与未来》,前揭,第26页。

未来。但是这里的关键是,我们与历史的关系并不是唯一的,任何强调历史的唯一方向和道路的做法,我们都可以"单边的历史幻觉"的名义去看待它,"单边的历史幻觉"本身就意味着强调历史的唯一、排他和具有专断性。在今天关于诗歌问题的一些争论中,不难看出这些带有着"单边历史幻觉"的面目而且根深蒂固的历史观念的影响,这些强势的历史观念,是近代以来的历史角力的结果。所以它具有很强的"现实感"并且在现实的展开中深得人心。

其中一种,如弥尔顿一样,会将历史视为"救世"的,以历史的革新来"促使时代摆脱困境",一切的问题都可以交付给历史的下一流程和先进的新生事物来解决,道路是曲折的,但未来一定是光明的,通过铲除阻挡历史前进的势力,我们终将可以赢得未来,是近代以来的主流意识形态。我们知道,在近代意识形态领域,最大的变化是,"历史"战胜了"自然"而被赋予优先的地位,成为行动的最高指南,15 世纪开始的"大航海时代"的冒险活动,精心地将这一法则烙印在人的行动地图上,使那些依据"自然"中的神圣理智来计算现实的"宇宙志研究者仍在这些问题上垂死挣扎"[①]并在未来的几个世纪当中,持续地败给进化论者。关于这一问题,彼得·斯洛特戴克的《资本的内部》一书,有着非常精彩的讨论,在此我不作展开。我要说明的是,在我们的

---

① 杰弗里·马丁《所有可能的世界:地理学思想史》,成一农、王雪梅译,上海世纪出版集团,2008,第 111 页。

语境中,以启蒙和革命的名义所展开的历史滚轴,都可以归还为将历史视为"救世"的目的论观念,余英时的著名文章《中国近代思想史上的激进与保守》,正是对这一历史观念的批评,但是其对"激进派"评述的含混和浅陋之处就在于,没有认识到这种历史观念的根源。在90年代,这篇文章被照单全收,被看作是反激进主义和反乌托邦主义的纲领,以至"激进"和"乌托邦"被当作具有特殊含义的贬义词,镶嵌在我们的词汇表中,而被击碎的历史救赎和救世的观念以弥散的方式回到了现实的底部。当我们的诗歌,不断地以"黑暗","腐朽"、"死亡"这样的修辞进行召唤时,这样的观念就会再一次集结,事实上,我们也似乎期待着这样的集结,似乎诗歌中的那些"愤怒的人"、"厌世者"、"虚无主义者"、"自我毁灭的人"在这样的历史对位法中,在这样的观念集结中,会重新变得炯炯有神、闪闪发光。但我们的困难是,以左派的政治经济学的实用算法和现实斗争的法则,对这些观念的集结,是否会再一次阻隔我们与未来的通道?而以这样的历史观念来看待荷尔德林,他将被钉在高蹈的浪漫主义者的牌匾上,不得翻身。事实上,历史救赎的观念,在我们的时代同样已经变得不可能,正如萧开愚的长诗《向杜甫致敬》向我们显示的:"这是另一个中国。为了什么而存在?/没有人回答,也不/再用回声回答。/这是另一个中国。"

另外一种,如作家卡内蒂的"历史终结论","在某个时刻,历史不再是真实的。全人类在不知不觉中,就突然离开了现实:由此以后发生的一切都被认为是不再真实的;而我们也被认为并没有注意到。我们的任务就是找到那个历史时刻,只要我们没有找到它,我们就得被迫居留在我们当前的毁灭状态中。"①这种对20世纪六七十年代以来的历史逻辑的描述,一度被看作是我们当前历史的最真实的表达,历史不再变化,重复着自身单调的逻辑,荷尔德林在现代的开端处所经历的"大地的突变"、"国家的转向"和"诸神的远离",似乎顺理成章地得到了和解,人对自我的期许,在于自身权利、利益和现实欲望的最大化满足,而这种满足则要仰仗于宪政民主制度和自由竞争的市场经济的完美运作,仰仗于技术对肉体生命缺陷的弥补,也仰仗于流行文化对自我意识的催眠。任何不同于此的历史叙事,任何试图凌驾于人之上的价值,任何神话的企图,都需要被抵押出去,都需要经过欲望法则的换算。或者按照大卫·哈维的理解,人其实是被关押在了这个由资本统治的当下,国家、市场和民主制度在新自由主义的形式下为资本的持续统治保驾护航,资本需要借用国家之手来清除其向前运动的障碍,原教旨主义的、地方主义的、自然主义的或是乌托邦主义的。诗歌在这里不再梦想"历史",而是梦着自我的感官,它被放置在一个安全的位置,小心翼翼地伸展着自己的触角,捕捉时代的气味,而从不把自己的触角伸向于时代之外,因为一切时代之外的东西,都已经急剧贬值,或是像荷尔德林一样,只是一个无法经验化和理性化的空中楼

---

① 转引自《波德里亚:一个批判性读本》,江苏人民出版社,2008,第406页。

阁。而经验化和理性化的现实立场，在这样交给人和诗歌斗争的策略，即将自我的经验和境遇政治化，比如将农村的破败表达为一种政治诉求，包装成一种反抗的哲学，从而获得现实利益的分配；或者将自我的经验和境遇外包给一种理论，即理论化，比如曾一度流行的后殖民理论、后结构主义理论、底层理论等等，从而获得抵抗中心意识形态的姿态和立场。

欧阳江河的作品《凤凰》恰是这一"历史困境"的诗歌摹本。初读这首长诗，立刻会想到另一部与之相似的作品，那就是罗兰·巴特的长篇散文《埃菲尔铁塔》，两部作品的相似之处在于，都动用了"结构"编织网络的功能。这种典型的结构主义方法，在波洛克的绘画中也能找到一个解读的视角，正如画家马立克·哈尔特富有洞察力的表述所说明的："波洛克是第一个抛弃了画架的人，他将画布铺在地上，以便从高处领会画作。这就像是从飞机上看到的一幅风景；而欧洲绘画呢，就像是从火车车窗里看到的景色。"[①]从飞机上的观看，意味着人摆脱自身的位置，从自身之外去观看、俯视自己，因此无一例外地一切都获得了全景地清晰，也无一例外地获得变形的隐喻图像。因此，这个由建筑废料所搭建的"凤凰"与由4800吨钢铁所搭建的"埃菲尔铁塔"一样，在这种结构的网络中，不可能完整地忠实于自身，而变成了"目光、物体和象征"，"一个纯记号，向一切时代、一切形象、

[①] 转引自保罗·维利里奥《无边的艺术》，张新木、李露露译，2014，南京大学出版社，第28页。

一切意义开放,它是一个不受限制的隐喻。"①所以我们看到凤凰漂移在由资本、历史和神迹所构成的网络,而资本、历史和神迹里面全都藏着一个死结,凤凰其实就漂移这些死结的"穴位"中,它虽以徐冰《凤凰》的面目现身,但却是受雇于所有飞翔的鸟儿的形象,所有凤凰的词条,所有当代的逻辑,所有"人之墠"的幻象,它试图集合起这全部,来与天空角力。而这个"天空"也是物化的,"像是植入晶片"的深蓝的晶体,像是同样由技术构造出来的,因而这场角力,完全是技术的比拼。

在萧开愚的《向杜甫致敬》中,诗人试图将自我的经验和境遇政治化,诗人将具体时间和地点上的人和物集合起来,放置在现实的法则里给以换算,那些现实里的漏洞,扭曲的情感,变形的命运,黯淡的前景,就需要另外一个现实的法则给以回答,给以安顿,在诗中,以批判的怒火和冷静的计算发表出来的诉求和伸张,则也需要具体的政治经济关系的解决,因此,诗人总是试图超越现存秩序,而朝向历史,能够重新结构现实的历史被委以重任,成为行动的最高当事人。欧阳江河的《凤凰》,则是将经验和境遇"理论化"的一个结果,诗人试图以"意象"去思考,以"结构"去整合,以"悖论"去论证,"意象"、"结构"、"悖论"也成了欧阳江河"崇高"风格的内部架构,这也伸得他的诗歌像现代德语诗歌一样,偏爱重复,偏爱一种可怕的对称,偏爱词语的断开,偏爱突然的重音

---

① 罗兰·巴尔特《埃菲尔铁塔》,李幼蒸译,2012,中国人民大学出版社,第33页。

和语言的"硬接"。这种"理论化"修辞的内在动力在于,对真的苛求大于对美和伦理的希冀。保罗·策兰在比较法语诗歌和德语诗歌的差异时,曾完整地描述了这种诗歌的重要特征:"我相信,德国抒情诗走的是不同于法国抒情诗的路线,德国诗歌弥漫着德国历史上最阴郁的事物,失去了对于美的信赖而苛求真。因此,德国诗歌的语调一定会收缩,硬化。这门语言尽管在表达上有着不可让与的复杂性,它孜孜以求的却还是用语精准。它不美化,不诗化,它命名,推定,费尽力气要测度给以的和可能的王国。"①

三、当代诗中的三种历史向度

张枣的诗歌并不是最晦涩的,但可能是最容易遭到误解的,他容易被看成是一个唯美主义者,一个躲在自我的装置里逃避现实的享乐主义者,一个沉迷于语言游戏的诗人,这些看法都不能算是错的,在某个方面来看,甚至还是绝对正确的,那就是在完全忽略掉其诗歌中的"历史对位法"的时候。萧开愚和欧阳江河的"历史对位法"代表了当代诗的两个最重要的方向,而张枣则与他们完全不同,如果以荷尔德林作为例子的话,张枣则更接近荷尔德林。在这里,我们可以先做一个简单的比较,萧开愚以"人群"的核心意象所构建的当代历史图景,依靠的是对被深深

---

① 转引自菲尔斯坦娜《保罗·策兰传》,李尼译,江苏人民出版社,2009,第130页。

嵌入当代历史逻辑的个人的修辞化和对这种历史逻辑中的政治经济关系的分析,这种现实的法则,使他能够将当代的形形色色的个人,回收到日常生活的各个层面,并使得他们在现实的漏洞中过度曝光,从而在平面的当代史中凿开一个深渊,它提醒我们必须跳过这缓慢的、忍受的、不真实的一幕,必须有另一幕让我们重新开始,因而"历史"在萧开愚那里更像是剧本,他事先假定了一个更合理的剧本存在,并寻求这个糟糕的、短路的剧本和合理剧本之间的平衡。

> 我痛恨下雪天小孩们躲藏得无影无踪!
> 我谴责电子游戏机和电视系列动画片!
> 长途汽车来了,云絮提起顶篷,
> 汽车轻快地刹车,吱嘎一声,
> 我挤进黑压压的农民中间,
> 这些无知,这些赞叹!
> 这些亲切,这些口臭!
>
> ——《傍晚,他们说》

正是这种平衡感,使得诗人扮演了一个"行动者"的角色,他与现实也处于一种紧张的对冲关系之中,一种带有身体的冲撞、挤压感、血压上升的对冲,而不是那种隔窗遥看,或是聘请一个最高的"第三者"来审视裁决,充当决断。这种紧张的对冲,使得萧开愚的诗歌表现一种"热的",甚至"白热"的气质,他的声调是高的,高过个人的声音,似乎只有这种高于个人的声音才能对历史讲话,他的诗中大量地使用动词,包括将形容词、名词、感叹词做动词化的使用,这些密集的动词,比如在《破烂的田野》中,使得现实变得紧急、迫切。"行动者"角色的意义也就再清楚不过了,在于以"失败的现实"重新赎回历史的救赎功能。欧阳江河在总体上是与萧开愚相反的,他的声调是"冷的",是"深思熟虑"的,他在诗中扮演的是一个"思想者"角色,他擅长在诗中以"符号化"的意象去重组和结构现实,而这种"符号化"的意象被他看作是最能够表现时代本真逻辑的核心意象,熟悉欧阳江河的读者,不难在他的"汉英之间"、"玻璃工场"、"广场"、"市场"、"机器的时代"、"凤凰"等意象设置中,去识别这个时代的基本特征,他忠实于这个时代,并且试图在对时代的总体性表达上去超越这个时代。因此我们可以说,欧阳江河是以"时代"的意象群来构建当代历史的图景,这个"历史"也理所当然地具有高度的隐喻和象征的特征,需要读者通过回溯性的阅读再一次重新结构,但也不会超出这个时代自身具有的含义。

> 从任何变得比它们自身更小的窗户
> 都能看到这个国家,车站后面还是车站。
> 你的眼睛后面隐藏着一双快速移动的
> 摄影机眼睛,喉咙里有一个带旋钮的
> 通向高压电流的喉咙:录下来的声音,

像剪刀下的卡通动作临时拼凑一起,
构成了我们时代的视觉特征。

——《关于市场经济的虚构笔记》

张枣与萧开愚、欧阳江河最大的不同在于,他不和这个历史的"当下"直接周旋,他不寻求在这个"当下"的俗世性与引导诗人的"唯一者"之间的均衡,因此,他不扮演苦闷的厌世者,或是绝望的反抗者的角色,在张枣看来,对当下已经明确的历史逻辑的复述,才是语言的游戏,对自我情绪情感的反复咏叹,才是逃避现实的享乐主义者,对现成诗歌语言的依赖和模仿,才是唯美主义者,而他自己则完全不是。在这一点上,张枣与荷尔德林有着一致的相似性,正如我们前面所讨论的,荷尔德林在面对时代的困厄时,他试图将自己放置于时代之外,借用古希腊"充满生机的关联和灵巧"的白昼法则,来勘探"诸神远离"的空白,他将自己归属于"非俗世的内在性",借用"基督的当下"来探寻"将来之神",而这个前提是,必须要舍弃这个历史当下的俗世性与白昼法则、"基督的当下"之间的均衡性,正如伽达默尔的论证:"诗人表明如此赞同的那种充满痛苦的张力,在这一洞见中找到了他的解答。这个解答的惊人之处恰恰,就是对所期盼的均衡舍弃,恰恰是认清了非均衡性才能接受咏唱祖国的伟大的新任务。"[1]

"历史对位法"是长诗的基本架构之一,没有完整的"历史对

---

[1] 伽达默尔《荷尔德林与古希腊》,前揭,第13页。

位法"的长诗,基本上要面临着失败的准备,因此,张枣的"历史对位法"在其长诗《大地之歌》中,也得到了最为明确的表达,关于这首长诗,我在《"鹤"的诗学——读张枣的〈大地之歌〉》一文中,给予了较为细致的解读,现仅就其"历史对位法"做一些补充性的说明。在这首长诗中,"鹤"与欧阳江河的"凤凰"一样具有至高的统领地位,它负责引导其他的事物和打开事物不可见的关联,从而将一首诗所创造的独特时空,像堤坝一样嵌入到当下的时间之流。但"鹤"与"凤凰"完全不同,它不是我们这个时代要努力搭建之物,它如同里尔克的"天使"一样,是已经遗弃的,被抹平的,它不是我们时代的基座:资本、技术、权力和欲望所搭建的"新"事物,而是远在这个时代之外的,"充满生机的关联和灵巧"的白昼法则所肯定的,所守护之物。因此我们可以看到,"鹤"—"浩渺"—"奇境"—"来世"所构成的中轴线,指向了一种"神话"的历史,像荷尔德林一样,试图使用这种"神话"的历史去测量当代,试图使神话理性化,去挖掘未来。毫无疑问,"神话"的历史是对自然中的神圣理性的回归,但不同于原初神话对自然的象征化视角,这种"神话"的历史,或者叫做"历史神学",容易被看作是虚幻的,是浪漫的诗意政治,正如弗兰克所敏锐地指出的那样,"它的言说没有了超验的基础,附着在它身上的是一些暂时的虚幻之物,是一些假想,是一些预先的准备"[1],因而容易被无情地抛弃。但事实上,它恰恰是"历史救世"观念和"历史

---

[1] 弗兰克《浪漫派的将来之神》,李双志译,第七讲"浪漫派关于新神话的理念",第251页,华东师范大学出版社,2011。

终结论"之外的第三条道路,是对"历史救世"中的激进的人本主义和"历史终结论"中的动物性的人道主义反驳的结果。弗兰克在另一处的判断依然有效,"当西方历史行进到主体获得了全权时,在主体之中就会达到一个转折点,即对自然的重新回归。但是事已至此,自然之中已经没有什么可期待的了,主体自身必须具有生产性。"① 这种生产性,寄希望于"世界的未来命运和历史的继续行进"(谢林),寄希望于对昔日"黄金世纪"的召唤,这在张枣那里表现为对古典性的继承,寄希望于对当下历史逻辑的诊治,正如《大地之歌》的结尾向我们宣示的。

这一秒,
至少这一秒,我每天都有一次坚守了正确
并且警示:
仍有一种至高无上……

这三种"历史对位法"及其背后的观念,基本上可以概括 80 年代以来当代诗的"审美"、"政治"、"伦理"等问题,对这些问题的审视,将会把我们暴露在这样一个真实的处境之中,那就是,我们正处于"后社会主义"的症候之中,既对"革命"、"启蒙"等话语进行解构,又对历史抱有幻想,既对唯一者抱有敌意,又试图寻找"救赎"的可能。一个恰当的例子是,齐泽克的《崇高的意识

---

① 弗兰克《浪漫派的将来之神》,前揭,第 245 页。

形态客体》一书,正是这种"后社会主义"症候的产物,齐泽克对"真实界"的热情,在伊格尔顿看来,既是对大他者的反抗,"同时也是在讽刺性地邀请大众拥抱自己的锁链。"① 这一症候,是朦胧诗以来的当代诗的必经之地,但也是一个新逻辑的起点。

---

① 伊格尔顿《异端人物》,刘超、陈叶译,第 225 页,江苏人民出版社,2014。

第二章：当代诗的政治性与古典问题

一

当代诗人对诗歌的政治性问题，有着足够的警惕，因为我们有过一段诗歌从属于政治的历史，在这段历史当中，诗歌作为政治的奴婢，受到严密的审查制度的监控，听命于某个政党的差遣，并将这种关系绝对化，清除异己和异端，历史在这里打了一个"死结"，但也预留了一个到别处的通道。诗歌作为实现政治理念的工具的做法，已经终结，今天的"政治"也无需诗歌为其摇旗呐喊，与现代传媒对大众的操控与塑造的影响相比，处于边缘和弱势的诗歌，即使摇旗呐喊也无济于事，反而会平添一副谄媚状，今天的"政治"作为"掌舵与弄潮的艺术，作为经济增长和'生产'的自然的和平和的发展，"[①]其实深深受控于资本与技术的

---

① 雅克·朗西埃《政治的边缘》，姜宇辉译，上海译文出版社，2007，第4页。

逻辑和规则,这并不是什么秘密,正像《纸牌屋》所试图理解的那样,"政治"实际上是游刃于资本与技术之间的权力艺术,诗人弗罗斯特在肯尼迪总统的就职仪式上朗诵诗歌,不过是充当了这种权力的润滑剂。那么,我们今天的情形恰好与阿兰·巴迪欧的判断保持了一致,"今天,这些范畴早已烟消云散,化作尘土,再没有人有兴趣在政治上去创造一种新人。相反,各个方面所需要的是保留旧人和各种濒危的动物物种,包括我们古老的玉米;的确,在今天,基因工程的操作可以改变人的物种,它为人的真正变革铺就好了道路。"①这里的重点是,诗歌从属于政治的历史所打下的死结,在今天被我们顺理成章地抹平了,就像是我们20世纪历史在"启蒙与救亡的双重变奏"中获得了安身之所,这些假设的真理逻辑和单边的历史幻觉,却只不过是换了一种面目,继续催生着现实。

在诗人看来,所有的现实问题最后都是语言的问题,正如我们先有了革命的理念,而后才有革命的事业,一个人死心塌地对生命和财产进行顶礼膜拜,他也必然拥抱一种动物性的幸福生活,这就是诗歌中的"语言—历史"机制——有什么样的语言就什么样的历史,或者反过来说,历史也在催生新的语言——因而,"语言"对假设的真理逻辑和单边的历史幻觉的医治,本身就是一种政治,18世纪的"启蒙运动"恰是对语言的修改,而完成了对神权政治的拆解,诗歌与政治的关系,正是在这种"语言—

---

① 阿兰·巴迪欧《世纪》,蓝江译,南京大学出版社,2011,第10页。

历史"机制中,才能避免对诗歌从属于政治的教条,或是诗歌是对政治进行反抗的幼稚病,能够对柏拉图的"高贵的谎言"在历史中的效应有清醒认识的人,会知道这种说法的具体含义是什么。它包含着这样一种认识:将政治的署名权单边地交付给国家机器、政治团体,将政治单纯地理解为经济和社会的治理、权力分配的逻辑、日常生活运行的机制,或者单纯地将为争取政治署名权、持异见者的反抗姿态和批判看作是政治的,都是一种政治幼稚病,历史的死结就打在了这里。一直没有能够得到足够重视的"朦胧诗论争",在这里则扮演了重要的角色。因此我们首要的工作是,将这个问题还给历史。

1980年开始的"朦胧诗论争",最后以"三个崛起"的胜出为结局,其实质是两种诗歌系统的对峙,一种强调诗歌作为"时代精神的号筒"的政治性原则,另一种则强调个人的价值和尊严的审美原则,孙绍振的一个表述,基本上可以帮助我们理解这场争论的实质:"当社会、阶级、时代,逐渐不再成为个人的统治力量的时候,在诗歌中所谓个人的感情、个人的悲欢、个人的心灵世界便自然地提高其存在的价值。"①这里面的两种原则的对峙也显而易见,后者的立场在于,时代与个人之间通道,不能为特定的政治观念所包办,在人道和人性的立场上看,个人的心灵与记忆才是时代的自然通道,才符合人之为人的设想,而特定的政治观念、历史前行的方向等等,则属于单边的历史幻觉,因为这

---

① 孙绍振《新的美学原则在崛起》,《诗刊》1981年3月号。

种单边的历史幻觉是建立在政治与历史的辩证统一的基础上的,而我们的经验事实证明,这种同一是一种误解,好的政治也可能带来一种坏的历史局面,个人不必遵从这种单边的历史幻觉,"心灵只从自身获得法律",这与路德的"因信称义"如出一辙,个人可以不通过教会,而只依靠自己的信仰与上帝建立直接的关系,一个人就是一个教会。无疑,这极大地解放了诗歌,朦胧诗对后来诗歌写作的影响,也正是在这一点上实现的。但问题也随之而来,这种对诗歌的解放,将之从"工具论"的层面松绑出来,也将之放置到了其对立面,正如北岛后来的反思所说明的:"现在如果有人向我提起《回答》,我会觉得惭愧,我对那类的诗基本持否定态度。在某种意义上,它是官方话语的一种回声。那时候我们的写作和革命诗歌关系密切,多是高音调的,用很大的词,带有语言的暴力倾向。"[1]这种回声并不仅限于对官方话语的袭用,而是在于其积极对抗的一面,将诗歌中的抒情主人公从带有阶级立场的"我们",转变为具有自然属性的"我",不仅意味着路德改宗式的调整,同时也意味着重新确立历史的起点。这个历史起点后来也被流行的自由主义思潮所收编和认领,决定了后来诗歌写作的主流倾向。

那么,在"朦胧诗论争"当中,借助这种对立,隐藏的另一个更深层的问题就可以得到一次很好的观察,这个问题是关于新诗的起源问题,作为与古典诗分门别立的新诗,其在起源处,就

---

[1] 北岛《中文是我唯一的行李》,《书城》,2003年,第2期。

奠定了后来诗歌的流变和结构性特征。不过,这里容易产生的误解是,将起源问题与新诗的发生问题混为一谈,将《尝试集》这个开端作为新诗的起源来接受,这种误解源于对历史抱有一种简化的态度。本雅明在《德意志悲苦剧的起源》一书中,对起源问题做出了较为客观的研究,本雅明认为,起源问题并不是一个一次性的开端,而是围绕着开端和发生随之而展开的"矩阵结构",正如译者李双志所阐释的,"作为艺术形式的理念,其起源也不会是既成者的一次性出现,而是一个在历史中展开的聚阵过程"①,这意味着,起源问题只有事物或理念最终完成的终结点上,才可以真正被认识,所以本雅明说:"源初之物是从不让人识别的,惟有双重的洞察才会见识它的出现节奏。这出现一方面应被认识为复辟或者重建;另一方面又应被认作这个过程的未完成者、未终结者。在每一个起源现象中,都会确立形态,在这个形态之下会有一个理念反复与历史世界发生对峙,直到理念在其历史的整体性中完满实现。所以起源并不会从事实性检验中凸现出来,它涉及的是事实性检验之前和之后的历史。"②新诗的理念反复与历史世界对峙的过程中,所初步形成的矩阵结构,在朦胧诗这里,初见端倪。诗人们总是试图摆脱历史的诡计和规则的束缚,却无往不在历史的枷锁之中。以《今天》的创

---

① 见本雅明《德意志悲苦剧的起源》引言,李双志译,北京师范大学出版社,2013,第11页。

② 本雅明《德意志悲苦剧的起源》,李双志译,北京师范大学出版社,2013,第26页。

刊为标志而浮出历史地表的朦胧诗,勾画了后来诗歌的流变和走向,这流变和走向的中轴线,今天可以清楚地识别出来,北岛后来的出版的随笔《时间的玫瑰》为我们指点了这一中轴线的基本图式,就是以现代主义诗歌为其中心,这条中轴线的左边是古典诗歌,右边是新诗中偏重现实主义路向的抒情诗,也包括1949年之后的社会主义诗歌。当代诗的流变基本上是围绕着这条中轴线的摆动。正是在这条轴线上,将近百年的现代汉语诗歌勾画出了三个相对独立的系统或阶段:1917—1949的新诗,1949—1976的社会主义诗歌,1978年开始至今的当代诗。在历史的线索中看,正是因为前两个阶段的存在才催生出了当代诗,它也必然带有两者的历史印记。

第一个阶段的新诗被看作是摆脱了古典诗歌"绝对时间"(高友工)的表象方式,"别求新声于异邦",以"推论的时间模式"来确立新诗书写的现代性品格,废名在《新诗问答》所举的一个例子可以很好地说明,这两种诗歌模式的转变,"我还是拿李商隐来说,我看他的哀愁或者比许多诗人都美,嫦娥窃不老之药以奔月本是一个平常用惯了的典故,他则很亲切地的用来做一个象征,其诗有云:'嫦娥应悔偷灵药,碧海青天夜夜心',我们以现代的眼光去看这句诗,觉得他是深深的感着现实的悲哀,故能表现美,他好像想着一个绝对佳人,青天与碧海正好比是女人的镜子,无奈这个永不凋谢的美人只是一位神仙了。"[①]另外,鲁迅

---

① 见废名《新诗讲稿》,北京大学出版社,2008,第4页。

《一觉》中的一个段落,也是一个很好的例子:"缥缈的花园中,奇花盛开着,红颜的静女正在超然无事地逍遥,鹤唳一声,白云郁然而起……。这自然是使人神往的罢,然而我总记得我活在人间。"①这两个例子中的"兀奈"和"然而"都强调了时间的改变。所谓"推论的时间模式",强调的是变化和历史的生成,"推论的时间模式是相对的,现在和过去或将来形成对比"②,因而,诗歌也与历史保持着一种良好的互动关系,"它是要求写作语言能够容纳某种'当代性'或'现代性'的努力,进而成为一个在语言功能上与西语尤其是英语同构的开放性系统,其中国特征是:既能从过去的文言经典和白话文本摄取养分,又可转化为当下的日常口语,更可通过翻译来扩张命名的生成潜力。正是微妙地维持这三种功能之间的生态平衡,而不是通过任何激进或保守的文学行动,才证实了这个新系统的'活'的开放性,也才产生了有着革新内涵的、具备陌生化效果的生效文本"③新诗的这种书写方式,也确立了现代汉语诗歌的基本表象方式,文言、白话与西语的杂交,塑造了新诗的复杂面目,但其总体的写作成绩被看作是不突出的,"缺乏一种崇高,只有一种迷乱"④,是一种未完成的现代性写作。

---

① 见《鲁迅全集》第 卷,第 266 页,新疆人民出版社,1985。
② 高友工、梅祖麟《唐诗三论:诗歌的结构主义批评》,李世跃译,商务印书馆,2013,第 123 页。
③ 张枣《朝向语言风景的危险旅行》,《张枣随笔选》,人民文学出版社,2012,第 172 页。
④ 张枣《关于当代新诗的一段回顾》,《张枣随笔选》,前揭,第 165 页。

第二个阶段的1949—1976的社会主义诗歌,这个时期的写作被看作是新文学"启蒙神话"的一个极端表象,诗歌对现实的介入与对"乌托邦"的确认,使其与社会主义实践捆绑在一起。诗人张枣将支配这一系统的核心原则视为"太阳神话",为西方启蒙运动中"理性神"的一个变形,因此,"太阳"意象所具有的光明、进步、乐观、明朗的主宰含义,也驱逐了新诗中的阴郁、私密、晦暗、独语的属性,而要求诗歌明确、纯粹、直接、崇高,代表历史进步的方向,诗歌与历史合二为一,也与权力融为一体,因而,词与物之间的含义,是固定而明确的,语言是简单而富有激情的,现实与历史是同一的,产生于"太阳神话"这个系统中"政治抒情诗"也因此被看作是其最高成就,它的评价标准在于历史的真实与行动的至上性,因而也具有排他的特征。但这一时期的写作也被诟病最多,甚至被完全否定,原因在于将诗歌从属于政治的做法,意味着诗歌主权的丧失,意味着诗歌独自担当世界之文学角色的剥夺,从而导致其诗歌写作的失败,"'太阳神话'导致了文学的窒息,这种话语权威导致了一套话语体系,配置这个体系就要有一个说话的调式,一个说话的声音,宏大的。朗读性的、简单的,而不是隐喻的、曲折的、美文的"[①]。

第三个阶段的1978年开始至今的当代诗,以北岛为代表的朦胧诗的出现作为其明确的开端,以对"太阳神话"系统的拒斥和对现代性写作的追求为其开端的原则,用张枣的观念来表述,

---

① 张枣《关于当代新诗的一段回顾》,《张枣随笔选》,前揭,第165页。

就是"当下汉语诗歌,是具有自觉的现代性写作,即先锋诗的写作,是诗歌领域唯一有意义地表达了中国人现代真实主体和心智的写作……一般来讲,现在的文学史写作,以敏感到和显示了这个传统的源头,即以北岛等为代表的朦胧诗。"[①]这一时期的诗歌也因而与西方现代主义诗歌的关系最为紧密。事实上,1978年以来的当代诗,自觉将自己放在"太阳神话"系统的对立面,并追求以"个体"为中心的现代性书写,曾两次被裹挟到文化转型的浪潮中,并也因此沾染了当代文化的某些基本品格。第一次发生在"新时期","文革"结束后的"新时期",以"人性"、"人道"、"现代化"等为基本内容的思想解放运动,塑造了80年代文化的基本品格,其基本内容可以用三个命题来简略概括:1.对专制体制及其"意识形态真理"的解构;2.将被阶级斗争所绑架的"个人"解救出来,重构生活世界的主体;3.以现代化为目标,重塑中国在世界历史进程中的道路。这些内容是立足对"十七"年或"文革"的历史批判为前提的,立足于对"乌托邦"政治和历史道路的不信任和反感,也催生出对任何形式的"左翼政治"、"左翼文学"的敌视和反对,在文学领域,"纯文学"、"诗意"、"审美"、"真实"、"个人的想象"、"文学的自主性"等话语开始获得了中心的位置,并以此建构了具有垄断性的文学体制,对后来的90年代文学具有支配性的影响。80年代的诗歌写作究其影响量力而言,以"朦胧诗"和"第三代诗歌"这两个群体为代表,而所谓的

---

① 张枣《文学史……现代性……秋夜》,《张枣随笔选》,前揭,第193页。

影响力并不能帮助我们确定一个诗人最终的文学价值,仅仅说明的是其作品和其所影响的时期构成了一种互文的关系,最简单的说,就是其作品具有那个时期所要求的文化品格,原因很简单,仅当一个作品,不再作为一个作品,也就是在其传播过程中,胀破了诗学法则的束缚,而能够去介入伦理的、政治的或是文化的法则和内容时,影响才真正开始。因此,我要说明的是,参与了80年代"去政治化"运动的"朦胧诗"和"第三代诗歌",将这一时期的文化品格内化为当代诗诗学体制的一个法则,诗歌对政治的远离、反讽或者解构,意味着诗歌可以保持自身的纯洁性和艺术上的自觉性。所以,对于今天的某些诗人来说,一提到诗歌的政治性问题,他们马上想到的是贺敬之、郭小川的政治抒情诗,或者,诗歌的政治性问题和"文革"问题一样,是已经判决了的,无需再做考虑。

第二次发生在90年代,整个90年代是处于"发展主义"的历史模式的操控之下,其所奉行的"以经济建设为中心"的具体实践,重塑了当代中国的阶层结构、权力结构和文化机制,而究其实质,是在官僚和专家共同治国的前提下,重新对社会角色进行分配。文化机制上最根本的变化是,学院与研究机构、媒体和政府在博弈中共同决定文化的主流价值和生产模式,在这一机制当中,当代诗也难逃被边缘化的命运,原因在于,当代诗的"表象"方式与文化机制的生产模式相去甚远,90年代的文化机制中偏重实证化、经验化、理论化以及并行不悖的娱乐化、消费化、"去政治化"的表象方式,使得当代诗这个异类在民刊、自费出版、网络发表、诗歌节等形式形成的小圈子里自我循环,而无法进入文化机制的生产模式中,也就无法发挥其在80年代的那种影响。正如张旭东对当代一个文化现象的描述,恰说明了这种生产模式的一个基本特征:在今天我们"关于民主的讨论不得不先经过托克维尔或伯克这个迂回,关于社会经济的分析必须求助于韦伯、波兰尼或者哈耶克的行话,为什么知识分子的社会政治看法常常要拐弯抹角地通过海德格尔或是本雅明的语言,为什么大众文化研究要借用詹姆逊或是伯明翰学派那里借用大量的东西。"①在这种机制当中给以"故事"为表象方式的小说留出了一个通道,而诗歌和先锋戏剧,作为一个异类,仅出现在"花边新闻"的报道中,媒体对诗人自杀现象和徐志摩现象的过度消费,倒是说明了其与当代诗的隔膜,甚至当代最好的小说家,都不能真实地了解这个诗歌小圈子在做些什么、想些什么或写些什么。而自成一个系统的,以"斜向地抓取事物"为基本表象方式的当代诗,却也没能逃脱90年代文化氛围的渗透式影响,并将这种影响内化为其诗学体制的一个法则,简单地说,就是对宏大叙事的拒绝,对个人经验和感知的依赖,对日常生活主题的迷恋。

这一原则的确立,也有着后现代主义文化的影响,这一影响是伴随着90年代中国被日渐紧密地嵌入全球资本主义系统的

---

① 张旭东《全球化与文化政治:90年代中国与20世纪的终结》,朱羽等译,北京大学出版社,2014,第49页。

进程而得以实现的。阿兰·巴丢有一个说法,20世纪的现代主义诗歌最终战胜了哲学,成为那个时代最有力的表象形式,那些最富于创造力的诗人,比如马拉美、兰波、佩索阿、里尔克、特拉克尔、曼德尔斯塔姆、保罗·策兰等成为了哲学家最亲密的思想密友,而不是曾经的数学家、物理学家。巴丢所说的这个时代,在20世纪后半期就已经开始衰落,并最终以后现代的形式将其取代,70年代以后兴盛的"自白派"、"垮掉派"、"纽约派",以及以米沃什为代表的东欧诗歌等,都有着反现代主义诗歌的倾向,最明显的区别是其以"此时此刻"的时间取代了现代主义诗歌中的"绝对时间"。米沃什在《反对不能理解诗歌》一文,已将这个转变的轨迹描述得清楚明白,并以"非人性化的诗歌"来指称象征派以来的现代主义诗歌,米沃什据此力争的证据是:"似乎我们是'现代性'这个名目承载的复杂观念陷入崩溃的目击者,在这个意义上,'后现代主义'这个词是适用的。诗歌反正已经变得更谦卑了,也许是因为对艺术作品的永恒性和持久忍耐力的信心已经削弱了,当然,这是鄙视诗歌常规训练的基础。换句话说,不再只是关注它自身,诗歌开始转向外部。"[①]当然,米沃什所说的外部,仅仅指的是具体的事物,是与现代主义的"上帝"、"天使"、"圣女"、"牧羊人"等纯诗意象相对的事物。一直以西方现代主义诗歌为师的当代诗,在90年代也开始悬搁其与现代主义诗歌共享的"存在"主题。

---

① 米沃什《反对不能理解的诗歌》,程一身译,《上海文化》2011年第5期。

二

在新诗所呈现出"矩阵结构"的图式中,我们所谈论的当代诗的政治性问题,就不仅仅是一个诗学的问题,而是新诗的理念与历史世界再一次对峙以及试图实现自身的结果。正如在新文学的开端处的两个重要文献,《论小说与群治之关系》和《摩罗诗力说》所建立的文学与民族国家共同体的关系所显示的,诗歌的政治性问题,首要在于其与共同体的关系,这一关系在1917—1949的新诗阶段,被表象为文学与改良社会的双向互动模式,《摩罗诗力说》中的三个立意:"求古源尽者将求方来之源"、"别求新声于异邦"、"援吾人出于荒寒",则是在这一模式中将诗歌与共同体的命运连接在一起;在1949—1976的社会主义诗歌阶段,这一关系则显露为对"乌托邦"的单向度确认,诗歌与政治理念的同一,诗歌直接是政治本身,则表明这种单向度的确认,是在过度强化诗歌的现实功能的基础上完成的,也必然会激起强烈的反弹。1978年开始至今的当代诗则持有一种"反政治"或"去政治化"的倾向,"政治"与"审美",与"个人生活"的对立,所设置的藩篱,也表现为对诗歌本体的强调,以及将"政治"作为特定的概念来理解。

关于这一问题的讨论,当代诗的批评话语中有这样几种流行的说法:一种认为,诗歌中的政治性体现在诗人在其作品表达出的鲜明的政治观点和政治立场,有时这种观点也可以简化为,诗人应具有苦难与承担意识,在当下的政治生活中,扮演一个对抗的批评者和历史见证人的角色。耿占春的一个说法与这种观念颇为相合:"在'奥斯维辛'之后,我的感情开始怀疑那些玄奥的学术思想:它在感情上不再信任任何关于存在具有言谈或语言话语这一类的语言哲学的幻想。对'奥斯维辛'记忆,语言说了什么? 我感到被压抑着的、沉默着的、痛苦的无言的,不是语言,而是一个人的内心。"①因而,所谓的见证,即在扮演一种真理主体的角色,个人的经验和信以为真的观念,充当了见证的尺度,前提是对"个人的真实"与真诚的确认,以此作为见证的道德基础。这种政治意识在当代诗歌中颇为流行,也不乏具体的作品实践,比如北岛早期的诗作《回答》,王家新的《帕斯捷尔纳克》、桑克的一部分诗歌,如他在《愤怒》中所写:"我越来越愤怒/我一天比一天愤怒。/我一秒比一秒愤怒。/我不想愤怒,我不愿愤怒。/我恨不得满墙写满制怒。/我恨不得变幻出一千双手,/伸到自己的胳肢窝中。/恨不得扯开自己的嘴角,/让它露出一丁点儿的笑容。"②

另一种说法可以用"公共诗歌"这个词语来概括,这个词的使用带有强烈的伦理意味而指向公共生活的正义问题,玛莎·努斯鲍姆在发挥惠特曼的一个诗歌观念时,明确了这个词的具体含义,"关于美国的政治争论,华尔特·惠特曼写道,文学艺术家是

---

① 耿占春《一场诗学与社会学的内心争论》,《辩难与沉默:当代诗论三重奏》,作家出版社,2008,第45页。

② 桑克《愤怒》,见《冬天的早班飞机》,人民文学出版社,2012,第111页。

一个亟须参与其中的群体。诗人是'复杂事物的仲裁人','他的时代和国家的平衡器'。他的强大想象力'看出永恒就在男人和女人身上',而'不把男人和女人看得虚幻或卑微'。"①如果说,见证的诗歌充当了证人的角色,那么"公共诗歌"则扮演了法官的角色,他裁决,并试图给出正义的答案。因此,"公共诗歌"的概念是完全不同于左翼文学中的"介入"诗歌的含义,它并不服务于特定的政治理念,而是将诗歌的文学想象看作是公共理性的一个组成部分,"是因为我觉得它是一种伦理立场的必需要素,一种要求我们关注自身的同时也要关注那些过着完全不同生活的人们的善的伦理立场。"②在我们的诗歌语境当中,年轻的批评家余旸的观点,可以看作是这方面的代表,他认为:"当下,社会各层次的矛盾全方位绽开,各个专业领域内暗潮汹涌,思想极度活跃张扬。诗人作为社会中的一员,不得不在社会生活中积极投入自己的社会政治考量,如果政治不被偏狭地理解为黑暗或专制集权的代名词,而指向改善人与世界的关系,重建社会契约联动性的思考方式的话。"③在诗歌写作方面,则有萧开愚的《向杜甫致敬》、《破烂的田野》、孙文波的《与无关有关》系列诗等作品。正如萧开愚在《向杜甫致敬》的开篇处所写:"这是另一个中国。为了什么而存在?/没有人回答,也不/再用回声回答。/这是另一个中国。一

---

① 玛莎·努斯鲍姆《诗性正义:文学想象与公共生活》,丁晓东译,北京大学出版社,2010,第3页。
② 同上,第7页。
③ 余旸《"技艺"的当代政治性维度》,《中国诗歌评论》2012年复出号,上海文艺出版社,第52页。

样,祖孙三代同居一室/减少的私生活/等于表演;下一代/由尺度的残忍塑造出来/假寐是向母亲/和父亲感恩的同时/学习取乐的本领,但是如同课本/重复老师的一串吆喝;/啊,一样,人与牛/在田里拉着犁铧耕耙/生活犹如忍耐;/这是另一个中国。"①;它指向了一种全景式的观察与仲裁。

第三种观念强调诗歌"反政治"的功能,并将诗歌的"反政治"作为诗歌政治性的基本要义而加以宣扬,这是现代主义诗歌内在逻辑的一个延伸,我们可以参照海德格尔的一个经典判断,做一点说明。海德格尔认为在现代世界,"艺术进入美学的视界之内了"②而摆脱了政治和伦理视界的约束,因此,像萨德这样的作家在古典文学的观念里是难以见容的,但在现代艺术的美学视界之内,却成为经典的文学模式,"根据现代的观点,诗的东西是超越于基本的公共政治关切的;艺术家更接近于反政治的波西米亚而不是政客。只要一说到诗的政治解释,就会要么被怀疑为试图作为意识形态的武器,要么是在输入外来学说"③因此,在这种模式当中,驱动语言和主题的动力并不是来自于法律和道德上的善,而是"感性"或"感知"的美学化。正如苏格拉底试图将诗人驱逐出理想国时给出的理由:"如果你越过了这个界

---

① 萧开愚《向杜甫致敬》,见《此时此地》,河南大学出版社,2008,第149页。
② 海德格尔《世界图像的时代》,《林中路》,孙周兴译,上海译文出版社,2004,第77页。
③ 阿兰·布鲁姆《政治哲学与诗》,张辉选编《巨人与侏儒》,秦露、林国荣、严蓓雯等译,华夏出版社,2003,第112页。

限,放进了甜蜜的抒情诗人和史诗,那时快乐和痛苦就要代替公认为至善之道的法律和理性原则成为你们的统治者了"(607a5—8)①,在这里,我们可以看到的是,美学中的"必要的天使"(史蒂文斯),在法律和道德的正确性之外,而成为政治和伦理的一个调节器和"诗意"的政治决断。它因而也对共同体的基本原则持有一种冷漠的态度,或是对共同体本身就不信赖,奥登所描述的一类诗人,和我们的情况大体相仿:"当在过去的时代还有一个所谓的共同体存在时,诗人的自我发展的直接成果就是诗人的作品,这作品虽然是来自于,至少是部分来自于他生命,无论同意也好,不同意也好,这生命始终是隶属于共同体并且他是作为共同体中的一员而存在的;可是当一个时代里只有大众存在,他的自我发展受不到外部大环境的滋养,结果是,如果他不用自己的自由意志代替共同体去接管指导自己人生方向的这个任务,他的诗歌就会任由个人事件,爱情事件,疾病,亲人亡故等经验摆布,毫无办法。"②另外,关于这种类型的诗歌在语言方面的努力,诗人张枣对后朦胧诗中某种倾向的判断,就是来源于这种观点的一个变形:"当代中国诗歌写作的关键特征是对语言本体的沉浸,也就是在诗歌的程序中让语言的物质实体获得具体的空间感并将其本身作为丰富诗意的质量来确立。"③

---

① 柏拉图《理想国》,郭斌和、张竹明译,商务印书馆,1986。
② 奥登《耐心的回报》,叶美译,《上海文化》2014。
③ 张枣《朝向语言风景的危险旅行》,《张枣随笔选》,前揭,第174页。

这三种观点在当代诗歌写作和诗歌批评中被反复地征用，也都有着强大文学传统作为支持，而成为当代诗歌论争的一个焦点，争论的各方都自以为抓住了当代诗歌的命脉，甚至不惜以大的历史和全称诗歌的名义来贬低对手的诗歌观念和写作，借此来划定和巩固自己的诗歌领地，并且认定自己的领地是处于历史关口中的关隘，尽管这个领地仍然是一个狭小的、最终将被吞没的岛屿。无论这种争论的意义多么重大，诗人和批评家都不得不承认这样一个事实：当代诗歌处于一种被隔离的状态，因而这种争论更像是一个孤独的小圈子内的械斗，而这个被隔离的状态，却被那些急于给社会开药方的学者们认为是，诗人自甘堕落的结果，是诗人丧失了道德感和现实关怀的必然结果。对当代诗歌有所认知的读者，都会觉察到，这个判定也只是隔岸观火。在这一背景下，关于诗歌政治性的讨论，也就不仅仅是诗歌如何回应现实，如何界定诗歌的现实功能的问题，而根本是如何重新定义当代诗的诗学体制以及诗歌的表象方式的问题。诗歌是天才的事业，但也需要足够开放的诗学体制能接受天才的存在。新诗的"矩阵结构"所形成的诗歌系统，以其组织运作方式和评价机制构成我们能够认知的诗学体制，在某种意义上决定着，诗歌的生产、认同方式和想象方式，与其在这些体制间设置路障藩篱，倒不如拆除界限，以拓宽我们的诗学空间。

在"当代诗"的范畴之内讨论诗歌的政治性问题，是基于从新诗的起源问题中，所观察到的一个古典的维度，正如本雅明所着重强调的："在每一个起源现象中，都会确立形态，在这个形态之下会有一个理念反复与历史世界发生对峙,直到理念在其历史的整体性中完满实现。"在新诗的起源问题中,反复与历史世界发生对峙的,正是这样一个古典的维度。所谓的古典维度,指的是与现代主义相反的历史维度,早期的新诗在今天曾被指责为过度的"浪漫主义化","19世纪化",不够现代,其实是忽略了早期新诗诗人试图建立诗歌与共同体以及历史的关联的努力,如果我们忽略了浪漫主义带有神学或乌托邦色彩的历史观念的话。更具体地说,这个古典维度集中体现为,诗是一个民族教化的一部分,"并能提供关涉人类德行和对高贵的生活的热切渴望所必不可少的教训"①,这也是中国古典文学的一个重要向度,所谓"《诗》教也",除却其在道德义理方面的特定含义和目的之外,对我们来说,重要性在于其赋予诗歌在历史、政治和伦理的维度中作为自己民族的立法者的身份。我们知道,作为新文学开端的《论小说与群治之关系》,虽然明显地受到了日本明治政治小说观念的影响,但服部抚松等人的政治小说观念背后,也被证明是有着中国古典小说中"劝善惩恶"理念和经学思想的指引②,这种影响、相关性以及因果关系等,并不是在循环论证中国古典文学的重要性,而是在提请我们注意,这种在现代世界所共享的古典维度,首先着眼的是共同体及其原则问题。因而这种立法者的身份在今天用歌德的话来表述就是:"一个知道自己

---

① 阿兰·布鲁姆《政治哲学与诗》,前揭,第113页。
② 关于这一问题,见旷新年《中国现代文学理论批评概念》,清华大学出版社,2014,第106页。

使命的诗人因而需要不懈地为其更进一步的发展工作,以便使他对民族的影响既高贵又有益"①所以,歌德的训诫:"首先要学习希腊人,永远学习希腊人",与苏格拉底将荷马认定为是希腊人的老师,同属于我们要讨论的这一古典维度。按照米沃什的简明说法则是,诗人应站在"人类大家庭"的一边。米沃什的立论,是建立在对十九世纪中叶以来的现代主义诗歌判定的基础上,他认为"自十九世纪中叶起,诗人就一直是外人,是反社会的个人,至多不过是某个亚文化的成员。这便造成'诗人与人类大家庭之间的分裂和误解'的永久化。"②事实上,当浪漫主义者,将"审美判断力"提升为发动诗歌的核心机制时,这种分裂和误解便已经开始了,如阿兰·布鲁姆所言:"浪漫主义运动兴起以来,对诗的本质的理解有所变化。如今,将诗视为自然的镜子,或者解释说诗在教育什么东西,已被看作是对神圣艺术殿堂的玷污。"③当然,这种观念当中存在某种偏见,考虑浪漫主义本身的复杂性,尤其考虑到诺瓦利斯《基督世界与欧洲》中历史神学的思想,我们应对阿兰·布鲁姆的观点做限定的理解,而将注意力放在"古今之争"的思路上。

中国当代诗的写作,虽然也有一个古典的维度,但基本上局限于远离"教化"的"技艺"层面,其诗歌意识、语言的图式,以及

---

① 《歌德谈话录》,1827 年 4 月 1 日,转引自张辉选编《巨人与侏儒》,第 113 页。
② 米沃什《诗的见证》,黄灿然译,广西师范大学出版社,2011,第 36 页。
③ 阿兰·布鲁姆《政治哲学与诗》,前揭,第 111 页。

主体意志所朝向的"现实"关联,总体上是被现代主义诗歌的逻辑所把持,其与古典之日远,与总体性世界的疏离,使得其对当代的发言和教诲,更像是一个局外人。我们承认,当代诗中有不少的优秀作品和真知灼见,但其灼见依照现代主义诗歌的逻辑来说,往往是以"审美"、"想象"和"主观抒情"来代替判断,诗歌之古典维度要求想象与判断兼备,无想象则语言不富丽堂皇不足以悦人,无判断文字轻率而使人见恶,而其判断则要有政治、伦理和哲学的眼光,现代主义诗歌对现代世界的过激反应,使得"它把宗教、哲学、科学、政治从其领域内清除出去,甚至消灭所有其他艺术分支的方法和倾向可能对诗人产生的影响。"①导致其想象发达,而判断盲弱。因而,这里的诗歌的政治性,所指向的是当代诗的"判断"的一面,也就是与总体性世界的关联问题,而非某个具体的政治理念。无疑,"古今之争"的问题再一次回到我们的视野,正如席勒试图以"素朴的诗"与"感伤的诗"来指认这一问题的基本面目,席勒认为具有古代风格的"素朴的诗","有太接近庸俗现实的危险",而具有现代风格的"感伤的诗",会使"大众在老远就望而止步"②,因为其观念和反思的特征,令一般读者无动于衷。而在今天的现实当中,奥斯卡·米沃什的观点,则将这一问题的逻辑充分暴露出来,并指出了这一问题的未来图景,奥斯卡·米沃什以荷马和但丁来对抗庞德和艾略特代

---

① 米沃什《诗的见证》,前揭,第37页。
② 席勒《论素朴的诗与感伤的诗》,见《席勒美学文集》,张玉能译,2011,人民出版社,第344页。

表的现代主义诗歌,后者被看作是"憔悴的小诗歌只是最后耗尽和衰老时的傻话",以阴郁的末世论情调谈论着所发生的一切,而诗歌的真正希望在于,诗人与人类大家庭的和解,"直到出现一位伟大的、受神灵启示的诗人,一位现代荷马、莎士比亚或但丁,他将通过放弃他那微不足道的自我、他那常常是空洞和永远是狭小的自我,加入比以往任何时候都更有活力、更富生机和更痛苦的劳动大众那最深刻的秘密。"①奥斯卡·米沃什的见解是富有启发和深意的,也直接将当代诗的政治性问题带回到"古今之争"的核心地带,在这一核心地带,如何充实和拓展新诗的"古典维度"则是关键,它理应实现"古今"的和解,并带来一种伟大的诗歌。

---

① 米沃什《诗的见证》,前揭,第 34 页。

第三章:诗歌的政治性:总体性状态中的主权问题

一

几年前,我刚到北京时曾和余旸商议一个杂志,完全是出自于年轻人应有所为的热情和对自身的探索,我们的成长经历相似,当代诗歌和诗歌批评作品是我们最早的启蒙读物之一,周围的诗人朋友也对我们帮助不少,所以杂志的想法便定位为一个独立的诗歌批评杂志。余旸精力充沛,没有交流障碍,他找到了姜涛和冷霜帮助谋划,姜涛答应写一篇关于开愚的诗歌《下雨》的文章,我以为只是临时应承,没想到后来他果然写了一篇长文,就是后来发表的《巴枯宁的手》,商议的杂志最后流产,这篇文章也就成了那些次在小酒馆谈论的唯一成果。我很晚才读到这篇文章,感到其中的话题触及了身处历史关口的一代人的绝望感和突围的欲望。

姜涛的文风一贯细密而果断,《巴枯宁的手》一文的果断则带有很强的思想意谓,我读到诗歌政治性的提法其实夹杂着复杂的现场感和历史的挣扎感,正对应着他对开愚这首诗歌的评价:"指向了一种挣脱当下的可能,一种重建主体的可能……它唤醒了诗歌语言内部沉睡的政治性,正如接通了密布于历史深处的电网。"这种历史的诱惑,令我感到振奋。我曾和姜涛谈过诗歌的总体性状态问题,是有一次在北大小南门外的火锅店喝酒时聊到的,我以庞德的《诗章》作为一个例子谈到诗歌对社会总体性状态的征用,以摆脱当下诗歌的涣散感和歇斯底里的白日梦,我的口头表达能力弱,谈法又笨拙,所以满腔的情感无法喷洒,谈话最后变成了闲谈。在《巴枯宁的手》这篇文章中,我则重新认出了征用我的那种历史挣扎感,当代境况中一种隐秘流行的断头意志,忍耐与等待的缓期执行培育的噩梦,断然拒绝崭新的可能性,问题比比皆是,但写作和思考的主体滞留于空洞的闲谈之中,现代主义诗歌的幽灵们在这里租借他们的替身和代理人。我谈总体性状态也是出于在历史的挣扎感中对停留于我们身上的深渊的眺望。

所以我看重的是姜涛的文章所执行的批判功能,历史的证据和现实的分析都指向了对诗歌的当代逻辑的清理,也就是说,诗歌政治性的提法的批判功能远远大于它的诗歌谋划,它瞄准的是当代诗的现状,有着当局者的洞察和清醒,但有时我却感觉到他没有真正地扣动扳机。文章的重点在第五部分,在这个不太长的篇幅中,姜涛很有效地完成了对90年代以来的当代诗歌的诊断,诗歌的政治性作为开出的一份药方,想要治愈的是当代

诗歌的精神分裂和自大的幻想狂,他有一段比较精彩的描述:

> 在告别之后,这个自觉成年的诗歌主体,虽然还带着苦闷的面具,但沉浸在"影子广场"中,这感觉其实还不错。渐渐地,语言的自信滋生出了自满,在各种朗诵会与酒会上,都能看见他的身影,他的名字也出现在选本和课堂上,他的"告别式"与"成人式"甚至被写进了文学史里,成为稳定常识的一部分。政权的合法性依赖经济的稳定增长,各种流行的批判哲学和娱乐哲学,又乐于拆除各种各样的关联和纽带。渐渐地,他的傲慢与孤僻被推崇风格多样性的时代容忍以至欣赏,他与周围一切的反思性关联,也因日久年深而逐渐失去了弹性。除了一如既往地怨恨于读者的平庸之外,诗人的自由主义没有了真实的对手,他靠了惯性在语言可能性中滑翔,无意间错过了对世界做出真正严肃的判断和解释。

我读这个部分的时候,一直希望姜涛能更绝对一点,但他的药方其实没有给他"绝对"的空间和面具,当代诗歌与各种各样的关联和纽带的隔离,而无法"对世界作出真正严肃的判断和解释",当代诗歌一面怨恨读者的平庸从而保持自我的优越感,一面与周围一切的反思性关联丧失而造成的精神分裂和自大的幻想狂,规定了药方的开法。它期待的是更成熟的心智和广泛的心智联合,从历史的"风景化"中清醒过来,巴迪欧有一个论断:

当代艺术的重大问题是如何避免作一个浪漫主义者,多少和姜涛的想法有相关之处,对现实的清醒在于对"时势"的把握,所以,"介入"和"加入"的意志,给出了诗歌政治性的提示,当代艺术和思想的未来在于在对公共性新的期待中给出一种新的真理:

> 其实,文化公共性的丧失已酝酿了对公共性新的期待。在当下中国的思想和文艺领域,如何在自由主义、现代/后现代之外,构筑一种的新的理论视野,已成为不少人思考的焦点。这不是说儒家的、左翼的、无政府主义的资源可以直接派上用场,而是意味着我们至少应该挣脱当代的逻辑思考,当代的思想和艺术才有未来。正如一代又一代人的实践所显示的,文化创造力来自"时势"的挤迫及观念的重释,需要一种"斡旋实效"的智慧,审时度势,别立门户,以求关键时刻的瞬间出手。这一过程,不是某个领域苦心孤诣可以设计出来,而是需要更广泛的心智联合。当代诗并非因为自身的边缘化,就丧失了对话的可能,其实践性品质的重塑,关键是看它是否有意愿且有能力"加入"进入,加入到当下价值重构的戏剧之中。

诊断和药方画出了一份诗歌草图,价值重构的戏剧为一种新的真理提供了舞台,这些在告诉我们,这并非一个单纯的诗歌问题,或者说诗歌要直接面对我们存在的根基。姜涛在这一点上的成功之处在于,他突破了90年代所描画的诗歌蓝图,将藏匿于其中的孤零零的个体扫描出来,而试图将其改造为保持着真实"触着"的主体。我的理解是,这是一个能够面对大历史的诗歌主体,生机勃勃而富有创造力,对应康德给出的描述,我们能够认识什么?我们能够做什么?我们能够希望什么?算得上是主体的基本内容,它所面对的是世界而不是个人的世界。这并不是个轻松的话题,在当下价值重构的戏剧当中,这几乎是最为紧要的问题,在欲望化的主体被现实经验穿透之后,而只剩下一个涣散的肉身,从而与历史丧失联系,其结果也就丧失了自身存在的现实性,那么保持着真实"触着"的主体是可能的吗?凭借意愿和自觉加入公共性的构建,就能完成诗歌实践性品质的重塑吗?诗歌的政治性如果不沦为一种主观的意愿,它必须给出自己的形式和内容,我觉得姜涛的文章不够绝对,正是在于这一点。历史的焦灼感依然在我们身上,对语言失去的耐心其实需要客观价值的补偿。

二

我还是愿意谈一谈诗歌的政治性问题。早在二〇〇八年春天,在信阳南湾湖讨论萧开愚的文章《诗与新唯心运动》时,这个问题就被谈论过了,但没有共识,萧开愚提出的"善意价值观",更多地是依靠一种契约论式的一致同意,所以也就没有结果。我记得姜涛当时就比较关心破损的主体的重建和联合的问题,

《巴枯宁的手》里面的问题意识和解决之道,我觉得并未超出他在信阳的说法,在那次讨论之后,我想补充一点自己的认识,可以算作是那个讨论的继续吧。

我的观察是,中国当代诗歌三十几年的历史建立起来两个流行的标准:一个是"西方现代诗歌"经典的标准,另一个是"自我真实"的标准,在各种选本和期刊中盛行,大学里的诗歌教育多半也是这样的方式,尽管让人厌烦,却没有有效的替代物。在这两个标准里,已经没有新事物,一些朋友感叹没有新的诗人可翻译,没有大师可供效仿。自我的真实形同虚设。我不止一次听到这样的批评,"这不是诗",背后的逻辑是诗歌写作被这两个标准授权,在当代诗歌这个范畴里,两者都是特定的概念,都在让出自己的主权。看几年来的诗歌写作就知道,诗人们遇到了真正的困难。大量发表那些没有发明的诗歌,的确是证明诗人要依靠体制的帮助。三十几年的诗歌史建立了一个体制,当代诗歌在分有这个体制,而不是分有历史。很多人都清楚,对于当代诗人如何避免作一个体制化的诗人,则是一个非常严肃的艺术问题,在这里,我们会很清楚地看到,体制化所规定的诗歌等级制像激素一样在当代诗的写作中分泌,培育着诗歌的官僚,一篇标准的学院化诗歌评论能够让我们嗅出这种等级制的味道:在这里文学史的权力高于诗歌的主权、诗人的声名大于诗歌、诗歌运动高于诗人的独创、现状大于历史。我无意拆除这样的体制,我乐于看到诗歌技术员们的沾沾自喜,因为诗歌体制愈和国家体制同一,也就在自己颠倒自己的等级制。更应该清醒的是,体制和等级制只在要求风格化的诗歌,对诗人变化的要求,就是来源于对风格风景的迷恋。当代诗的几种风格取向描画出了一份不详尽的诗歌地图:一是从自白派过来带有精神分析症候的日常叙事;一是从白银时代诗人过来的混合着唯美和救赎气质的抒情取向;一是对象征主义和超现实主义的联合改造造就的历史象征取向;一是以浪漫主义为线索,中经现代派的杂糅而形成的审美叙事和历史叙事;一是以西方现代诗和中国古典诗互译为方法的古典取向。而当将这些风格变成方法的时候,就等于把诗歌直接和语言划上了等号。

诗歌是一个语言的问题,也是一个存在的问题,但是两者之间不能划上等号,套用巴迪欧的一个见解:"如果诗歌就是对语言的沉思,那它就不能成功地搬除世界的专业化和破碎化给普遍性设置的障碍。把语言的宇宙当作诗歌的绝对视野来接受实际上就等于接受破碎化和交往的幻觉",问题是我们沉迷于这样的破碎化和幻觉,语言和存在的角度其实在总体性状态中是一个问题,它构成了诗歌的主权,我对此深信不疑,我欣然接受巴迪欧的判断,是因为我所能体验、感受和想到的东西,他比我感受、体验和表达的更好。那么,从诗歌主权的角度来看当代诗,我的理解是:单纯风格化的诗歌,个性鲜明的诗歌是远远不够的,它要求给出文体;在诗歌的写作中单纯具有达达式的反叛勇气是远远不够的,它要求将这勇气兑换成语言的真理;依附于各种理论的诗歌是远远不够的,它要求创制自己的时间,从而使得事件、真理、主体、行动在这一时间内聚集。当代越来越焦虑的诗人何为的问题,则把目光瞄向了存在的问题,"底层写作"和"打工诗歌",只不过是对当代诗片面的矫正,它自身的片面使得这种矫正形式大于内容。我最简单的看法是,在总体性状态中,诗人何为的问题不过是诗人如何让诗歌行使自己的主权,诗歌分有历史。如果我们不把诗歌的政治性问题单纯地看作是对现实的应对的话,那么诗歌分有历史,应该是这一问题的核心内容。在这里,我重新使用了柏拉图的分有概念,这种形而上的企图和对总体性的热爱,是想毫无保留地投身对当代语境中的断头意志和虚无意志的抵抗,意图在于瞄准还在增殖的总体性,因而这里的历史所指就是,我们所处身的总体性。诗歌分有历史也就提供给我们其主权的边界。

三

让我们假设一下我们所处身的总体性:

1. 毛时代之后,政治作为一种剩余价值参与资本的增殖,表现为地方和中央两个方面,在地方,资本形成的利益集团绑架政治的实体;在中央,政治被分化为权力和经济效应两个系统,做内部的自我循环。剩余价值的被征用表明取消政治效用和任何的政治发明,左派作为一种思想实验,在大学和媒体分享自身的有效性,但无力作出政治发明。

2. 新自由主义作为制度性的构建,已是当代中国无法逃避的命运,它将始终伴随高通胀和内部匮乏的风险,最终的指向是新帝国主义秩序的形成,将世界变成自己的资源开采地和商品销售地,而其中的流通和交换机制取消人为的价值观。

3. 伸用巴迪欧的一个判断,就是我们处于主体学说的第二个时代。原有的那种中心的、反省的、奠基式的主体被改造为真空、裂痕、非本质和非反省的主体。90年代以来所塑造的新人,早已被贬值的现实经验所穿透,无法和自身的历史沟通,原因在于当代的主体被阻隔于行动的空间之外。

4. 日常形态中的恐怖主义作为一种基调进入日常结构,希望空间的萎缩和虚无主义的盛行塑造了此种恐怖主义的意义和内容。

5. 当代的知识生产和写作机制占据着真理发明的通道,进而占据真理之名,作为复数的知识生产和写作机制其实受控于单一的逻辑。

这样的假设可以无限地多,但最终是为了认识我们存在的根基和我们所处身的历史关口,在这样的时刻,我们持续被总体性状态透支以至于成为其中的一个环节,它规定了欲望、身体和经验向语言兑换的机制,语言总是给出的语言,以何种方式给出决定了它和总体性状态的关系。诗歌分有历史或者说总体性,无非是企图语言能够把握我们的存在根基和现实性,而改换现有的语言兑换机制,套用马克思在《〈黑格尔法哲学批判〉导言》的一个段落,这种把握可以作这样的表述:"能够做作为摆脱了幻想、具有理性的人来思想、行动,来建立自己的现实性;使他能够围绕自身和自己现实的太阳旋转。"现在不断被提起的30

世纪以来的左翼诗歌,其实提供了一个坏的传统,就是在强调诗歌的政治性的同时,取消掉了自己和现实性的复杂关联,以政治立场取代了如何建立起自己的现实性问题,在让出自己的主权。总体性就是我们的现实,甚至是我们的全部,是我们身上的基因编码,如果诗歌不在这里保持足够的清醒,去谋划我们存在的空间,我不知道写作还可以坚持什么。

再具体一点说,写作的失败很大程度上是盲目和没能完整保有主权,80年代以来的主流诗歌批评始终处于低端的位置,尽管无比卖力,但不小心就会沦为高级的文艺杂耍,原因在于它的主权外包给了编外的政治家和哲学家,它在文学内部所寻求的租借地,已然是观念的避难所,没有总体性目标的批评,常常已经是失败的先兆,借用歌德的半句话,"一种文学内部的地平线常常因此许多年变得昏暗不清"。但是我们今天已经清醒到可以不用去讨论这个问题,清醒到制造众多的幻觉来自我安慰。如果我们将写作定位为一种发明,对语言和自我的发明,而不是照着现成剧本的演出,不是对大师文本的鸡尾酒式的勾兑,那么"文学内部的地平线"在这里,就表现为在总体性中实现存在、语言、主体和我们自身历史之间的循环流通。阿多诺有一篇很著名的文章《谈谈抒情诗与社会的关系》,诉诸于诗歌主体的认识,是由彻底忠实于事物本身的认识和对艺术本身的认识而达到能够很好地在作品中对社会有反映,也就完成诗歌和社会的结合。这恐怕是我们中的大多数,对诗歌与总体性关系的理解。

凡是在作品中没有自己的形象的东西,都无法告诉人们作品(包括诗在内)反映了什么样的社会内容。要确定作品的形象反映的是什么就必不可少地要求既了解作品内在的东西又了解外部社会的东西。只有彻底忠实于事物本身的认识才能把这两方面的知识结合起来。

我们最好的左翼诗歌帮助我们很容易地理解了这一点,但阿多诺的问题在于过分地把诗歌看作是作品,也就是说更多比把诗歌理解成一个名词,在诗人两边的天平:作品和社会,相对的具有某种确定性,反映和结合不过是在加重诗人的一厢情愿,对自己的癖性和认知的固执,所谓诗人对事物和名词的命名,除了对语言和癖性的迷恋,并未增加什么新的东西。我强调诗歌是在总体性中实现存在、语言、主体和我们自身历史之间的循环流通,也是在过分地把诗歌理解为一个动词,来纠正我们偏狭的当下感。也就是说,诗歌是一种发明,是一种使当下与过去、即将来临的当下循环流通的通道,唯有在此种意义上,我们才在谈论诗歌,离开这种意义,我们所说的只是作品。在这样一个惊心动魄的大时代,所见所闻足以触目惊心,我们或者处身于一个秩序崩溃的前夜,或者处身于秩序修复的前夜,但诗歌并不对此选择,它所做的只是完成这种完成。那么,今天我们所做的也并不是在重提某种政治性,已经发生的政治性,而是那正在发明、尚未发明出来的,它负责收编并恢复诗歌的主权。

第四章:对"个人化历史想象力"的校对与重置

今天试图回答何为诗歌批评的任务,不仅是困难的,也是不可能的,但是对这个问题回答到何种程度,却是检验诗歌批评家工作的试金石。这种困难在于,今天的诗歌批评名正言顺地被视为一种诗歌阐释、整理,编纂的活动,而不是以"历史"之名而展开的一种写作。一般来说,遴选经典的诗歌作品,以及据此构建一种诗歌的秩序和历史,被看作是诗歌批评的基本任务,但实际上,大多时候我们对这一任务的理解都过于表面,或者仅仅把这看作是批评家应有的权力,而关于诗歌的秩序和历史的问题,所指向的是对"世界"的历史秩序的构建,借用蒲伯的一句诗,我们今天的诗和过去所有的诗,"一切都只不过是一个硕大无比的整体的一部分",是一个巨大的文本的一部分,遴选作品和构建秩序,最终依靠的是对这一"整体"和"文本"的破解或发现,而不是仅仅依靠批评家想当然的审美趣味和所谓的才华。诗歌批评是一项尤其艰苦的工作,它所需要的原创性并不少于一个诗人,同时还需要至少十个诗人的耐心、刻苦以及博学。

在这个意义上,陈超是值得我们尊敬的批评家,他的批评工作因此成为我们察看当代诗歌而必不可少的一个视野,他的诗学观念和批评的方法,也为后来的批评家做出示范和表率。对于何为诗歌批评的任务的回答,我们从陈超反复强调和坚持的观点中可以找到答案:"批评要对新的诗歌'话语'做出较为深入的理解,无疑需要充分分析围绕着话语生成的具体历史和文化语境。这个语境既包括客观的历史文化条件,又包括话语建构者和阐释者的目的、知识系统、人文信念、文化储备、价值预设,以及对于具体的历史状况、语言状况的个人化感知。"[①]进而,陈超以"个人化想象力"概念对此进行总结和概括,"我试图以'个人化想象力'作为这个支点,为当代诗歌的写作和读者的知觉,提供某种理论力量。"[②]从陈超的整个写作来看,这一概念的提出以及由此进行的批评实践无疑是成功的,但实际上所有的写作都是未完成的,都是一个"整体"的部分,我们必须要承认这一点,它仍需要持续不断地增补、还原以及删改,以保持其活力与创造性,因而这一概念和答案仍是需要辩驳甚至是质疑,才能激发其固有的潜力和那些未来得及成文的踪迹。

---

① 陈超《个人化历史想象力的生成》后记,北京大学出版社,2014。
② 同上。

一

"个人化历史想象力"无疑是陈超最为重要的诗学观念,这一观念的生成与演化的过程,也是理解当代诗的一条重要的线索①,事实上,陈超也正是以这一概念梳理并建构了先锋诗三十多年的历史和发展逻辑。在《先锋诗歌 20 年:想象力维度的转换》一文中,"朦胧诗"、"第三代诗歌"和"90 年代诗歌"以"正反合"的逻辑被连贯成前后相继的一个整体,其中,"90 年代诗歌"作为合题的辩证第三项,将先锋诗写作提高到一个新的历史阶段,"我认为,在那个阶段,先锋诗人对汉语的重要贡献,主要是改变了想象力的向度和质地,将充斥诗坛的非历史化的'美文想象力'和单位平面化展开的'日常生活诗',发展为'个人化历史想象力'。"②《回答》、《厄运》、《0 档案》,以及尹丽川的《周末的天伦》、雷平阳的《杀狗的过程》等作品,得到细致的解读,被看作是"个人化历史想象力"得以展开的最佳例证。另外,在《先锋诗的困境与可能前景》、《近年诗歌批评的处境与可能前景》这两篇文章中,"个人化历史想象力"的两个重要的视角,如诗歌与现实、历史的关系,以

---

① 陈超在《个人化历史想象力的生成》后记中,将这一演化过程标记为从"审美自主性"向历史化修辞的转变,"90 年代以来,我的诗歌批评淡化了 80 年代的'审美自主性'倾向,我所考虑的中心问题,变为'个人化历史想象力'在先锋诗中出现的历史条件,以及进一步自觉建构的可能性。"

② 陈超《先锋诗歌 20 年:想象力维度的转换》,见《个人化历史想象力的生成》,第 12 页,北京大学出版社,2014。

及诗歌批评的任务,被给予细致了论证。这三篇文章,可以看作是陈超的"个人化历史想象力"观念的纲领性文献。

关于"个人化历史想象力"最基本的含义,我们采用《先锋诗歌 20 年:想象力维度的转换》中的表述:"它是指诗人从个体主体性出发,以独立的精神姿态和个人的话语方式,去处理我们的生存、历史和个体生命中的问题。"① 我最早对这一问题和概念的了解,是在姜涛所写的文章中,也就是那篇名为《"历史想象力"如何可能:几部长诗的阅读札记》的长文,姜涛在这篇文章中实际上校对了陈超的观念,并试图重置"个人化历史想象力"观念的内核,也就是所谓的诗人的"个体主体性"。在姜涛看来,一个诗人或者批评家所拥有的自由并不比他自认为的多,大多的时候我们仅仅是充当了历史的工具,配合着历史的进程而茫然不觉,先锋诗歌芜杂的"历史想象力"不过是配合了当下的历史逻辑,当下的历史逻辑概括有三:"其一,出于对既往政治统制及专断的本质主义的反动,诗歌必然注定是一项个人化的自主创造,必然享有'治外法权'。其二,'语言转向'之后的后现代理论,一波又一波袭来,又为文学自由主义提供了语言本体论包装,既然一切都是符号关系的产物,诗歌必然也是语言对自身的礼赞,先锋诗人即便强调历史介入,但也会首先声明,这只是一种'风格'的介入。其三,'后发达地区'作者基本的现实感,这并不一定来自'经世济民'、'感时忧国'一类传统的教训,而几乎出

---

① 见《个人化历史想象力的生成》,第 10 页,北京大学出版社,2014。

于中国人固有的伦理性格和社会峻急变动中的本能直感,大多数严肃诗歌作者,其实不太能完全专注于自娱自乐的快感。"①因而,所谓的"历史想象力"也只不过是按照某种历史逻辑重新编排历史或者制作某种"反历史"的虚构历史的想象力,而不是能够真正拓展当下历史逻辑的"历史想象力",诗歌写作也终究是在体制化的小圈子里自我循环的产物。当代诗歌如果想要试图摆脱这种恶性循环,能够进入到历史逻辑的创生脉络,超越我们这时代的普通心智,能够进入"伟大的知识"的序列,而不是单单区别于其他的一种"特殊知识",则需要把诗人的"个体主体性"做强做大,甚或重新发明一个新的主体来。

姜涛对"个人化历史想象力"的重置,并将其落实到一个真正具有时代意识和历史意识的主体身上,实际上与陈超对"个人化历史想象力"的定义是一致的,两人的不同在于何种诗歌类型可以视为这种历史想象力的产物,以及如何评价先锋诗的历史成就,而这正是"个人化历史想象力"的关键。无论是在陈超的表述中还是姜涛的论证里面,"个人化历史想象力"背后的问题意识乃是对于当下混乱的现实和历史逻辑的焦灼与对于某种真理的渴望,这种真理是带有拯救色彩的知识,不仅是对于个人的,而是整个社会的,它将重新校对我们的思想、信仰、经验与观念,并在我们身上塑造出一个"新人"来。毋庸置疑,诗歌在某个

---

① 姜涛《"历史想象力"如何可能:几部长诗的阅读札记》,《文艺研究》2013年第4期。

历史时期或者说在我们人生的某个阶段,的确曾经帮助我们打开一条红海之路,现实在一个遥远的未来中获得了无限生机,被打上应许之地的印记,而现在这应许之地,不过是虚幻的海市蜃楼。诗人曾经是"一个种族的触角"、历史的先知,而今天在诗歌里却只是表现出了一个普通心智的水准,面对现实只有不合时宜的狂躁、愤怒、自伤自怜或是冷嘲热讽、自娱自乐。关于这一问题"美丽心灵"的流行版本表述是,诗人不关注现实、没有道德是非感,或是诗人过于耽于审美,不政治、不伦理,语言没有生命感,好像是诗人只是走错了路,调转一下方向,浪子回头便万事大吉。"个人化历史想象力"的诉求与此不同,虽然它同样强调当代诗的衰弱与萎靡,但它试图在衰败处寻找新世界的入口,这种表述基本上可以简化成这样一种认识:诗歌应成为一种"普遍"的知识,而不是区别于小说、戏剧等的特殊性知识,这样一种普遍的知识因为深刻地理解了自己的时代,我们从而能够仰仗它而解开时代加在我们身上的链锁,因而这样的诗歌也必然是塑造当代人精神生活的核心力量之一。问题是,这样的诗歌如何可能,而不是停留在一种愿景当中。

在陈超那里,对这一问题的表述和规划,是通过其所设定和规划的二个任务和坐标来完成的,第一,对朦胧诗以来的先锋诗写作进行总体性的判断和评价;第二,谋划一种能够突破先锋诗困境的巨大综合能力的诗,这样一种诗歌也必然是当代人的精神与价值的源泉;第三,在"个人化历史想象力"要求下,为诗歌批评规划方法与任务,即"历史—修辞学的综合批评"。

过去,我们的诗歌过度强调社会性、历时性,最后压垮了个人空间,这肯定不好。但后来又出现了一味自恋于"私人化"叙述的大趋势,这同样减缩了诗歌的能量,使诗歌没有了视野,没有文化创造力,甚至还影响到它的语言想象力、摩擦力、推进力的强度。而所谓的"个人化历史想象力",就是要消解这个二元对立,综合处理个人和时代生存的关系。[①]

勇敢地刺入当代生存经验之圈的诗,是具有巨大综合能力的诗,它不仅可以是纯粹自足的,甚至可以把时代的核心命题最大限度地诗化。它不仅指向文学的狭小社区,更进入广大的知识分子群,成为影响当代人精神的力量。[②]

历史—修辞学的综合批评,要求批评家保持对具体历史语境和诗歌语言/文体的双重关注,使诗论写作兼容具体历史语境的真实性和诗学问题的专业性,从而对历史生存、文化、生命、文体、语言(包括宏观和微观的修辞技艺),进行扭结一体的处理……这样,在自觉而有力的历史文化批评和修辞学批评的融会中,或许就有可能增强批评话语介入当下创作的活力和有效性,并能对即将来临的历史—审美修辞话语的可能性,给予"话语想象""话语召唤"的积极参与。[③]

---

① 见《个人化历史想象力的生成》,第 23 页,前揭。
② 陈超《先锋诗的困境和可能前景》,见《个人化历史想象力的生成》,第 33 页,北京大学出版社,2014。
③ 陈超《近年诗歌批评的处境与可能前景》,见《个人化历史想象力的生成》,第 79 页,北京大学出版社,2014。

与姜涛的方向不同,我们将试图对这三个坐标进行考察与探究,以期待能够重新校对"个人化历史想象力"这一概念,并完成对其的重置。

二

过去的三十多年,我们的诗歌批评沿着"朦胧诗论争"所埋伏下的路线狂飙突进,硕果累累,构建了当代诗歌的基本图景。当批评家们在这条路线上忙于为当代诗正名、辩护、阻击对手,为诗人树立雕像,寻找经典位置的坐标时,他一定陶醉于自己作为诗歌裁判员的角色,也会因此相信自己的专业判断作为诗歌写作的必要增补,而维护着诗歌体制的功能运转。但今天看来,其实我们在批评方面所做的工作甚少,正如尼采在《不合时宜的沉思》中所挑明的:我们都在被历史的高烧所毁灭,而我们至少应该认识到这点。"朦胧诗论争"就是这"历史高烧"的产物,或者说,整个 80 年代都在"历史高烧"所引起的幻觉和狂热之中,欧阳江河说:"80 年代像是发了一场天花",倒也恰如其分。在这场论争中,"朦胧诗"的胜出以及其所确立的原则,为后来的诗人和批评家所接收,并在"先锋诗"这一名目下固定下来,所谓的诗歌体制,也是在"先锋诗"的名目下建立起来的。

实际上,"先锋诗"和所谓的"纯文学"概念一样,都带着 80 年代特有的启蒙色彩,是 80 年代的"思想解放"运动的一部分,尽管这两个概念是在 90 年代才获得相对普遍的认同,但其所承载的价值观念、道德法则和历史形态都带有打着新时期烙印的特定含义,因而,有的批评家说:"先锋派的形式革命夺取了当代文学的最后胜利"①,其所指的是"先锋文学"使当代文学摆脱了"十七年"的规范,并与"世界文学"接轨,代表了当代文学的最高成就,但是,正如我们今天看到的,"先锋文学"或"先锋诗"所承载和允诺的价值观念、道德法则和历史形态,根本无法支撑起我们所面对的复杂现实,其所依据的现代主义逻辑,注定了"先锋诗"与现实是处于"对立"或偏离的位置,米沃什认为,现代主义诗歌自其诞生之日起,就一直扮演着"旁观者"的角色,并造成诗人与人类大家庭的分裂,其原因就在于这种现代主义逻辑。另外,其所宣扬的"生命诗学"、"审美想象力"、"诗歌本体"、"个人的真实"、"诗歌的自主性"等等的主张,如果脱离对"文艺从属于政治"的拒绝与反抗,其实并无真实的意义,正如 80 年代的启蒙观念,比如人道、人性、现代化、现代性以及与世界接轨等等,如果离开"文革"的语境作对照,其合理性就会大大减弱,甚至会多出些荒谬的色彩。我们始终是在"历史对位法"中确认我们的现实感,这毫无问题,但重点是在于我们是在何种价值观念或是认知体系中,确认并定位我们对过去、当下以及未来的认知,这种确认和定位会决定我们是什么人,会创造出怎样的历史,这种表述的另一层含义是,人不过是某种价值观、认知体系和信念的器

---

① 陈晓明《无边的挑战》,第 434 页,广西师范大学出版社,2004。

具,我们声称把握住的历史,也只不过是一"特定"的历史。在这种视角下,一位批评家后来的反思则颇有意味:"80年代中期,当现代文学研究界热气腾腾,人们普遍相信自己把准了文学和社会发展的正确方向的时候,恐怕谁也不会想到,15年后,我们会遭遇这么一个错综复杂的现实吧:苏联解体,东欧和蒙古的共产党政权相继倒塌,庞大的'社会主义阵营'迅速瓦解,中国却从90年代初开始新一轮'市场经济改革',经济持续增长;'冷战'由此结束,资本主义经济乘时膨胀,'美国模式'似乎成了'现代化'的唯一典范,中国也开始加入WTO,日益深入地浸入全球经济之湖。"[①]当然,这是一个需要专门讨论的课题。

将"先锋诗"看成是一个连贯的整体,将"朦胧诗"、"第三代诗歌"、"90年代诗歌"认定是"先锋诗"不同阶段的表征,那么,就有必要在当下的"历史对位法"中去重新认识这一整体的含义。与80年代的普遍共识,90年代的左右之争的对立不同,我们今天处于多极多元分裂、对立的局面,左派的、自由主义的、儒家的、法家的或是历史虚无主义的等等意识形态处于竞争和对立的局面,各种意识形态都试图去改变当代的意识结构,重构政治共同体的法则,对"历史"本身展开竞争,这也意味着我们被形形色色的历史投机分子所包围,并受其左右,我们容易将自身的现实"意识形态化",而无法真正地看清我们的现实,因此,分裂、

---

① 王晓明《现代文学研究的"当代性问题"》,见《思想与文学之间》第120页,人民文学出版社,2004。

对立以及盲目地自信是我们今天的属性和普遍共识,这是一个历史的僵局,在资本和技术为王的时代,对任何"将来之神"的构想,都会被斥责为虚幻的,而对历史的规划,也只会沦为意识形态的窠臼,就像电影《星际穿越》所笨拙地演示的那样,除非有一个"奇迹",否则我们无力改变任何现实。我们看到,80年代普遍共识的破裂,本身就意味着我们将陷入意识形态之争,只不过直到今天才看的清清楚楚,"历史高烧"所引起的幻觉和异象将我们的历史分割成不同的相互对立的部分,而不是作为一个完整地整体存在,诸如,"文革"和"80年代"的对立,除非我们能将历史的裂缝修复,否则今天的意识形态之争不会停止,或者说,我们距离过去越近,也就越接近未来。

"先锋诗"曾经充当了激进的意识形态的角色,在我们试图迈向现代化的时候,而当其"现代性"的内核被耗尽之后,其所谓的"历史想象力"也只能是"伪造历史"的想象力。其所谓的"文学自主性",不过是要求文学与道德、政治、功利的无关,而单独属于"审美"的领域。80年代,通过李泽厚所简化的康德,这一被误以为真的"信念"在很长一段时期垄断了我们审美想象力,康德以无功利性和无目的的合目的性所定义的"审美",实际上为后来的现代主义打下基础,也挖掘了坟墓。简单地说,将"先锋诗"作为一种意识形态来看,则意在表明其诗歌意识、语言的图式,以及主体意志所朝向的"现实"关联,总体上是被现代性话语的逻辑所把持,它自身所带有的"历史分裂症",也不是"个人化的历史想象力"所能医治的,李泽厚的《启蒙与救亡的双重变奏》与余英时的《中国近代史上的激进与保守》这两篇文章堪称是八九十年代的纲领性文献,可以为这一"历史分裂症"做注脚。而真正的问题在于如何能够构造修复历史裂痕的"历史对位法"①,在当下的历史僵局中,"先锋诗"如不能重构自己的"历史对位法",则必然在在启蒙的逻辑中继续滑行,或是被当下的意识形态所收编。而这一切的前提首先是从现代主义逻辑以及我们的诗歌体制的秩序中摆脱出来。

三

对此我们应该明确的是,当代诗的诗歌秩序和体制,是由四代批评家的共同努力而构建的,如此的诗学体制和批评格局也确立了四代诗歌批评家的基本立场和格局。第一代以谢冕、吴思敬、徐敬亚等人为代表,其工作的重心在于为朦胧诗的写作争取合法性和经典化的空间;第二代的陈超、程光炜、耿占春等人则在"第三代诗歌"和"90年代诗歌"的经典化方向上做出了重要的工作;第三代的臧棣、欧阳江河、钟鸣、敬文东等则立足于以"90年代诗歌"为中心的当代诗;第四代以出生于1970年代后的学院批评家为代表,这代批评家一般多立足于整个新诗史发展的历史脉络,来梳理当代诗的线索,在这方面姜涛和张桃洲等人的工作可

---

① 关于这一问题,参见张伟栋《当代诗中的"历史对位法"问题》,《江汉学术》2015年第1期。

以显示出这一代批评家的抱负。从四代批评家所使用的批评资源来看,其中以文学社会学的、文学的历史化研究,新批评、海德格尔诗学、结构主义、大众文化研究等批评方法的使用也就最能说明当前诗歌批评的整体面目。一种诗歌体制必然有其边界和中心,自然也有等级的排列,诗歌批评和诗歌理论往往负责起了边界和中心的划定问题,在新诗的历史上,《摩罗诗力说》和《在延安文艺座谈会上的讲话》这两篇诗学文章,具有如此的历史效应,而在当代诗的范畴当中,并没有产生如此格局的诗歌批评。但无论如何,过去三十多年的诗歌批评最终在相对稳定的批评类型中谋划和确认了自身,这相对稳定的批评类型,按照萨义德的划分:"摘其要者有四种类型。一是实用批评,可见于图书评论和文学报章杂志。二是学院式文学史,这是继 19 世纪经典研究、语文文学学和文化史这些专门研究之后产生的。三是文学鉴赏和阐释,虽然主要是学院式的,但与前两者不同的是,它并不局限于专业人士和常在报刊上发表文章的作者。……四是文学理论。"[1]今天的诗歌批评家们大多依照这四种类型来确认和安排自己的工作,这四种批评类型各自都拥有复杂的知识谱系和明晰的方法论,这也意味着诗歌批评有着自己专属的话语模式,如此的好处是,可以维护诗歌体制的功能性运转,坏处是,由于无法逃离自己强加给自己的方法论和观念,往往会使得这个诗歌体制僵化,以

---

[1] 萨义德《世界·文本·批评家》,李自修译,生活·读书·新知三联书店,2009,第 1 页。

往被单独提出而委以重任的"诗人批评"实际上也在依赖这四种批评类型的话语模式,而隐没其本来的面目。

没有诗人会承认或者相信自己是为某种诗歌体制写作的,正如没有批评家认为自己使用的理论其实是一种障碍,而事实上,大部分诗人是在为"体制"写作的,任何一本诗歌史都可以为我们做出证明,一种诗歌体制会决定感知、语言、话语、风格、审美和主题的分配和生产,会决定哪些是诗歌的关键词,那些是次等的,这构成了诗歌在这一时期的"最高心智",而大部分诗人是很难超越这一"最高心智"的,布迪厄关于文学场域和文学制度的理论可以很好地解释这一切。但这只是问题的一个方面,问题的另一个方面是,与"先锋诗"的状况一样,诗歌批评也避免不了"历史分裂症"的折磨,两者同为一个硬币的两面,并在很多方面都可以互相印证,互为例子,这种症状,在四代批评家的批评观念中都可以验证。而相对于诗歌写作而言,诗歌批评则更依赖于已经成型的观念和价值,克罗齐认为批评属于美学,是一种审美应用,在这个意义上成立的,这也意味着诗歌批评更受制于时代的氛围和精神状况。因此,对"历史分裂症"的认识愈深,也就愈需要将"先锋诗"降格为一种特殊的诗歌,而不是像我们的诗歌批评和诗歌体制所理解的那样,将"先锋诗"看作是现代汉语诗歌发展的最高阶段,这种降格意味着,将其看作是与1917—1949的新诗和1949—1976的社会主义诗歌并不相同的历史阶段。借用一下柯林武德的一句话来表达我的意思:"对于但丁而言,《神曲》便是他的整个世界。对我而言,《神曲》至多是我的半个世界,另半个世界是我心中阻止我成为但丁的所有那些东西。"①"先锋诗"的出现,是新诗的理念与历史世界对峙的结果,是新诗试图实现自己的结果,但并未完成,它还有更长的路要走,正如本雅明所说:"在每一个起源现象中,都会确立形态,在这个形态之下会有一个理念反复与历史世界发生对峙,直到理念在其历史的整体性中完满实现。"②这也意味着,以启蒙话语和现代主义逻辑所把持的诗歌史和诗歌体制可以休矣。

在这样的思路下,重新来看"历史—修辞学的综合批评"的批评方法,无疑是"历史分裂症"的典型例子,这种分裂在耿占春那里被表述为"一场诗学与社会学的内心争论",是要马拉美还是马克思的选择,在唐晓渡那里则表现为继续强调"先锋诗"的对抗与实验的特征,陈超的提法本身带有某种汇总的性质,既强调对"诗歌本体"的维护,又着重于"批评话语介入当下"的效用,实际上是对八九十年代两种批评方法的自信,一是为"诗歌本体"提供方法论的新批评和提供观念的海德格尔诗学,另一则是90年代以后较为流行的文学社会学、文化研究以及海登·怀特的历史学理论,在这两种批评方法的确认下,诗歌被描述为"与社会、历史、文化、性别、阶级等大有关系,其本体形式也是诗歌之为诗歌的存在理由"③这种小心翼翼的区分和划界,本身就带

---

① 柯林武德《一切历史都是思想史》,陈新译,见丁耘、陈新主编《思想史的元问题》,广西师大出版社,2005,第13页。
② 本雅明《德意志悲苦剧的起源》,前揭,第26页。
③ 见《个人化历史想象力的生成》,第80页,前揭。

有"历史分裂症"的症候,其自身的"体制化"特征也是不言而喻的。这种小心翼翼在于,对于"文艺从属于政治"的恐惧,以及对从阶级斗争话语和全能政治中赎回的"个人"和"自主写作"的捍卫,这是"历史—修辞学的综合批评"的关键,在此基础上,才要求"个人"冲破自我的狭隘,去关心政治、现实和历史的问题,而批评要对这一"关心"给以分析和推进。实际上,这个被赎回的"个人"是无法承担起对现实和历史问题的,正如我们所看到的,这个与总体性失去直接关联的"个人"很快就会被欲望和激情所收编,把生活看作高于一切,而不知道现实和历史为何物,个人与现实、历史的对立和分裂成为了我们无法逾越的障碍,而原本一直向前的历史,突然变成了"超历史"的结构,任何一个历史方向都无法获得明确的进展。我们因而需要一种新的认识论和知识学,帮助我们将当下的历史放置在远景的视野中,而使我们重新获得一种总体性的关联,正如维柯所说,人不能单凭自己的力量把自己提升到真理。而无论是在"历史—修辞学的综合批评"还是"个人化历史想象力"的表述中,都是以"个体"为本位的,缺少对总体性的构想。

四

回到最初的那个问题,诗歌作为一种普遍的知识,"成为影响当代人精神的力量"如何可能?这是"个人化历史想象力"所蕴含的最核心的问题,但也必然是引起诗歌争论和分裂的问题,因为我们已经太习惯于"诗歌到语言为止",或是诗歌是情感、形象的表达等等诸如此类的定义,而太久忽略诗歌与真理的关系,正如我们对"真理"一词已经漠不关心或者抱有敌意。在这一时刻,亚里士多德关于诗歌的看法对我们是有益的,诗歌是虚构和制作,但诗人正是通过这样的方式来讲述真理,比如我们可以在《奥德赛》或《工作与时日》当中,学习到关于世界的最高知识,与我们在哲学当中学到的一样可靠有用,这是诗歌的古典逻辑所允诺的真理,事实上,这样的真理是关于总体或统一整体的知识,它反对孤立、分割与对立。黑格尔的真理观念,就是这一古典真理观的最完整表达,真理是总体,按照黑格尔的说法是:"孤立和对立不是事物联系的最后状态。世界并非只是一个相互联系的异类概念的复合体。以对立为基础的统一体必然被理性所把握和实现,理性的使命就是使对立实现和谐,并在一个真正的统一体中扬弃对立。理性使命的实现,同时就意味着重建人的社会关系中所丧失的统一体。"[1]这是总在制造区别、断裂、对立与冲突的现代主义诗歌所不能理解和做到的,虽然我们的现实已经宣告,现代主义逻辑的终结,但诗歌仍在它的轨道上惯性滑行,这一惯性则隐含着这样一条共识:因为它是美的,所以一定是真的,将诗歌从"美学"的范畴里解放出来,只有在新的历史对位法中才有可能。

---

[1] 见马尔库塞《理性和革命》,程志民等译,上海人民出版社,2007,第53页。

因此,诗歌作为一种普遍的知识如何可能,就不是"先锋诗"能够承担和所能回答的问题,除非"先锋诗"能够认识到自己身上的"历史分裂症",自己陷入意识形态之争的根源。因而,这个问题的正确提问方式应是,新诗作为一种普遍的知识如何可能?这意味将百年的新诗看作是一个整体,并克服新诗与古典诗的分裂,这是新诗的起源问题中最重要的问题。我们知道,从新诗诞生之日起,其与民族共同体的命运就休戚相关,不仅仅是因为历史的态势所造就,更重要的是诗人一直试图回应民族共同体的命运问题,就如同歌德所说:"一个知道自己使命的诗人因而需要不懈地为其更进一步的发展工作,以便使他对民族的影响既高贵又有益。"①这种"站在人类大家庭"一边的立场和法则,与现代主义诗歌所扮演的"波西米亚人"的角色,有着很大的差别,我们将其称之为新诗的"古典维度"。当年朱光潜的讨论,关于白话文、文言文与欧化的融合问题,并指出新诗要学习的三条道路,第一,西方诗的路;第二,古典旧诗的路;第三,流行的民间文学的路,以此来形成一种伟大的"民族诗",其实都着眼于关于新诗的"古典维度"的设计。在今天,诗歌、文学、艺术的确已经成为了"无用"的摆设,毋庸置疑,诗歌或艺术所具有的社会相关性,早已被其他形式接手,做文化不如做文化产业,诗歌不如广告强大也已经不是什么需要讨论的问题,我们时代唯一被证明

---

① 《歌德谈话录》,1827年4月1日,转引自张辉选编《巨人与侏儒》,第113页。

的真理是,金钱是万能的,但我们不是非得要遵从,新诗有自己的立法原则,正如诺瓦利斯在小说中写道:诗必须首先当作严格的艺术来追求。

总而言之,"个人化历史想象力"其实和艾略特所强调的"历史意识"一样,是一种成熟的历史智识,但也都带有相对主义的色彩,正如姜涛所察觉的那样,其效用取决于主体的能力,在我们这种历史虚无主义的氛围下,"历史想象力"也就沦为虚构历史的能力,与我们时代的"戏说历史"有着同样的症候。因此,重要的是我们在"个人化历史想象力"名目下,设定什么样的目标或前提,如果只是在"现代风格"的要求下,来丰富诗歌题材的多样性,那历史无非是道具而已,正如我们反复强调的,"个人化历史想象力"须克服自己的身上的"历史分裂症",并超越意识形态之争,才可能进入真正的历史逻辑,而前提是在"历史对位法"的坐标下,重构我们的历史整体。

第五章:"被诅咒的诗人"
—— 关于诗歌地理学的一个反思

二〇一〇年,我突然被迫面对独自谋生的紧迫感,虽然奥登曾告诫诗人,不要选择牵涉到语言运用的职业,比如翻译、教书、文学记者或是广告撰写人,这些"都会直接损害他的诗歌",但现实只留给我一份在海南教书的工作,我也就心安理得地接受了。两年过后,我发现这里的气候要比工作教给我更多,就像沃尔科特所说,它身陷于热与湿、晴与雨、光与影、日与夜的两个重音,而无法自拔。初来乍到,视线被满街的椰子树胀满,使我来不及观察本地理想的文学生活,但时间一久,椰子树枯燥极了,海水灰暗得呛人,我才觉悟,本地并不在文学的经典地图册上。

我开始困惑,地理何以能禁锢诗人的才华和抱负?天气何以能诅咒诗人言语的命运?几年前,我读阿兰·布鲁姆的一段文字还颇有信赖感,因为他有法国情结,他说:一个人"必须居住在某个地方,沉溺于其中,以便由它来设定他的日常时间表,安排生活的节奏。"①,对布鲁姆来说,这个地方的首选就是巴黎,我对哲学家的"绝对"有成见,但今天看来,布鲁姆没有错,只是这种日常生活的时间表放在诗歌里面,不够合适,也不能解释我的疑惑。我想要说的是,在海口的生活,使我对沃尔科特好感倍增,因为他笔下的景物和我眼前所见,非常相似,不由得将他的特立尼达和海南在诗歌中对照来看。它们都粘稠、湿热,在酷烈的海滩上,有破败的棕榈,"被太阳晒得脱皮仍然挣扎着逃避海洋的桉树",也饱受着旅游业的迫害。但当沃尔科特的文字触及到热带文学浅薄、空虚的一面时,我似乎对自己的问题有了答案。

冬季给文学和生活增加了深度和阴郁,而在四季常青的热带,连贫穷或诗歌似乎都不能深沉,因为周围的自然界和它的音乐一样,是如此欣欣向荣、兴高采烈。以欢乐为基础的文化注定是浅薄的。可悲的是,加勒比地区为了推销自己,鼓励无所用心的欢乐和灿烂辉煌的空虚,非但成了避寒的去处,而且也成了逃避只有四季分明的文化才能产生凝重感的地方。②

---

① 唐豪瑟《追忆阿兰·布鲁姆》,见《巨人与侏儒》,第16页,华夏出版社,2003。
② 沃尔科特《安地列斯群岛:史诗往事的断想》,见王家新选编《钟的秘密心脏》,解放军文艺出版社,1997。

这是沃尔科特1992年诺贝尔文学奖演讲词中的一段文字,它确定而自信,我几乎无法去辩驳或反对,而且我所在的"国际旅游岛"的确映照了沃尔科特所描绘的蓝图,我们每天所见的游客被无所用心的欢乐鼓舞,他们占据着酒店、海滩和热气缭绕的温泉池,相机里塞满了热带风情,他们贪婪于这里的海鲜和纯粹的阳光,也会发出明信片,而当地人即使有抱怨,也会相信世界就是如此这般。他们共同于这一单调的时间,除了抱怨、指责、愤怒,我的确看不到任何阴郁的东西。当我第一次读到沃尔科特的这段批评时,立即想到了波德莱尔在1861年做出了同样的判断,虽然这两段文字跨度近一百年,但却是惊人的一致。

> 我常常自问而不能解答的一个问题是,为什么克里奥尔人一般地说并没有在文学创作上表现出任何独创性和任何构思力或表现力,似乎他们有一颗女人的灵魂,仅适于沉思和享乐。……倦怠、优雅、一种与黑人共享的几乎总是使一个克里奥尔诗人(不管他是多么地出众)具有某种外省气的天生的模仿能力,一般地说,我们能够在他们之中最优秀者身上看到的东西就是这些。[①]

波德莱尔笔下的"克里奥尔人",就是沃尔科特的同胞,是来

---

① 波德莱尔《波德莱尔美学论文选》,郭宏安译,第131页,人民文学出版社,2008。

自安地列斯群岛的白种人。在波德莱尔看来,他们当中的诗人,像是被诅咒了,缺少必须的独创,而只停留于自我陶醉地模仿,当然只有极少数偶尔能获得一种例外。两段文字,一个提出问题,一个给出了答案,那么,结论似乎相当明显了,只有四季分明的地方才会有经典的文学,而炎热、四季常青的热带,注定产生二流的文学,在热带地区,压根不会有所谓的理想文学生活,诗人们只有逃到文化的中心地带,才有可能。这个问题,在我们的时代,看似不成问题,但实际上有着各种根深蒂固的变形。我们的诗歌批评当中,有着各种借用"地理"的名义来确证诗歌的做法,比如"江南诗歌"的提法,即是一例。我对此无法赞同,我所想到的是,当我们用地方文化的特殊性,来思考诗歌的时候,我们丢失了什么。

事实上,我对沃尔科特和波德莱尔的偏见,本能地抵制,因为他们都使用了"地理"这一概念,也都为此编排了地理的等级制,而我的抵制更多地是来自对当代生活的观察和经验。过去的三十多年,我的大部分时间是在哈尔滨、北京和海口这三个城市中度过的,其中哈尔滨时间最长,三个城市之间的绝对差异,使得我有机会去思考文学的地域特征,这一思考的结果是:"地理"这一概念无法担任文学的裁决者。我承认存在这样或那样的地域,但我们的现实在告诉我们,这些需要用"空间关系"而不是"地理"来描述,举一例子来说明,比如这样一个场景:这里存在着一片海滩,前面是大海,后面是成片的椰林,我们可以简单地说,这些都是地理的特征,但是如果在椰林里开设一家家乐福,在家乐福旁边再设置一座监狱,那么我们就无法用"地理"来描述这些,因为这些景观之间的关联,实实在在地构成了一种"空间关系",它按照一种现实的法则来构图,实际上,我们的生活和思考都是在这种每天变动不居的"空间关系"中完成的,我想,没有人能去想象,十年后我们的城市会变成什么样子,当我们全力去凝视那片海滩或椰林的时候,我们的确错过了正视自己的现实和写作的机会。

由于我所在的大学出于创收的考虑,在海南的大多县城都开设了成人教育函授课,我作为代课老师,因而也得到了一个机会去认识热带景观的具体含义。从前我们愿意引用庾信的诗句,来说明南北方诗歌的地理差异,比如南方是"今朝梅树下,定有咏花人"的情调和景致,北方是"风云能变色,松竹且悲吟",而在现代景观中,这一切都已经被全面改写,地理、位置、风景,甚至气候都服从于"空间关系"的变化,而不是单纯的自然属性。我在上课期间,花费时间最多的事情就是去观察当地的生活,我先后去过七八个县城,得出的结论都是一样的。二〇一〇年,我曾在日记里写过一篇叫做《迷失在M县》的小文,基本上可以概括我的观察。

走出汽车的折叠门,热气、尘土和黏糊糊的汽油味涌进了气管,几辆农用车卡在掉头的长途汽车行列,有人下车、抽烟、打电话。汽车站的售票大厅零零散散地晃动着一些人,等着从这里被运送出去,偶然一瞥,可以看见他们简单的行李,装在某服饰的商品袋里。我们从农用车和汽车的缝隙间穿过去,行李箱的滚轮咕隆隆地响着,拖着我们,售票厅对开的玻璃门外面是 M 县的早晨生活。门前的树梢低处结满凤凰花,街道上站立着棕榈或椰子树,两边的混凝土建筑,一下子显得低矮、破旧,被满是红色或蓝色的简易招牌覆盖,那上面的名称,我们再熟悉不过。人群灰蒙蒙的脸上是耐心而平静的表情,他们大多时候讲本地的方言,他们是我认识的旅馆老板、餐馆的老板娘、擦鞋的小妹、卖甘蔗和槟榔的女人、烟摊的中年男子、茶馆的服务员、卖彩票的小学生、神气十足的公务员,按摩房里悠然自得的男主顾,骑摩托车的中学老师,我们旅馆下面,那些摩托车从早到晚发动着,从一条小巷出来,消失在我们看不到的另一条小巷。我在课堂上困惑于这些难懂的方言,他们的发声像是在谈论神秘的事物,他们将这些方言翻译成普通话给我听,不过是在讲述生活的艰难。

下课后,我绕道走回旅馆,故意去穿那些行人少的小街,榕树遮蔽着两边的院落,刚下过雨,积水在低洼处停留。有的院门开着,吃晚饭的人围在院子里的桌子旁,背对着街道,空气中有酸竹笋的味道,头顶上的灯光只照着他们身边的一小块儿地方。旁边的茶馆里,围坐着两桌打麻将的人,将痰和槟榔渣直接吐到积水里。街头的每一个电视机都开着,播放着综艺娱乐节目,后来发现天天如此,一张张明星脸反复涂抹着生活中的灰暗斑点。然后继续在旅馆里过夜,白色的床单、浴室,大厅里电视也一直开着,楼下的街头卡拉OK唱着流行歌曲,依依呀呀的喉咙和音响胡隆隆的伴奏。各种大排档,人满为患,也有高音喇叭的伴奏。

接着,又是正午。街道的尽头隐没不散的热气里,建筑物也再在标示自己的存在,像是孤零零的,椰子树也像是黏贴复制出来的。在楼下吃了当地的羊肉火锅,一条狗在桌子腿边转来转去,两个服务员都是中学生模样,有着本地成年人的老练和慵懒。对面按摩房的玻璃门窗里面空荡荡的,要到晚上才会点上粉红色的小灯。门口卖槟榔的女人直接睡着路边的石头上,脸上有太阳晒出的斑点。接着,又是傍晚,所有的街道才像是又活了过来,灯光里的人脸鲜活,在吐着夜色,每个临街的杂货店里都有人在卖彩票,每个卖彩票的桌子前都聚满了人,像是登记选票。税务局的石狮子前面有几个穿学生服的中学生聊天,没什么特别的,有人说那是下面镇上中学的,周末出来卖淫,我不由得非常震动。

这篇日记当然只是印象式的概观,我后来得到的大量事实经验没有补充、也无法补充进去,但那些经验并没有改变这个印象,只是不断地提出个案来补充证明,那个纯粹的地理上的热带,那些充满裸体和懒散、散文、柠檬和小提琴的炎热夏天,不过是按照明信片的法则,剪接出来的,它一旦触碰到这里的"空间关系"法则,便掉头而去。我们的诗歌里因此有了一种叫做"旅行诗"或"地理诗"的品种,极其偏爱这种想象的自然和这种明信片的法则,它以极其轻率和傲慢的态度,优雅地超越了统治"空间关系"的政治和资本的逻辑,坚持宣称,这才是诗歌,并假以文化、传统和个性之名。而我们的"底层"批评家,有着高尚的道德情操,他们愿意在这里看见一个痛苦而挣扎的黑暗底层,像是幻想一剂春药,以填补知识分子无法刺穿的空虚和无力的行动感,他们诅咒诗人的不良道德,也同样被现实所诅咒,而那些良心发现的诗人以为,写批判诗,写恶狠狠的道德宣言,在诗歌中掉眼泪、抹鼻涕,以为冷眼斜视,板起面孔教训人,对某人冷嘲热讽就是诗歌的政治性,就是具有了现实感,并且骄傲得不得了。

我所描述的热带景观,只能作为一个例子存在,这也是我下定决心引用日记的原因,因为,在变动不居的"空间关系"当中,通行的政治和资本的逻辑无疑构成了一种现代的统治术,它可以决定日常生活的细节,决定我们的趣味和态度,观看的眼光,甚至可以决定椰子树的数量,卧室的位置,性交的对象,它也可以快速地改变这一切。今天的诗人们,被地理、道德批评、政治立场,也被出版商、媒体、大学和他们的同行们所诅咒,好像是,诗歌里有了地理、道德和政治,就有了正当性,以至于诗人的自我辩护,成了诗人们的一门必修课,然而,辩护在我们的处境中实在是轻描淡写,更何况这种辩护是以审美、身体、自我的名义发出的。

谈论"空间关系"及其法则,而不是"地理",的确很快就会面对我们所熟知的那些争论,比如诗学和社会学之间的辩论,当代诗的写作是要马拉美还是马克思的争论①,对我来说,这样的争论无非是在浪费时间,因为我们做出的选择最终取决于我们的立场。德勒兹在谈论普鲁斯特的记忆法则时,曾流露出这样一个观点,古典世界的逻各斯崩盘之后,四处散落的碎片,被我们所拾捡,被重新发明,作为我们构建"小世界"的法则,其实我们的论争,包括我们的诗歌地理学,不过是在为这个"小世界"据理力争。无论我们对诗歌提出何种高明的要求,都不代表我们真理在握,我有这样一个简单的想法:一个诗人的写作最终是建立一个与世界相对应的诗歌模型,它既容纳了这个世界,又解释了这个世界,而这样的诗歌模型是由众多的法则来构建的,"空间关系"及其法则,只是其中的一条。那么,我想止步于争论之前,在这里来谈一谈诗歌模型的构建问题。

我们今天谈论这样的问题,有一个好处是,不必将诗人的工作神秘化,像柏拉图那样,认为诗人的写作是受到神灵的鼓舞,神在诗人写作的时候取走了他的理智,使其充当自己的代言人。我们今天拥有的难以计数的作诗法,将会以一种统计学的方式来证明,诗人的词语工作室其实像科学家的实验室一样没有可资炫耀的神秘之处,就像牛顿在为世界寻找"三大定律"一样,诗人为世界所要寻找的是可以将其装入其中的诗歌模型。这并不意味着,诗人的工作是简单的,对于今天的诗人来说,一旦遇到

---

① 此处的观点参见耿占春《一场诗学和社会学的内心争论》,《辩难与沉默》,作家出版社,2008。

这个问题,他的写作将会无比艰难,因为我们今天的诗人,已经习惯了用风格来理解诗歌,将风格作为诗歌写作的出发点和终点,而他们所不知道的是,风格只是诗歌模型的外在气质,就像开动起来的汽车,它奔驰的形态是由发动机来发动的。如果将诗歌模型作为诗人工作的出发点和落脚点,那么,诗人的工作与哲学家的也并无不同,谢林关于哲学有一个通俗的说法,他说:精神是哲学的灵魂,自然是哲学的肉身,如果我们不将这里的精神和自然作狭隘地理解的话,它们同样适用于诗歌模型。

诗人通过对其肉身和灵魂的独特感受和思考,为其所存在的世界建立众多的法则,比如像卡夫卡带有抑郁特征的法则和普鲁斯特带有精神分裂性的记忆法则[1],同时也应避免落入"平凡猥琐的散文领域",避免使用宗教信仰的腔调说话,避免科学理性的思考[2]。这些带有独特生命体验的法则,在组织起诗人的经验、感受、欲望、思考的同时,也将帮助诗人向现实来兑换词语和句法,最终将帮助诗人建立一个与世界相抗衡的诗歌模型。我所提出的"空间关系"及法则,最终是基于这样的考虑,而不是按照流行的左与右的划分,它将有助于我们打破诗歌地理的诅咒。

---

[1] 此处的分析,见德勒兹《普鲁斯特与符号》,姜宇辉译,第132页,上海译文出版社,2008。

[2] 此处的观点,见黑格尔《美学》第三卷,下册,朱光潜译,第64页,商务出版社,1996。

第二部分

历史的镜像与精神症候

第六章:有关诗歌的"当代性"问题
——对第二届北京青年诗会主题"成为同时代人"的讨论

一、何为诗歌的"当代性"?

人们对于自己的时代是盲目的,在这一点上诗人与普通人并没有什么不同,但是人们往往都坚信自己相对于时代的清醒,对此诗人却有着不可救药的偏执。事实上,大多时候我们都是时代的马车后面被拖拉引领的一群奴隶,而驾车的人屈指可数,不承认这一点,对何为当代性的问题就不可能有清醒的认知。阿甘本的名文《什么是当代人》对这个问题的回答,恰恰是瞄准了这一向度,虽然此文博学雄辩,富有煽动力,但如果脱离了阿甘本的"弥赛亚主义"的背景,则注定显得空洞无比。那些关于凝视黑暗,焊接时代断裂的椎骨以及回溯过去的说法,也只有在这一背景中才能落实,因此这篇文章的核心观点,用阿甘本的话表述就是:"当代性就是弥赛亚时间"。这个问题复杂难解,但如果简单来说,弥赛亚时间①就是带来拯救与救赎的时间,让水变成酒,让玫瑰在灰烬中重新开放、复活,是区分于在它之前的堕落时间,与之后的永恒的天国之间的一段时间,这也是保罗一生为之奋斗的事业,它反对律法、习俗,既成的历史和有死性。《新约》中被反复引用的一个段落,则理所当然地可以为此提供简单而有力的示范。

> 若有人要跟从我,就当舍己,背起他的十字架来跟从我。因为凡要救自己生命的,必丧掉生命;凡为我和福音丧掉生命的,必救了生命。人就是赚的全世界,赔上自己的生命,有什么益处呢?人还能拿什么换生命呢?凡在这淫乱罪恶的世代,把我和我的道当做可耻的。人子在他父的荣耀里,同天使降临的时候,也要把那人当做可耻的。
>
> 可 8:34—38

这种混合着世俗性与神圣性的时间,它要斩断的是当下历史主体的头颅,并使之重新生长出,而与之相伴随的对历史的再造功能,与我们所熟知的"革命"概念有着同源性的结构,都有着对"神圣暴力"的推崇,不同的是,革命所依靠的历史主体是无产

---

① 关于弥赛亚时间的具体分析,见阿甘本《剩余的时间》,钱立卿译,吉林出版集团有限责任公司,2011,75—109 页。

阶级,而弥赛亚主义依靠的是悬搁或加括号的救世主,也就是匿名的历史主体,无产阶级是在资本主义生产关系中被塑造出来的,那么,匿名的救世主从何而来,按照阿甘本或本雅明神秘兮兮的说法,是来自于过去或起源中的意象,"在意象中,曾经与当下在一闪现中聚合成了一个星从表征。"①这与维柯的神学何其相似,上帝曾将真理的种子植入我们心中,我们只有借助于此,弃恶扬善,才能重新返回神圣的起源,在阿甘本和本雅明那里,过去的意象当中保存着神和救赎的信息,我们要对此进行保存、打捞、整理,以待将来。

总而言之,我们无需对阿甘本的观念做出是非对错的判断,无论其是非对错都同等重要,这种重要性在于,它提供了关于"当代性"的基本含义。首先,"当代性"带有创新的意味,正如哥特式尖顶相对于罗马式圆顶的革新,宋诗相对于唐诗的革新,在对前者继承的基础上,给出了自己的时代样式,因而它是与经典性或古典性相对的一个概念,它追求变化与新生,当年如火如荼的现代主义诗歌运动,是对这一含义恰如其分的再现。其次,"当代性"带有批判的含义,因而它是与现实性相对的概念,它反对现行的历史,甚至完全的否定,也因此显得不合时宜,而这种批判主要是依据对未来的预期和想象。再次,"当代性"带有拯救的含义,这是不言而喻的,批判与创

---

① 本雅明《〈拱廊街计划〉之 N:知识论,进步论》,见汪民安主编《生产》第1辑,广西师范大学出版社,2004。

新的维度,会自动给出拯救的向度,这一向度是对腐朽、黑暗和灾难的拯救,但要注意的是,这种拯救最终寄托在新的历史主体身上,所以说,"当代性"问题最核心的部分是关于历史主体的问题。

由陈家坪、张光昕、王东东、李浩等人发起的第二届北京青年诗会,选取了阿甘本的"成为同时代人"概念作为会议主题,显然是注意到了这一概念对当代诗写作具有的启发意义,"同时代人"和"当代人"是同一含义,在字面意义上大做文章实在是无此必要和浪费时间,我们理应把注意力放在规定"当代人"基本性状的"当代性"问题上,好在这种意向和抱负在由张光昕所执笔的导言部分已经明确地表达出来了。围绕这个主题,一共有二十几位青年诗人提交了文章分别作出论述,江汀、昆鸟、黑女等诗人的个人经验令人印象深刻,但是十分可惜的是,大多数诗人没有能够对张光昕的观念给出回应,也未能通过自己的写作经验来查看这一主题的现实落脚点。与此相对照的是,近些年关于当代诗写作问题的某些重要观念,比如"个人化历史想象力"、诗歌的"历史的想象力"、"历史对位法"、"底层写作"以及诗歌的政治、伦理、现实关怀等等,其实都是围绕"当代性"问题展开的,只不过我们所持有的意识形态立场和狭隘的历史观念,阻碍了我们对这一问题更有成效地推进,另外也催促我们看到80年代以来形成的诗歌体制的僵化与无聊。"成为同时代人"在现行的诗歌体制之外所谋划的进步,因而也就具有了一点"先锋"的姿态,在导言部分这种姿态是以宣言的样式展现的:"我们以同时代人之名,展开一种深入时间内部的写作,在那里重建线性历史的尺度和标准。这是一种反时尚的写作,是不合时宜的行动(那些与时代步调一致的人不是同时代人),它要么以磐石的敦厚沉着地落后于自己的时代,要么以流水的温柔飞驰在未来的幻影之中。"我个人尤其看重这种试图连接写作与时代的雄心,那么,所谓"重建线性历史的尺度和标准"的应有之义便是"复古通变",虽然前景是如此模糊不清,道路空空荡荡,而且在写作方面罕有成功的例子。

回顾最近十几年的诗歌创作,正如有些批评家所指出的那样,的确是越写越好,技巧越来越高,题材和形式上都有所拓宽,新作品和新诗人层出不穷,但是我们也看到我们在诗歌观念方面并没有增加什么新的内容,而诗歌写作热火朝天的花样翻新、精致机巧却同时令人感到平庸、无聊和匮乏。以阿甘本的另一问题为例,"收容所的政治—法律结构是什么?",来对诗歌提问,"收容所的语言—诗意结构是什么?",我们就会发现,意识形态的大气层牢牢地拘禁着我们,关于自我、心灵、现实与未来的种种回答都逃不过已知观念的预设,无论是自由主义,还是古典主义或是左派所提供的现实,按照巴丢的说法,全都是意识形态的阴郁戏剧,真正的现实只有一个,那就是超越当下的混乱与痛苦的解放之路。关于诗歌的"当代性"问题或是"成为同时代人"的主张之所以重要,就在于它试图超越当下而指出一条虚无缥缈的创新之路,并带着对新的历史主体的期待。

二、"诗歌体制"的幻象

实际上,当我们使用诗歌一词来谈论这种写作形式时,往往指称的并非同一个事物。这里的错位与差异在于,根本就不存在一个所谓诗歌本身的东西。也就是说,并不存在诗歌本身这样一个明确的事物,只是真实地存在着各种各样的诗歌写作。比如,只有艾略特的诗歌、里尔克的诗歌、金斯伯格的诗歌,而作为全称判断的诗歌,终究只是一个令人自我满足的幻象。当我们的诗歌体制,试图以全称判断的名义来定义诗歌,那也无非是一种盲目的傲慢。正如"体制"一词的基本含义,意味着一种等级原则的安排和秩序的分配,那么一种诗歌体制则意味着,按照某种诗歌等级制原则来决定感知、语言、话语、风格、审美和主题的分配和生产,也就是说,哪种诗歌应是经典的,哪些诗人是一流的,哪些作品应进入历史,哪些诗人应该获得奖赏。与这种等级制相配合的是,出版、发表、评奖、批评、诗歌活动、诗歌史写作等一系列具体活动所构成的诗歌场域,也就是说,诗歌场域执行着等级制原则。

当然这是一种理想的说法,事实上,诗歌场域要混乱得多,所谓的鱼龙混杂倒是恰如其分。但无论如何,一个诗人或批评家的写作,如果没有自觉到在一种已经成型的诗歌体制之外独立谋划语言和思想的空间,那么他的工作必然大打折扣,无人能逃过这一劫。然而,在诗歌体制内写作是安全和容易的,更能够获得认同和赞扬,以及资源和名声的分配,从而迅速地在现有的体制内占有一席之地,并拥有能够左右体制的"影响力",我们因而也能够看到,大多数人的写作是在既有语言、风格和题材基础上的修修补补,保持着一种既不好又不坏的写作状态,并随时校正自己的写作以适应体制的筛选,而真正令人耳目一新的作品几乎已经绝迹,这就是诗歌体制对写作所构成的威胁,保罗·策兰曾激烈地指出这种工作,"是人工的、技巧性的、人造的、加工出来的:它是对人和动物来说很陌生的那种自动化的摩擦声:在这里,它已经是控制论了,一种按照固定的程序来做出种种反应的牵线木偶。"[1]我想,大多数诗人都会同意策兰的看法,但能摆脱体制控制的诗人寥寥无几,这不仅仅是才华的问题,更重要的是我们在对何种历史做出认同和选择。我们今天的诗歌体制较之过去无疑是更具包容性和开放性,对各种语言形式、风格、主题都持有开明的姿态,但是如果我们不能认识到其核心的部分是为"中产阶级语言观"所把持的话,我们对这种诗歌体制就还一无所知。

张光昕以这样的逻辑来展开他对当下"诗歌体制"描述:"当代诗歌正经历着这样的过程:从国家主义—第一代(艾青们),到反国家主义—第二代(北岛们),再到非国家主义—第三代(名字已不胜枚举)……在此刻,一条线性时间链已经闭合,写作者必须从痛苦的伤口处来到时间里面,进入运作时间,一个因时代错误

---

[1] 转引自詹姆斯·K·林恩《策兰与海德格尔——一场悬而未的对话(1951—1970)》,李春译,北京大学出版社,2010,第149页。

而得以准确观察时代的良机。我们发现了时间的时间,这意味着:要成为同时代人。"而所谓的对这一体制所遮蔽的时间的发现,"来到时间里面,进入运作时间",如果没有对其背后历史逻辑的认识,很容易就变成一种干巴巴的抒情和自我期许。我们知道,80年代以来的"先锋诗"运动,经历了三个重要阶段:朦胧诗,第三代诗歌与90年代诗歌,其所确立的"抒情主人公"改造了"政治抒情诗"所构建的历史主体,并与现行历史高度媾和①,同时,其对诗歌的认知是将"语言"和"技艺"视为诗歌的核心部分,与"政治抒情诗"将诗歌的核心押在"历史"的一边正好相反,"先锋诗"则将自己钉在"动物性人道主义"的十字架上。因而我们看到,这种由"先锋诗"运动所带来的"中产阶级语言观念"旗帜鲜明地反对任何以历史之名的"乌托邦"倾向,抵制任何带有"神学"倾向的思想,在这里"历史"是已经被打包封存的"历史",拒绝对其的多重解释和理解,比如对"五四"或"文革"的解释,它取消历史的未知脉络以及对于历史的浪漫主义想象。与这种"历史终结论"相对应的诗歌概念,则是以"纯文学"、"诗意"、"审美"、"个人的真实"、"心灵的自由"、"文学的自主性"等标签来标注的,我们对此也都并不陌生。那么在我们的诗歌体制内,"中产阶级语言观"居于中心地位,其左边则是"左派"的语言观,它对于将诗歌置身于"语言"和"技艺"的通道,而不是具体的矿难、拆迁、贫穷和不

---

① 这一问题笔者在《当代诗的政治性与古典问题》一文中有详细的探讨,此处不再赘述。

公正的问题,而不是底层或无产阶级等历史主体的解放问题,持有激烈的批判态度,相比之下,它更信赖政治而不是语言,更信赖行动的力量而不是理性的静观,所以将《费尔巴哈提纲》中的那句名言稍作改变,即可看作是"左派"的语言观念:诗歌的任务在于改变世界,而不是解释世界;而在这一等级制最右边则是"古典主义"的语言观,它对古典诗歌所孕育的审美和伦理的价值观念高度认同,主要变现为对自然、家园、山水、天道观念等主题的书写,并将此视为抵抗现代性世界的武器。三者为我们的诗歌等级制的基本内容,正如我们所看到的那样,对这三种语言观念的命名,是以当下流行的意识形态观念来命名的,但是却更容易帮助我们理解今天的"诗歌体制"的现状,事实上,今天的"诗歌体制"的僵化和无聊,正在于其被意识形态牢牢地掌控,并且在未来很长一段内,我们都无法摆脱这种状况,而且意识形态的冲突会越来越激烈,这与我们今天的历史局面是一致的。

我们今天的历史局面是,我们正处于一种"超历史"的结构当中,曾经明晰的历史方向感变得模糊,甚至毫无方向可言,我们不能知道哪一种历史主体将收编我们的未来,与此相对应的是,当下的各种历史谋划和各种现代性的方案都越来越暴露出其盲视和短路的一面,分裂大于共识,敌视大于和解,而分裂和敌视的力量相当,无法打破这一平衡状态。那么,"超历史"的结构就表现为世界的多极化与历史主体的多元化的力量均衡,任何单边的历史方案都无法获得认同和实现,各种意识形态对未来的谋划而展开历史的竞赛,试图主导历史的格局和走向。据新华网的统计,2015年社会的十大思潮或意识形态主要为:民族主义、历史虚无主义、新自由主义、民粹主义、新左派、普世价值论、新儒家、生态主义、极端主义、道德相对主义,这基本上可以代表我们今天所面对的现实,每一种意识形态都代表着历史的一极,通过价值机制来塑造自己的历史主体,以此来实现对历史格局和走向的主导。但同时,每一种意识形态的僵化观念也会使得现实变得狭隘与贫乏,正如本雅明对这一问题的探讨,我们的经验一旦被观念或情感所阐释,那么经验就会贫乏和狭隘,从而获得一种确定性:"很清楚,在经历过1914—1918年的这一代人身上,经验贬值了,这是世界史上一次最终到的经历。这可能不足为奇。当时不也能够断定:他们沉默着从战场归来,直接经验并没有丰富,反而贫乏了?"[①]这也是透过我们的"诗歌体制"就可以看到的现实,但是大多数人对此却浑然不觉。

三、诗歌的"拯救维度"

总而言之,一旦我们试图对诗歌的"当代性"问题有所思考和认识,毋庸置疑,首先需要清理的就是我们的现状和历史,而最终要回答的问题则是,今天的诗歌何以能够给出拯救性的维度? 但无论如何,这也是一个看起来很荒谬的问题,正如不信神

---

① 本雅明《经验与贫乏》,王炳均、杨劲译,百花文艺出版社,2006,第252—253页。

的人说,除非能让他看到上帝,在这一逻辑下关于诗歌的拯救性维度,也就被善意地看作是一些形而上学焦虑病人,救世主情怀患者,权力狂人或者虚无主义者等所患有的间歇性精神疾病,是我们必须克服的妄想症,人类的事业只需放心交给尽职尽责的政客、资本家和科学家等等就可以万事大吉了。另外,奥登的说法,"诗不能使任何事情发生",是一再地被我们经验所证明了,或者关于"净化"、"教化"之类的观念,也同"启蒙"概念一样是被反复批判和解构过的,况且资本与大众传媒的强力结合也在告知,在全球资本主义生产关系中,诗歌如果不能像选秀节目那样抓牢观众,那么它连一毛钱都不值。然而,如果没有拯救性维度存在,所谓的"创新"和"批判"也都是非常可疑的,诗歌的"当代性"问题也就无从谈起。

对于拯救性维度的具体探讨,已经有很多现成的思考摆在我们面前可以参照,比如阿甘本的"弥赛亚主义",朗西埃的"审美异托邦",或者巴丢的"共产主义设想",正如巴丢所言:"处在目前压倒性的反动间隔期之中,我们的任务如下:将思想进程——就其特质而言总是全球化的,或普遍的——和政治经验——总是地方性的和独一无二的,但毕竟是可传播的——结合起来,从而使共产主义设想得以复生,既在我们的意识之中,也在这片大地之上。"① 我们因此可以知道的是,关于拯救性维

---

① 阿兰·巴丢《共产主义设想》,见汪民安主编《生产》第 6 辑,广西师范大学出版社,2008。

度问题都分享了相似的结构和经验,即它们都是不确定和实验性的,而最为重要的是,对主体的命名与认知,也就是人应该成为或理应是什么样的人。从诗歌的角度看,人就是语言的人,主体问题也就是语言问题,一个人属于什么样的语言系统,他就会被塑造成什么样的人,他说什么样的语言,他也就具有什么样的思考方式,一个只拥有五百个词语的人和拥有五千个词语的人并不同属于一个世界,一个信仰贺敬之的读者与迷恋海子的读者会是截然不同的,反之,同样迷恋徐志摩的读者,会很容易在诗歌语言上达成一致。结构主义理论在这方面曾为我们做出深刻的分析,"言语"分析被精神分析视作治疗的重要手段显然是成功的,诗歌通过对话语秩序和方式的改变,完成对主体的改造,从而与"历史"发生关联,与精神分析是如出一辙,我们把诗歌的这种拯救性维度称之为"语言—历史"机制,大致的方向就是这样的。

在这个关节点上,鲁迅的《摩罗诗力说》,倒是可以为我们来做见证。这篇于1908年在《河南》杂志上发表的文章,与新诗的起源问题有着紧密的关系,鲁迅所召唤的"摩罗诗人"与我们所讨论的"同时代人"也具有同源性,是贯穿新诗发展历史的一个重要维度。文章中"求古源尽者将求方来之源"、"别求新声于异邦"、"援吾人出于荒寒"的立意,虽也曾被编织到各种话语中,浪漫主义的、现代性的、革命的,但终究是为了一特定之目的,即为后来的历史作见证。对于我们来说,应暂且悬搁鲁迅关于"世界"、"家国"、"异邦"、"诗人"所设定的具体含义,把注意力专注于鲁迅的论证上,纵观鲁迅对浪漫派诗人的寄托和立传,这个论证贯穿于"盖世界大文,无不启人生之閟机"的信条上,其在语言、真理、主体、历史之间所建立的"批评"关联,启动的正是诗歌的拯救性维度。但鲁迅对进化论抱有极大的信心和热情,以及对"救亡"的急迫的感同身受,所以最终将其推崇的"神思"、"心声"、"维新"、"破中国之萧条"的救赎意识,押在了历史的现实主义一边,这一决定做得有些快了,它忽略了应谨慎考虑的环节,最终也导致其"语言—历史"机制向革命的单边历史幻觉倾斜。正如政治哲学不负责动手具体改造现实的政治制度,诗歌对于不正义的现实也不必采取直接介入的立场,当然如果你愿意用诗歌来求爱,帮农民工打官司讨薪,为逝者安魂,为生者请命,那都无可厚非,但是把此种"介入"作为诗歌的基本任务或拯救性维度来认证,则很容易为"单边的历史幻觉"所绑架。

我们看到在鲁迅之后的左翼诗歌,其最基本问题正在于其僵化的文学教条,无论是"以政治标准放在第一位,以艺术标准放在第二位"的工具论做法,或者更激进的"政治就等于艺术"的做法,虽然是以打碎现有体系和体制的现实尺度为其精神驱动力,但归根是一种"单边的历史幻觉"。正如波德里亚毫不客气地指出,这种单边的历史幻觉,是建立在"政治和历史的同一性,逻辑和辩证的同一性"之上的,也必然是对乌托邦取向的反叛,"乌托邦,它不仅仅是对革命拟像的揭露,也是对充当拟真模式的革命的分析,并且将革命限定在人类理性的期限内,因为人类会自行对抗革命的激进性,"总之,乌托邦"是对人类或历史任何单边目的性的解构。"①而诗歌的拯救性维度,正是建立在对"乌托邦"的维护上。当然这里的"乌托邦"是一个功能性的词汇,并不是实体性的概念,所谓功能性词汇,对其的使用所抽取的是意义的结构性关联,而不是特定的意义和价值取向,这是着眼于当下所需要具有的前提,实体性概念必须还原为功能性的词汇,才能抵制时间向陈旧的历史回落。那么,"乌托邦就是并未发生,就是对政治的全部场合的彻底解构。它并未给革命的政治提供任何的优惠。"②它曾以不记名的方式去组织诗歌和诗歌批评的肌理和构造,在诗歌那里这并不是什么秘密,只是如今更加隐秘。

在这一点上,鲁迅与本雅明可以互为援手,《摩罗诗力说》所忽略的部分,恰恰是本雅明全力以赴所思考的问题。"语言—历史"机制当中,并不意味着"语言"的完成,即可以促成"历史"升华,或者"历史"具有至高的优先权和最后的决定权,或者我们想当然的以为,只要我们如何,历史就会怎样,那都将会是非常可笑的。"如本雅明所构想,历史绝不是救世的,因为它含有强烈的分离力量,把神圣的东西与诗意的东西分离开来,把纯语言和诗歌语言分离开来。"③也就是说,与左翼诗歌所

---

① 波德里亚《乌托邦被打发了》,见《游戏与警察》,张新木、孟婕译,南京大学出版社,2013。

② 同上。

③ 保罗·德曼《"结论":瓦尔特·本雅明的"翻译者的任务"》见郭军、曹雷雨编《论瓦尔特·本雅明:现代性、寓言和语言的种子》,吉林人民出版社,2003,第109页。

构想的恰恰相反,"历史"就是堕落的代名词,是人类被逐出伊甸园后所要吞下的苦果,人类最终是要重回上帝的怀抱,所以他的决断就有了现实的意义:"世俗的秩序不能建立在神国的观念上,神权政治没有任何政治意义,只有宗教信仰上的意义。布洛赫《乌托邦精神》一书的基本功绩,便是强烈地排斥了神权政治在政治上的重要性。"[1]那么在本雅明那里,答案就非常明显了,只有在终结历史的弥赛亚那里才有救赎,在尘世,没有所谓的黄金时代,最好的时代也就是最坏的时代,反之亦然,历史不具有救赎的功能,语言才具有救赎的意义,这里的"语言"不是信息交流、意义传达或是借助政治、伦理、美学或神学等中介所衍生的语言,而是来自"乌托邦"。本雅明在《译者的任务》中,对这一语言的含义给以表述:"译作虽不用与原作的意义相仿,但却必须带着爱将原来的表意模式细致入微地吸收进来,从而使译作和原作都成为一个更伟大的语言的可以辨认的碎片,好像它们本是同一个瓶子的碎片。"[2]保罗·德曼对这层含义的解释转道于肖勒姆的一个判定:"救世的复兴和弥补把在'容器的破碎'中粉碎和破坏的原始存在拼凑起来,也把历史拼凑起来。"[3]

---

[1] 本雅明《神学—政治学残篇》,见刘小枫编《当代政治神学文选》,吉林人民出版社,2011,第49页。

[2] 本雅明《译者的任务》,见汉娜·阿伦特编《启迪——本雅明文选》,张旭东、王斑译,三联出版社,2008,第90页。

[3] 郭军、曹雷雨编《论瓦尔特·本雅明:现代性、寓言和语言的种子》,吉林人民出版社,2003,第106页。

四、结语:写作所打开的"闸门"

具体到写作层面,我们可以说,诗歌首先是一种换算的法则,就如同货币和黄金的兑换,有着自己的秘密方程式,它的换算也远比现实和历史更为精确,所以朗西埃在定义诗歌的政治性时①,所着重的正是这样一种换算法则,而不是诗人所持有的反复无常的政治观点,这意味着我们所获得每一种计算法则,都在帮助我们打开一道历史的"闸门"。写作的意义也是在这一时刻才获得的,而不是完整地表达自我,因而我们看到每个诗人也都在试图定义自己的方程式,例如荷尔德林的时代的命运和祖国的形式的函数关系,策兰的语言的场所和乌托邦的函数关系,鲁迅《野草》中历史和救赎的函数关系,张枣的浩渺和来世等等,而且也会不断地去修改这个方程式,以使它更为精确。正如对自然进行计算的数学家一样,诗人是对历史进行计算的语言学家,这种计算的具体法则可参照朗西埃对审美艺术的定义:"否认可感物的秩序化划分方式并构造出一个共有感知机制的艺术;作为感性世界的一种布置安排方式而取代政治的艺术;成为某种社会解释学的艺术;甚至还有在其隔绝状态中成为对解放许诺的守卫者的艺术。这

---

① 关于这一问题的具体探讨,见朗西埃《从华兹华斯到曼德尔斯塔姆:自由的转换》,《词语的肉身:书写的政治》,朱康等译,西北大学出版社,2015。

些立场的每一种皆可取弃。"①而对这些具体法则的发明,最终则要依赖于"语言—历史"机制。

由陈家坪等人发起的北京青年诗会,不同于当下那种诗人雅集,以文会友或者学术机构组织的纪念性或表彰性的诗会,或者那种为了寻求某种媒体效应而自我标榜的诗会。北京青年诗会致力于寻找一种建设的尺度和方向,从前两届的会议主题中,"桥与门"、"成为同时代人",我们已经能够感受到这一点。两届的主题,都表达了对当下诗歌写作问题以及前景的关注,重要的是,这两个主题都向我们提出了一些新问题,但可惜响应者寥寥。我试图以自己的观察和理解对"何为同时代人"主题给出回应,并不是要给出答案,而是在这个主题的范围内重新提出一些问题,以期待将来。我相信,这些问题对于诗歌批评家会比诗人更为重要,因为我们的诗歌批评已经放弃了独立思考,而陷入意识形态的陷阱。

故而未来一段时间内,我们都要试图寻找新的问题,以对抗意识形态对我们的围剿,即用写作打开那些"闸门"。

---

① 朗西埃《审美革命及其后果》,见汪民安主编《生产》第8辑,江苏人民出版社,2013。

第七章:"鹤"的诗学
——读张枣的《大地之歌》

一

《大地之歌》共有 111 行,是张枣的雄心勃勃之作,他在这首长诗之中几乎动用了他对诗歌的全部理解,也可以看作是他的诗学观念的一次全面表达。但要想准确地理解这首长诗颇不容易,一是因为张枣的诗歌写作远远超出我们的批评观念,对张枣的任何一次解读,都会是对批评家的严峻考验;另一个原因是,张枣自己也深谙批评之道,但他提供的诗歌解释,有时只会误导我们,比如,"元诗"理论,如果我们朝着这个方向去看,我们极容易陷入马拉美和瓦雷里的泥潭之中[①],而对给予张枣巨大影响、

---

① 张枣的"元诗理论"最集中的表述,是在他的《野草》讲义中,其实和瓦雷里的概念并不一样,更多的时候,张枣的用法所指的是,一种"经典化"(*转下页注*)

启发的里尔克和特朗斯特罗姆,则会有较少的注意,在这一点上,我信赖弗洛伊德的说法,即作家并不能比读者更好地理解自己的作品①。因此,对《大地之歌》的解读,我愿意以普通读者的角度来展开阅读。

对于一个普通读者而言,如何对一个诗人的写作,作出最初的、有效的评估,这里有一个灵验的试金石:那就是看这个诗人在认同、赞赏和暗中学习哪些诗人的作品和价值观念,这意味着我们可以大致知道诗人在借助何种诗歌原型来思考诗歌,以及诗人写作的指向。熟悉张枣的读者,会揣测到他诗歌写作的几个秘密来源,比如史蒂文斯、特朗斯特罗姆、茨维塔耶娃、曼德尔斯塔姆,还有里尔克,这几位诗人是他诗歌中的主要对话者,在对话中,张枣大多扮演的是来自古老中国的一个天才诗人的形象,比如他在《跟茨维塔耶娃的对话》②中所写:"亲热的黑眼睛对你露出微笑,/我向你兜售一只绣花荷包,/翠青的表面,凤凰多么小巧,/金丝绒绣着一个'喜'字的吉兆",而里尔克的意义绝不仅限于此,张枣1986年出国后的几年的诗作中,

---

(接上页注)写作,即用经典的诗歌元素或者文化元素来写当下,我个人认为,这是他对自己诗歌中的"对话"主题的总结。考虑到"元诗"概念本身的复杂性,所以我尽量避免从这个角度去阅读张枣的诗歌,而将注意力放在他的"对话"主题上。

① 见弗洛伊德《创作家与白日梦》,《西方文艺理论名著选读》(下),北京大学出版社,1987。

② 文中所引用的张枣的诗歌,均出自于《张枣的诗》,人民文学出版社,2010。

里尔克几乎充当着他的诗歌老师的角色,他这个时期所热衷的"天鹅"的形象,即来源于里尔克,而不是像有人所说,是来自于叶芝,比如将张枣的《天鹅》和《丽达与天鹅》这两首诗与里尔克《新诗集》的《天鹅》,《新诗集续编》中的《勒达》两首诗相对照,我们会发现,此时的张枣在里尔克的诗作面前,还只是学徒,但很快他就能创造性转化里尔克的精妙之处,我们以两首《天鹅》的第一节为例:

> 尚未抵达形式之前
> 你是各种厌倦自己
> 逆着暗流,顶着冷雨
> 惩罚自己,一遍又一遍
>
> ——张枣《天鹅》

> 累赘于尚未完成的事物
> 如捆似绑地前行,此生涯之艰苦
> 有如天鹅之未迈出的步武。
>
> ——里尔克《天鹅》,绿原译

张枣的《天鹅》第一节是对里尔克的改写,《新诗集》时期的里尔克以"咏物诗"而闻名,他在写作中很少透露诗人的主观情感,而是通过对"物"的结构和理念的呈现来对应"真实"的法度,我对张枣阅读的感受是,里尔克的"咏物诗"对他有很大的启发。

之所以谈到这一点,是因为我认为《大地之歌》中隐藏着一个张枣试图与之平等对话的里尔克。

《大地之歌》在形式上是仿照马勒的同名交响乐的结构,共分为六章,在这个六章当中,张枣设置了"马勒"、"鹤"、"大上海"和诗人所反对的、代表着当下存在状态的"那些人"四组形象,其中的"马勒",代表着父响乐《大地之歌》的部分主题,表面看来是诗人所参照的构建未来的一份蓝图,其实在"马勒"的背后站着一位张枣与之对话的诗人,这位诗人就是张枣极其偏爱的特朗斯特罗姆,特朗斯特罗姆有一首长诗题目为《舒伯特》,在形式和主题上与张枣的《大地之歌》都颇为相近,我相信张枣在某些方面受到了《舒伯特》这首诗的启发,张枣在《大地之歌》中正试图通过"马勒"与特朗斯特罗姆通过"舒伯特"所构建的现实和未来的主题来对话;《大地之歌》中的第二组形象"鹤",是令张枣极为痴迷的一个诗歌形象,考虑到"鹤"在张枣诗歌中复杂的语义结构,我们也可以说,"鹤"几乎可以算作是张枣诗学观念的最准确和最充实的表达,正是"鹤"这一形象,才统一和连贯了全诗的主题和结构,关于这一点我后面会做详尽的解释,在此,我想先提出的是,"鹤"这一形象背后,也站着一位张枣与之对话的诗人,这就是里尔克,"鹤"在张枣诗歌中的地位,相当于"天使"在里尔克诗歌中的位置,两者都是诗人在各自的文化系统中提炼出来的,可以概括为诗人对世界认知的诗歌模型,张枣通过"鹤"与"天使"的对话,而使得这一诗歌模型趋于丰富完满;《大地之歌》中的第三组形象,"大上海",这个形象一方面是用来指认马勒交响乐中所表现的,收养我们而又埋葬我们的"大地",另一方面,是用来指认我们所面对的破败的现实,而在这一形象里,张枣要与之对话的诗人则是他的好友、上海诗人陈东东,诗中出现的"我们",即是指诗人和陈东东,正如张枣在《大地之歌》的赠词中所写的"赠东东"字样所标明的;第四组形象,"那些人",所对话的主体较为模糊,或者说较为广泛,但在这广泛的群体中,也有一个当代诗人的形象,就像诗中所写的:"那些把诗写得和报纸一模一样的人,并咬定/那才是真实,咬定讽刺就是讽刺别人/而不是抓自己开心,因而抱紧一种倾斜/几张嘴凑到一起就说同行的坏话的人"。

《大地之歌》中四组形象和四个对话者的交织回旋,再加上与之相匹配的四种乐器的结构性连缀,比如"长笛"、"双簧管"、"号音"、"大提琴",使得这首长诗极为精妙、丰富、恢弘,但也非常晦涩和复杂,几乎难以清晰地解读,自新诗以来的众多经典长诗中,还很难找到一部作品,在结构上与张枣的《大地之歌》相匹配。《大地之歌》在张枣所有作品中也是我最为喜欢的,我对这首长诗的阅读有十几遍之多,但自认为无法充当这首诗的最好的诠释者,一方面是因为我思考的诗歌路向和张枣不同,另一方面是因为张枣在德语或英语中的阅读对我来说,是完全陌生的,这使得我无法全面把握他诗歌写作中的核心环节,所以,对《大地之歌》的阅读,我主要是从"鹤"这组形象来展开。

二

逆着鹤的方向飞,当十几架美军隐形轰炸机
偷偷潜回赤道上的母舰,有人

心如暮鼓。
　　　　而你呢,你枯坐在这片林子里想了
一整天,你要试试心的浩渺到底有无极限。

何为"鹤"?为何"逆着鹤的方向飞"?《大地之歌》第一句中出现的"鹤",因为这语义丛生的悖论式句法,而恍惚莫测。

我无从知道,张枣在多大的意义上认同,史蒂文斯对诗歌的表述:诗是生活的最高虚构,诗中这恍惚莫测的"鹤",和这个表述其实并不完全相符,但是我想,张枣一定会同意这个表述背后的观念,即"诗是通过词语表达的词语启示录"①。因此,我想说的是,张枣的"鹤"并不是再现,而是启示,它和我们熟知的传统文化中的"驾鹤西游"、"梅妻鹤子"、"白鹤展翅"等"鹤"的意象没有直接性的对应或再现关系,就像里尔克的《杜伊诺哀歌》的"天使",虽然是以《圣经》中的"天使"为蓝本,但是在《哀歌》中脱颖而出的"天使"形象与蓝

---

① 华莱士·史蒂文斯《必要的天使》,前揭,第35页。

本中的,并无直接性的关系,而是在"天使的阵营中"增添了一个新的形象,"正如诗人在其被多次援引的信中向于勒维所解释的,它与《圣经》的观念不再相干;确切地讲,它是整个近代演变史的证人,在这场演变中,世界脱离了上帝的启示"①,张枣的"鹤"与里尔克"天使"即在这种同构的意义上构成了对话。

那么,如何理解这作见证的"鹤"? 它是如何从古典的情境中脱颖而出的? 对于这个启示性的而不是再现现实的意象而言,任何寻求精确、准确的回答,都会犯下武断的错误。我们试着从这样一条线索给以最基本的理解,在张枣所有谈论诗歌的文字中,有一行文字应该得到格外的关注,这就是他在《〈野草〉讲义》中,对鲁迅《一觉》中的一个句子的阅读,他对其大加赞赏,几乎是毫无保留地,而只要细心体会,就会发现张枣的赞赏其实是为自己的诗歌做的一个脚注,所以我们要将这个句子和张枣《祖母》中第一节对照来读:

> 漂缈的花园中,奇花盛开着,红颜的静女正在超然无事地逍遥,鹤唳一声,白云郁然而起……。这自然是使人神往的罢,然而我总记得我活在人间。②

---

① 瓜尔蒂尼《〈杜伊诺哀歌〉中的天使概念》,见刘小枫选编《〈杜伊诺哀歌〉中的天使》,林克译,第213页,华东师范大学出版社,2005。
② 见《鲁迅全集》第一卷,第266页,新疆人民出版社,1985。

"逍遥,鹤唳一声,白云郁然而起",太漂亮了,文字天才,只有鲁迅能写出来,第二个人写不出来。①

1

她的清晨,我在西边正憋着午夜。
她起床,叠好被子,去堤岸练仙鹤拳。
迷雾的翅膀激荡,河像一根傲骨
于冰封中收敛起一切不可见的仪典。
"空",她冲天一唳,"而不止是
肉身,贯满了这些姿势";她蓦地收功,
原型般凝定于一点,一个被发明的中心。

——张枣《祖母》

我所引用的第一个段落是鲁迅《一觉》中的原文,我们可以很清楚地看到,这里面设置了两个平行的世界,一个是"奇境"一般的逍遥的世界,另一个是充满"流血和隐痛的魂灵"的现实人间。两个世界遵循着不同的法则,对于鲁迅而言,"奇境"的世界不过是在偶然一瞥中,所看到的古典世界的"幻美之境",但这个"幻美之境"却只是古典世界的残余物,或者说剩余物,它碎片一样的,镶嵌在我们的现实里,虽然偶尔能够发出令使人神往的光亮,虽然在这光亮里,我们可以看到正义的比例是多么完美地被

---

① 《张枣随笔选》,第150页,人民文学出版社,2012。

分配,但终究是幻觉;现实人间则是另一个法则所支配的,它黑暗、倾斜、粗暴、"鲜血淋漓",它需要被改造,它应该符合正义的比例,它应该有合理的制度性安排,而这一切是如此的迫不及待,是如此的为时已晚,因为这一切都发生在此时此刻的当下,作为"历史中间物"的这个当下,连接着过去和未来,如果我们不能整顿好这个当下,过去和未来都不能在此时此刻到场,所以,我们要批判它,要惩恶扬善,但不是依据古典世界的"幻美之境",而是现实分配的利益法则。这两个相互映照的世界,自新诗诞生以来,就内化为其语言的秘密根茎,成为新诗发展的动力,我们的新诗史上有太多的互相反对的吵吵闹闹,而不是严肃的对话,更多时候是这两个世界之间浅薄的反对。

在张枣身上,不存在这种分裂式的冲突,他出色地和解了新诗中这种分裂,这种和解在于张枣将古典世界的"绝对时间"和现代世界的"推论性时间"成功地嫁接在一起。我们看第二段引文,张枣所赞叹的是鲁迅呈现出来的,作为古典剩余物的"幻美之境",他还做了一点点的改写,把这段文字变成纯粹的"奇境"。"逍遥,鹤唳一声,白云郁然而起",在这个句子中,主语消失了,"人间"也消失了,事物在神秘的氛围中辉光流转,正是这个改写,使得这个句子发生的位移,而把古典剩余物的碎片,变成了一面我们可以照见自己的镜子,"鹤"才从古典的情境中脱颖而出,"鹤"就是那样一面镜子,只有在观照中才发生,它从"幻美之境"起飞,就像张枣咒语一般的诗句,"飞呀,鹤",它所召唤的正是这种"观照",这"召唤"的潜台词则是,"看吧,奇境",在这"奇境"当中,"不只是这与那,而是/一切跟一切都相关"。因此,我读张枣的诗,时常会想到阿什贝利《凸面镜中的自画像》中的情境,在那面凸面镜中,一切事物都被重新发明,重新关联,也可以说,张枣1984年的诗作《镜中》即开启了这样一面镜子,他之后二十多年的写作,所描绘大多是这"镜中之物",就像米沃什所说:"永永远是通过一面镜子被昏暗的看到的"①。我们立刻就可以想到,作为诗人的张枣与作为画家的帕米加尼诺是如此相像,"他将自己/最完美的技艺倾心描画镜中所见"②。

而鲁迅笔下的另一个世界,则被"幻美之境"所收编,被重新发明和重新关联。在张枣的《祖母》第一节,他所写的是祖母在清晨的河岸练习仙鹤拳,这原本是我们在日常生活场景中熟知的一部分,而在诗句中,"鹤"再一次降临,练拳的祖母变成了一只鹤,她鹤唳一声地"冲天一唳",被置身于"一个被发明的中心"。这只降临的"鹤",不过是仙鹤拳中残留的古典剩余物之碎片的回光返照,但是可以改变我们所处身的"现实人间"。

《大地之歌》第一句中"鹤"的形象,与"十几架美军隐形轰炸机"之间的对照,即是"幻美之境"和"现实人间"的互相诠释,在"鹤"的奇境中,"隐形轰炸机",不过是"鹤"在现代世界中的异形,只有"逆着鹤的方向飞",才可以看到。

---

① 米沃什《诗的见证》,前揭,第139页。
② 阿什贝利《凸面镜中的自画像》,叶美译,刊于民刊《剃须刀》,2008年春夏季号。

三

> 人是戏剧,人不是单个
>
> 有什么总在穿插,联结,总想戳破空虚,并且
>
> 仿佛在人之外,渺不可见,像
>
>   鹤……

但是,"鹤"的意义并不仅限于此,它在张枣的诗歌中扮演着诗歌模型的角色,这意味着,在"鹤"的身上隐藏着诗人的整个世界观,因而这节诗中出现的"鹤",被陡然放大,"渺不可见"。我们知道,任何一个一流的诗人,都会在自己的写作中找到一个与世界相对应的诗歌模型,在这个模型里诗人获得了,"一个全面的、堪称正确的视角,以观察世界和人对世界的安排"[①]。也就是说,张枣在从古典的碎片中,重新发明"鹤"的同时,也发明了"鹤的内心",一个属于他自己的古典—现代世界观。在这一点上,张枣与写作《华夏集》时的庞德在同一条道路上,但要比庞德走得远得多。两人所做的工作,有一点是非常一致,就是把古典诗歌中的"过去时态"变成此刻正在发生的"现在时态",而促成这种改变的发生,除了要为"原作"重新赋予一个现代抒情主人公外,还要为其添加新的价值编码,我们以庞德对李白《侍从宜

[①] 朗佩特《尼采的使命》,李致远、李小均译,第1页,华夏出版社,2009。

春苑奉诏赋龙池柳色初青》后两节的翻译与张枣对《何人斯》第一节的改写为例①:

> 始向蓬莱看舞鹤,还过茝石听新莺。
> 新莺飞绕上林苑,愿入箫韶杂凤笙。
>
> ——《侍从宜春苑奉诏赋龙池柳色初青》

> 他走向蓬莱池,去看仙鹤振翅,
> 他经茝石归来,为的是倾听新莺的鸣唱,
> 上林苑的花园已遍布新莺,
> 它们的生息与这箫声相融
>
> ——庞德《江中吟》

> 彼何人斯?
> 其心孔艰。
> 胡逝我梁,
> 不入我门?
> 伊谁云从?
> 维暴之云。
>
> ——《诗经·何人斯》

---

① 关于庞德这首的翻译和解释,见艾略特《批评批评家》,李赋宁、杨自伍等译,第237页,上海译文出版社,2012。

> 究竟那是什么人？在外面的声音
> 只可能在外面。你的心地幽深莫测
> 青苔的井边有棵铁树，进了门
> 为何你不来找我，只是溜向
> 悬满干鱼的木梁下，我们曾经
> 一同结网，你钟爱过跟水波说话的我
> 你此刻追踪的是什么？
> 为何对我如此暴虐
>
> ——张枣《何人斯》

庞德的翻译基本上是忠实于原作的，他只是在诗歌中增添了一个"他"的形象，便改变了我们进入这首诗的通道，我们很容易受到庞德的暗示，将这个"他"读成一个现代人，他生活在充满现代景观的都市中，也忍受着景观中的嘈杂和虚无，但他的选择是，穿过城市的重峦叠嶂走向蓬莱池，看遗世独立的仙鹤振翅，而后从苕石归来，只是为了倾听新莺的鸣唱，因此，我们也很容易把李白的这首诗读成一首现代诗，庞德的成功之处在于为这首诗增添了现代英诗的句法和一个新的抒情主人公。

而张枣的改写只是保留了原诗的场景，其余全部被偷偷替换，专业的读者一眼就可以看出，张枣是用德语中的里尔克的句法，重新诠释了这首诗，重点是为这首诗重新塑造一个"存在论"的地基。"究竟那是什么人？在外面的声音/只可能在外面。你的心地幽深莫测",这两句是这节诗的主题句,而这个主题也是里尔克的最重要的主题之一,即一个绝望的现代人,对那个圆满的、自足的、不受现代世界法则支配的爱者或天使的倾听。我们来看里尔克是怎样书写这个主题的,比如:"那些时日,我曾是怎样一个人,/什么也没呼唤过,什么也没把我泄露"①(《钟情人》);"你来了又走。大门/悄然关闭,文风不动。/你是一切中最悄静的,/穿过了悄静的房屋。"(《关于僧侣的生活》;"但是,在明亮的出口前面,远得看不清,/站着一个什么人,他的面貌/不可辨认。"(《俄尔普斯·欧律狄刻·赫尔墨斯》);"那现实可能明天来,今天晚间/来,也许来了,只是人们把它藏匿;"(《钢琴练习》)。在这种对照性阅读中,可以看到张枣和里尔克是重合的。

张枣为《何人斯》确立的"存在论"地基,距离《大地之歌》并不遥远,《何人斯》中的"幽深莫测"的心与《大地之歌》中的"鹤"也极为相似,那么我们要从这首改写的《何人斯》,尤其是要关注其中的"存在论"角度,来阅读《大地之歌》的这一节诗。

"人是戏剧,人不是单个",这一句容易让人想起,约翰·邓恩的《每个人都不是一座孤岛》,但张枣的重点是"戏剧"这个词,它的第一层意思是人和所有事物都相关联,另外一层则是,戏剧性的,总会有出人意料,不在意料之中的事物出现,也就是说,在这些关联中,既有那些可见的布景和舞台,也有不可见的光线和

---

① 文中所引用的里尔克诗歌,均来自于《里尔克诗选》,绿原译,人民文学出版社,1996。

匿名的"什么人",就像《何人斯》中所写。柏桦在《左边:毛泽东时代的抒情诗人》一书中,曾提及张枣早期的诗歌观念,他说,张枣那时谈的最多的是:"诗歌中的场景(情景交融),戏剧化(故事化),语言的锤炼,一首诗微妙的底蕴以及一首诗普遍的真理性。"①,今天看来,这个观念差不多可以为他的全部诗歌做脚注,他的诗歌都是在这个结构里完成的,其中"一首诗微妙的底蕴以及一首诗普遍的真理性",构成了他诗歌写作"存在论"的那部分。第二句的出现,"有什么总在穿插,联结,总想戳破空虚",就承担了这个"存在论"的功能,它是对"幻美之境"中的"浩渺之物"的倾听,同里尔克一样,这个"浩渺之物"也是圆满的、自足的,不受现代世界法则支配的爱者,这里出现的"鹤"只不过对它的指认和代称,相对于郁闷、苦闷、空虚、平庸的现代人来说,"鹤","仿佛在人之外",它藐视动物性的人道主义和激进的人本主义所持有的一切,它是"上帝之死"所留下的空白位置的守护者,"浩渺之物"也就是这个空白位置升起的"乌托邦"。

所以,"鹤"相当于一个拯救者的角色,它要将此时此刻的"现实人间"变为"来世"。那么,"鹤"的存在论意义,就在于"来世",一个借助"鹤之眼"在当下挖掘出来的"浩渺之物"。张枣早期有一首诗叫做《蝴蝶》,其中一句写道:"灯光下普照的一切都像来世",熟悉张枣诗作的读者,会发现诗人是多么看重和贪恋

---

① 柏桦《左边:毛泽东时代的抒情诗人》,第114—115页,江苏文艺出版社,2009。

这句诗,在 90 年代写作的《护身符》《孤独的猫眼之歌》这两首诗中,这句诗几乎原封不动地被重写:"灯泡,它阿谀世上的黑暗/灯的普照下,一切恍若来世"(《护身符》),"灯的普照下一切都像来世/呵气的神呵,这里已经是来世/到处摸不到灰尘"(《孤独的猫眼之歌》),两句诗歌中都有着反讽的态度,指认出此刻的荒谬。而在其他的诗作,比如《梁山伯与祝英台》中,这句诗被改写为:"她感到他像图画,镶在来世中。",再比如《猖狂的一杯水》,"被这蓝色角落轻轻牵扯的/来世,它伺者般端着我们"。"来世"作为诗句中的构成性力量,它并非是指那个将来的世界,而是描述在此时此刻绽出的"来世"时间,"幻美之境",在此刻为昏暗的现实描画蓝图。

"来世",有时可以他的另外一个关键词通用,"浩渺"。这个词以及其变形,我们可以在张枣的诗句中找到很多,比如"邈远"、"邈然"、"悠远"、"悠悠"、"遥远"、"浩茫"、"天边"、"远方"、"幻象"、"樱桃之远"、"渺不可见"、"万里外一间空电话亭"、"乌托邦"等等,这些词语在张枣全部诗作中出现的频率之高,几乎可以用密集来形容,而"鹤"正是这些词语的代理人或者说现实形象。套用瓜尔蒂尼对里尔克的分析,我们也可以说,张枣的"鹤"的形象,如同荷尔德林的众神和里尔克的天使一样,是从古典世界残存的"幻美之境"吸取的一种内在性,"凭借这种气质,它以冷漠的庄严与地球的俗物相对峙",以宇宙的整体去感觉①。而"那些人"作

---

① 瓜尔蒂尼《〈杜伊诺哀歌〉中的天使概念》,前揭,第 224 页。

为来世与鹤的对立面,作为地球俗物的代表,将作为拯救者的鹤赋予了一种神圣的色彩,鹤也因此是张枣诗中的最高位格。

四

在这一处,我们也能立即看到,特朗斯特罗姆对张枣的影响,我在张枣的很多诗句中都能读出特朗斯特罗姆的影子,但都没有《大地之歌》明显,《大地之歌》与特朗斯特罗姆的长诗《舒伯特》,不仅具有结构上的相似性,而且在主题和修辞上也非常相近,我们也因此可以说张枣的前期写作是属于里尔克的阵营,而后期则位于特朗斯特罗姆的阵营,正如特朗斯特罗姆的英译者罗宾·弗尔顿所指出的那样,特朗斯特罗姆的诗歌中有很强烈的宗教感,但往往被误认为是一种神秘主义的东西,张枣后期诗歌愈来愈强烈的幻觉气质,其实也带有一种近似宗教的乌托邦立场。

> 那些嫉妒地睨视行为者的人,那些因自己不是凶手而鄙视自己的人
> 他们在这里会感到陌生
> 那些买卖人命、以为谁都可以用钱购买的人,他们在这里会感到陌生
> 这不是他们的音乐。
> ——特朗斯特罗姆《舒伯特》,李笠译

那些决不相信三只茶壶没装水也盛着空之饱满的人,
也看不出室内的空间不管如何摆设也
去不掉一个隐藏着的蠕动的疑问号;
那些从不赞美的人,从不宽宏的人,从不发难的人;
那些对云朵模特儿的扭伤漠不关心的人;
那些一辈子没说过也没喊过"特赦"这个词的人;
那些否认对话是为孩子和环境种植绿树的人;
他们同样都不相信:这只笛子,这只给全城血库
供电的笛子,它就是未来的关键。
一切都得仰仗它。

——《大地之歌》

对于熟悉《圣经》的读者来说,会一眼就看出特朗斯特罗姆和张枣的这两段诗中的所带有的救赎气质,这气质中的审判口吻和救世的企图,都被交付给了音乐,或者说音乐所指引的那个"虚无",诗人都在以庄严的面目在说话,而"那些人"也因此被判定为亵渎者,这是一次关于信仰的较量。那些通过舒伯特的眼光和鹤之眼所看到和瞄准的人,正如通过上帝之眼所看到的一样,因此,"鹤"是位身于上帝之眼中的"绝对时间",如果我们将特朗斯特罗姆和张枣的这两段诗与《以赛亚书》中的段落相比较,这一切都会一清二楚,也会清楚这种结构与指示的相似性,绝不是偶然出现的,而是刻意

的结果。

5:11 祸哉,那些清早起来,追求浓酒,留连到夜深,甚至因酒发烧的人。

5:12 他们在筵席上弹琴,鼓瑟,击鼓,吹笛,饮酒,却不顾念耶和华的作为,也不留心他手所作的。

5:18 祸哉,那些以虚假之细绳牵罪孽的人,他们又像以套绳拉罪恶。

5:19 说,任他急速行,赶快成就他的作为,使我们看看。任以色列圣者所谋划的临近成就,使我们知道。

5:20 祸哉,那些称恶为善,称善为恶,以暗为光,以光为暗,以苦为甜,以甜为苦的人。

5:21 祸哉,那些自以为有智慧,自看为通达的人。

5:22 祸哉,那些勇于饮酒,以能力调浓酒的人。

5:23 他们因受贿赂,就称恶人为义,将义人的义夺去。

特朗斯特罗姆和张枣的诗句中也都刻意地隐去了上帝之名,或者说只是保留了上帝的这一功能性概念,而非原有的实体性概念,以待"将来之神"。因此,我们可以认定,鹤、来世、奇境、浩渺作为《大地之歌》的中轴线,所构建是一种崭新的乌托邦诗学,而所谓的乌托邦"是从未被言说之物,从未'提上议事日程'之事,总是被压抑在各种秩序的同一性中,即政治和历史的同一性,逻辑和辩证的同一性。乌托邦也是萦绕这些秩序之物,以无可召回的方式穿越他们,将其逼向一种理性的竞价。"①在某种意义上,乌托邦诗学也是对诗歌最准确的定义。

在我看来,"鹤"正是以这样一种拯救者的姿态和立场,连贯起整部《大地之歌》,通过"鹤"这组形象,我们才能更好地理解其他几组想象的含义,也才能更好地看清张枣的诗歌抱负和成绩。艾略特的《德莱顿》一文曾写道:"德莱顿仍然是为英诗树立标准的诗人之一,忽视这些标准将是十分危险的。"②这个判断句之所以有趣,是因为它传达了一个文学的普遍准则,即每种文学语言当中,都会有自己的文学立法者,后来的文学都要经受它的考验。在现代汉语诗歌这一文学系统当中,假如要列出这样一份立法者的名单,则必然是饱受争议和攻击,即使这样的事情还没有发生,但我们已经可以想象这个局面了。当代诗人的写作和对诗歌的判断、评价,基本上是参照两个线索:一是陶渊明、杜甫、李商隐、黄山谷、姜白石等这样一条古典诗的线索,另外一条则是从波德莱尔到阿什贝利这样一条西方现代诗的线索,几乎没有人会以新诗史上的诗人为榜样,也不愿将自己的作品放到这些诗人的标准之下去衡量。我个人认为,即使从现在看,张枣也可以出现在这份立法者的

---

① 波德里亚《乌托邦被打发了》,见《游戏与警察》,张新木、孟媞译,南京大学出版社,2013。

② T.S·艾略特《德莱顿》,李赋宁译,见陆建德主编《现代教育和古典文学》,第61页,上海译文出版社,2012。

名单上,他的写作为我们展现了现代汉语诗歌中罕见的综合能力和原创性,而这些需要我们认真对待他的作品时,才可以理解。

第八章:语调及其精神症候
——读朱永良《另一个比喻》

对一位真正诗人的公正评判,其实需要几代人的联合阅读,卡瓦菲斯就是这样的例子,当时代的主题和历史的经验变得陈旧,诗歌自身的主题便是唯一的检验标准。因此,我们大体都会同意布鲁姆的判断:"诗本质上是比喻性的语言,集中凝练故其形式兼具表现力和启示性"①,这种本质的表面之处在于,词与物在修辞的哲学中被带往诗歌的深度内部,无法被思想打捞的内部纵深,使得词与物获得崭新的生命力和启示性,所以一个诗人对巴丢的说法,诗歌使哲学感到恐慌,也大抵会心领神会。总而言之,如果我们简单地拆解一首诗,会收获到诗歌几个层次:意义的层次、修辞的层次和语调的层次,在拆解的层面来说,翻

---

① 哈罗德·布罗姆等著《读诗的艺术》,王敖译,第1页,南京大学出版社,2010。

译是一个绝好的例子,诗句的意义在翻译中基本上可以完整地传达,关于写作所陈述的事实、写作的对象和主题,总是不难理解,也容易在第一时间被捕捉到,但是如果据此对诗人的写作下判断,则注定是拙劣无比;诗歌的修辞则必然在翻译受到损害,修辞的秘密来自于诗人直面事物的冲动,这种冲动中升起的"原初经验"和深度的真实,迫使诗人要精准地调校自己的语言,也可以说,最好的修辞往往是"一次性"的,策兰曾对某类诗人大加指责,认为他们的诗歌是制作的、人工的,是牵线木偶,这样的诗人在我们的语言中也为数众多,一个显而易见的原因就是他们只是在依据某种成熟的修辞型在编织语言;而诗歌的语调几乎难以传达,但也正是诗歌的语调营造了诗歌的内部纵深,所谓语调,就是布罗茨基所说的,"一种传达时间信件之音调的密码",是诗人图解世界的秘密方程式,或者用黑格尔的概念来说就是,"由于受到精神性观念的充实,音调变成了语调。"[①]日本的俳句是这方面的典范,比如松尾芭蕉的三句:"即使在京都——/听杜鹃的叫声——/也想念京都"(张曙光译),"即使"和"也"给语言带来了一个宽阔的纵深,而引领纵深延展的则是精神的充实,所以帕斯捷尔纳克说,"诗歌中语调就是一切"[②]。因此,一首诗或一个诗人的独特语调,才是诗歌最具精神性的内核,是诗歌中

---

① 黑格尔《美学》第三卷下册,朱光潜译,第8页,商务印书馆,1996。
② 转引自 Robert Lowell *Collected Poems* (Newyork: Farrar, Straus and Giroux), p.195, edited by Frank Bidart and David Gewanter with the editorial assistance of DeSales Harrison。

无法被删减的内在,往往也是诗人一生努力的结果。我读朱永良的诗歌,即是被他的独特语调所吸引。二〇〇一年冬天,我有幸结识诗人张曙光,后经他引荐,得以和朱永良熟识。那时,他们刚结束威斯康星大学的"诗人月访问计划"不久,同行的另一位诗人是萧开愚,他们印有名为《三人行》的中英文诗合集,我才第一次读到朱永良的诗,颇为喜欢,甚至有模仿的冲动,等到自己写诗的经验增多,才明白他诗歌的魅力正是来自于其独特的语调。

《另一个比喻》,是我对朱永良的一次集中地阅读,我从来都不是一个好的读者,很少会完整地阅读一本诗集,但朱永良送的这本诗集我完整地读了两遍,他高水准的诗作使我做了一回好读者,所以也愿意来写一点感想。我的整体感受是:朱永良的诗歌大部分是在几个主题中完成的,关于历史,如《苏联士兵的墓地》、《腓力二世之子亚历山大,临终前夜的断想》、《读亚述史》、《1975年8月12日》等;关于时间,如《时间确如……》、《关于"世纪"一词》、《六行诗》、《时间停在挂钟上》;关于语言,如《现在》、《音乐与死者》、《词语与我们》、《事实与比喻》、《名词的地位》等;关于写作,如《诗六章》、《就这样,阳光……》、《我献出了一个下午》、《手艺》等;关于自传,如《度过一天多么容易》、《记一次幸福》、《回忆一九七五年夏天的夜晚》、《许多年前》、《重访农场》、《家族人物志》等,或者这些主题在一首诗中交替出现。在朱永良的诗中,历史、时间、语言、写作和自传,绝不仅仅是对一个人生存境遇的划界,更多的时候这些主题都带着明显的雅各布·布克哈特的立场,在布克哈特那里这一立场出自于这样一种信念:"只有通过与那存在于一切时代的东西,那永恒不变的东西相比较,它才能了解自己,重视自己的崇高性质。"[1]对于朱永良来说,恐怕还得加上一条,对于速朽之事物的抵制,是与永恒不变的东西相比较的前提。所以可以想见,带有某种崇高意味、坚定信念和精神症候的音调在固定着其诗歌的疆域,通过沉思和平静地叙说这一切,他成功地将自己的声音化为诗歌的样式。这些诗作初看起来平凡无奇,语言干净简洁,词语克制内敛,缺少繁复的技巧和修辞,但是反复诵读之后,会发现诗歌中萦绕的独特声调,使得那些诗句像铭文般的结实和永恒。在对其的倾听中,我们可以感受到诗人崇高而不朽的语调,冲击着事物自身的局促和狭小,诗人仿佛是站在事物的尽头,平静地道出所坚信的真理。然而在当代繁复的高音和炫技花腔的诗歌合唱中,他这种迷人的低音是很容易被忽略或是排斥,对诗歌有着大胆的假设和无畏的语言实验的诗人,也许并不容易进入他的诗歌,但其所丢失的,在朱永良的诗句里却以一种结晶的方式凸现出来。在这种意义上,朱永良应该算作是当今较少见的古典主义者,恪守着某种信念和尺度,对永恒的事物有着近乎苛求的迷恋与渴望,他的一首名为《波伊提乌(480—525)》的诗歌,几乎暴露出这一切:诗歌、写作、阅读、人的存在围绕着永恒才得以幸存。

---

[1] 雅克布·布克哈特《历史讲稿》,前揭,第 18 页。

> 一位智者能够漠视他的处境，
> 即使面临被打入地狱的结局。
> 比如波伊提乌，在帕维亚塔中
> 头上悬着绞索，他却平静地
> 度过了死刑之前的最后时光。
> 因为，他将柏拉图非凡的智慧
> 融入了拉丁文不朽的篇章。
>
> ——《波伊提乌（480—525）》①

不妨套用一下弗里德里希对马拉美的描述，我们也可以这样描述诗人朱永良：这些诗作"出自这样一个男人，他的大半生遵循着常规的市民生活轨迹，尽管经历了很多坎坷，却满怀善心，没有表现出任何内心的分裂。但是在这样风平浪静的生活中，他的精神却非常缓慢地从事着一种创作和思考"②，三十年来几乎是秘密地完成了他的大部分诗作，其作品所表现出的纯净和自足，独特的声调和对自我的精神探究，帮助他抵达诗歌的真正领地。他在一首自画像诗中对自己的概括是："一个人，在一个庞大国家的边远城市里/在厌倦中，读着，写着，要使自己成为一个世界主义者。"③道出了他作为一个诗人的精神存在。这

---

① 朱永良《另一个比喻》，第138页，重庆大学出版社，2011。
② 胡戈·弗里德里希《现代诗歌的结构：19世纪中期至20世纪中期的抒情诗》，李双志译，第81页，译林出版社，2010。
③ 朱永良《另一个比喻》，第80页，前揭。

首《两行诗》中所征用的"边远城市",是他生活于其中五十多年的哈尔滨,西方文化的影响远大于中国传统文化对它的塑造,大半时间为寒冷和黑夜所覆盖的地理特征,也赋予了这里的诗人不追随潮流的本性和天然地具有直面存在与语言真理的本能,开愚的评价是:"哈尔滨人的诗较多示人以思虑和犹疑,毕竟指向决断"①,其实也可以替换为奥登的观念:"一首诗的其中一个责任就是为真理作见证"②,这是一种信念,是对崩溃的世界和日益阴郁、森严的世界反对的信念,"如同布莱克非常清楚的,关键在于把人从世界是完全'客观'、冷酷和漠不关心的这类观念中拯救出来,因为这类观念排斥了神圣的想象力。"③所谓"诗的见证",本身就意味着,诗歌所看护和守卫的领地,可以作为一种检验的标准,去投向宣称自身合理的世界的裂隙。所以我能理解,"一个世界主义者"的抱负在于对这种信念真理的抱负,无论是对于朱永良还是其他严肃的诗人,在这个充满风雪和坚硬的石块的城市,街道上有着阴郁的风景和湿漉漉的泥泞,历史在垂死中突然变得狰狞,它打消一切幻觉和试图赞美这个残缺世界的冲动,因此,唯有写才是真实的,写在与道德标准、政治常识和真理兑换着答案,写作也变成了真实的行动,当任何单边的历史所偏执的意识形态真

---

① 萧开愚《读桑克的诗》,见"今天诗歌论坛"(http://www.jintian.net/bb/thread-2424-1-1.html)。
② 希尼《希尼诗文集》,吴德安等译,第342页,作家出版社,2001。
③ 米沃什《诗的见证》,前揭,第65页。

理被戳破之后,历史的救世功能就还给了语言,而所谓诗歌的语言,就是去发明,对词语、句法、节奏和声调的重新发明,并依据这种发明对感性经验进行重构,也重构主体身上的位置感以及随之的角色感,因而这发明的背后也都必然带着某种精神症候。它会断然拒绝那种"介入"的观念,那种以为诗人要抽身于手头的事情,而强行地干预正在发生的紧急之事,或者像萨特,把人设想为在巴士车站候车的无名人群,环绕着外在的客体而聚集的外在于自己的系列,等待调节性的第三方的介入,从而熔合为行动的团体,都在试图加深某种误解。

　　语调背后的精神症候,可以帮我们去扫描一个诗人的精神图景,他和世界建立的契约性关系,进而帮助我们去辨识语调本身的光谱。因此,如果能够描述出一个诗人的精神轨迹,他对自我和世界探究的过程,他精神图景的结构,或许便能解开他诗歌写作的秘密。就对朱永良的了解而言,"文革"记忆和"文革"中的知青经验,应该是这条精神轨迹的起点,这也是一代人在历史的十字路口自动做出的选择。

> 那是一九七七年的一个秋日
> 我读到哈姆莱特的独白
> 　　　——在一本破旧的文学选集里。
>
> 猛然,我好像受到了棒喝,
> 又像是在接受一场洗礼,

> 于是,我向另一座门走去……
> ——《事件》①

　　这首诗似乎需要一些注解才能解释得清楚,但实际上对那段历史略有所知的人,都可以一目了然,1977年的特定情境,哈姆莱特独白对这一特定情境的偏离或对另一永恒空间的指引,破旧的文学选集的存在等,这些都在为我们讲述精神发生学的故事,带有着某种拯救的色彩,"于是,我向另一座门走去"。在这里这"另一座门"是一个密码,与某种真实或不朽的事物有关,与某种摆脱世俗责任的精神生活有关,对于诗人而言,它意味着一次精神的转折。其实我颇为喜欢他讲述知青经验的《一九七五年冬天的落日》,这首诗虽然带有某些戏剧性的细节,但我们已经无法将其还原到那个特定的情境,诗歌中最引人注目的还是诗人的精神体验,诗人在与落日对视眺望中获得了对拯救的体验,偶然的落日从时间的深渊中跳脱出来,最后变成了永恒的"遥远的深红的圆形",使得诗人"十七岁的肉体和内心依附在北方原野的黄昏景色上"而得以幸存。因此,我愿意相信的是,正是"文革"记忆和这种记忆所引发对另一个世界的渴望和思考,幸存与永恒的关系,对真实的理解以及对某种永恒的渴求,构成了他独特诗歌语调的内在动力,这种内在也与布克哈特的一个决断——"必须考虑到不

---

① 朱永良《另一个比喻》,第155页,前揭。

可见的力量,考虑到奇迹。"①——在精神上相通,幸存只有仰仗于那不可见的力量,才有一个可能。

  一九七五年,冬天的落日从时间的深渊里拯救了这个傍晚,
  使我十七岁的肉体和内心依附在北方原野的黄昏景色上。
  它悲剧似的从我所有接近的时光中凸现出来
  就像一位古代的英雄或帝王,他的名字湮没了许许多多的名字。
  现在,我把一个陈腐的形容词加在它前面,
  噢,辉煌,辉煌的落日,唯一的落日。

  那时,我手握铁镐,挖着封冻的河泥,收工的钟声等待着敲响。
  一片冷清的橙黄,遥远的深红的圆形。
    ——《一九七五年冬天的落日》②

他的另外一首诗《许多年前》,也可以看作是他的自画像诗,书写了诗人的精神轨迹,为自己的写作和生活作见证,诗作中的

---

① 雅克布·布克哈特《历史讲稿》,前揭。
② 朱永良《另一个比喻》,第74页,前揭。

诗人形象也和他本人最为接近。

> 许多年前,像有的人那样
> 我也感到我的心里一片荒凉:
> 没有色彩,没有音乐
> 没有秩序,没有光亮。
>
> 于是,我开始了一场自我殖民
> 我渴望在心中建造一座城市:
> 它拥有宽阔的街道,优雅的房屋
> 宁静的绿树,肃穆的教堂。
>
> 它还拥有永远开放的博物馆
> 和书架没有尽头的图书馆。
> 它可能是一座混合风格的城市,
> 直觉的东方辉映着理性的西方。
>
> 细想想,许多年已经过去了
> 我并没有在心中建成那座城市
> 我只是熟悉并记住了一些人的名字,
> 一些奇妙的、微不足道而有趣的思想。
>
> 记住了一些可能会久不磨灭的书籍
> 或者几首不朽音乐的一些旋律,
> 或者某幅画上流畅迷人的色彩

远远望去,它更像一个宁静的村庄。

——《许多年前》①

被某种荒凉所驱动的精神上的自我殖民,我不知道需要怎样的精神对位法才能解释,这或许是他那一代人所共有的精神症候,但这里的诗人最终选择了那些久不磨灭的书籍、不朽的音乐和流畅迷人的色彩,具体的事物混合着抽象的所指,指向了那些超越时间的存在,在诗人的价值表中,这些不朽的事物才真正是精神的尺度,我们被这样一只看不见的手所塑造,也接受它的检验和审判,它显示出时间的威严与价值。《迷人的现状》,以谨慎而克制的语调讲述了诗人的"精神癖好",自我被投射到一个广阔的精神序列当中,这个精神序列也构成了诗人自我认同的空间,它承担着诗人想象世界和语言的基石作用,我们也可以大胆地假设,这个空间才是诗人语调的真正发生地。他的精神之旅从"文革"记忆的那个起点开始,最终抵达了对永恒的精神序列的信仰,对于他那代人而言,这种选择的差异也造就了他们不同的诗歌面目,朱永良的诗歌所表现的坚信与虔敬,对真实事物的直接指认,也使得他拒绝反讽与自嘲或自怜的诗歌态度,而代之以明净、纯正而端庄的诗风。

---

① 朱永良《另一个比喻》,第106页,前揭。

> 我喜欢沉湎于有些虚幻的事物，
> 沉思默想：萨福散佚的诗行，
> 孔子没有编辑的古书，
> 几种关于创造世界的说法，
> 另一种二十世纪的历史；
> 还有诗歌未来的诗体，
> 韵脚的法律地位，
> 人们做梦的政治价值。
>
> 我还喜欢书页的空白处，
> 并模仿一位阿根廷人，
> 喜欢沙子在沙钟里缓缓坠落的形式，
> 喜欢无事可做的上午
> 坐在安静的沙发上，
> 目光随意地滑过书架上一行行书脊，
> 让上千本书亲切地吞噬我的记忆。
>
> ——《迷人的现状》[①]

或许这些都需要他另外一节诗来增补才算完整，诗集中一首名为《俄狄浦斯》的诗歌，我是第一次读到，诗句借用了古希腊人对俄狄浦斯命运的看法，而重述了俄狄浦斯悲剧的一

---

① 朱永良《另一个比喻》，第61页，前揭。

生,其中"神的意志"是诗歌中的主要构成性力量,在结尾诗人写道:

> 一旦时辰到来
> 请众人转过身去
> 我将在神的注视下
> 拉下帷幕
>
> ——《俄狄浦斯》①

这是朱永良所有诗歌中写得最为决断的一节,生命的终点和最终的完结将在神的注视下拉下帷幕。实际上,借俄狄浦斯之口所说出的这一切,却无法归还给俄狄浦斯,只能由诗人自己来认领。诗人的早期诗歌中曾多次直接出现关于神的意象,如"上面驶过音符、方块字/和神的旨意"(《雨后》),"仿佛是神把水变成了酒"(《春天》)。或者将其化为一种语调和主题,他1987年写作的一首《降临》,具体所指已无从知晓,但今天读来仍能感受诗人对某种"神迹"的体验:"你无声地落在我的肩上/令我陌生而惊奇。/你可能就是我长期的等待,越过冬天,积雪,夜晚/你的降临并没有使我沉重/反而使我感到轻松,/像一幅洁白有力的翅膀,/使我仿佛在飞翔,/模糊的远处清晰在眼前,/久久注视的房顶闪着阳光。"90年代以后,他几乎从不直接书写这个主

---

① 朱永良《另一个比喻》,第40页,前揭。

题,而是以"伟大的灵魂"、"古老的智者"、不朽的事物所替代,"那些伟大的灵魂们,收集着/一代一代人企图永恒的热情/并严格地选择新的加入者,/他们从未停止向现代的迁徙/并用他们的气息熏染着我们的果树/让我们的水果也带上他们的香甜。"(《诗六章》),"此时,诵读那些古老智者/对后来人们揭示的世界和秘密,/我并不觉得他们遥远,/不像他们所说的:已成为尘土/成为虚无。"(《无题》)"犹如在夜晚的灯下/注视书卷上一行行不朽的文章。"(《陶渊明》),而二〇〇〇年以后,这些又为对时间和历史的具体思考所替代。这样一条诗歌变化的线索最终帮助我们澄清了朱永良诗歌写作语调及其精神症候的内核和整体特征,对于一个真正的诗人来说,其写作必然是在独特的精神内核驱动下而展开的整体性写作,其一生完成的诗作其实只是一首诗的写作,那么朱永良的写作正是关于不朽和真实那样一首诗的写作。

如此武断地从朱永良的诗作中抽离出来的线索,必然也充满着误解和不安,罗伯特·洛威尔在翻译帕斯捷尔纳克曾说过一句话:"我希望我捕捉到了那些配得上他最重要的声调"[1],我也在试图捕捉那些和他匹配的词语,但是以散文来翻译和阐释诗歌,所丢失的或许比将其翻译成另一种语言的诗歌还要多,这

---

[1] Robert Lowell *Collected Poems* (Newyork: Farrar, Straus and Giroux), p. 196 edited by Frank Bidart and David Gewanter with the editorial assistance of De-Sales Harrison.

里将再次证明瓦雷里的警告是对的,"散文的本质是朽坏,即被理解,被分解,被无剩余地摧毁,完全被某种意象或冲动所替代。"①尤其在谈论一个诗人的独特语调时,正如奥登在介绍卡瓦菲斯时说道:"如果卡瓦菲斯的诗的重要性在于他的独特语调,那么批评家就没有什么可说的了,因为批评所能做到的只是比较。一种独特的语调是无法描述的,它只能被模仿,即是说要么被抄袭要么被引用。"所以,我所做的根本是一件无法胜任的工作,只是全力为之,以期待更多读者的联合阅读。朱永良早年做历史教师,后改行做学报编辑,职业上的相对轻松,使他得以潜心于诗艺,收录于这本诗集《另一个比喻》中的一百多首诗歌,几乎是他三十年写作的全部诗歌,便是这种潜心的结果。

---

① 转引自阿甘本《语言与历史——本雅明思想中的语言和历史范畴》,见《潜能》,王立秋、严和来等译,漓江出版社,2014,第51页。

第九章:经验的符码:历史镜像与缺席之物

对于一位写诗将近三十年的诗人而言,如果诗歌没有将他带入自我突围的绝境,那么他的写作则极为可疑,写作应有的含义,也在敦促诗人:写,最终是对伟大事物的抵达。尤其是在我们这个当下,写作被赋予了更多的含义,它要求一种总体性的视角,将我们可疑和可怖的生活,带往相对安全和幸运的线路,因此,写作的困境,要远大于生活本身的困境。我也因此对巴丢的一个判断,抱有认同感:"我们生活于其上的世界是一个脆弱的风雨飘摇的世界。它决不是位于历史统一内部的一个稳定的世界。我们决不能允许让全球性接受自由经济和代议制民主的现象掩盖20世纪的世界已经是一个暴力而脆弱的世界这样一个事实。其物质的、意识形态的和知识的基础都是相异的、分裂的、大多矛盾的。这个世界没有宣告一种线性发展的安宁,反倒宣告了一系列戏剧性的文集和相互矛盾的事件。"①而这样的世界也有权向诗歌提出要求。

相对于一些较早形成自我风格,而陷入自我复制、模仿的诗人,孙文波的写作显得更为自觉和刻意,近三十年的创作画出了一条不断自我突围的轨迹。《地图上的旅行》(工人出版社,1997)、《给小蓓的骊歌》(文化艺术出版,1998)、《孙文波的诗》(人民文学出版,2002)、《与无关有关》(重庆大学出版社,2011)、《新山水诗》(人民文学出版社,2012)等诗集的出版,则彰显了这条轨迹的突围路线。这样一条突围路线的刻画,必然承担着诗人自我设定的写作任务,但更重要的是,可以帮助我们看清诗人不断完成和修改的写作内核,以及依靠这样的内核,如何发明我们的当下和未来,进而建立一种成熟的诗歌模型。我将以三个可以把握的关键词:经验的符码、历史的镜像和缺席之物,来对这一内核进行描述,以期待对孙文波的写作以及当代诗的问题意识有着更好的理解,而这样的理解是通过对孙文波早期的一首《十四行诗》的总体性阅读来完成的。

一、经验的符码

80年代中期,在成都西郊的一家工厂上班的孙文波开始了他的诗歌写作,整个文学大环境的激发和诱惑,使得他最早的写

---

① 阿兰·巴丢《激进哲学——阿兰·巴丢读本》,陈永国等译,第134页,北京大学出版社,2010。

作带有与经典诗人对话和强烈的自我书写的特征。我们能读到孙文波最早的作品,是他发表在《1986—1988现代主义诗群大展》上的一首名为《十四行诗》的诗歌。这首诗没有被收入诗人的任何一本诗集,原因显而易见,是因为诗人并不满意这首诗所取得的艺术份额,但我之所以着重强调这首诗,是因为一个诗人初期创作所表现出来的坚定风格,往往会成为贯穿其整个创作的重要底色,将这样一首诗放置在诗人的写作进程中,在其前后的关联性中,而展开的总体性阅读,是我们理解具有独特风格和复杂主题的诗人的一个切实角度。

初读这首诗,我们可以理解的是,诗中的抒情主人公被赋予了一个戏剧化的角色,在现实世界和理想世界的错位中,带有某种坚定的使命。在这首诗中,紧密相连的夜晚、苦难、鲜血、死亡和灵车,编织起一个暴力的世界,它是抒情主人公内心的镜像,也是其理想世界的对立物,因而诗人所表明的:"他被迫来到这个世界,只是为了一首诗",其实更多是对重构美好现实的历史法则的探讨,这样的一条线索,在孙文波后来的写作当中,愈来愈清晰,也构成他诗歌写作的一个核心元素。在这方面王敖对孙文波的判断非常准确,"孙文波的诗所处理的核心问题,是如何让道德拥有诗的形式感,他无疑是在这方面做的最好的当代诗人。在他的作品里,政治和美学的拉锯经常为内心的独白伴奏,节拍强劲,音色粗粝"[①]。除此之外,我们可以读到的是,在这首诗中,抒情的色调在组织词语的节奏和语义的转换,使得整首诗带有浪漫主义

---

① 孙文波《与无关有关》封底推荐语,重庆大学出版社,2011。

的某些句法特征和主观自我的表现形式,在第二节中,我们甚至可以辨认出雪莱的影子。我想,从孙文波后来的作品来看,他对这首诗最不满意的地方应该是,在这种抒情的语调中,审慎地观察和内省没能冲破自我抒发的激情,在诗歌中取得应有的比重,因为个人经验被包裹在象征的结构和词语中,而无法获得明确的现实和历史的含义,正如我们在这首诗的结尾所读到的,"走进每一座石头坚固的庭院",实际上是一种太软弱的写法。

> 他被迫来到这个世界,只是为了一首诗
> 那里夜晚与夜晚紧密相连
> 苦难和鲜血辉光闪耀,那里
> 在无数建筑中,死亡一再发生
> 缓缓走过的灵车压倒了异性的容貌
>
> 他不是去迎接西风的英雄
> 血液里没有风暴、火和神赐予的力量
> 一只鸟儿也比他更自由
> 飞翔,在高空歌唱,穿过岁月
> 声音和影子
>
> 到达永恒居留的处所……只有他
> 走进每一座石头坚固的庭院
>
> ——《十四行诗》[①]

[①] 《1986—1988 现代主义诗群大展》,同济大学出版社,1989年,第373页。

这首《十四行诗》中的象征结构,比如,"夜晚与夜晚紧密相连"对应着现实之中的黑暗状态,"迎接西风的英雄"对应超历史的个人等等,在孙文波接下来的写作中,几乎被全盘推翻,而抒情的语调被保留下来,得以改造,通过对个人经验和历史镜像的完整书写,而获得与现实具体而有效的关联感。这种具体的关联感是与某种诗歌模型的接受有关系的,像他在访谈中所说:"其实一直以来感兴趣的是以经验主义为背景的英语诗歌写作方法,自觉当时受到的影响亦是来自于从玄学派到叶芝、奥登这样的,在细节描述上非常落实,带有叙述色彩的诗歌"①。因而这种语调也不再是对现实的应激性反应,而是以个人的视角对现实有力的阐释,正如艾里克·海勒对里尔克的诗歌所做的分析:"在欧洲传统的伟大诗歌中,情感并不阐释什么,它们只是对被阐释了的世界作出反应。在里尔克的成熟的诗歌中,情感会对世界加以阐释,然后又对自己的阐释作出反应"②,这也是90年代诗歌叙事的一个基本态度,孙文波后来的写作,所寻求的以情感阐释世界,确切地讲,是从1989年之后开始的,诗人对诗歌中的单纯抒情性的警觉与现实叙述的自觉,使得他加入朦胧诗之后最重要的诗歌转型运动之中。通过这首《十四行诗》,我所

---

① 孙文波《还有多少真相需要说明——回答张伟栋》,中国南方艺术网(http://www.zgnfys.com/a/nfrw-33932.shtml)。

② 转引自奥登《诗人与城市》,薛华译,刊于《译文》,2007年2期。

关注的是,这种现实叙述,是以何种方式来完成的,也就是说,个人的经验以何种方式被编码,从而编织成一首诗的叙述。这种对经验编码的原则,我将之称为经验的符码,是我们理解一首诗成诗过程的关键。

我们可以从这样一个角度来对这个问题稍加说明:我们所看到的诗歌中的"世界",并不是像地图一样,通过对现实进行比例的调节而完成的,恰恰相反,诗歌中的"世界"无一例外地是对现实的重写,而这种重写的方式取决于诗人所依赖或所创造的诗歌模型,想象一下,一个以荷尔德林为榜样的诗人写下:"你们死之于诸神"这样的句子,对于熟知荷尔德林的诗歌模型的读者来说,并不会感到惊讶,因为一种诗歌模型,会大致圈定诗人的语调、修辞、诗人对现实的想象和重构的尺度,甚至诗人的全部世界观。一个初学诗歌的年轻人,即使写下:"我深深懂得谋杀者是多么怯懦",也不见得这位年轻人有多么惊人的思想,因为这句诗不过是对艾吕雅的改写,它的力量来自于原作的独创。我们常常会听到,某某诗人被称赞写的很好,但仔细阅读他的作品,会发现不过是二流的作品,也正是基于这个原因,这也是为什么我们会把卞之琳认做一流诗人的原因。一种伟大的诗歌模型,像是精良的捕兽器,把世界囊括其中,因为它发明了"一个全面的、堪称正确的视角,以观察世界和人对世界的安排"①,而"经验的符码"就是这个捕兽器的开关。"90年代"诗歌和"朦胧

---

① 朗佩特《尼采的使命》,前揭,第1页。

诗"的明显不同,就在于这种经验编码方式的差异,从而导致了两种诗歌模型的差异。

经验的符码之所以是这样一个开关,在于其组织起叙述的同时,也结构了诗歌的肌体,不同的符码会决定诗歌的模型的不同,比如一首关于乡村的抒情诗的写作,布罗茨基曾详细描述这种经验的编码方式,他说:"你一开始要描写你看到的一切,从土地开始,再抬起身来,一直写到树冠。这样你就获得了崇高。需要习惯看到整体画面……没有整体部分是不存在的。应该最后考虑各个组成部分。韵脚,最后来考虑,比喻,最后来考虑。音步似乎是一开始就出现了,是不依赖于意志的"[1],我们当然无需将布罗茨基的诗歌方式当成典范来接受,但我们可以将其作为一个例子,而考虑其具有的结构性含义。布罗茨基所描述的编码方式,具有技艺的功能。在我们的诗歌语境中,诗歌的技艺,往往得到了不公正的理解,赞同的人,认为技艺是使得诗歌高超起来的方法,而反对的人,认为技艺是对诗歌的雕琢,是对真实情感的回避,对于这个词,我是在最基本的意义上使用的,即技艺"意味着一种知道方式"[2],意味着提前知道,比如"哀歌"这种形式的技艺掌握,就意味着我们要熟悉此前关于"哀歌"的写作,而这种以技艺为指导的经验编码方式,是每个诗人都逃脱

---

[1] 列夫·洛谢夫《布罗茨基传》,刘文飞译,第125页,东方出版社,2009。
[2] 海德格尔《致小岛武彦的信》,见《同一与差异》,孙周兴译,第149页,商务印书馆,2011。

不掉的。关于另外一种通行的符码,我想使用荷尔德林的例子,在著名的《饼和葡萄酒》一诗中,诸神的远离构成了荷尔德林思考和情感的起点,全诗以神性的法则来计算我们生活的困厄,以及未来之神的踪迹,伽达默尔的一个判断极为精准地说出了这首诗中的诗歌法则,他说:"昼与夜的对立是在否定的意义上描述了荷尔德林的历史意识,作为诸神远离的困厄,希腊生活就是相反的图像,是充满神行的白昼。这是十分明晰的经验,荷尔德林在图像与反图像中构造的就是这种经验。"①,我将荷尔德林的这种诗歌法则,称之为"历史对位法"②,这是一种现实的计算法则,它要求对现实的清点,在"图像与反图像"的构造中重新发明现实和未来的尺度,罗兰·巴特所说的肉身与语言之间的秘密方程式,也与此相关。

我在孙文波的《十四行诗》中所读到的经验编码方式,虽然这些经验的符码被包裹在重叠的象征结构当中,但是通过与其后来作品的对照,其实可以清晰地概括:历史镜像和缺席之物。这并不是要以此来总结孙文波的写作,他的写作远比我这篇文章中所谈论的要丰富得多,而是要借此一看其叙述中的内核。在这首诗中,缺席之物随处可见,来指认现实的残缺,最终被归结在"永恒的居留处所"之中,而历史的镜像则表现为对现实的

---

① 伽达默尔《荷尔德林与未来》,见《美学与诗学:诠释学的实施》,吴建广译,第 24 页,北京大学出版社,2013。
② "历史对位法"是理解荷尔德林诗歌的关键,也是诗歌的重要法则,我将在《诗歌中的"历史对位法"问题》一文中,给以详细地解释和探讨。

计算法则,这种法则的具体含义,则需要进一步的补充阅读,才可以明晰。

二、历史镜像

90年代初,《散步》、《地图上的旅行》、《还乡》、《八里庄的夜晚》、《在无名的小镇上》、《在西安的士兵生涯》等一系列组诗的发表,使得孙文波的写作获得较为广泛的认同,在这一系列组诗当中,现实经验从单纯的象征意味和抒情尺度中解放出来,而赋予其文字以丰富的肉身感。另外我们可以看到,场景的叠加、画面的铺陈、空间的转换、舞台的戏剧等元素成为其诗歌中的主导,因而在文字的弥漫之处,我们尽可以感受到伦理和政治的张力,这两者也成为了孙文波后来的诗歌写作中一以贯之的诗歌主题。

进一步讲,伦理和政治的张力所切中的人、事、物的存在尺度以及时空的流转,对应的则是对历史镜像的铸造和表现,这构成了孙文波诗歌写作中的一个坚定的内核。所谓历史的镜像,从孙文波的诗当中,我们可以读到两方面的含义:一方面是将当代的生存经验放置在历史的尺度中加以叙述,去寻找和反思那些操控我们生活的力量,进而得以指出我们何以谋划当下的未来,因而,当下就是历史,个人的经验即是历史的见证,这样的构想与泰德·休斯所宣扬的信念颇为相似,泰德·休斯说:"如果诗歌不是来自于那控制着我们的生活的力量、来自于我们内部原初的受难和决断的一种陈述,那它就不是一首诗"①;另一方面是,它要求对现存的制度、法则和历史处境给以诗歌的尺度,诗歌在对经验进行解码和重新编码,从而将经验所构成的历史编织到诗歌的尺度中,诗歌与历史在政治、伦理的美学原则中获得同一性。

让我们来读一首孙文波写于1990年的作品《还乡》②,这首诗所确立的诗歌元素,虽然也被诗人不断地修正,但可以帮助我们理解其诗歌中历史镜像的构造方式。

1

在不断晃动的火车上,我被安排在窄小的乘务室里,
它不比一个墓穴大,也不比一个墓穴小。
就像一册书一样翻动。地名。历史。
这一切都显得缺乏真实。我问道:"我置身于其中吗?"
没有谁来回答。"过程是不存在的。"
我知道这是公元前的一个夏天,面对
在胜利的凯旋中回到家乡的士兵,一位哲人
说出的话。我知道我必须关注的不是
行进。我知道我已经被一个关于蛇的箴言缠绕。

---

① 希尼《希尼诗文集》,前揭,第410页。
② 孙文波《地图上的旅行》,第34—38页,改革出版社,1997。

这首《还乡》是由十节诗组成的长篇组诗,我们现在所看到的是作为开篇的第一节诗,在如墓穴一般的火车乘务室里,诗人开始了还乡之旅,大地上的风景和火车的行进重叠在一起,被诗歌的过滤器改造成认识性的装置,而涌向对真实的审视,诗人说:"这一切都显得缺乏真实",在这里,来自于我们内部的受难和决断的陈述,透过这种虚无的语调,指向了缺席的存在。因而这首诗当中,还乡并不是重点,还乡只是这首诗的形式,它给予了叙述以必要的经验和境况,诗人在作为结尾的第十节诗中写道:"'从成都到华阴,或者从华阴到成都。这旅途/使我看到的都是身外之物。'我们/必须回到什么地方?",缺席的存在在这里完成了对整首诗的主权的构造,所以构成了整首诗的主题。正如在开篇中诗人所写:"透过双层玻璃的窗户,我看见大地",而大地上的一切都"恍如隔世之梦",众多的景象,如秋天的气流、山坡和沟谷的模样、通往墓地的小路、孤单的桤树,被一一的拣选计算,这计算的法则来自于对死亡、幸福、正义、尊严、欢乐的秘密书写,缺席之物则紧紧地围绕在这秘密书写的节奏里。因而,我们也可以看到,在还乡的途中,所有的事物都被剥离了自身的秩序和想象的可能,被放置在现实的尺度中,被放置在诗人发问的语气里,就像诗人在第五节中所写:"工业是人貌似进步的现象。有两台拖拉机/你们就进入高级的生活吗?……这是被像马尔萨斯这样的人物们计算过多次的公式/依照这样的公式,我听到/'生命就是消耗一切。到达未来的到来已经消失!'"这些发问和随之而来的决然判断,以及对现实的定义,在帮助诗人完成对当下历史的叙述,这是孙文波90年代写作非常热衷的一种形式,他这个时期的写作基本上是以这种形式来完成对历史镜像的处理。

在以"六十年代的自行车"为总标题的一系列诗歌当中,诗人试图通过对历史的直接书写,来重新定义现实,从而来确认我们的当下,个人的经验在为历史作见证的同时,也迂回地指认了仍残存在我们现实中的无法和解之物,就像《一九六六年夏天》中所写:"她在我记忆的波浪和漩涡中上下翻滚"。这种自觉和刻意的筹划,在《"文革"镜像》一诗中,尤为显著。

> 一场武斗之后,二十几辆卡车
> 放下挡板,载着尸体在街上缓缓前进。
> 我怀着好奇的心情站在街角,
> 加入观望的人群,听人们谈论
> 子弹钻进人体如何像花一样炸开。
> 我眼前出现幻景:一朵朵花
> 从人的头顶、胸前、背部绽放。
> 我还注意到:在一辆车上,
> 从包裹的尸布露出的脚,一只穿着鞋,
> 另一只袜子烂着洞,露出脚趾。
> 它使我想起爷爷又一次告诉
> 我的话:人死时穿着什么,
> 到了阴曹地府,会一直那样穿戴。

这首诗的细节极为具有感染力,配合着诗人的出席见证,而将历史还给了现实,其含义也不言自明,正如孙文波在《我怎么成为了我自己》这篇文章中所表明的,诗人在追认自己写作经历的同时,也在确认中国诗歌史上的一个大传统,今天对杜甫诗歌的热切阅读,使得这一传统不断地得到追认,归根结底包含着对某种道统的体认。1930年后而盛大的左翼诗歌也从属于这一大传统,作为在毛时代成长起来的一代诗人,这个大传统是其接受的最直接的诗歌教育,在众多出生于四五十年代的诗人那里,如北岛、多多、王家新等,我们都可以找到这个传统的种种变形。80年代以人道主义话语为开端而兴起的种种价值取向所塑造的"个人",在重新定义历史含义的同时,也帮助诗人重返杜甫的"诗史"传统,这里面有一个根本的旨趣在于:个人对历史的承担,诗人在其具有自传倾向的诗句也传达了这一观念:"我是最后一个他们的见证人/用诗的韵律,把他们/写进文字的历史"(《曲城》)。

《"文革"镜像》这首诗作为一个例子被单独展示,在于这首诗典型的构成方式。我们可以简略地将此诗分成两个部分:前十行为一个部分,是对历史的追认和承担,这种承担在于诗中所嵌入的一个当代人的视角,通过"我"所执行的功能,而将历史重新带回现实;后三行为一个部分,诗歌的尺度在此突然出现,它进行评判,也直截了当地将历史钉在我们眼前。这种方式在孙文波近几年的写作当中,几乎随处可见,并且极力将其推进到当代生活的各个层面和褶皱一般起伏的细部,而将我们放置在现实的陡坡之上,比如这首《迎春辞》。

> 我写迎春花开在坡上;柳树,
> 河边垂下细枝;新建水泥桥,
> 蓝油漆栏杆阳光下鲜艳夺目;
> 指路的箭头朝向一片苹果林
> ——不过,我还写语言像风在电线中
> 飘荡,而我得到消息晚了,再去寻找,
> 赤裸美人已杳无踪影,只有法律
> 狼犬一样守着一扇扇打开的视窗。
> 这就是现实？它成就想象,
> 让人的脑袋成为毛片工厂。更多故事被叙述。
> 人的秘密中最不秘密的是:每个人不论外表
> 如何光鲜都只是动物。或者一切都像政治,
> 只能放在台上,如果在台下,所有主张
> 都流氓——想想也无趣。但,这不就是美？
> 正是它构成欲望的动力,让我们
> 看到,叙述的扩张粉碎掉不少人的梦想,
> 生成更多人的梦想。是啊！它们
> 让我写不自然的句子:我坐在水坝上,
> 望着远处羊群,眼睛里一片灯红酒绿
> 的场景。民族的奢靡正进入叙事。

相对于《"文革"镜像》来说,这首诗隐晦而更加曲折,历史的镜像以碎片的方式,通过情感的粘合剂而聚拢,相互问答与回应,但其实这里面的每一个细节都可以还原到更全面的现实当中去,也更加针锋相对,因此,他这一时期的诗歌,雄辩、开阔,在经验的扭结处急冲冲地奔向历史的缺口,从而使得生存的正义在词语的深处浮现。诗歌在对经验进行解码,从而将经验所构成的历史编织到诗歌的尺度中。

三、缺席之物

按照这样的思路,我们再来回望《十四行诗》,其中的经验符码和问题意识,就再清楚不过。我们也可以看到,历史的镜像并未带来一个"将来之神",而处处在显露现实的破败与虚无,而将一个没有到场的缺席之物,提交到前台,实际上也是将诗歌落实到日常生活世界的褶皱与历史的曲线当中,诗歌的发声器官从呼喊的喉咙转变为沉吟、争辩、反驳的内心,这是理解 90 年代诗歌的一个重要线索,表面看来是,经验叙述在对抒情进行纠正和革新,骨子里却是,试图以超然的激情对历史的临界点进行致命一跳的诗歌不得不直面它的当下。

那么,缺席之物或缺席的存在到底是什么?诗人并没有明确地指明,我们只是能在诗人对现实的偏移和对虚无的强调的语调中感受到,我们之所以如此,之所以虚无和"独自承担痛苦和罪孽",都是由于那缺席之物的不在场,历史的运转把我们抛掷在这个钢铁的时代,像诗人在《还乡》中所写:"这是一个钢铁的时代,水泥的和众多规则的时代"。在臧棣主编的诗歌民刊《诗东西》第一期,我读到了由诗人明迪和 Neil Aitken 翻译的孙文波的一首诗歌,《"自由"是一个孤独的词》,这首诗被翻译成英文后效果很好,我仔细地读了几遍,发现译者虽然在语气和节奏上有所调整,但基本上忠实于对其历史镜像的表现和传达。诗歌的不可翻译,已经成为翻译界的一个共识,因为诗歌语言中的气味、语调、韵律和修辞的精微之处在转换成另一种语言时,往往会被损失掉,这也是好多当代诗人的诗歌被转译成英语时,会显得浅白和乏力的原因。而对一个诗人诗歌写作中的内核的翻译,往往可以让我们把握其写作的整体状态和成就,汉语中对米沃什、洛威尔、普拉斯等人的翻译就是如此。那么对照孙文波诗歌的英译,我们可以更清楚地看到其历史镜像所指向的缺席之物。

> Remembering you is remembering loneliness;
> A word wanders in the mountains of my brain,
> Over the steep cliffs and down the cold ravines.
> It moves quickly leaving no trace behind
> Like a leopardess tormented by hunger.
> A word tells me: it doesn't want to disappear into emptiness

> As if never existed. It wants me to see it and track it down
> Like a hunter, finding it in the memory
> And saying it out loud. But I don't know
> Where to place it. Oh word! How can I put you
> Into this world, it's not even my word.

在这首英文译诗当中,几乎是以直陈的方式来展开对"自由"这个词的追踪,诗人将这个词放置在历史的镜像中来审视其缺席的现实处境,我所引用的是该诗的1—11行,通过其中的关键词来分析这种缺席的含义。我们看到,这个词 Freedom(自由)被放置 Lonliness(孤独)、Emptiness(虚无)的语境当中,word(词语)和 world(世界)因此成了可以相互对峙和相互否定的两个词,原因是这个词无法被安放在这个世界,这个世界是被商人和政客所把持,买卖是唯一的游戏规则,在这里,自由就是缺席之物,孤独和虚无中所想象和追认的事物,都是缺席之物,这是一望即知的。但最真实的状况是,world(世界)比 word(词语)多出了一个字母 L,最终被以 Lonliness(孤独)的状态来把握,最终造成了 Emptiness(虚空)的情境,也就是说,真正的缺席之物在这首诗当中并未到场,它显露了痕迹,但却像是"物自体"一样不可知。

不可否认的事实是,在我们的现实当中,永远存在着"黑暗状态"和不到场的"缺席之物",诗歌中的历史镜像正是据此来发明当下和对未来的想象,诗歌也因此使得那个"缺席之物"自行到场,但不是从历史当中请回一个已经被磨损和消耗掉的残缺之物,而是重新发明一个"将来之神"。因此,我们愈加严肃地审视着"缺席之物",我们就愈加接近其中的"神学"维度,这不意味着,我们要眼望上苍,追随天堂之光,而将大地废弃,恰恰相反,是要我们在大地的具体时间、地点和事件当中寻找解救的可能,它最终要推翻焦灼的虚空感和孤独感,这是诗歌与世界所签订的契约关系之一,它也因而得到授权去想象和发明新的世界。现代主义诗歌,一开始就无力去发明这个"缺席之物",而更多地表现出在这种无力感中的震惊和恐慌,正如我在开篇提到的,今天的世界对诗歌提出的要求,前提就是要终结现代主义诗歌的逻辑,而向古典诗歌求助。

在孙文波新近出版的诗集《新山水诗》中,我们可以读到一系列以山水为主题的诗歌,诗人在这批作品中所表现出的努力,也力图在与古典诗歌建立某种勾连感,正如诗人自己在后记当中所坦诚的:"书中所有以'山水'为对象的诗,并非将着力点放在状述山水,也非单纯地如古人'借景抒情',而是把更深入地探究人与世界的关系放在重要位置,仍然是要达到对生命的理解,再之则是由此进入与文化传统的勾连"[①]。我们在其具体诗作中也可以看到,这种勾连,仍是以历史镜像为核心,去编织我们的种种处境,缺席之物在这些处境里开始出场,虽然并未严格地确证自身。

[①] 孙文波《新山水诗》后记,人民文学出版社,2012。

10

……只是一切都在加速。语言的归宿,
犹如香烟盒上的警告。我必须更加小心谨慎,
让它指向要描写的事物;日常的行为,
面对气候异常,人们需要从内心做出的反思。

我不想像他那样再神话它们。
譬如面对一座城市、一条街道,暴雨来临,
这不是浪漫。情绪完全与下水系统有关,
尤其行驶的汽车在立交桥下的低洼处被淹熄火。

表面上仅仅是自然现象。隐含的难道不是
法律问题?法律,不应该是制度的玫瑰。
它应该是荆棘吗?也许应该是教育,
告诉我们,天空和大地实际上有自己秘密的尊严。

肯定不是征服。不是……,而是尊重。
我的努力与炼金术士改变物质的结构一样。
通过变异的语言,能够在里面
看到我和山峦、河流、花草、野兽一起和平。

这首《长途汽车上的笔记——感怀、咏物、山水诗之杂合体》,应该算是孙文波近年来最好的作品之一,与之前的作品相

比较,语调和着力点都有所改变,最重要的是,诗人更自觉地去瞄准当代诗中的症结。结尾处出现的意愿,在重塑全诗的品格的同时,也在指认即将到来的缺席之物,"我的努力与炼金术士改变物质的结构一样。/通过变异的语言,能够在里面看/到我和山峦、河流、花草、野兽一起和平",这种努力力图通过变异的语言,而使之装配上古典的韵律。

在这样的线索里,《十四行诗》的整体内容便清楚无疑,它只是展开了一个架构,这个架构所包含的三个内容:经验符码、历史镜像和缺席之物,经过诗人其余作品的填充,才可以被完整地解读,而这样的阅读方式,也帮助我们更好地理解孙文波的写作内核。我想,这也是理解当代诗的一个重要线索。

第十章:挽歌叙事中的"历史对位法"
——读张曙光的《岁月的遗照》

一

《岁月的遗照》是张曙光写于 1993 年的一首诗歌,也是"90 年代"诗歌的代表作品,程光炜主编的 90 年代诗选,即以此诗的题目为书的标题。这首诗读起来,并不费解,但要想完整地解释,也并不容易,我将逐行来阅读这首诗,以期对诗人的写作有更好的理解。

我们读一首诗,最先注意到的是诗中的情感和意义层面,它带有什么样的感情基调,描述了什么样的事件或是主题,总是第一时间被捕捉和理解;敏感的读者也会马上理解诗人所使用的语调、修辞和诗歌结构,这样的读者往往对诗歌有着较长时间的投入,并且对诗歌的写作类型有着较为全面的认识;最后才会看清的是,诗人与母语、传统、世界所建立的契约关系,这属于诗歌中真理层面的问题,一个真正的诗人最终会通过写作建立这样的契约,在这个契约当中他回答了他的诗歌写作与大的诗歌系统的关系,以及与他存活过的世界的关系。

我所说的并不费解,指的是这首诗的情感和意义层面,诗人通过旧照片,回到拥有年轻的朋友和美好时光的大学时代,写作、争论、追逐女人,为虚幻的影像而着迷,而结尾处的变调在表明,这一切已经无法指认,甚至追忆,使得全诗带有挽歌的味道。简单地说,这首诗的主题是关于时间和记忆的,这也是张曙光大部分诗作的主题,但不是普鲁斯特那种对逝去的时光失而复得的追忆,而是对记忆的哀悼,对消失岁月的挽歌叙事。这些都不难理解,有的人用"怀旧"一词来辨认张曙光的诗歌,其实这个词与张曙光的写作是完全不相干的,如果我们能认真地倾听弥漫在他的诗作中的语调,那种缓慢、犹疑、耐心地辨认,有时被迫中止的沉默,低音的无回声的发问,我们会发现诗人已经将他的主题带到了这首诗之外的远景之中,这个远景的面貌,无论我们怎样辨认,也无法完整的讲出。

所以在这个意义上,帕斯捷尔纳克说:"诗歌中语调就是一切"[①],我们通过语调所连带出来的、所指涉的、所关联的、旁敲侧击的、意犹未尽的,恰恰才是一首诗的核心。黑格尔对语调的

---

① 转引自 Robert Lowell *Collected Poems* (Newyork: Farrar, Straus and Giroux), p. 195, edited by Frank Bidart and David Gewanter with the editorial assistance of DeSales Harrison。

定义更为准确,他说:"由于受到精神性观念的充实,音调变成了语调"①,也就是说,语调背后最终关联的是诗人与传统和世界的契约关系。《岁月的遗照》并不是张曙光最好的作品,细心的读者会看到,他90年代的写作呈现出颇为丰富的多种路向,单从语调方面讲,大致有近似叶芝的沉思的语调、洛威尔的独白语调、阿什贝利的元诗语调、奥哈拉的反讽语调,他最好的诗作往往是融合这些语调于一体,如《尤利西斯》。《岁月的遗照》偏重于叶芝的路向,在这首诗当中,张曙光成功地将叶芝式的沉思转变为低语式的诘问,他这种转换方式是值得我们给以理解和注意的。

在具体解读这首诗歌之前,关于张曙光的写作,有一点还需要给以交代,就是他90年代的大部分写作,是属于那种"经典式的写作",这包括对诗歌经典主题的重写改写,对文学经典段落的互文式回应,对诗歌经典文本的发展等等。我们也可以说,这类诗人是属于文学上的保守主义者,他们大多博学多思,才能全面,这也需要我们耐心地反复阅读。

二

首先,这首诗的题目《岁月的遗照》就给我们出了一个难题。如何理解它? 诗人使用这样一个带有判断意味的标题,所指认

---

① 黑格尔《美学》第三卷下册,朱光潜译,第8页,商务印书馆,1996。

的是什么?当然,我们可以说,"岁月的遗照",就是指我们生活中的旧照片,或者是已经在慢慢消失的记忆,这些当然是没有问题的。但我要提醒读者注意的是,"遗照"一词本身所具有的挽歌修辞和结构,里尔克曾写过一首很著名的挽歌《安魂曲》,张曙光也曾将这首诗翻译成汉语,从他的一些诗作来看,他也很精通这种诗体的写作。我们只以里尔克这首对张曙光影响较大的《安魂曲》为例,来看挽歌所处理的主题,里尔克的这首诗是写给一位过世的女友,他的诗句通过对具体的死亡的哀悼,对"永不再"的死者与我们的关联的处理,而指认了也将要离世的生者的处境。张曙光的《岁月的遗照》,也包含着这样的修辞结构:过去的时光,渐渐变成一场梦幻,像是记忆的假象,而我们所剩下的时光,最终也不过是无法证明的假象。找想,这才是《岁月的遗照》这个标题所指认的一个事实。

就像我前面提到的那样,将普鲁斯特的《追忆似水年华》与《岁月的遗照》这个标题并置起来对照,可以更清楚地看到这一点。普鲁斯特的"似水年华",一旦展开将永无止境,正像本雅明所说:"普鲁斯特戏笔似的开头后来变得异常严肃。已然开启记忆之扇的人永远不会达到记忆片段的尽头。"[①]而对"遗照"的书写,一开始就设置了一个终点,那就当下的现在,因为在这种挽歌叙事当中,它所遵循的是一种"历史对位法"。那么,让我们在

---

① 本雅明《莫斯科日记 柏林纪事》,潘小松译,第 202 页,东方出版社,2001。

这个标题的指引下,来阅读这首诗。

> 我一次又一次看见你们,我青年时代的朋友
> 仍然活泼、乐观,开着近乎粗俗的玩笑
> 似乎岁月的魔法并没有施在你们的身上
> 或者从什么地方你们寻觅到不老的药方
> 而身后的那片树木、天空,也仍然保持着原来的
> 形状,没有一点儿改变,仿佛勇敢地抵御着时间
> 和时间带来的一切。

开篇的第一句,"我一次又一次看见你们,我青年时代的朋友",容易让我们想到叶芝《1916年复活节》的第一句,"日暮时分我看见他们",两句诗的重音都在"看见"上,叶芝接下来写的是,他真实地看见自己的朋友,从房间、办公室走出来,他们相遇并寒暄地点头,而张曙光的诗句中,另一个重音的加入,"一次又一次",则将全诗置于一个"虚幻"的时空当中,使得他要讲述的事物,和我们保持着一个有效的距离。这种"距离"的设置,有时决定了一个诗人风格的面貌,它显示出一个诗人看待事物的视角和理解事物的方式,比如超现实主义诗人,他们往往将这种"距离"无限地放大,把几种不相关的事物并置一起,而造成一种悖论的风格,像布勒东那种,将缝纫机、蜥蜴、落叶写入一个句子,以形成的强烈反差效果。张曙光的写作对这种"距离"的要求是接近古典主义的,他所写的事物和我们之间的距离,必须是

可以直接感受到的,能立即调动我们的情感,而不需要马上诉诸反思力,同时,所写的事物又不能与我们太过接近,而导致现实的丧失,它又必须是可以想象和反思的,他曾多次援引陶渊明和古诗十九首来说明自己对诗歌的看法,和这种距离感是有关系的。也就是说,开篇的第一句确立了这样一个视角,我们可以真切感受到诗人的情感,并唤醒我们自身的情感,"看见"是具体可感的,但是"一次又一次"则把这种具体变得不那么容易辨认,我们只能说诗人带着强烈的情感来捕捉过去的时光。

接下来,诗人所做的是为我们讲述"看见"的内容。第二个诗句的重音,由副词"仍然"来承担,这个副词的情感效果,也决定了这个诗句的重量。我青年时代的朋友,仍然活泼、乐观,这并不是今天的现实,即使在回忆当中,这样的描述也应是打折扣的,但诗人固执地坚持"仍然"。这是悖论式的修辞,新批评派的批评家大多都认为,悖论是现代诗歌的核心内容,就像布鲁克斯所断定的:"即使是最直率最朴素的诗人,只要我们充分地注意他的创作方式,我们就会发现,他被迫使用的悖论,比我们所想到的要频繁得多。"[1]张曙光的写作并不追求悖论的风格,我印象中,只有一首他写于 2003 年的短诗《雪》,是这种风格的,而他的大部分写作在风格上和传统抒情诗的旨趣较为接近,虽然他大量使用叙事和场景式的衔接,我对此的理解是,这种做法只不

---

[1] 克林斯·布鲁克斯《精致的瓮》,郭乙瑶、王楠、姜小卫等译,第 12 页,世纪出版集团,2008。

过是为了减弱传统抒情诗中纯粹的主观情感和令人生厌的呼喊式的抒发,他要求诗句并不仅仅是情感刺激的分泌物,而是要通过情感去阐释和分析世界,正如艾里克·海勒对里尔克的诗歌所做的分析:"在欧洲传统的伟大诗歌中,情感并不阐释什么,它们只是对被阐释了的世界作出反应。在里尔克的成熟的诗歌中,情感会对世界加以阐释,然后又对自己的阐释作出反应"[1],这也是"90年代诗歌"所暗中遵循的"叙事"法则。我们看到,这句诗中悖论的使用,既达到了这一效果,它的使命在于阐释和分析,时间或者是记忆,对于生命本身最终意味着什么。我们可以感受到诗人对时光倒流的欣喜情感,诗人也从事件的描述表层,通过"致命的一跳"而进入生命的精神秩序当中。

随之而来的几句就顺理成章了,诗人的"看见"仍在继续,"似乎岁月的魔法并没有施在你们的身上",诗人也看到照片上的树木和天空的形状,也没有发生改变,诗人对这些阐释的反应是,这些人和物都"仿佛勇敢地抵御着时间和时间带来的一切"。至此,这首诗的第一个段落完成了,而这个段落里所积聚的全部能量,都汇入了最后一句当中,"仿佛勇敢地抵御着时间和时间带来的一切",这里的时间是最终会取消我们,裹挟我们而去的洪流,"仿佛勇敢地抵御",其实就是无法抵御。

哦,年轻的骑士们,我们

---

[1] 转引自奥登《诗人与城市》,薛华译,刊于《译文》,2007年2期。

曾有过辉煌的时代,饮酒,追逐女人,或彻夜不眠
讨论一首诗或一篇小说。我们扮演过哈姆雷特
现在幻想着穿过荒原,寻找早已失落的圣杯
在校园黄昏的花坛前,追觅着艾略特寂寞的身影
那时我并不喜爱叶芝,也不了解洛厄尔或阿什贝利
当然也不认识你,只是每天在通向教室或食堂的小路上
看见你匆匆而过,神色庄重或忧郁
我曾为一个虚幻的影像发狂,欢呼着
春天,却被抛入更深的雪谷,直到心灵变得疲惫

从第二个段落开始,诗人将"看见"的形式转变为"回忆",也就说,从眼前的照片回到了时间断层当中,过去的一切如昨日重演,诗人也从"观察者"变成了"主人公"。马拉美关于诗歌的一个看法,颇为精准,他认为诗歌是以斜向的光线来捕捉事物,比如他的一首短诗《圣女》[①],所写的内容其实用一句话就可以概括:一个苍白的圣女在窗口弹奏竖琴,这首诗的写作是通过不断地变化圣女周围的事物,不断地折叠诗歌中观看的"视角"来完成的。还有一个例子是瓦雷里的《织女》,这首诗和马拉美的如出一辙,也可以用一句话概括:一个织女在窗口纺纱,整首诗固

---

① 关于这首诗的具体分析,参见胡戈·戈特弗里德的《现代诗歌的结构》,李双志译,第83—87页,译林出版社,2010。

定在这一个动作上,在这个动作里,花园、天空、玫瑰、林苑等的交替出现,并扮演着结构整首诗的角色。在诗歌中,诗人并不出现,甚至是沉默的,或者仅仅是观察者。米沃什曾批评这种写作,是神秘主义的,语言封闭、矫揉造作、晦涩、不透明,是纯粹主观的衍生物,与之相对的是一种客观写作,诗人应该在事物本来的样子、事件本来的次序当中去寻找存在的真理。这两类诗人的争论从未停止过,我在此所做的描述并非是要参与这个争论,而是要通过这样一个视角,来阅读张曙光的这段诗歌,显然张曙光是站在米沃什一边的,他的大部分写作都是在事件本来的次序中完成的,即使为了达到戏剧化的张力而进行的虚构,也多半会"模仿"生活的本来面目。在这种写作原型中,驱动诗行的力量,并不是史蒂文斯所说的"必要的天使",而是诗中的"抒情主人公"和"戏剧化角色"的相互转换。

在这个段落,"看见"与"回忆"之间的转换,其实是"抒情主人公"和"戏剧化角色"的转换,所以这个段落读起来更像是戏剧独白诗。开始的"哦",像是表演时为了提醒观众注意的一个响亮的停顿,熟悉张曙光的读者,会发现"哦"这个感叹词的使用频率非常之高,它几乎没有太强的感情色彩,而只是一段戏剧独白的前奏而已。紧接着,我与"年轻的骑士们"一起登场,时间围绕着文学、写作、不眠的时光、饮酒、女人而旋转,这是 80 年代的一个典型的文学场景,在这个场景中,"虚幻的影像"如神秘的咒语控制着场景的布局和换场,所以诗中出现的叶芝、艾略特、洛威尔和阿什贝利的名字,并不仅仅是对文学的指代,而是咒语本身,诗人试图通过这个咒语,在塑造一个历史的镜像,它是真实的现实处境的映照,也是对个人命运的关照。如果我们按照诗人提供的线索,将这段时光称为"辉煌的时代",那就大错特错了,诗人其实在这里设置了一个非常隐秘的密码,这个密码才是解开这段诗歌的关键,这也是米沃什所说的客观写作中,常用的一种修辞,我把它称之为:"历史对位法",也就是诗人在对事件本来的次序进行书写时,会在一个隐秘的位置寻求历史的解释,因为在诗人看来,现实就是历史,而历史是个人存在的根本,熟悉米沃什诗作的人,会对这一点深信不疑。这也是理解张曙光写作的一个关键点,比如《1965年》的结尾处:"我们的冰爬犁沿着陡坡危险地滑着/滑着。突然,我们的童年一下子终止",在这句诗中,历史和诗歌完成了一次准确的对位,所以,这里的童年的中止,根本不是自然意义上的中止,因为诗人前面已经交代了,"那一年,我十岁,弟弟五岁,妹妹三岁",在自然的意义上,诗人和弟弟、妹妹仍处于童年,它只是确切地指认了"文革"的到来。

这个段落里的"历史对位法"是在最后一句中展开的,这也是诗人设置的密码。"春天,却被抛入更深的雪谷,直到心灵变得疲惫",这句诗可以简单的理解为诗人情感的自我抒发,对一种心灵状态的自我描述,但在"历史对位法"中,它必须在80年代的历史背景中才可以真正的理解,它所对位的是80年代末发生的一个历史事件,这个事件几乎改变了一代知识分子的精神走向,也改变了诗人对时间和未来的确认,所以当诗人写道,"被抛入更深的雪谷",这里面就有了太多的意味。对于时间和历史,或许黑格尔一直是对的,我们一直是"理性的诡计"的玩物,历史是由亚当·斯密所说的"看不见的手"所操纵的,而非人的意志和努力,人的处境不过是历史的结果。我们一向认为,张曙光是一个虚无主义者,因为他的诗作大量描写了现代人的无聊感和空虚感,倒不如说他是一个艾略特主义者,因为在"历史对位法"中,尤其是这种对位法所对照的是20世纪的灾难史,我们或者选择站在艾略特一边,或者站在马拉美一边。

> 那些老松鼠们有的死去,或牙齿脱落
> 只有偶尔发出气愤的尖叫,以证明它们的存在
> 我们已与父亲和解,或成了父亲,
> 或坠入生活更深的陷阱。

在第三个段落,诗人的视角,从"回忆"转到了"现实",但"历史对位法"的效应仍在继续:"那些老松鼠们",以一种双关语的样子来告诉我们,在历史和时间当中,我们不过是那些短暂存在的"老松鼠",已经死去,或者幸存下来,也不过是"气愤地尖叫",而这些就是我们的存在意义。下面一句中的"父亲"一词,也是一个双关语,诗人更想要表达的是,那些我们曾经反对、曾经不耻的,甚至与之斗争的事物,也指代具体发生的事件,所以,我们也可以将之理解为,诗人对90年代所做的判断,或者是提前的总结。"我们已与父亲和解,或成了父亲",也更像是一种哀悼,是对诗人的"此时此刻"的哀悼。

而那一切真的存在
我们向往着的永远逝去的美好时光?或者
它们不过是一场幻梦,或我们在痛苦中进行的构想?
也许,我们只是些时间的见证,像这些旧照片
发黄、变脆,却包容着一些事件,人们
一度称之为历史,然而并不真实。

这首诗到了结尾,挽歌的味道愈发浓重。我曾在一篇访谈里,问张曙光对这个世界的期待,他回答我说:"怕是又让你失望了,我对这个世界越来越不抱期望了。你最好也不要让我抱有期望,因为有了一旦所谓的期望,最后肯定会是失望。"[①]在这结尾的段落,我们的确看到这种失望,也是我们必须要面对的。诗人突然置身在"生活的陷阱"中,发现生活的代价最终换来的是虚幻的回忆。最后,他以反讽的语调,将这些一笔勾销,"然而并不真实",同时也指出了生活中我们念念不忘的"缺席之物",也就是那最终的"真实",其实并不存在。

三

至此,我差不多对这首诗的每一行都给出了阐释,但这并不

---

① 张伟栋《记忆与心灵——张曙光访谈》,见《中国诗人》,2009年第1卷。

是意味着,我们可以完整地把握这首诗作,我想,会有读者在这首诗里读到其他的意思。一首经典的诗歌,一般都会有一个开放的结构,就像一座教堂一样,每个人都可以出入,不论是信徒还是观光的游客,但却带回来不同的印象。我比较欣赏布罗茨基解读诗歌的方式,他的名篇《析奥登的〈1939年9月1日〉》,应该算是诗歌文本细读的经典之作,但即使如此,对于理解奥登或者从奥登那里学习写诗而言,并不能提供最好的帮助,所以,我倾向于认为,诗歌批评是属于知识生产系统的,而诗歌写作,则是与之不同的另外一个系统,批评所做的工作与弗洛伊德的精神分析有些相像,它首先是一种解释的技术,也相信在诗歌文本当中存在着一个"无意识",是无法完全捕捉的。布罗茨基有一首写给洛威尔的挽歌,题目叫做《挽歌:献给罗伯特·洛威尔》,其中有一句写道:"直至闪出多余而耀眼的光芒",这句诗描写的是箭猪金色的刺,其实这句诗用来描述诗歌的写作,也是恰当的,诗歌中多余的光线,或许只有诗歌的语言才能把握。

　　张曙光的写作,从最初发表作品到现在,我们可以粗略的将之分为三个阶段:1981—1984,为第一个阶段,这个时期的作品带有某种神秘气质,语言端正优雅,而又略带唯美的底色,比如《月夜雪地上的玄思》、《大海》、《逃避》、《梦》等作品,这个时期大概可以算作是他的诗歌学徒期;1985—1998,为第二个阶段,这个时期的作品大多收录在他的第一本诗集《小丑的花格外衣》中,风格成熟稳健,语言细腻而又有较强的综合能力,具有"经典式写作"的特征,他这个阶段的作品,比如《1965年》、《给女儿》、

《尤利西斯》《岁月的遗照》等等,流传较广;从1999年到现在,为第三个阶段,张曙光试图完成一种更具包容性的写作,比如《蓝胡子城堡》《纪念我的外祖母》《我早年的读书生活》等作品,这些作品试图建立一种与世界相匹配的诗歌模型,从而更好地理解世界和世界对人的安排。

《岁月的遗照》虽然属于他第二阶段的作品,但我认为差不多可以算作是理解他整个创作的一把钥匙,这首诗保留了他第一阶段抒情诗的某些特点,比如语言上的细腻优雅,而其中的"历史对位法",又在第三个阶段得到了发挥,尤其在他对"个人历史"书写的这个部分,这也是我选择解读这首诗的原因。

第十一章:"在无词地带喝血"
——阅读多多

一

无论如何,多多的诗注定要受到误解和歪曲,甚至是在赢得掌声的诗人和批评家那里,而更多地是来自于大学体制所训练出来的学术机器们。事实上,误解、歪曲、敌意、漠视和嘲笑,恐怕也是每个有抱负的当代诗人都必须坦然接受的倒错命运。对于今天的大部分人来说,诗歌是必须切除掉的精神阑尾,诗歌业已失去了思考世界的精神官能,而沦为某种装饰性的精神配饰;对于一少部分以诗歌为业,为梦想的人来说,也很少有人能够清楚地知道诗歌的秘密,诗人何为。或者按照海德格尔的说法,"我们今天几乎不能领会这个问题了"①,我们写诗,除了取悦于

---

① 海德格尔《诗人何为》,见《林中路》,孙周兴译,上海译文出版社。

自己和读者,在肉体加速毁坏的同时,保存灵魂的完整,而试图使得灵魂不朽,在历史中抢占自己的栖身之地之外,几乎很少人能领会"诗人何为?""诗人到底何所归依?"的真实意义。我们的时代,小诗人的标准大行其道,精神的侏儒充斥着舞台。然而,这些都是再正常不过的事情,诗歌无法为纯肉身的生活添砖加瓦,而真正的伟大的诗人,甚至比起其他的精神物种来,还要更加的稀少和珍贵,不是我们一时半会就能够认识和理解的。

真正的诗人就是伟大的诗人,真正的伟大的诗人不过是同义反复的说法。对于这一命题,常识的幻觉是,伟大的诗人是天赋和才能的产物,浪漫派的天才观,曾借助政治抒情诗的轰动效应而获得了广泛的普及,也孕育了一种傲慢的、几乎是盲目的偏见。另一个真相是,真正的诗人几乎全部都是某种传统或者精神或语言所灌溉、培育和催生出来的种子、花朵或果实,诗人是文明之子,绝对的天才和原创是不存在的。艾略特将诗人的任务定义为,隐藏自己泛滥和无可救药的情感和个性,从而为传统开疆扩土,增添生机和延续命脉,实际上并未能够很好地理解诗人与传统的关系,他的那篇著名文章很多年来被我们奉为圭臬,也暴露出我们在很长时间里对诗歌的语言问题处于"无思"的状态。当我们还试图以"感人"与否或者语言的"新奇"与否或者"介入现实"的能力等来辨认诗歌的时候,我们还是在仅把语言当作任凭我们表演自我的道具或是精神的自慰器。不管怎样,有两个基本点,在此需要略微提及,而后我们会在对多多的作品讨论中展开,第一,人的本质是语言,人之为人就在于其构造言语的能力;第二,并不是我们在说语言,而是语言在说我们,按照海德格尔的表述就是:"人之说的任何词语都从这种听而来并且作为这种听而说。"[①]基于这两点,我们可以试想一下,如果我们已经熟知的某部诗歌史断开一个链条,我们今天的诗歌语言将会面目全非。以象征主义为例,我们也就可以这样来排列诗人的序列,爱伦·坡是象征主义的种子,波德莱尔是催生出的花朵,里尔克是其结出的果实。这并不好理解,要做到感同身受的体认更是困难重重。正如昆提利安所言,"博学者理解艺术之道理,不学之人只凭喜好"。过去,我们遭遇过太多被自己选择的语言陷阱所囚禁、所困顿,因而在心灵和语言上都极其贫乏和平庸的小诗人,所以对此略有所知。

从这些方面来看,作为一个诗人多多是幸运的,身处大时代的洪流之中,历史的褶皱剧烈的波动和变异,时间正在火中被锻造,被压抑的语言岩浆高温涌动,在梦境和现实的人群中寻找它的出口。所以说,是现代主义诗歌选择和培育了这一代人,语言给予了这一代人以较高的历史起点和需要打通的历史关隘。这最初是发生在无意识和不自觉当中的,被冲动的情感,升高的荷尔蒙,无法平息的欲望所指引,所推动,波德莱尔、瓦雷里、洛尔加、圣琼·佩斯、里尔克、特拉克尔、帕斯捷尔纳克,曼德尔施塔姆等充当了导师和领路人的角色,随即一大批诗人迅速地诞生,搅动着时代的神经,但随着历史的降温和转型,大部分诗人也就

---

① 海德格尔《在通向语言的途中》,孙周兴译,商务印书馆,1999,第21页。

随即凋零,从语言的高峰上跌落。而仅有少部分的诗人幸存下来,能够自觉地承担起语言的任务和写作的使命,历史上的诗歌运动大多如此,一旦大潮退却,天才跌落而大诗人开始慢慢地浮出和上升。

在这样的历史节点上,来审视这一代人的写作或者个人的际遇,即使武断但也不至于犯下我们的文学史中的那些低级错误。多多的幸运就在于他属于那没有被大潮裹挟而去的一小部分的幸存者,他仍然走在时代的前面,走在通往大师境界的道路上。对他而言,写诗就是必须要把词语的弓弦拉开,必须张开词语的风帆,而射出生命和历史的箭镞,写诗也就区别于那些以此为生的文字商贩的勾当,区别于那些自我表演的小文人的寻章摘句,以及对经典大师亦步亦趋的信徒所制作的文学。在多多看来,写诗之所以是生命中的至高律令,可以统帅整个人生的杂多和不可预测,在于生命在体认和践行这一方向和道理的过程中,而获得了超越的形态。正所谓"道生之,德畜之",写诗作为一种德性和创造性的行为,与天地大道相沟通,与"天地之大德曰生"的创生德性一致。或如多多自己曾说,写诗是修行和修炼,修行就是为了使生命获得更好的更高的形态,这是无止境的,是与那些低级,老丁世故的,苟且偷生的生命形态截然不同。这些在他那里很明确,也非常自觉:"我从一开始就不是为了诗,是因为,我强调被动性。原来我追求的是写出更好的诗,叫语不惊人死不休,苦吟。现在我又提高一个认识是说,如果没有这30年的写作,我不会变成这样一个人。……哪个更重要,我现在觉得写作不一定重要,更重要的是建立了你自己重塑了你自己。……我们老说修炼修炼,最重要的是德,道为什么和德连在一起,你修其实是为了得道,如果没有德永远得不到道,你干什么都是修。我现在就觉得不要脱离写作去修炼,那么我就为什么某些东西不能忍受,某些琐碎的低级的含有功利色彩的含有玩世不恭的东西,都被严格地剔除出去了。"①

二

将写诗作为生命中的至高律令来对待的信念,也正如里尔克所写:"歌咏即存在",应是每个诗人的天赋职责,但实际上,能够做到这一点的凤毛麟角。今天的大部分诗人是把写诗看作是一种"理性"的行为,他们会清楚地区分和划界以及计算名利得失,这是生活,这是工作,这是生意,这是交往,这是交流,那些是游戏,这一块儿是诗歌等等,他们在每部分上投入不同精力和时间,每一部分都不能牺牲,每一部分的增减需要讨价还价,每一次的讨价还价都锱铢必较。黑格尔对艺术终结问题的探讨就涉及到这一层面,"我们现代生活的偏重理智文化迫使我们无论在意志方面还是判断方面,都紧紧抓住一些普泛观点,来应付个别

---

① 《我的大学就是田野——多多访谈录》,见《多多诗选》,第290—291页,花城出版社,2005。

情境,因此,一些普泛的形式、规律、职责、权利和箴规,就成为生活的决定因素和重要准则。"①有一次在谈论当代一位著名诗人的时候,我和多多在一个标准上取得了认同,这个人的诗和他的人不一致,我们在这个人身上看不到他的作品,那像是另外一个人写的。这多少符合这种理智人的形象。而在多多身上,你可以看得到他的诗歌,他不分裂,也没有那种遗世独立的清高。我想起,差不多是十年前,在一次诗会上听到多多大谈"道"的问题,没法领会,也没想清楚。后来在海南,他告诫我说,还是要两条腿走路,他指的是西方的和中国的,两条腿总比一条腿走得快。事实证明,他是对的,正所谓"仁者与天地万物为一体",这也和他的"道"学吻合。

我试图说明的是,多多的诗歌观念里面包含着对中国古老智慧的体认和践行,简单来说,以儒释道为代表的中国古代智慧不是西方那种静观沉思思辨式的,而都是讲究身心一体,知行一体,天人一体,体用不二,也就是说,如果只是从知识和认识的角度,你无法获知这里面的"无限妙用",最后都要落实到行和用上面,要体认和践行得到,要讲究功夫和修行,要感知到耳鼻口舌身意的变化,你才能明白,所以即使像黑格尔这样的大哲学家也没有能力和办法来理解。有读者评价说,多多的诗抽象,晦涩,没有感受,不能够打动人,其实这是读者自己的问题,多多诗歌中超越日常情感的部分是和他对"道"的体认和在修行中得到

---

① 黑格尔《美学》第一卷,朱光潜译,商务印书馆,1996,第14页。

的,毫无疑问,每个诗人写下的东西自己都可以体认得到,感受和直观的能力并不是天生的,也是有等级的区分的,你的感受和直观能力没到,自然理解不了,事物之所以令人费解,只是因为我们固执地停留在自身之内。另外,有人将多多的令人费解与晦涩归结为"元诗"这一从来都不曾存在过的类型,或者认为多多偏重于哲学化,我所认同的说法来自米歇尔·德基的表达:"哲学,是在为诗做准备。"[①]那么持有上述说法的,其实既不懂哲学,也不懂诗歌。

有人也因此评价多多是一位"醉心于在文字中提炼浓缩铀的诗人",这说的则完全是外行话,类似于酒桌上不得要领的恭维之词,更准确的表达用多多自己的话就是,"在无词地带喝血",这是多多的一首诗的题目,显而易见的是这首诗也非常清楚地表达了多多自己的语言和诗歌观念。而所谓的"提炼"和"浓缩"所使用的思维方式,与"十七年"文学中的"典型人物"概念如出一辙。如诗中所写"无词,无语,无垠",历史所不能知晓的词之无地,代表着某种真理的朝向。诗与真理的问题,对于小诗人来说这个问题不成立,对于大诗人来说需要全力以赴孤注一掷,在小诗人看来,诗是经验的,主观的,感性的,灵感的,具象的,优美的和抒情的,所以对真理问题的触及,在小诗人那里凭借的则是他自己也不能说清的才气和时代给予他的一些运气。

---

① 转引自阿兰·巴迪欧《哲学宣言》,蓝江译,南京大学出版社,2014,第46页。

总之,这种真理的朝向,使得哲学家愿意接受诗人的启发和教导,正如阿兰·巴迪欧的表述,自尼采之后,"所有的哲学家都自称为诗人,他们全都羡慕诗人,他们全都愿意成为诗人,或者近似于诗人,或者被公认为诗人。正如海德格尔那样,德里达、拉库-拉巴特,甚至让贝或拉德罗也向东方形而上学高地上的诗歌倾向致敬。"[1]多多的诗歌观念另一个重要的方面即是来自于这样一个诗歌和语言的系统,也是多多所说的两条腿走路中的另一条腿。

> 说历史所不说的
> 这听不到,没有前额
>
> 这多声部式的沉寂
> 合唱队式的无词
> 唱的是生
>
> 无词,无语,无垠
>
> 说的是词,词
> 之残骸,说的是一起

这样一首诗,是在巴迪欧所说的诗歌和语言系统之内才能

---

[1] 阿兰·巴迪欧《哲学宣言》,前揭,第45页。

写出来的,你无法想象,在现实中它也不能够也不可能出自于庞德-艾略特-奥登或者哈代-弗罗斯特-拉金那样的现代英美诗歌系统。

我们知道,关于诗歌的研究,诗人传记、诗人年谱、诗歌批评、专题研究和诗歌史写作,构成了一个相互支撑的较为完备的体系,每一研究方式之间有不可替代的关系。诗歌史的写作无法替代传记和诗歌批评,但它更为强调的是历史的层面,担负着总结历史的任务。这种总结包括,历史当中重要的诗人、诗歌作品、诗歌流派、诗歌观念、诗歌运动。这种总结无法做到,也无必要对历史的再现,它所依靠的是诗歌中最重要的一个观念,即写作型。每一历史时期的写作都是围绕几种写作型展开的。同一时代的诸多写作型构成了一个大的诗歌系统。这里面的规律是,每一种写作型包含了词语的想象方式和命名世界的方式,每一种写作型耗尽之后,便会被新的写作发明所替代,一种诗歌写作型往往由几代诗人共同完成。如象征主义、超现实主义、未来主义。意象主义等等便是诗歌史上重要的写作型,这些写作型也共同组成了现代主义诗歌的诗歌系统。诗歌中的论争,往往是处于不同的写作型之间的对立与龃龉。多多所继承和发展的这种写作型,属于德法诗歌中能够与哲学展开对话,并超越哲学的诗歌语言系统。巴迪欧把属于这个系统的诗人并列在一起,并将他们所开创的历史局面称之为"诗人时代",在这样一个时代,诗人终于战胜了哲学家,打破了柏拉图的诅咒,"这个时代处于荷尔德林与保罗·策兰之间。那个时代本身最令人震撼的感觉就是:最开放地靠近问题,共存可能性的空间最小限度地陷入到粗野的缝合之中,而诗开启并拥有着最丰富的现代人经验的表达形式。在那个时代,在诗性的隐喻的谜题中把握时代之谜,在那里,无羁的过程本身就限定在'类似'的形象之中。"①

多多与这种诗歌型有着血肉相连的亲缘性,正像我们前面所说,诗人是文明之子,是语言系统和价值系统催生出来的果实,在多多身上也并无例外,这种诗歌型在多多身上完成了与东方智慧,中国历史,经验以及情感的结合,从而培育出多多这样的强力型诗人,也催生出一种歌德所主张的"世界文学"意义上的诗歌。我们的那部诗歌史中的概念,无论哪一种,都还无法概括多多的诗歌创作,"朦胧诗"这样的标签用在多多身上也非常不合时宜。我注意到,诗人们在描述多多的诗歌时,除了过多地使用"张力"或"震动"这样感触来表达自己体验外,对多多的作品也并无重要的认知。实际上,如果我们不拿出阅读荷尔德林或策兰的那样的努力,对多多的阅读也就还停留在表面的看法,或是简单的感触之中,而那样的阅读在我们的批评文章中是还不存在的。

三

今天看来,怎样阅读一首诗并不重要,重要的是将诗读成什么,是读成一种遣词造句的语言游戏,或是浇灌块垒的寄托,或

---

① 阿兰·巴迪欧《哲学宣言》,前揭,第45页。

是培育精神的器皿,或是陶冶性情的自我教育,则决定了我们怎样来认知诗和定义诗。但是如果按照上面的目的来读诗,无疑诗人所做的工作是微不足道的,甚至荒谬,诗歌的消亡是早晚的事,因为任何一种精神活动都可以替代诗歌,正如我们在我们的生活里所见所闻。在多多所接受与继承的荷尔德林-策兰的语言系统中,诗是和创造相等同的,"众所周知,一首诗就是创造。甚至看来是描述的地方,诗也在创造。"①并且这种创造始终与历史的生成关联在一起。这与我们的流俗的诗歌观念截然不同。

> 如此,则诗歌获得了一种更高的尊严,它到最后会重新成为它起初所是之物——人类的导师;……与此同时,我们常常听到,大众人群必须拥有一个感性宗教。不仅仅是大众,哲学家也需要这个宗教。理智与心灵之一神教,想象力与艺术之多神教,这就是我们所需要的。②

> 也许也是在我试图走向最终只在露西勒的形象中变得可见的,那不可居住的距离的时候。而一次性地,由于给予事物和存在的专注,我们也靠近了某种开放的和自由的东

---

① 海德格尔《在通向语言的途中》,孙周兴译,商务印书馆,1999,第8页。
② 菲利普·拉库-拉巴尔特、让-吕克·南希《文学的绝对》,张小鲁、李伯杰、李双志译,译林出版社,2012,第17页。

西。并最终,接近乌托邦。①

从突围、逃亡,幸存这些富有脂肪的概念里,我们没有做什么,我们空着手,从横放着的铅笔堆上走过。而歌唱向外探索的弧形变得尖锐了。没有目的,并不盲目,老人类就这么歌唱——②

所引用的三个段落,分别属于荷尔德林、策兰和多多,其中无论是对理性神话的构造或是对乌托邦的接近,还是对创造力弧形的辨认,对我们来说都是足够隐晦的,那些未来得及和盘托出的,也永不会以整体来出现,但以匿名的方式规定何为伟大的诗人,何为真正的诗歌,一种更伟大的语言在何处诞生,并孕育着历史的新生。实际上,在科学理性"祛魅"或反乌托邦理性的确认之下,在指称、命名、描述、分类、验证的合理化模式中,这个"神话"或"乌托邦"的结构已经被遮蔽掉了,可命名的事物早已经预留了其名称的位置,匿名的事物则始终处于无名的位置,正如马格利特的"这不是一只烟斗"在这遮蔽处所唤起的陌生感所表明的。也正如多多借助"死者"与"无人"这两个意象所反复吟咏的。因此,接受这种遮蔽,意味

---

① 策兰《子午线》,王立秋译,见 http://www.douban.com/note/206966742/。
② 多多《诗歌的创造力》,见《多多的诗》,人民文学出版社,2012,第175页。

着要接受各种现实的终结,艺术的终结、政治的终结、哲学的终结等说法在我们的语境里算是为人熟知的,也要接受各种对"乌托邦"的禁令。

同时也要面对乐观明朗的右派和感伤忧郁的左派是这一反乌托邦理性的连体婴儿,对现实的摆布。不言而喻的是,只要一个存在另一个必然存在,一个宣称普世真理的有效性,一个宣称某种特定的历史观。本雅明曾以"左派忧郁"这一指称这一连体婴儿左边的那个,"他们拒绝接受当下的独特性,只从'空洞的时间'或者'进步'的角度来理解历史。"①或者按照巴迪欧的分类,一个尊崇动物式的人道主义,另一个则秉承激进的人本主义,两者都在着迷地试图填补"上帝之死"留下的空白位置。而对于那个匿名的"乌托邦",它拒绝如此明确的答案,它试图保留这个空白的位置,并时刻警惕那种以救世的历史的名义,对这一空白的征用和命名,因此它更信赖语言而非历史,它愿意去接受福柯的"人之死",一种"非人"的历史观念,更为明确的是,它要守住的是作为救世的语言这一向度,诗人何为,何为诗歌的秘密?都将在这一匿名的"乌托邦"结构中得到答案。正如多多在《铸词之力》这首诗中所写,这一切"需要梦与岸上的船合力",需要"理性"的松懈,"理由的荒芜",需要暗淡的,微弱的,渺茫的踪迹,以及"尽头的听力"。

---

① 温迪·布朗《抵制左派忧郁》,见汪民安主编《生产》第8辑,江苏人民出版社,2013。

在力之外,在足够处
持续,是不够的幻觉

光,是和羽毛一起消逝的
沉寂是无法防御的

插翅的烛只知向前
至爱,是暗澹的

这是理由的荒芜
却是诗歌的伦理

需要梦与岸上的船合力
如果词语能溢出自身的边际

只在那里,考验尽头的听力

《铸词之力》本身也是对诗歌的命名,和策兰的不莱梅义学奖获奖词中的表达,同呼吸着一个"乌托邦"的暗淡:诗歌"向着敞开的事物,那可居住的地方,向着一个可接近的你,也许,一种可接近的现实……在一个人造之星飞越头顶,甚至不被传统的天穹帐篷所庇护的时代,人们便暴露在这样的未知和惊恐中,他们把这种存在带入语言,被现实压迫并寻找这现实。"①

四

多多四十多年的诗歌创作之路,也正是"向着敞开的事物",向前跋涉的里程之路。我对此的阅读感受是,多多的诗作从一开始就具有卓越的品质和不可超越的天赋才华,这种品质和才华在《人民从干酪上站起》和《手艺》等作品中表露得最为显著;而后的八十年中后期一直到整个90年代,构成多多写作里程中的第一座高峰,也是当代汉语诗歌中的一座高峰;2004年回国到现在,是多多的第二座高峰。三个阶段,各有重点也包含着不同的变化,因而可以分段论述。我一直以来没有改变过的判断是,三个阶段越写越好,也越来越具有敞开性和能够与时代展开对话的开放性,也就是说,其诗作从最初的只是对具体的事件、情景和历史时间形成有效表达的"特殊性知识",而达到了可以触及整个时代状况的"普遍性知识"。

在这种转变中可以看到的原因有,越来越完整的世界视野,越来越强大的智性投入,以及对写作的自觉所带来的语言整合力。多多对写作的自觉显露在对诗的构造的追求上:"第一就是先在,被赋予,给你了;第二个阶段——智性投入,那是毫无疑问

---

① 策兰《不莱梅文学奖获奖致辞》,见《带着来自塔露萨的书》,王家新译,作家出版社,2014,第319页。

的,要求你极高的审美眼光极好的批评能力极广泛的阅读视野,对知识的占有,你知道自己在哪里,你知道在做什么。第三个阶段就是一个整合,全部的完美的契合。第一个阶段记录,第二个阶段你就在那搏斗吧,第三个阶段成了,合成,这个合成又是神奇的,由不得你。苦功也好悟性也好阅读也好,你要使出全身解数,每一首诗都要这样写。"①其中所包含的对诗的规定,可以这样来理解:单纯的灵感不能成就一个诗人,每个人都遭遇过灵光乍现的时刻,但若无语言的技能,我们甚至都意识不到灵感的出现。正是构造语言的能力和技能,催促和逼迫我们将那个"混沌"挖掘出来,并雕塑成为它所要求我们的样子,语言的构造能力就是分割,区分,划界,删选,组合等等生成的能力,因此灵感加上语言的技能才是一个诗人的开始。而大部分诗人的写作只停留在这个阶段,拒绝"智性投入",认为这种投入会损害诗的"天然"与"自然"的质感,会带来矫揉造作的语言,会使得情感与事物失真,"口语诗"写作和"抒情小诗"写作,是追求这种"活生生"的瞬间真实的典型。实际上,拒绝"智性投入"的诗人,根本不知道"智性投入"为何物,只是将其误以为是一种智力,一种思考,一种理性计算,而所谓的"智性投入"是要使得语言进入那从未有人踏足之地,是要使得情感成为一种很高的智慧,而不是简单的抒发,是要摆脱语言和情感的惯性所带来的人云亦云和平庸的流俗的意见,从而使得语言中真正的"新颖之物""将来之

---

① 《我的大学就是田野——多多访谈录》,前揭,第279页。

神"能够现身。这是写作中属于创造力的部分,是朝向普遍真理的努力,也是小诗人和大诗人的分野之处,多多说他的诗歌要修改七十次,张枣也说过他的诗歌有过一百多次的修改,在小诗人听来,会觉得是天方夜谭,是个可笑的笑话,一挥而就的诗歌才是好的,但只要我们能够看到这些小诗人身上充满了无知、平庸的见解,以及对伟大的事物的茫然,也就会理解他们在诗歌方面上的缺陷,我在现实中所见大致如此。

我将试着以多多诗歌中的被反复使用的动词和名词的词根为例,来简单地提示多多在创作中"智性投入"的朝向以及对某种普遍真理的努力。正如特拉克尔所写:"词语破碎处,无物存在。"这种朝向和努力说到底是一种构造言语的里程。当然,我们不可能期望将这一问题阐释清楚,仅就多多诗歌的复杂与所具有的创造力而言,对这一问题的探讨只在确认一个开端。

  动词:是 有 不 没 无 在 写 读 亮 唱 听 吃 哭 沉默 无言 哀悼 追悼 遗忘 填埋 张开

  名词:词语 语言 死者 死 血 光 命运 真实 墓碑 深度 深处 深渊 黑暗 田野 记忆 石块

这组动词与名词的词根,在多多的作品中有诸多变化及其非常复杂的含义,在他的诗歌词汇表上占据着核心的位置。我们因而看到,他偏爱清亮,澄明,重音的,肯定的音调胜过其他;他偏爱悖论的,誓言的,警句的,判断的句式胜过描述的,叙事的,铺陈的,推论的;他偏爱歌唱胜过嘟囔的呓语以及反讽的机智;他偏爱精确与真实胜过美与诗意的;他偏爱对晦暗未来的眺望胜过与当下的死缠烂打以及对过去的怀旧感伤。在这样的向度里我们因此能够测量与响应"智性投入"的朝向,比如,随便使用这里的动词与名词来联句,"词语是死者","词语读着死者","死者遗忘墓碑","死唱着深渊/田野"等等,这些动词与名词以及其本质的方式关联着我们的存在与历史处境,指引着我们在这种关联与结构中触摸并回应已经失去和即将到来的"无名"与"匿名"。海德格尔在阐释荷尔德林时得出的一个结论,与我们所要探讨的获得了一致:"荷尔德林所创建的诗之本质具有高度上的历史性,因为它先行占据了一个历史性的时代。"[1]简单地说,就是寻求与"将来之神"的联动,多多的短诗《写出:深埋》可以为我们作出见证。

> 他们的死,收获
> 你的词,这不在
>
> 拿走你掰碎的
> 应它应许的

---

[1] 海德格尔《荷尔德林诗阐释》,孙周兴译,商务印书馆,2004,第53页。

这在，抵达这些词
　　从被搁浅的人走出来

　　从一本书走出来
　　从未从你来——

即使我们以上的讨论是正确的并可以进一步展开的，这些讨论也可以被擦去，忽略不计。正如多多所说的，一切还没到盖棺定论的时候。他的写作仍向着历史的深处敞开，一座未来的高峰在等着他。我也知道，在将来我必将重新修订今天所得到的认知，或重写这一切。

第三部分

法则与行动的修辞

第十二章:知识考古学视域下的"海子神话"

"诗人海子的死将成为我们这个时代的神话之一。"[①]在海子死后不到一年的时间,海子生前的好友西川对此做出预言,也正如我们后来所看到的那样,"海子的神话"在一系列纪念活动、阐释文章、书籍出版、媒体报道和读者的持续阅读中成为了现实。海子,因而也成为我们这个时代最重要的文化表征之一,但这已经与海子本人毫无关系,它是在海子的死亡和诗歌的基础上生产和制作出来的一个巨大光环,光环背后则是各种历史镜像的角力和博弈。在海子身后,"诗歌烈士"、"天才诗人"、"圣徒般的诗人"、"带有弥赛亚神性的先知",或是"自我膨胀的法西斯"、"依赖青春激情的业余写作者"、"孤独的自闭者"、"走火入魔的气功练习者"等标签被迅速张贴在这个生前籍籍无名的诗

[①] 西川《怀念》,见崔卫平编《不死的海子》,第 21 页,北京:中国文联出版社,1999 年。

人身上,而最终一个贫穷、孤独、终其一生冲击诗歌极限,为诗歌殉难的诗歌烈士的形象占据这个神话的中心,诗人之死也被描述为"圣徒般的血祭",这个极其纯洁化和神圣化的形象,也在一遍遍地复述和论证中得到巩固,因此,海子每年的忌日成了文学的节日,海子的死亡之地和出生之地,也变成了文学青年的朝圣之地,海子化身为文学青年心中的神圣象征①。

那么,我们来重新审视这个神话,我们会发现"海子之死"作为80年代文学中的重要事件,就在于其意外死亡本身产生的一系列效应,"海子神话"就是其中之一。正如福柯对死亡问题的研究所告诉我们的:在现代世界,由于个体原则的凸显和确立,个体会由于其"特异性"的死亡,而赋予其生命一种"真理的风格",使其从生命的单调和整齐划一中跳脱出来②。因此,"特异性"的死亡也会无限放大诗人的作品和生平,使之获得一种显著的阅读效果,一个平静度过人生的诗人和一个意外离世的诗人相比,后者显然会得到额外的关注和更细致的阅读。"海子之死"作为构成"海子神话"的一个重要元素,也正是我们对此问题思考的一切基本切入点。对于这样一个问题的回溯性考察,德勒兹曾提及:"有两种思考事件的方式,一种方式是循着事件,采

---

① 按照燎原的描述,在清华大学的一个朗诵会上,"一位清华女生写给海子的一首献诗及其声泪俱下的朗诵,足以让人相信海子诗歌在文学青年心目中的位置是何等的神圣。"见《海子评传》,第3页,时代文艺出版社,2006年版。

② 见福柯《临床医学的诞生》第九章,刘北成译,译林出版社,2001。

撷它在历史中的实现,它在历史中的状态,它的式微;而另一种方式则是追溯事件,像置身于生成之中一样置身其中。"①在某种意义上,这两种思考方式对于我们思考"海子神话"同样有效,前一种是"历史主义"的,后一种则是接近"知识考古学"的方式的,"历史主义"过多是在"历史成规"的范式下成就历史的,有着先入为主的"成见",所以在此我们更愿意站在"知识考古学"的立场上,回到历史的断层中,来重新辨识那些历史的印记和遗留物。在这篇文章中,我们也将通过"海子神话"背后的种种叙述对海子形象中被过滤和剪切掉的画面给予恢复,从而使我们重新认识这个神话本身。

一、两个海子:叙述策略中海子形象的差异

1989年3月26日,青年诗人海子以卧轨的方式突然地结束了自己的生命,这种出人意料的决断和带有极强暴力色彩的死亡,给当时的诗坛以及海子的朋友们以极大的震惊,"4月2日,我收到城里一位朋友的信,劈头就是:'海子死了'。时间是3月26日。这消息惊天动地,使我毛发高耸。"②几乎是和苇岸得知这一讯息相差不多的时间里,海子生前的一些友人也收到

---

① 德勒兹《哲学与权利的谈判》,商务印书馆,第195页。
② 苇岸《怀念海子》,见崔卫平编《不死的海子》,第46页,中国文联出版社,1999年。

了海子自杀的消息,"4月初一天夜里,11点左右,我听到多多在门外叫我,然后他就像地下党人那样紧张而神秘地走进屋来,还没有坐下,就说:'家新,我听说海子自杀的事了!'我们都被这件事彻底震撼了。"[①]这种震撼在海子生前的友人之间通过口头或信件的方式仍在不断地传递着,在西川写给一位四川诗人的信件中,一张白纸上只写下了"海子于三月二十六日在山海关卧轨自杀。"在这一封如电报一样简洁,没有额外的解释的信中,所带来的震惊的效果是极其惊人的,这震惊也开始唤醒人们对海子生前的记忆,如我们所看到的在海子的死亡和生前之间留下了一段难以确证的空白,它像是一个无法解开的秘密,召唤着人们的想象来缝补出一个完整的海子形象。在海子死后一个月之后,一些怀念海子的文章由海子生前的好友写就开始陆续发表,对于那些对海子不太熟悉和了解的人们来说,这应该是认识海子的最好途径。但是我们知道,海子生前并没有被看作是一位非常重要的诗人,所以也没有任何在海子活着的时候关于其生活和诗歌的文章被写作和发表,而我们现在看到的怀念海子、阐释海子的文章正是在海子死后通过想象与记忆被书写,在这一系列书写当中,作者们也为我们建构了一个天才诗人,为诗歌殉难的海子的形象,这个形象之所以是这样的而不是别样的,是因为作者采取了历史叙述的策略,在海子的生活中裁剪"恰当"的

[①] 见《新京报》对王家新的采访:《王家新:我的寂寞是一条蛇》,《新京报》,2006年3月17日。

素材,而建构了一个天才诗人样本的形象。

关于诗人形象的建构,本身就是一个严肃的诗学命题,是仍有待于探讨和研究的。正如浪漫派曾教给我们如此来识别一个诗人:"而今在浪漫主义者身上,心灵发生了这样的变化:歌德所谓的'灵魂的热'变成了达到沸点的炽热,用烈焰烧光了一切坚固的形式、形象和思想。浪漫主义诗人的光荣就在于他内心燃烧着的最炽热、最激昂的情感。"[1]对海子形象的建构,无疑是参照了浪漫主义诗人的蓝本。在对海子生前房间的描述上,我们会发现同是海子生前好友的骆一禾和西川叙述出了两个海子的形象,"他的屋子里非常干净,一向如此,他挂了一张西藏女童的照片,我很喜欢,名之为含着舌头淳笑的'赤子',还有一张五彩缤纷的大花布挂在墙上,他所感到的压力使他从来没敢再挂抽象派大师的绘画,只有一张梵高的《向日葵》,他很喜欢没舍得摘掉。然后他屋子里有一股非常浓郁的印度香的气味,我曾警告过他'不要多点这种迷香。'"[2]而西川的描述是:"当我最后一次走进他在昌平的住所为他整理遗物时,我听到了自己的心跳。我所熟悉的主人不在了,但那两间房子里到处保留着主人的性格。门厅里迎面贴着一幅凡·高油画《阿尔疗养院的庭院》的印刷品。左边房间甲一张地铺

---

[1] 勃兰兑斯《十九世纪文学主流·德国的浪漫派》,刘半九译,第165页,人民文学出版社,1997。

[2] 骆一禾《关于海子的书信两则》,见崔卫平编《不死的海子》,第15页,中国文联出版社,1999年。

摆在窗下,靠南墙的桌子上放着他从西藏背回来的两块喇嘛教石头浮雕和一本十六、十七世纪之交的西班牙画家格列柯的画册,右边房间里沿西墙一排三个大书架——另一个书架靠在东墙——书架上放满了书。屋内有两张桌子,门边的那种桌子上摆着主人生前珍爱的七册印度史诗《罗摩衍那》。很显然,在主人离去前这两间屋子被打扫过:干干净净,像一座坟墓。"①这两段文字在叙述方式有着很大的不同,骆一禾的文字是出现在海子死后一个月多一点,骆一禾给袁安的信中,他沉浸在回忆中。对海子的性格、趣味给予了感情真挚的描述,在此我们看到的是一个很日常的海子,和一般常人没有什么太大的差异,而在西川的叙述中,房间里场景则在描述过程中经过了一系列的语义转化,海子的形象呈现为超凡脱俗的面貌,我们应该注意到,地铺、浮雕、书架、画册、七册印度史诗的刻画是从两间房子的整体环境中剥离出来,也是经过有意的筛选的,这也更符合一个人对诗人的想象,"但那两间房子里到处保留着主人的性格""干干净净,像一座坟墓"。这种带有想象意味的句子,更为强烈地塑造了海子殉难诗人的形象。这两种描述,一个带有很强的回忆的印记,另一个则带有想象的印记,像我们所看到的,这两种形象并不矛盾,但在后来关于海子的一系列叙述中,前一种形象逐渐消失了,后一种形象则开始不断地丰满。

---

① 西川《怀念》,前揭,第22页。

苇岸对1986年的海子形象的回忆,这与西川对海子大学期间的长相的描述和骆一禾对海子的记忆的刻画有着相互参照阅读的互文性,这也是我们所能在文字中了解的海子的长相为数不多的几处,"他身体瘦小,着装随便,戴一幅旧色眼镜,童子般的圆脸,满目稚气。"①与此相对照西川的描述是:"小个子,圆脸,大眼睛,完全是个孩子(留胡子是后来的事了)"②,骆一禾在海子的忌月之日,沉痛地写道:"我无法想象的永远是这个瘦小的、红脸膛、迈着农民式钝重步伐的朋友和弟弟临死前的那一刹那的心情……"③我们看到三个人的描述并没什么太大的差别,这基本上就是海子生前的大致模样,海子在他们的记忆中仍是瘦小、孩子般的,小弟弟样子的,在这种对海子的记忆的追溯,也尽可能的忠实于当时的事实,但在另一种想象叙述中,海子马上又变为另一种面目:"但在能找到的相片里,这张最能传神,他有一首诗歌给兰波,名为'诗歌烈士',这张照片表达了这种人格,就用它吧。"④"他是一位诗歌烈士"⑤"对于我们海子是一个天才,而对他自己,则他永远是一个孤独的'王'……"⑥这两种形象的差异之大,已经很难使

---

① 苇岸《怀念海子》,前揭,第39页。
② 西川《怀念》,前揭,第24页。
③ 骆一禾《"我考虑真正的史诗"》,见崔卫平编《不死的海子》,第12页,中国文联出版社,1999年。
④ 骆一禾《关于海子的书信两则》,前揭,第18页。
⑤ 骆一禾《"我考虑真正的史诗"》,前揭,第12页。
⑥ 西川《怀念》,前揭,第21页。

我们将其统一起来,而这后一种刻画似乎也更能满足公众对一个天才诗人的期待和想象。从读者接受的角度看,在80年代诗人似乎就应该是超凡脱俗,具有完美的人格,带有某种英雄的特征,甚至带有某种神性,在这种关系中,读者才愿意贡献出自己的情感,而对诗歌和诗人产生崇拜。从另一个角度看,在诗人那里诗歌也被认作是拯救之道,最高的艺术形式,"呼应黎明中弥赛亚洪亮的召唤"的途径,因此,在读者和诗人双向的关系中,诗歌和诗人的形象也就被构建出来了,但在这种诗歌和诗人的形象的中心盘踞一个神圣的世界、永恒和不朽的价值,与之相对应的和被排斥的则是庸俗的日常生活世界,无聊的琐事和规则,海子的形象在种种叙述中按照这种逻辑也就越走越远,越来越"纯洁化"、"圣化"。

与对海子生前形象的差异相比,我们看到,对海子死亡的描述却表现出了惊人的相似性。这些描述者都没有亲临过海子的死亡现场,因此对海子死亡场景的描述,也只能通过转述的记忆和自己的想象来完成。"卧轨时,他只剩下两毛钱,胃里好几天只吃了两只桔子。"[①]"海子卧轨自杀的地点在山海关至龙家营之间的一段火车慢行道上。自杀时他身边带有四本书:《新旧约全书》,梭罗的《瓦尔登湖》,海涯达尔的《孤伐重洋》和《康拉德小说选》。"[②]"他选了一个火车爬坡的路段。他死得从容,身体完

---

① 骆一禾《关于海子的书信两则》,前揭,第16页。
② 西川《怀念》,前揭,第22页。

整地分为两截,眼镜也完好无损。他又好几天没吃东西,胃里很干净,只有几瓣桔子。他带在身上的遗书简单地写着,我的死于任何人无关,遗作由骆一禾处理。"①"他于1989年3月26日下午5点30分在山海关和龙家营之间的一段慢车道上卧轨,被一辆货车拦腰轧为两截。"②"3月26日,年仅25岁的海子、痛不欲生的海子,在山海关附近卧轨自杀,饥饿的胃中仅有两枚腐烂的桔子。"③在这五段并置的关于海子死亡的描述,几乎是我们所见到的全部描述。在时间和地点上,没有什么不一样的地方,但在具体细节的刻画上,却存在着各自的差异,骆一禾、苇岸、陈东东更多的是对死者的哀悼和缅怀,那个海子仍是与一般人自杀没什么两样的海子,而西川、朱大可的则是通过放大那些带有象征性的细节来使得海子与一个殉难的诗人的身份更为相符,尽管我们依稀能从这五段叙述中辨认出两个不同的海子形象,但由于死亡的巨大的创伤,已经使得那个死亡现场的每个场景都变成了带有象征意味的意象,"两毛钱"、"胃里的几瓣桔子"、"四本书"、"身体完整地分为两截""饥饿的胃"从那个谁也没看到的场景中,清晰地浮现出来,这样的描写也的确很漂亮,它转移了我们对一具尸体的想象和恐惧,对其背后具体的历史原因的探

---

① 苇岸《怀念海子》,前揭,第47页。
② 陈东东《丧失了歌唱和倾听——悼海子和骆一禾》,见崔卫平编《不死的海子》,第36页,中国文联出版社,1999年。
③ 朱大可《先知之门》,见崔卫平编《不死的海子》,第137页,中国文联出版社,1999年。

知,西川所突出的"四本书"和朱大可的"痛不欲生的海子"、"饥饿的胃"在对海子死亡重塑的过程中,运用的一笔带过的"抒情"笔调,而不是细致耐心的描述分析,已将海子从那个具体的时空中,轻松地带入了一个神圣的精神世界。

但正是在后两种描述中,海子的死也开始和具体的原意脱离,而变成了听从某种神秘召唤的死亡,"革命性病故,并非是用疾病去推翻一种心力交瘁的个人存在,而是要以死对另一次死亡作出决然的阐释。"[①]"海子是圣徒般的诗人,他捐躯的意志具有'不顾'的性质,以致当我们反观他的诗作时,竟产生了一种准神学意义。"[②]到此为止,我们看到海子神话中最核心的一个形象,殉道者,为诗歌捐躯的圣徒被制作出来了,而从这个角度来回顾海子的一生,似乎海子的失恋、贫穷、孤独、孩子般的任性和固执都因这种殉道的死而成了受难者的美德,似乎他的诗歌需要这种美德的确认,才能够获得艺术上的认可,而"他的一生似乎只为了发光。他把非常有限的生命浓缩了,让它在一个短暂的过程里,显示生命的全部辉煌。"[③]而在这种叙述里,海子自杀的具体原因被暂时地剥离和筛选掉了。这意味着,将海子归位于一个神圣的象征世界,带有崇高的意味和永恒的价值标准、而

---

① 朱大可《先知之门》,前揭,第141页。
② 陈超《海子》,见崔卫平编《不死的海子》,第73页,中国文联出版社,1999年。
③ 见谢冕为《不死的海子》作的序,《不死的海子》,第1页,中国文联出版社,1999年。

不是具体时空所限定的历史世界,这个历史世界将告知我们处身于何种的现实境遇之中,我们被何种历史法则所左右,我们将寻找何种的"历史对位法"来塑造我们的时代,以及我们应如何来重新命名诗歌,从而来重新定位我们时代的写作。那么,这种对海子的定位本身,就包含着对诗歌的"偏见",它决然地将两个世界对立起来,将精神的世界与尘世分离,将神圣的价值与历史分离。

所以我们看到,在海子自杀后的第49天,骆一禾因脑溢血病逝,但这两种死亡在后来的叙述中几乎就像是在同一个时间里发生,按照那种神圣世界的价值,他们被塑造成麦地的孪生之子。骆一禾的死也使得对海子的自杀的种种叙述偏离了原来的轨道,也更加纯洁化,与那种神圣世界不相合拍的"不洁之物"也开始被剔除了。"一禾正凭窗而坐。他在倾听——鸟啼、虫鸣、黑夜落幕的声响。他是那种南方气质的诗人,宁静、矜持、语言坚定。他谈的是海子,说话的时候,眼光闪现出对诗歌中的音乐的领悟。……海子的声音是北方的声音、原质的、急促的、火焰和钻石,黄金和泥土。……他歌唱永恒、或者站在永恒的立场上歌唱生命。……一禾的这种优异,集中于他对海子歌唱的倾听。"[①]海子在这种纯洁化的叙述中,变得不带有任何杂质,与某种永恒的精神获得了连接,他的形象变得既清晰又模糊,似乎离我们很近,但是又很遥远,而一旦对那种

---

① 陈东东《丧失了歌唱和倾听——悼海子和骆一禾》,前揭,第37页。

想象有着足够充分的描述,它也就会跃进到对海子做出历史的评价的叙述中,参与历史的建构,来刻画出不朽的海子形象。"现在,海子不存在了,也永远打不倒了……"①"今天,海子辞世之后,我们来认识他,依稀会意识到一个变化:他的声音、咏唱变成了乐谱",②这种变化也就在那种带有象征意味的叙述中逐渐地清晰起来。

二、唯一的海子:被赋予精神象征的存在

在关于海子的一些纪念文章中我们看到,海子生前的一些好友都很坚信海子的才华和价值,"尽管我们几个朋友早就认识到了海子的才华和价值,但事实上1989年以前大部分青年诗人对海子的诗歌持保留态度。"③从海子生前受到的一些指责和批判来看,这的确是一个事实。海子生前曾参加过以朦胧诗的一些元老和80年代后新崛起的北京青年诗人为核心的"幸存者俱乐部",在一次作品讨论会上"诗人 EFG 和 HI 对海子的长诗大加指责,认为他写长诗是一个时代性的错误。"④其他的诗人没有为海子进行辩护,正像西川所说,他们大多对海子的诗"持保留态度"。骆一禾和西川在文章曾多次指责"北京诗人

---

① 骆一禾《关于海子的书信两则》,前揭,第20页。
② 骆一禾《海子生涯》,见崔卫平编《不死的海子》,第3页,中国文联出版社,1999年。
③ 西川《死亡后记》,见崔卫平编《不死的海子》,第31页,前揭。
④ 西川《死亡后记》,前揭,第31页。

集团"①,所以他们一方面固然是在为海子辩护,另一方面也是在为海子争取他生前所没有得到的,与其匹配的声名。"然而文学是一座广大的公墓,其间林立着许多无名者的墓碑。在这个价值贬值,物价上涨的年代,他被埋没的可能是现实的可能。"②所以这件事情就变得非常紧迫,但是这种辩护和争取必须首先要证明海子自身的重要性,而这种证明也就不能交给时间本身去评判,它必须要借助于带有价值判定和富有象征意味的叙述来完成。

"海子的重要性特别表现在:海子不是一个事件,而是一种悲剧,正如酒和粮食的关系一样,这种悲剧把事件造化为精华;……用圣诉说,海子是得永生的人,以凡人的话说,海子的诗进入了可研究的行列。"③在这种象征叙述里,具体的事件与人类的义化符号和精神原型达成了一种密谋的关系,这也使得具体的事件得以被固定和保存,从而转入历史的叙述。同时在象征叙述中,我们理解具体事物的方式也会从文化符号和精神原型的角度进行逆向认知,进入象征叙述的海子形象也开始朝向一个神圣化和不朽的形象发展,从而成为一个符号化的存在。这种象征叙述最初是由骆一禾在海子死后开始的,而后在90年代成为阐释海子之死和诗歌的主要叙述方式,因此海子之死和海子的诗歌获得了一种双向缠绕的关系,这种双向关系就是一

---

① 骆一禾《关于海子的书信两则》,前揭,第17页。
② 同上。
③ 骆一禾《海子生涯》,前揭,第3页。

方面从海子的生平中剥离出有象征意味的细节来阐释其诗歌,另一方面从诗歌中寻找生活中的线索来补充对海子一生的想象。我们知道骆一禾生前对海子推崇备至的,他为海子诗歌所整理和描画的精神谱系①,也使得海子形象在象征叙述中达到了一个不可企及的高度。

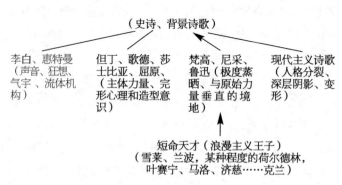

这些伟大的人物和精神原型被看作是海子的同路人或精神源泉,也使得读者觉得海子一生似乎都是在与这些伟大的死者为伍,在精神上能够呼应和承传,并在这四种史诗的类型中发展出自己的一极。但我们在海子的阅读谱系中,会看到一些对海子产生重要影响,却没有入选这伟大名单的作家和书籍,如海子死亡前带在身边的梭罗的《瓦尔登湖》,海涯达尔的《孤伐重洋》和《康拉德小说选》。另一方面,我们知道,海子生前被认为是有着极其广泛的阅读,"除了必然购藏的中外名著和国外新近译介过来的

---

① 骆一禾《关于海子的书信两则》,前揭,第16页。

文化、哲学、文学等热点图书外,更多的,则是一般人想象中不属于一个青年诗人阅读范畴中的图书杂志。譬如《小说月报》《收获》《大众电影》《世界美术》《新华文摘》《国外社会科学》《世界宗教研究》《世界文学》等等这类或被视作通俗、消遣性的,或艰深、专业性的杂志。再比如《中医学基础》《藏传佛教史略》《西藏源流记》……诸多有关西藏人文历史地理和藏传佛教、藏密气功等五花八门的书籍画册。"① 这些似乎都用来证明,海子具有一个宽广的精神谱系和极其深刻的认知,并以此来海子作为一个伟大诗人的证据,但实际上,仅凭这样的目录和书单,是证明不了任何事情的。我们知道在80年代,由于"思想解放"与"新启蒙"思潮的推动,西书被大量地引入中国,例如对80年代影响深远的商务出版社的"汉译名著300种",三联出版社的"走向未来丛书"和"新知文岸"系列,外国文学出版社的"二十世纪世界文学名著"系列等等,这些基本上是当时知识分子的必读书,即使从一个诗人的阅读来讲,这样的书目也只能算是一个基本正常的阅读。

因为海子生前,没有留下正式的诗学文章或是读书笔记,我们也就无法推断其阅读的影响和思想的进展,仅就其留下的短文《我热爱的诗人——荷尔德林》来推断,我们还看不到一个伟大诗人的身影。这篇文章中的一个判断曾被反复引用,以此来证明海子的诗学抱负,"从荷尔德林我懂得,诗歌是一场烈火,而不是修辞练习。"这个判断本身其实有着对荷尔德林很深的误

---

① 燎原《海子评传》,33页,时代文艺出版社,2006年版。

解,与"德国观念论"渊源极深的荷尔德林恰恰会反对这样一种对诗歌的表述,在荷尔德林的诗学观念中,诗歌应是对一种"可计算法则"的发明,《论诗之精神的行进方式》、《论诗类型的区别》和《音调的转换》这三篇文章,被看作是荷尔德林诗学的集中表达,其中关于诗歌的三个阶段、诗歌的三种类型以及三种音调的互换等"可计算法则"的探讨,可以看出荷尔德林要求诗歌具有极其精确的"理性计算"能力,而不是生命本能冲动的直接表达。当然,这种误解并不妨碍海子成为一位优秀的诗人,在艺术创作中,误读往往也会构成创作的一个重要的动力。问题在于,在将海子符号化,进而确立其作为某种精神原型的存在的同时,忽略了对其精神内核以及思想进展的深度挖掘,海子与荷尔德林与雪莱、兰波的关系,并不比海子与80年代以及海子与乡村、大地的关系更为重要,出于构建"海子神话"的需要,而将海子在80年代所打开的诗学空间,急冲冲地归还给荷尔德林、叶赛宁或者歌德、但丁等等这样的精神原型,本身就存在着对海子的误解。我们也看到,随着"海子神话"的确立以及其影响的加深,这种误解也不断在扩大,在知网上的近一百篇关于海子的论文,都是这种"神话"辐射的产物。

一个诗人的确立,首要在于他能否构建出一套独立的"诗学",诸如荷尔德林,假使今天荷尔德林流传于世的只有他后期的三四十首作品,我们依然也可以确立其作为伟大诗人和精神原型的地位,而其与品达、宗教圣诗以及席勒、歌德等的关系,并不会为其增添砝码,只能算作是理解荷尔德林"诗学"的背景线索。通过海子所受过的影响,而将其与伟大诗人对接的象征叙述,也使得海子写诗最初的来源也被遗漏掉了,这其实是理解海子诗歌的一个重要线索,可以帮助我们辨认出海子的诗歌进路中的重要元素。从诗歌的继承关系上来看,海子与"朦胧诗"的关系要紧密一些,海子与朦胧诗的一个继承关系就是他对江河和杨炼所倡导的史诗写作的应合,"在由北大中文系79级老木主编,北大五四文学社1985年出版的《青年诗人谈诗》的那本小册子中,排在后面最后三篇文章的作者石光华、海子、宋渠宋玮兄弟在各自的简介中,都引人注目地写有大致相同的一行文字:1980年以来,(海子则是在'大学期间开始'),'受到江河尤其是杨炼的影响进行史诗的探索。'"[1]另一个海子与朦胧诗的关系是源于顾城,"海子诗歌之路的触发点,最初始于顾城!1999年5月1日晚,当我在与西川的交谈中,由西川无意中谈及这一点时,我心头曾蓦地一紧。"[2]燎原心头蓦地一紧是因为他从两人的诗歌联想到了两个人死亡的某种隐秘关系,"我们继而将会看到:海子此后诗歌中那么痴迷于草原、姐妹、少女、月亮、泪水,痴迷于雨水与村庄,痴迷于太阳光芒的剑,狮吼龙啸,云卷雷怒的天空的暴力幻想,实质上更是用他的诗歌,张扬了缔结于顾城这一内心意念中而未能在诗歌中展开的图像。"[3]也就是说,海子的史诗观念和对自然意象的迷恋,在最初都有着具体的来源和

---

[1] 燎原《海子评传》,65页,前揭。
[2] 燎原《海子评传》,62页,前揭。
[3] 同上,63页。

影响,但却未能得到正确的理解。因此,这种遗漏也正是象征叙述的最主要特征,只有去除那些不相关的杂质,才能保证与精神原型的稳定结合。在这样的基础上,"他的诗进入了一个民族和人类的天命……在此,天命执笔于海子。"①

三、诗歌认同与诗人形象

从两个海子到一个海子,海子的形象最终被确立,完整而充满光辉,一个极其风格化而富有魅力的个体,这一个体几乎就是天才诗人的样本,成为文学青年膜拜和效仿的原型,"他贫穷中的美德,迟钝中的坚韧、苦难中的革命……"②他与荷尔德林、但丁、莎士比亚、歌德等伟大作家在精神上的呼应和传承,他的一生的整个过程"都在燃烧,燃烧成一道发光的弧线……它的熄灭是猝然的,是惊雷和霹雳的闪爆。"③构成了一个我们不可企及的神话,尽管我们看到这一个体是在删减掉了一些细节同时又附加了某种象征的情况下被制作起来的,但不可否认的是,这个神话是"哀悼"和"纪念"的产物,是"海子之死"这一事件结出的果实,这一事件所具有的多层次面相最终在"诗歌空间"内部获

---

① 余虹《神·语·诗》,见崔卫平编《不死的海子》,第111页,中国文联出版社,1999年。
② 燎原《孪生的麦地之子》,见崔卫平编《不死的海子》,第149页,中国文联出版社,1999年。
③ 见谢冕为《不死的海子》作的序,《不死的海子》,第1页,中国文联出版社,1999年。

得了具体的含义,并繁衍出一系列的社会效应,以至于无论是反对还是漠视海子诗歌的人,都不得不正视海子的存在。但如果我们纵观海子前后的变化和一些人前后对海子态度的转变,甚至是那些曾经批判和指责海子诗歌的人对海子的态度发生了很大的转变①,我们不禁会有这样的疑问,诗歌还是同样的诗歌②,为什么在80年代和90年代对海子的评价和对其诗歌认同方面具有如此大的差异?

1978年以来的当代诗,除却"朦胧诗"和"海子事件"曾产生过辐射性的社会效应之外,基本上处于边缘地带,在相对封闭狭窄的"诗歌空间"内部自我运转,这个"诗歌空间"由诗人、诗歌批评家、诗歌爱好者等群体、诗歌刊物、诗歌节、诗歌会议等运作方式,以及诗歌批评、文学史评价、诗歌奖项、出版发表等一系列评

---

① 燎原《海子评传》,杨炼"作为诗人,海子是最好的。",唐晓渡"海子是一个极不可重复也无法仿效的诗歌英雄。他的独一无二来自将个体生命直接划为诗歌光焰的渴念,……海子的质量是太大了,大到足以磕掉他们所有的美学牙齿。"

② 按照燎原的说法,海子一生在官方刊物上发表的诗作共有20首左右,这些刊物只要有《诗刊》、《十月》、《诗歌报》、《诗选刊》、《山西文学》、《草原》等。(见《海子评传》第8页)但海子生前曾打印过数本诗集,《河流》、《传说》、《但是水,水》以及《太阳·断头篇》、《太阳·诗剧》以及他与西川合著的《麦地之瓮》等,(见《海子评传》第119页),并且海子去四川时就曾"带着《太阳七部书》已经完成的部分"(见《海子评传》第119页),另外据廖亦武说,海子在四川的重要民刊上都发表过作品,"您不太了解情况。其实在80年代,海子在四川还挺有名的,几乎所有的地下诗刊,如《现代主义同盟》、《汉诗》、《中国当代实验诗歌》都推出过他的作品,包括我当时办的文化馆刊物《巴国文风》,也头条登载过他的《龟王》、《初恋》等六篇寓言。外省诗人能在现代诗歌的圣地"延安"有此出息,也算绝无仅有。"也就说海子生前的重要作品,基本上已经为当时的诗坛所见。而真正反映海子诗歌全貌的《海子诗全编》,要到1999年才面世。

价标准来共同构成,再加上诗歌本身的特异性,这样一个文化群体几乎和当代的主流文化群体处于半隔绝的状态,即使对于当代的小说家们来说,绝大部分人也无法说清当代诗的状况,这样一个内部空间的狭窄,也导致其内部竞争的激烈,诗人之间的论战被视为一种常态,关于诗歌认同、诗歌命名以及诗人的评价等问题,构成了争论的焦点,而这些争论背后往往是带有着"竞争"的意味。与"朦胧诗"所处的历史时段不同,"朦胧诗"时期,诗歌与社会之间有着较为良好的互动,社会还对诗歌保有着某种热情,但很快这种热情就迅速地被商业化所带来的新型生活方式所覆盖,这种物质化的、娱乐化、欲望化、实用化的生活方式,本身就与诗歌这种文学方式格格不入,再加上主流文化所奉行的经验化、理论化、实证化的原则,也使得诗歌无法进入主流文化的生产机制,这些也是当代"诗歌空间"萎缩和封闭的原因,而与"朦胧诗"不同的是,"海子事件"恰恰发生在"诗歌空间"开始萎缩的时期,正如骆一禾所认识到的,"在这个价值贬值,物价上涨的年代",海子被埋没的可能要大于任何其他的可能性,因此,为海子"正名",就不单单是一个诗学上的问题,更多的是现实的问题,而在这些诸多的现实问题中,首要的就在于对"诗歌空间"内部的竞争机制的挑战。

首先,我们要简单地回顾一下"朦胧诗"之后、80年代中后期和90年代诗坛的状况和面貌,"在中国新诗史上,从未有过如八九十年代这样的如此多的诗歌社团、刊物像走马灯般轮番出没,争吵、攻讦的声响如此震天动地,部分诗人之间如此的势不两立。以'团体'集结的方式,来引起对其主张和作品的关注,改善其受压抑的处境,在狭窄的诗歌空间中谋求一席、或占据更有力的位置。在 80 年代,以刊物为中心成立社团(或'准社团'),是最主要的'运动'方式。"① 在这样的诗歌环境中,团体和流派成为诗人获得认同和评价的重要标准,同时团体所持有的刊物也是其成员发表作品的主要途径,尤其是对于初登诗坛的"新人",加入某个流派团体,或是"聚众"另立山头则显得尤为重要。因为,这不仅可以获得某种象征资本,而且其作品可以获得更充分的、更细致的阅读和阐释,从而为其自身的"经典化"奠定基础。在这个环境当中,诗歌依赖于阐释、评论,从而获得更有效地传播和阅读,一个成名的诗人因而会比其他的诗人更容易确立自己的经典化地位,虽然前者并不一定会比后者写的更好。而没能确立自己的经典化地位的诗人,基本上要接受被埋没的现实。与 80 年代相比,90 年代诗歌虽然仍存在着大量诗歌团体,但诗歌的批评范式和诗人的认同标准已经发生了一个改变,个体性写作标准的提出,为海子在 90 年代被接受提供了一个必要的条件。但那种以"代际"、流派、团体为特征的诗歌认同标准仍是定位一个诗人的主要依据。海子在 90 年代得到认同最重要的是海子在诗歌史中被归类 80 年代诗歌的代表,这意味着即使他得到认可,也不能侵占 90 年代"狭窄的

---

① 洪子诚、刘登翰《中国当代新诗史》第 118 页,北京大学出版社,2005年版。

诗歌空间"了,欧阳江河在"90年代诗歌"正名的文章中写道:"才华横溢的年轻诗人海子和骆一禾的先后辞世,将整整一代人对本土性乡愁的体验意识形态化了,但同时也表明了意识形态神话的历史限度。对诗人来说,这意味着那种主要源于乌托邦式的家园、源于土地亲缘关系和收获仪式、具有典型的前工业时代人文特征、主要从原始天赋和怀乡病冲动汲取主题的乡村知识分子写作,此后将难以为继。"①这样海子就被排除在90年代诗歌之外,因此,我们可以看到海子其实在80年代和90年代的夹缝中得到了认同,但这一认同也塑造了另外的关于诗歌认同的标准。

"当然,也有诗人对层出不穷的'运动'持批评、并与之划清界线的态度。他们宣称诗歌写作完全是'个人'的事情。持这样看法,大概是那些不畏惧'时间'的、自信但寂寞的写作者。当然,也有的是获得诗界'承认',已获得'成功'的诗人。"②在这段陈述里也包含着这样一个认识,对于一个写作者,如果在以"代际"、流派、团体为特征的诗歌群体里缺席,也就意味着难以获得认同和被历史所冷落。骆一禾对此也有自己的认识,"青海的诗人昌耀从1954年到1988年的三十四年间,竟没有一篇,也就是三十四年间,一个民族的大诗人放在面前而无人认得,这就是我们当代文学和时代环境令人发指

---

① 参阅欧阳江河《89后国内诗歌写作:本土气质、中年特征与知识分子身份》,见陈超编《最新先锋诗论选》,河北教育出版社,2003年版,第166页。
② 洪子诚、刘登翰《中国当代新诗史》第119页,前揭。

的一个例证。"①骆一禾的激愤当然是出于对诗歌本身的热爱,也指向了对此种诗歌认同标准的批评,在这种标准之下,我们所收获是"风格化"的、"流派化"的、"新潮"的和"具有历史代表性"的诗人,我们所有的诗歌命名,比如"朦胧诗"、"第三代诗歌"、"90年代诗歌"、"70后"诗歌、"80后"诗歌等等,基本上是遵照"代际"、流派、团体为特征标准来划定的,我们知道,海子在80年代并没有加入任何一个诗歌团体,在又缺少社会资本和象征资本的情况下,海子被拒之于诗坛的边缘也是一个必然的结果。另外以当时诗人之间的争论、批评和攻讦的激烈程度看来,海子当时受到的指责和非难并不算是很"过分",只是对海子本人来说可能是过于尖锐。而按照骆一禾的看法,这种标准并不会遴选出我们所期待的那种"民族的大诗人","民族的大诗人"或者说伟大的汉语诗人的提法,应是骆一禾对当代诗学的一个贡献,无疑对海子的诗人形象的塑造,是借用了这种"伟大诗人"的名目,这也意味着在"代际"、流派、团体的认同标准之外,为海子正名。但是何为"伟大的诗人"?在现代汉语诗歌的这一系统内,我们并没对这一命题有过清楚的表述,或是相对统一的认识,鲁迅的"摩罗诗人",或是骆一禾的"究天人之际,通古今之变"的史诗诗人,都不能构成一种完整的表述,也就是说,"伟大的汉语诗人",只是一种意向性的提法,并没有获得实质内容的填充。在这一空的位置上,试图确立海子伟大诗人的形象,只能采用象征

---

① 骆一禾《关于海子的书信两则》,前揭,第19页。

叙述的策略,来获得情感上的认同。

从这个角度,"海子的神话"归根结底是对诗歌认同标准的挑战,从而也获得我们所看到的成功,在某种意义上,"海子神话"中所确立的诗歌认同标准,在90年代也被不同程度被接受,例如对骆一禾、昌耀、戈麦等诗人的重新评价,则参照了"海子神话"的叙述策略,另一方面,即使对"海子神话"中的"圣化"倾向持反对态度的诗人,也试图通过自觉地构建个人的阅读谱系,来确立诗人个体的独立形象,这基本上是后来的当代诗人构建自我形象的一个手段,比如于坚,"早期有惠特曼、罗曼罗兰、雨果、泰戈尔、来蒙托夫、普希金、屠格涅夫和托尔斯泰等,契科夫我非常喜欢。这些作家在文化大革命期间对我影响非常大,教我如何看待世界,如何人道地对人,对我的人生观有所影响。到了80年代,我看的外国书更多了,是跟存在主义、语言学派有关的,如萨特、海德格尔、波普尔等,还有卡夫卡、加缪、罗布-格里耶、乔伊斯、拉金、奥登,这些写作与日常生活关系密切的诗人对我的影响最大。我不大喜欢浪漫主义的、乌托邦式的、玄学派的诗人。"[①]而从今天来看,"海子神话"只应算是我们对海子初步的认知,更多的关于其诗学问题的研究,则仍有待于将来。

---

① 于坚、陶乃侃:《抱着一块石头沉到底》,《当代作家评论》1999年第3期。

第十三章:孤绝的合唱与行动的修辞
——对近十年诗歌的主观观察与简短描述

对近十年诗歌进行总体性的观察,对我们来说还为时过早。但学院化的知识生产机器已经把这个期限大大提前了,它们需要的是标签和签名的权力,机器力比多鼓动着欲望化的生产,诗歌在这里不过是临时性的替代之物。我自己对这十年的诗歌读的很多,绝大部分是出于编辑和推荐稿件的需要,很少一部分是对朋友们诗歌的关注,但能记忆起来的很少。就我所知,周围的大部分朋友已经不读当代诗了,这其实是对诗歌绝对性的肯定。我是两种态度都有,自然是难以做到客观。

我的理解是:"新十年诗歌"①的起点是突围,对上个年代的作诗法和观念的突围,但一旦那个年代的诗歌写作与文学史写

---

① "新十年诗歌"是对 2000 年到 2010 年诗歌的描述性称谓,考虑到这个时间段与以往的差异和其语言想象方式的不同,故临时性地用这一概念来定位。

作、大众传媒形成一种纽结的关系，进而形成一种诗歌传统，突围则需要天才之举。相对于八九十年代的诗人迅速成熟，接下来的诗人可能需要的更长时间的摸索期和沉默期，无论是对于功成名就的诗人，还是怀着梦想的后来者，诗歌地图已经被描画完毕，任何扩展必将制造出一个新的大陆。因而一些诗人沉潜下去了，试图在田野经验、都市景观、古典话语、革命意志之间发寻；而另一些人则找到了一个安全的位置，在媒体、网络、地方生活、私人空间的结合点上，找到了一个身体的意识，而且虚构着自己的道德正确和政治正确，在这个结合点上，身体其实并不存在，它依赖于网络幽灵、媒体资本、名声意志的召唤；另一些人依据学院知识生产系统，雄心勃勃结构着话语之网。但突围最后变成困惑，或许已经不需要突围，那个年代自己已经远去。困惑的原因当然不一而同，有一点值得关注的是，诗歌写作作为一种生存方式，已被无聊架空。诗人萧开愚在《今年春天的诗歌时髦是什么？》一文中，精准地概括了90年代诗歌以来的这种变化：

> 过去有所依赖，不依赖战争和丑闻，但依赖日常生活的纳粹。现在日常生活的纳粹在哪里呢？在房价里吗？在馆子里吗？在沙滩上吗？在外国吗？宋代诗人陈师道说"灾疾资千悟"，众多的"悟"为我们积累了按部就班地应付每天的困难的办法。没有什么解决不了，习惯和法律替我们准备的回避和逃避方案，用也用不完。失去日常生活的纳粹，我们的精力无法凝聚，于是无聊。

按部就班的制度化牢笼,在这新十年前所未有的掌控着才华的生产方式,它依然依赖着日常生活的纳粹,但暗中塑造着集中营的景观。90年代国家资本的运营方式并不要求个体以生命作抵押,经过大规模的资本扩张之后,个体生命只能以借贷的方式来使用,《骇客帝国》的"母体世界"中,每个人只是被设定好的一个程序,被巨大的主机所计算和控制,可以算作是这种集中营景观的影像效应。逃离"母体世界"的办法有两个,一个是变成病毒,被主机自动清除,另一个是逃到"母体世界"所试图毁灭的空间和世界。90年代之后的诗歌安稳地在这个"母体世界"中着陆,它没有变异,也没有逃离,语言的突围被制度化的栅栏所限制,外加高额的生存遭遇,无聊是其直接的情感反应,在种种"不可能"的落差中,无聊和虚无以至于构成了生存的基调。诗歌的语言依赖价值,一种肯定价值所激发的天才想象,必定包含着救赎与解放之路,90年代诗歌所肯定的现代主义诗学价值,在这种集中营景观中走到了它的终点,同时也撤销了它允诺通往道路的梯子,无聊和这种旧的价值观捆绑在一起,它是旧时代的新哀悼。

> 无聊跟枯竭一样是个判断,证明我们根据我们认可的价值观评价现状,证明我们还有并且依赖着某个旧的价值观。这个仍起支配作用的价值观现在只供应它的否定价值,也许它的肯定价值已经耗尽,仅存剩余的否定价值了。

我不知道我们还要在它的的余热中过多久,等待新的肯定价值的诞生,还是等待旧的肯定价值的死灰复燃。①

继续开愚的这个判断,我们不妨引入一种远景式的观察。鲍德里亚所言,使用价值和其衍生的符号性价值占据了"上帝之死"所留下的空白,日常生活掉转目光,倾注全力向这个空白处站起来的祭司献祭。90年代诗歌的价值观,在新十年并没有被否定,或是变成仅存剩余的否定价值,它的基本元素、叙事方法、隐喻逻辑变成了一种使用价值,来创造新的诗歌,即使不是全部,也是很大一部分。在我的注意力中,新十年诗歌的创作数量之多,令人感到厌烦,原因在于这些诗歌大多数遵循着"90年代诗歌"风格化的要求:要写的不一样,要有变化,要写的新鲜,要写的自我,要有地方性、要有古典性,这种要求也使得这些诗歌和"90年代诗歌"在同一个时间带上。

突围与困惑的悖论,遭遇到的集中营景观,其实也已唤起一种远非自觉的自省,诗歌被卡在这里,对语言描绘出新的指令。有这样一个故事,是丁玲在其二十年代所写的小说《梦珂》中为我们讲述的:在上海读大学的女学生梦珂,厌倦了学校的生活,搬到她上海的姑妈家去暂住。那是一个典型的上海资产阶级家庭,姑妈、表哥、表姐、表妹围绕着餐桌、舞厅、商场、电影院、酒楼所展开的生活,对于梦珂来说既是一种诱惑,也是一种抚慰。她

---

① 萧开愚《此时此地》,第420页,河南大学出版社,2008。

深陷于这种生活的关系之中,在时装、电影、茶点、牌局、男男女女的关系之中,获得生之快感。在小说中,梦珂后来发现了这种生活的虚无和无聊的一面,她从姑妈家出走,当她站在马路上的时刻,她变成了"游魂","她是直向地狱的深渊坠去。她简直疯狂般的毫不曾想到将来"。小说《梦珂》所书写的二三十年代的生存结构与"新十年"的生存结构有着结构上的相似性,"游魂"是其根本的表征。小说中的梦珂有两个选择:一是去行动,去参与事件的创制和占有主体的位置,梦珂曾被她的同学带去参加地下党的接头,在黑乎乎的弄堂,油浸浸的布帘背后,突然亮起的灯光,对她构成了一种召唤;另一个是去当女演员,去挣钱,去活下去,去做资本的主人,梦珂是选择了后一种,"以后,依样是隐忍的,继续着到这种纯肉感的社会里面去"。对梦珂的书写,并不是对社会问题的改造,而是基于一种政治想象的语言想象,突围与困惑的悖论,其实早已给出了基于各种晦暗的要求的语言想象。

在新十年中我们同样面对这样的境况与选择,资本逻辑与政治管理术所营造的景观社会,日益凸显其集中营的形态,资本的编码方式与政治的调控方式成为最真实的真理的创制逻辑,在这一真理逻辑中,个体被还原为身体的存在物,生产、消费、欲望、交换的身体,从而丧失行动与寻找主体的位置的时间带;另一方面,这个无法行动、与真理本身无法亲近的身体充满着巨大的焦虑和空虚感,它随时随地地等待被征用,结果只是被各种中介和媒介物所征用,生命的全面政治化,塑造了更为精确的计算法则,也将所有的物身体化,因而所有事物的实现被无限地延期,我们的手里塞满了承诺,却没有机会去兑现。在这种语境里,写变成了一种不可能,因为写从来都是一种被写,问题的重要在于是要被谁来写。另外,写也从来都是一种行动,一种依据于语言的真理,创制语言的真理的行动。因而写的不可能在于创制语言真理的不可能。"孤绝"作为一种面相,作为摆脱计算法则的面相,在这种景观中被孵化出来。

多多的一首名为《白沙门》的诗歌,多少唤起我对这种"孤绝"的体验感和急迫的认识渴望。我是前两年才认识多多的,他身上所散发出来的信息,使我感觉到他可能处于一生中最好的阶段,对道的践行与对肉身的修为在他的诗歌里反馈出一种"无人"的空旷感。

> 台球桌对着残破的雕像,无人
> 巨型渔网架在断墙上,无人
> 自行车锁在石柱上,无人
> 柱上的天使已被射倒三个,无人
> 柏油大海很快涌到这里,无人
> 沙滩上还有一匹马,但是无人
> 你站到那里就被多了出来,无人
> 无人,无人把看守当家园——

《白沙门》中始终回荡着三个音步,而组成"孤绝"的小合唱,台球桌、巨型渔网、自行车、柱上的天使、柏油大海、沙滩上的戏剧构成一个音步,"无人"之斩钉截铁的回声构成第二个音步,从"你站在那里就被多了出来"开始出现第三个音步,三个音步的互相指认,在寻求着"无人"背后的启示。"无人",你默念一遍,就多出来一些东西,幽灵一样的东西。"孤绝"在这里为这些多出来的东西给出了一个空间和地点,使得资本逻辑与政治逻辑没有捕获到的东西在此聚集,它是一个地点,一个在此之外缝隙中的地点,而正是在这个地点上,语言开始向凯若斯的时间开启。面临着这样的诗歌时刻,语言对诗歌的指令也以一种"孤绝"的姿态来告知:也就是单纯风格化的诗歌,个性鲜明的诗歌是远远不够的,它要求给出文体;在诗歌的写作中单纯具有达达式的反叛勇气是远远不够的,它要求将这勇气兑换成语言的真理;依附于各种理论的诗歌是远远不够的,它要求创制自己的时间,从而使得事件、真理、主体、行动在这一时间内聚集。

诗歌的生长,取决于那个称为凯若斯的时间。杜甫在《观公孙大娘弟子舞剑器行并序》一诗中,对佳人公孙氏舞动剑器的书写,曾向我们指出了那个时刻,那个"不是像钟表上看到的数量的时间,而是作为时机的质量的时间"[①],圣保罗用那个时间来表述,"基督到来的正确时刻"。而杜甫是如此为我们描述这个时间和时刻的:

---

① 保罗·蒂利希《基督教思想史》,尹大贻译,第9页,东方出版社,2008。

昔有佳人公孙氏,一舞剑器动四方。
观者如山色沮丧,天地为之久低昂。
霍如羿射九日落,矫如群帝骖龙翔。
来如雷霆收震怒,罢如江海凝清光。

中国古典文学中曾多次出现这个时刻,比如刘勰的《文心雕龙》,"故寂然凝虑,思接千载;悄焉动容,视通万里。吟咏之间,吐纳珠玉之声;眉睫之前,卷舒风云之色。"这个最古典的时刻恰恰是与我们当代相通的,这样一个思接千载、视通万里的时刻,时间是凯若斯的时间,事件是我们共同的事件。我们看到在杜甫那里,佳人公孙氏舞动剑器,和观者一起创造了一个事件,并改写着时间的秩序,这种创造和改写意味着,创制真理。观者在这个事件—真理的空间内,"如山色沮丧,天地为之久低昂",变成了可以贯通的行动者。这里行动的意思,可以用英语中的action来解释,其基本的意思是表演,表演的内在含义是进入角色,对于任何一个表演者和观者而言,进入角色都意味着要去成为自己的主人公,从而成为那个能够承担和创制真理的主体。阿伦特就直接用行动和言说来定义人,人只是这样一个复数的存在,她引用诗人但丁的话来予以彰显:"在每个行动中,行动者首先追求的是他自身形象的揭示,无论他的行动是出于自然必然性还是处于自由意志。这样每个行动者从他的行为中收获了欢乐;因为一切存在的东西都渴望自身的存在,又因为在行动中,行动者的存在得到了巩固,所以欢乐必定随之而来……从而,除非通过行动使潜在的自我得以彰显,否则无所作为。"①

在新十年,行动的不可能,在于我们已经无法成为自己的主人公,主人公的位置被一个"大他者"所占据着,它以各种景观的方式占据着日常生活的各个通道。这个"大他者"要求语言以一种极端个人化的方式,雕琢着一个日益空洞的身体,而在这个身体里经验、情感、价值已经全面贬值,被资本的欲望化所穿透;要求诗歌批评习惯于对现象的追踪与描述、总结、命名,大多时候其实无话可说;要求诗人时时刻刻保持着在场的决心,因为孤绝却意味着危险,意味着边缘化,要求在场的决心,是唯一的决心。但是诗歌从来都是在借用那个行动主体,借用这个主体的身体、眼睛、毛发、耳朵、喉咙、内脏、生殖器来打通语言和世界,借用这个身体来丈量世界,用血、肉、肝脏、器官来兑换语言,诗人是这两者之间的一座桥梁,而无论对于诗歌、语言、世界和诗人来说,都需要那个凯若斯的时间,简单地讲,就是那个聚集着事件、真理、主体、行动的时间,通过圣保罗的暗示,我们不妨比附他的那个说法,那是个创制的时间,或者说是"创世的时间"。我们可以用艾青的一首短诗《我爱这土地》为例:

假如我是一只鸟,
我也应该用嘶哑的喉咙歌唱:

---

① 汉娜·阿伦特《人的状况》,王寅丽译,第137页,上海世纪出版集团,2009。

这被暴风雨所打击的土地，
这永远汹涌着我们的悲愤的河流，
这无止息地吹刮着的激怒的风，
和那来自林间的无比温柔的黎明……
——然后我死了，
连羽毛也腐烂在土地里面。

为什么我的眼里常含泪水？
因为我对这土地爱得深沉……

艾青这首写于1938年的诗歌，与30世纪的"革命文学"一道创制了那个"救亡"的时间，如他另有一首诗中写道："雪落在中国的土地上，/寒冷在封锁着中国呀……"，这里的核心词汇是"中国"，一个被寒冷封锁着的中国，无法自我决断和无法对它所收留的生命给以抚慰，中国在这里成了一个时刻，像田汉1935年所写："起来！不愿做奴隶的人们！/把我们的血肉，筑成我们新的长城！/中华民族到了最危险的时候，/每个人被迫着发出最后的吼声"。"最危险的"、"最后的"，给出了那个需要被创制的时间，"救亡"的时间。诗人的身体通过鸟的转喻，使得"被暴风雨所打击的土地"，"永远汹涌着我们的悲愤的河流"，"无止息地吹刮着的激怒的风和那来自林间的无比温柔的黎明"，也就是中国的那个时刻，进入嘶哑歌唱的喉咙，并通过这个喉咙来诱发真理和承载真理的行动主体。30世纪的试图"改变世界"的纯真革命者形象,都是带着这样一副喉咙。语言通过创制时间来给出真理,从而给行动的主体以可能,修辞是将这几者综合起来的炼金术。

萧开愚写于2007年的组诗《破烂的田野》,以一种行动的修辞应和了景观背后的破绽,它起于一种批判的时间意识,"我能够安心接受这个未来吗?",而做出语言的政治性想象。

> 他们是我们的语言担负不起的一种人。
> 他们没有喝光的他们自己的血,我们的语言担负不起。
> 他们挖的煤比他们具体得多,值钱得多。
> 他们的残肢断臂堆砌的高墙绝不刻录他们的厄运。
> 我们的杯子透明,窗户透明,我们的身体则相反。
> 他们的体温遗臭得很,必须用水泥和涂料封得严实。
>
> 《谁解救了谁?》

这里的"他们"和"我们"是如此的具体,具体到指向那些具体发生的事件和场景,甚至有名有姓的人,萧开愚自己说,他写这组诗写到要虚脱,我始终把虚脱当作一种隐喻来理解,实际上,《破烂的田野》中的具体,在政治构想发动机的帮助下,充当着对现实破烂的隐喻破解,它把身体编织进"煤窑"和"砖场"的催泪装置中的同时,也在图解一种高额的生产方式,在此方式中资本绑架一切,包括诗人所认同的"围绕县城全面建设乡镇生活是解决农民问题的惟一途径"。一种关于行动的构想,关于事实真理的指认,关于政治抒情的编码,以密不通风的方式放置在金属的节奏中,轰响的声调中以最低限度的颂诗名目回应着理想生活的确认,正如诗人自己说明的:"我没有资格写这首颂诗。我不得不写。这几年我去过不同省份的农村,植被变好,地气变得粗鄙……等到农民工在乡镇安居乐业,过上人的日子,城市才能够坦然地称作他们留给城市人口的厚礼,而不是一个个庞大的记载辛酸和罪孽的遗迹。"

> 我忍受着她们。我配不上再写下去。
>
> 我为什么要把风湿写成药酒,把痛骨写成甘蔗,把呻唤编成棉被。
>
> 药酒、甘蔗和棉被已经过时,没人要了。
>
> 我配不上称她们祖母、母亲和姐妹,我配不上我的产地。
>
> 我配不上埋在山坡。她们配。她们会。她们必须。我忍受着。
>
> 《双性的农妇》

我一贯对诗歌中的道德感保持警惕,即使是开愚这首充满抱负的诗歌中,我也读到了那种不必要的立场,但他非常巧妙,道德感在这里只充当音节的过渡,"忍受着"、"配不上"、"他们的"等排比句式的引用,使得这首诗歌的朗诵效果惊人,与30年代的诗歌传统构成及时而有效的双关和对仗。诗歌的喉咙诱发着承载的主体,诗歌的音节展开行动的修辞。

开愚诗歌中的这种行动的修辞与多多诗歌中孤绝的合唱对应着对"母体世界"的两种拒绝方式:变异与逃离,也构成了我们理解新十年诗歌最为重要的两条线索,但并不是绝对的线索。我将其从这些年的阅读中梳理出来,期待着有抱负的批评家能给以关注。

第十四章：诗歌观念下的"技艺之道"
——阅读蒋浩

一

关于诗歌的定义,我以为,巴丢的两个判断相当彻底,以至没有讨论的必要,他的原意是:"诗歌依赖图像,依赖经验的特殊即时性","诗歌同感官经验间存在不纯净的联系,因此使得语言受制于感官的极限"。试想普鲁斯特描写钟楼的经典段落,简直是这个定义的最标准回应。但是如果缺少一个附加条件,这个定义也几乎是无用的废话,那就是诗歌总是开始于某个"预设",情感或观念的,正如黑格尔的"中介"概念向我们宣称的,没有无中介的情感和意识,斯蒂芬·霍尔盖特对此的解释,则清楚明了,易于理解:"现成呈现的东西绝不是以一个纯粹的、无中介的形式而简单地'被给予'我们的。相反,我们遭遇的世界总是通过一个我们无法取消的范畴框架而被经验到的。在黑格尔看来,我们当然必须向事实开放,但我们必须意识到,我们只能够在一个特定的视角之内向它们开放。"[1]也就是说,巴丢所提到的经验和感官,总是某种历史意识或观念之下的经验和感官,诗歌写作受制于它的"预设"。之所以提到巴丢,是想借机一看当代诗写作中,两个被反复实践的诗歌观念。

我注意到,当代诗有这样一条线索还没有被广泛地讨论,简单来说是,开端于"文革"后的诗歌写作,预先认领了一个思想的命题,即将被阶级斗争所绑架的"个人",从旧的历史话语中解救出来,以西方现代话语为思想资源,重构生活世界的主体。朦胧诗和第三代诗歌,都以各自的诗歌形式认领了这一命题,在思想领域,则有李泽厚的主体哲学、刘小枫的诗化哲学以及张志扬对"本体同一"的形而上学的解构。经过整个80年代"思想解放"运动的努力,这样一个被解救出来的"个人"在90年代平稳着陆,虽然带有各种压抑和愤懑的印记,但是在市场的"去政治化"和"去道德化"的浪潮中,这个"个人"最终和世界构成了一对一的关系,并在这种关系中被固定下来,正像能够代表90年代文化症候的一部小说所宣称的那样:"人是为了活着本身而活着的,而不是为了活着之外的任何事物而活着。"[2]也就是说,个人所经验、所欲望、所希望、所记忆、幻想和耳闻目睹的一切就是世

---

[1] 斯蒂芬·霍尔盖特《黑格尔导论》,丁三东译,商务印书馆,2013,第2页。

[2] 余华《活着》,韩文版自序,上海文艺出版社,2004,第5页。

界,在这种关系里,人最大,人首先是欲望的和自身的,其次才是其他,"心灵只从自身获得法律"。那么,将这种一对一的世界概念与海德格尔的世界概念作一比较,我们会更容易看清我们的历史处境,海德格尔的"世界"概念规定了"四大",即"地、天、人、神"的结构所构成的境遇,这是对荷尔德林式的"充满生机的关联和灵巧"的希腊世界观的推演,但是如果单纯偏执于一端,以一端来统治其他,结果就是这一端的破产。今天,所盛行的虚无主义,已经向我们告知,"个人"的破产,而所谓的虚无主义其本质就是个人主义,在某种意义上也预示着我们习以为常识的现代主义诗歌逻辑的终结,如果我们同意奥斯卡·米沃什的论断,现代主义诗歌骨子里是"一种美学的、且几乎总是个人主义的风气"①。我们今天关于诗歌政治和伦理维度的讨论,如果没有对这一条线索的检讨,是不成立的。

"90年代"诗歌叙述的一个动力,恰恰是对这一"个人"的塑造和分有,其间通过西方现代主义诗歌和思想资源的帮助,这一"个人"成功塑造出两种主流的诗歌模型,一种是存在主义式的,即单纯以个人的感受、经验、意识、自身的历史为诗意的构成元素,因此偏重日常生活叙事。这里的"个人"最高的境界可以通达历史的波段,但也只不过是以"历史镜像"来追认自我的存在感,"历史镜像"的问题在于,这种历史对位法总是在"过去—当下"这个结构里循环,总而言之,缺少"神学"的

---

① 米沃什《诗的见证》,前揭,第34页。

历史对位法终归是个人主义的。在这种诗歌模型当中,哈代、弗罗斯特、自白派、希尼、布罗茨基等偏重个人经验书写的英美诗人不断被模仿和借鉴,甚至一些小说的叙事结构和经验的片段,也被转换成诗歌的装置,以此来完成对日常生活的"诗意"描画和叙事。此种诗歌观念影响巨大,只要翻开任何一本主流的年选或诗选,就会发现有大半的诗歌,是在这种诗歌模型里面完成的。

第二种是,所谓的"不及物写作",在这种诗歌观念之下,个人被安顿在语言的风景之中,语言被视为存在的家园,语言的边界就是世界的边界,海德格尔和维特根斯坦的语言观念以及德里达的"文本之外无物存在"的主张,都参与了这一诗歌观念的建构。在这种构建中,不及物写作也与"元诗歌"的主张合流,虽然马拉美早就严肃地声明:"元诗歌"是不存在的,但并不影响借助这一名义,所发展出的诗歌模型。稍微对当代诗歌有所了解的读者,可以确认,"语境"、"互文"、"元诗歌"等关键词的提出正是对这一观念的明确,在这种观念中,"戏仿"、"反讽"、"换喻"、"转喻"、"悖论"等修辞形式的使用,也使得诗歌变成超级文本,"语言的风景"。现实、历史、风景、个人经验、来自经典文本的言辞片段,都以词语的名义,被带入这个超级文本,而被固定在一个相互指涉,相互消解的敞开结构当中,以至意义丛生、声调复杂。在存在主义式的诗歌观念当中,个人通过对自身意义的追问和探求,会触摸到历史的脉络,并将现实问题变成历史的镜像,以对"未来"的争取而通达存在。而在不及物写作的观念中,个人通过将自己交付给语言和词语,而直接通达存在,领受存在之光的馈赠和恩惠。

这两种诗歌观念,在当代诗歌的语言实践中,有着种种的变形和各种偏移的实践形式,但如果以"个人"作为诗学的出发点,无论这种偏移持有怎样的跨度,都无法脱离这种两种诗歌观念所划定的诗歌疆域。与海德格尔的"地、天、人、神"的结构对照一下,可以看得更清楚,在这里与人相对的"神",是非常含混和错乱,有时可有可无,有时被征用为神秘事物或历史观念,"大地"变身为词语、风景的形式,而与"大地"相争执的"天空",是缺席的。也就是说除了继续对"个人的真实性及限度"的开拓之外,这两种诗歌观念并不能给出更多。

事实上,这两种诗歌观念也饱受攻击,主要是来自我们的诗歌教育中另外两种深入人心的诗歌观念,这也往往是大众评价诗歌时所依仗的标准,一种是简化的古典主义诗歌观念,诗歌要押韵,要朗朗上口,要有严格的形式,要有感伤的抒情和忧国忧民的崇高品格;另一种是来自浪漫主义的,诗人必然是天才的,他醉酒,也沉迷女人,他写诗一挥而就,才华横溢,他身上有着种种反常的性格和出格的行为,都被认作是才华的标志,同时,他也被想象为苍白的、纤细的、高度敏感,接近于疯狂,他作品要么是颓废的优美,要么是壮烈的崇高。这两种诗歌观念,使得徐志摩和海子成为新诗史上最出名,也是流传最广的诗人。而这两种观念有时也与左翼诗歌的现实观念合流,从而提出要求诗歌要介入现实,要有批判的立场,关怀现实的苦难,而改变我们的处境。我们因而可以发现,在我们的诗歌评价判断中,"这不是诗"、"这还是诗吗"这一类的主观判断,使用的频率颇高,骨子里就是几种诗歌观念的相互反对,其争辩也如当年的"朦胧诗论争"重演,非此即彼,自以为诗歌是站在自己的一边。但不可否认的是,在"90年代"的两种诗歌观念之下,也产生了一大批优秀作品,因此,也构成了当代诗写作最重要的两个"预设",在修正了我们的诗歌教育中流俗诗歌观念的同时,也为新的诗歌形式和观念的出现,开出了一个路径,蒋浩算是这一路径上的一个典型。

二

蒋浩的写作开始于90年代中后期,在这之后近二十年的写作生涯中,他不断地抬升语言的闸门,试图成就一种理想的诗歌,他履历中的几个地点,成都、北京、海口、新疆,构成了可以察看其语言更新和诗歌持续创制的坐标点。成都是他诗歌的发源地,在这一时期,蒋浩迷恋于语言的认知力量,迷恋语言触及事物时所带来的清醒感,他的诗歌试图直取事物的核心,正如他自己所说:"我那时把事物简单地划分为表皮和核心。词语两色。诗直取核心。"[1]他为此而急切地发动诗歌中

---

[1] 蒋浩《自白书》,见《唯物——蒋浩诗选》,第240页,台湾:秀威资讯科技股份有限公司,2013。

抒情机器,他专注于时代的痛感和事物的阴影,以及含混的梦境,比如他二十四岁时的作品《罪中之书》。接下来的北京时期,是他的调整时期,他开始重新来定义诗歌以展开新的写作,他也许发现,所谓事物的核心,不过是事物的各种关联以及关联之间的机缘所造成的一个假象,所谓现实的意义,不过是对这一假象误认的结果,将这一认识带回到诗歌,他会发现,"原以为'直取诗歌的核心'的核心也只是个漂亮套娃的虚心。"①而以此为业的诗人,不过是现实的提线木偶,在诗中直接的倾诉、感叹、愤怒,最终只是固定的意义和道德的玩偶,没有永恒不变的意义和现实,一切事物的首要问题在于关联和机缘,而更为首要的是在语言中重新发明事物的关联和机缘。蒋浩在这一时期也较为深入地介入到当代诗歌的进程之中,他将自己的写作归属于"90年代"诗歌所预期的前景中。二〇〇二年,蒋浩选择了海口作为自己的居住地,在海南停留的三年是他的诗歌成熟期,他的语言恣意而又充满活力,他将岛屿上的景物变成演练诗艺的场地,对他来说,诗歌只是诗歌,但诗歌本身就意味着一切,我们不需要去区分什么是诗,什么不是,需要区分的是哪些是好诗,哪些是坏诗,唯一的标准是"技艺",诗歌归根结底是"技艺之道"。能够在语言的总体中,增添一种新的称量事物的语言方式,是诗人唯一的任务,所谓的技艺,是"诗人依照'合法则的运算'给作为诗歌手段的语音、

---

① 蒋浩《自白书》,前揭,第241页。

句法、语义和神话、社会价值等分派了各种彼此之间合乎法度的角色,让它们彼此作用、共同构成诗的整体。"[1]蒋浩主张的"技艺",基本上可以涵盖在荷尔德林的这个观念之下,他为此而多方寻找资源,西方现代诗、中国古典诗和当代诗中的"技艺之道",都在他的语言实践中获得了不同比例的分配,他也借此而为自己创制了一种"多调互换"的诗歌形式。随后的新疆和北京时期,他不得不再一次面对自我的突围之苦,这是当代诗人都曾多次遭遇的境况,已完成的诗歌像牢笼一样将自己封闭在里面,盲视盲听,得需要新的形式、感觉、经验或观念,才可以重新获得生机。写诗,就是不断地为自己寻找牢笼,又不断地突围的过程。他这一次在古典的方向上走的更远,《自然史》《喜剧》《游仙诗》等长篇作品是这个时期的代表作品。正像他自己所述:"我写《喜剧》,快走到以前的反面。"[2]在这一时期他的确走到了自己的反面,一改以往温柔敦厚的诗风,而代之以机智、反讽、戏谑、夸张、反抒情的"喜剧"风格,他的诗肆无忌惮地向外扩张,试图收编林林总总的现实,但反而却向内收缩得厉害,因而显得密不透风。他之后在海南安家定居,诗歌写作在温柔敦厚的诗风和机智的"喜剧"风格之间转换,或许这是另一次突围的前奏。

---

[1] 刘皓明《荷尔德林后期诗歌》(评注 卷上),第96页,华东师范大学出版社,2009。

[2] 蒋浩《自白书》,前揭,第242页。

几年前的一个学术会议上,有人对我称赞蒋浩的诗,我并不惊讶,觉得他的理由也是准确和得体的,他的大意是,蒋浩的诗具有描写日常生活的高超技艺。当然,这只是蒋浩诗歌的给人的一个直观印象,这也未必是蒋浩写作的动机,但却是我们看得到的一个结果,从结果的角度看,这意味着审读他的作品,也必定会遭遇其中的诗歌观念。虽然,蒋浩很少对当代诗直接发言,但私下里却是当代诗最严苛的一个批评者,其所依据的恰是诗歌的"技艺之道",这一观念及其语言实践既回答了蒋浩对诗歌写作的抱负,以及对一种理想诗歌的期待,又与"90年代"诗歌的两个观念形成了一种对接。可以明确的是,一种伟大的诗歌,必然暗含着一种伟大的诗学,在我们所熟知的大诗人那里几乎无一例外,将诗单纯地归属于灵感、激情、感官、心灵以及记忆的产物,只是源于对诗的一知半解,风格的背后也必然躲藏着稳健的诗歌观念,波德莱尔的说法只不过在另一面挑明了写作与诗歌观念的关联:"一切伟大的诗人本来注定了就是批评家。我可怜那些只让惟一的本能支配的诗人,我认为他们是不完全的。"[①]也就是说,诗歌观念就是存在于我们身上的文学的律法,它预先设定了我们对诗歌的想象,也设定了我们使用词语的边界,我们处身的位置和局限,它像猎犬一样帮我们追踪词语,但也消极怠工,对于诗人来说,他应深知此道。如此看来,蒋浩的

---

① 波德莱尔《波德莱尔美学论文选》,郭宏安译,人民文学出版社,2008,第513页。

"技艺之道"是在三个边界上搭建起来的语言实践空间:一是,为诗歌创制,为诗歌寻找新的形式和表达,所以在他看来,"还没写出的才是诗歌。"①已经写出来的诗歌,一定会被归类、认领,而从属于某个已被认知的法则,诗歌写作应指向那个未知的"黑洞",在那里诞生的事物才会打开我们身上的局限和修改我们所处身的边界;二是,诗歌应是语言的当代艺术,它应动用一切手段,油彩的、水墨的、雕塑的、装置的、影像的、记录的、行为的等等,来使自己处于敞开和开放的状态;三是,诗歌与生活是一种垂直的关系,诗应避免被生活绑架,生活也不应是诗歌的复制品,正像他所说:"我终于知道生活是大于艺术的,她靠验证言语的真实性来体现自身虚幻的不及物。"②言语的真实和生活的虚幻,所构成的垂直关系,也在拒绝试图以诗歌来革生活的命,现实问题自然有现实的手段来解决,诗歌问题自然也应该回到语言里来寻找答案。所以,他的诗歌写作也是在几条线索上展开的,"我决定开始用几套器官来写诗:这首诗的目的仅仅是要反对我的另一首;那首诗的作用仅仅是无聊得有趣;另一首像孤儿,期望读者领养,或者领养那些过于幸福的读者……我给自己变花样,忽悠枯干的心灵。"③

我们的文学史上所命名的"70后诗歌"写作,在某种意义

---

① 蒋浩《我想在相信》,见孙文波主编《当代诗》第二期,文化艺术出版社,2011。
② 蒋浩《自白书》,前揭,第243页。
③ 同上,第242页。

上其实是对"90年代"诗歌的一个延续和发展。从时间的线索上看,"70后"诗人虽是在90年代开始写作的,但基本上大多数人都是在二〇〇〇年之后,才开始找到并确立自己的风格,这种确立也与对"90年代"诗歌的借鉴、修正或反驳,有着密切的关系。作为"70后诗歌"的代表诗人,蒋浩的写作受惠于"90年代"诗歌的部分,都与"90年代"的诗歌观念或者说诗歌模型有关,他的"词语即思想"的说法,以及代表这种观念的作品,其实都可以理解为是对"90年代"诗歌写作的变形。关于诗歌的影响问题,常识的观念认为,受到 A 的影响,必然会成为 A 的附属品,正如宇文所安据此来认定,新诗是受西方诗歌影响而成长起来的"次等品",但事实上,诗歌的影响问题比宇文所安认定的复杂得多,可以肯定的是,受到 A 的影响,可能会成为 B,或成为 C,但绝不会成为 A,除非只是对 A 的单纯模仿。在此基础上,蒋浩为自己的诗歌写作开出两个母题:一是,对古典诗歌的"重写",主要是在形式和主题上,比如《游仙诗》、《自然史》、纪行诗、纪事诗、怀友诗、赠答诗、即景诗等。这个方向上,蒋浩将"90年代"诗歌直面现实所涌起的愤懑感和虚无感,转换成直面古典诗歌的喜悦重逢和词语的享乐;二是,对日常生活的"诗意"雕画,日常生活中的多重经验以"雕饰"的面目被驯服,以服从诗歌的安排,这样的作品在他的两本诗集《修辞》和《缘木求鱼》中,差不多有三分之二左右。正如他自己所说:"我喜欢形式感,整饬的形式训练实在是有助于对语句的规训……诗的天然就是雕饰本身,是语词的极端/最佳组合的形式。有意识地选择你所说的方块体或豆腐干体这种倾向于整饬的形式不是为了威严可信,恰恰是给如平民般的放纵的自由穿上一件看起来有点传统的皇帝的新衣。"[1]那么,这两个方向不妨用布莱克的"天真与经验之歌"来概括,也正好对应了布莱克的诗歌是"神圣的想象力的艺术"的命题,虽然"神圣的想象力"只是一种可变的诱惑。也正是在这两个方向上,蒋浩将"90年代"诗歌中那个充满焦虑、愤懑、虚无感的"个人",完全从"历史"和"经典"的负担中解放出来,而变成一个"无焦虑"的个体,他后来发展出的"喜剧风格",将这一个体表现得淋漓尽致,比如《深圳行》中的一节。

> 空姐退役当了特警?手枪喷蜜兼喷火。
> 水床当飞毯,蜘蛛精灭火像莲蓬头吐丝。
> 你赤裸裸如吃果果,咬开地铁的拉链,
> 灯罩胸罩,扣在头上。嘿嘿,主席也可
> 兼职飞行员嘛!可裤裆里打伞的和尚
> 毕竟不是伞兵,开飞机来慢得像揉面的。
> 飞机不是面的,章鱼般穿过云之内脏,
> 软塌塌地悬在欢乐谷,翅膀沾满花生浆。

---

[1] 蒋浩《我想在相信》,前揭。

三

我将援引蒋浩答木朵的书面访问《我想在相信》①中的几个观点,来给出蒋浩的"技艺之道"对这一个体的塑造。

> 如果说我真要对过去十年的新诗做个判断的话,我觉得我们的诗人大都还是基础太差,甚至是对诗歌的基本认识都有问题。
>
> 当代诗歌的最大问题之一,就是表达技艺的粗陋导致思考现实的简单粗暴。
>
> 我们很多诗人实际上还只是用词语在挖掘自己的想象力,缺少必需的有对词语的想象力。去想象字和词,用词语去想象词语,而不仅仅是事物。我有意识地训练过,或者我有的诗歌就是对词语的想象、判断、误读、歪曲、推论、顺接等等。词语即思想。我通过多种方式来扩大自己的词汇量,其实就是扩大认知。有时,我运用词语本身来挖掘词与词之间的各种联系,甚至是完成各种起承转合。而且,对词语的想象,能够把最新的外来语、俚语、音译语、网络语等都可以在使用中处理成词物对应的古代汉语,能最大限度地发挥它意外的奇妙:新词古意。

---

① 见孙文波主编《当代诗》第二期,前揭。

这几个观点,是对蒋浩的"技艺之道"观念的补充,同时也在具体的着眼点上给出具体的应对。我们看到,蒋浩对二〇〇〇年之后诗歌的批评本身就包含了一种态度,我的理解是,二〇〇〇年之后的当代诗在很大程度上还维持在"90年代"诗歌的惯性里,风格、主题和形式上微调并不能帮助诗人摆脱困境,还暗中放弃了90年代诗人试图与现代主义经典诗人对话的抱负,虽然有才华的诗人早已独辟蹊径,别开生面,但亦未能形成主流,我们的诗歌批评则愈显得无能,为诗歌规划出一系列"现实"的蓝图,但在真实的现实面前却昏然无远见。蒋浩的批评其实是指向了存在主义式诗歌的写作,这一路向的写作在二〇〇〇年之后过度地向个人经验下滑,以至于自己斩断了与历史波段的自然关联,诗人画地为牢,将自己装"现实感"的笼子,试图与当下的历史合谋,实际上是在被当下的历史所操控,而作为远景的现实和未来,往往并不像我们所认定的那样美好,它需要不断地被延宕,需要"外来语、俚语、音译语、网络语"等关联的不断加入,而推延而减缓直接降临的未来,对我们的震荡和危害,需要多种语调的辩论和争吵,而不是决然的判断式的认定,来帮助我们与未来周旋。蒋浩的做法是在另一面将个人经验无限提升到词语的形而上学中,试图建立词语的大全,并挖掘词与词之间的各种联系,这种挖掘也意味着,诗歌允许任何事情发生。那么,隐藏在这种诗歌中的个体,必然是多种关系折射而来的,他在各种关系中滑动,而不选择自己的归属,为了便于说明,我将以蒋浩早期的代表作《静之湖踏雪》和最近的作品《山不在》对照来阅读。

《静之湖踏雪》是蒋浩三十岁时的作品,也是确立他后来写作路向和风格的奠基之作,在这首诗中,他扮演的是生活的观察者和分析者的角色,因此,这一角色从这首诗开始便内陷于他的诗歌结构之中,忠实于框架的设定,但实际上,生活的观察者角色,在这首诗中只是一个面具,为了场景的需要,真实的角色是这首诗的框架之外的那个诗歌创制者,他在不动声色地调动着一切。

拉长的车辙,一小笔
　　灰白,抽打路面
并把方块的上苑与椭圆的
　　静之湖断断续续连上

路还在加宽,似乎到处都可以
　　一走,甚或一游
两旁有几棵枯藤老树
伪装出潦草,潦倒
　　还不足以挡道

雪在空中冥想。夏天时
它们还是些隐秘水汽
哦,已吐纳成形

笼统一天地

你来到湖上,且行且走
小脸蛋红扑扑的
小手儿也红扑扑的
被雪花从红扑扑的羽绒服里
　　才开出来

背后是燕山:绵延、柔和
　　像一个睡着的长颈玻璃瓶
刚浮出来,还亮着
　　里外都是空的
你的眼睛不经意加深了
其中的明暗。它
　　还是它本身?
数天前,脚下

　　还是静之湖
我们曾在上面牧船放浪
现在,她们也眠进了冰镲
不远处,柔软长堤
　　借得一方枕

小风抹着阳光,静之湖
　　深深地冻成薄薄一片
找到边缘,就能揭开她的白盖头
你再使劲踢雪又有何用?

不过声音还是传到湖底
　　咔嚓,咔嚓的
有人躲在那里按动快门
更多时候,只摄得数枚落叶大小的
　　鞋印,直到你
像小飞机滑到在冰面
他才捕捉到你脸上
　　近于幸福的水纹

所以在这首诗当中,有两个元素,应该得到我们额外的注意:一是散文化的叙述结构,蒋浩三十岁之前的作品大多采用了抒情诗的结构,比如像《纪念》这首以重大事件为题材的诗,推开了事件原有的脉络,而专注于情感的发生与展开,《静之湖踏雪》则完全不同,这首诗的展开几乎是按照事情和生活的本来面貌来叙述的,从有着"拉长的车辙"路面开始,写到路旁的老树,空中的雪,然后诗人看到了湖面,以及诗中的女性"你",以及背后的燕山,然后诗人想到了往日的静之湖,"我们曾在上面牧船放浪"等等,需要特别指出的是,散文化的叙述结构与以日常生活为主题的诗歌有着特殊的亲缘关系,因而这种散文化的叙述结构,一般以日常生活中的事件、场景、情节自身的逻辑为线索,来勾画诗歌的肌理,在诗意的构成方面,又处处在日常生活逻辑的断裂处,通过"致命的一跳"而使得事物进入诗意的空间,事物在"错乱"的阵痛和"幻觉"的恍惚之中被重组,也呼唤出日常生活中的陌生之物。蒋浩后来的长诗《一日将近》算是这方面集大成之作,我一直认为这是蒋浩最好的作品之一,这首诗将散文化的叙述结构本身具有的容纳和包容的特质发挥到一个很高的水平,与以往的单一面向作品不同,呈现出极强的综合能力和统筹的心智。散文化的叙述结构是存在主义式诗歌偏爱的一种结构类型,出于讲述自己的生活,确认自己的存在意义的需要,日常叙事则成为其主要的诗歌形式,《静之湖踏雪》基本上保留了的这样的形式,而把诗意营造的空间留给了词语借助"音形义"的发明创造,正如蒋浩在《蓝色手推车》中所写:"词与物不必苟且,音形义就是隐形衣"。也正是在这一点上,蒋浩改造了这种诗歌形式的轮廓,使之更开阔和具有更大的容量,借助"音形义"的无限变化,他创造出一种"多调互换"的叙述,"多调互换"本是荷尔德林的一个观念,它强调的是一首诗在竖琴诗、悲剧和史诗三种类型之间的音调转换,蒋浩的"多调互换"的叙述在于通过"音形义"的转换机缘,而赋予其不同的音调,从而使得一首诗歌具有更丰富的层次和变化,《深圳行》这首诗就非常典型,反讽的、悖论的、戏仿的、叙述的等语调的相互转换,给了这首诗别样的生机。

这也涉及到我们要谈到的这首诗的第二个重要元素；二是词语换算的"机缘"法则，机缘是与因果相对的，与必然的，既然事实的状况相对，蒋浩给人印象最深的是对词语的精密掌控，源于他所潜心的几套词语换算法则，并立意制造出陌生而惊奇的效果，如他自己所说，通过词语来想象词语，或破解词与词暗合的关联，甚至绕开词与物的对应关系，重新发明和想象词，比如在《旧地》中，他写女友的高烧时如此写道："你高烧得华滋华斯"，在这首《静之湖踏雪》中，他写道："两旁有几棵枯藤老树伪装出潦草，潦倒"，在这两句当中都没有固定的规则可循，也就是说，脱离了词与物的对应关系，词语借助"机缘"趁势出头，摆脱既定的现实，也不断制造"机缘"，而使得书写能够持续下去并完成，未来在延宕中到来。

他近期的作品《山不在》几乎将这种诗歌观念发挥到极致，借助词语的"机缘"，诗人的个人经验被放置在词语的衍生链当中，借用结构主义的说法，就是词语挣脱所指的意义结构，滑动在能指的无休止的过渡里，从而也带来一个全新的无限繁衍的意义结构，而试图将这首诗还原为现实的语境，将会被证明是非常愚蠢的想法，它可以无限地被阐释，但是也拒绝阐释，因为这首诗密不透风的语句，在告知我们诗人是在考验语言的耐性，在锻炼词语强健的肌肉和肺活量，也在享受词语的犯规而带来的欢乐。这些都在帮助诗人制造一个超级的文本，任何地理、风物、政治的、伦理的，耳闻目睹的，道听途说的，都以词的名义现身，也在展现诗人关于词语的癖性，这些词语在"机缘"的链条上被锁定,意欲瞄准诗歌本身和一切本应如此的谬论。我们看到"山不在"作为诗中的核心语句,在前后句的关联中,被赋予了太多了含义,"山不在山顶"、"山不在山腰"、"山不在山下"因而趁机出头,去组织和接待相关词语的联欢,在这样的结构当中,这首诗可以无限地连贯下去,也可以"山不在北京"、"山不在洞庭湖"、"山不在海市蜃楼"……,而在的事物因意生词,每一个词挂靠在"机缘"的链条上,可以任意飞渡,也款款而行,比如起首一句:"懒懒的缆车挂在铁青色的二线不靠谱上","二线不靠谱",我们当然可以猜测诗人所指明的事物,但这个词的来源,则恍惚不定,它拒绝被落实,因为一旦被落实,也意味着它将被取消。

懒懒的缆车挂在铁青色的二线不靠谱上衍我们的腰身飞去飞来峰的山腰继续爬山。

山不在。
南天门在,龙脊在,两边的龙鳞松等的太久,肤白皮白,斜出抹抹枯笔商隐起枝枝无题意。
挂一把平安锁吧,管好这裤裆下拉链般的太行山要像一道真的防波堤。
防民之口甚于防山?

山不在山顶。
还看什么找什么呢?小心!别真的摔出又一个八

卦坑。

在祭天坛上摔倒像是自我崇拜终于扳倒了偶像崇拜?

斟酌着,心有七窍,如何为这有名山增高一米?

踌躇着,路有蹊跷,紫金顶下天生一个闲人洞:

"情系一片叶,心防一把火。"

人啊,且听鬼子吟。

满山竖起的鹅耳枥的耳朵茂密得可以躲进去偷听一会儿猫咪们对平均律的评论。

韩愈说,山西来的风翻开这里的页岩后变声为雅。

他没在黄花岭上散落的石头房子里住过,

基本是看着一线天意淫枕边风。

山不在山腰。

拦路的红脸蛋双眼皮的美人猴兼职免费合影,

看她毛茸茸的手利索地剥开火腿肠和绿香蕉,

正好比对下你手机视频里那位按倒秋山倒拔玉柱的鲁道夫?

就算整容了,变性了,抓伤的也只是二仙奶奶黄书包里的几页《黄庭经》,

同行也认得你。

山不在山下。

山下的肌肉男遍尝百草后,铸铜头顶突生一对牛角,手

捧五谷,无辜地转基因:

怀山变淮山,山药变薯蓣;入药的入食,入时的入世,入市的出场。

一碗下山酒,伏羲变伏虎,女娲变伟哥。

来吧,就着院里的杨柳,碗里的香椿,来一段陡峭的梆子戏:

"陈州放粮救民命,

皇亲国戚害百姓,

包拯奉旨陈州去,

贪官污吏都肃清。"

因而《山不在》这首诗,并不制造意义,而在于输出症候、踪迹,也就说那些词语隐约显示了某些事物,但并不确认它,一切都悬而未决,在历史与现实的逻辑中被剥落,在词与物的既定事实中解放出来,也在等待"回溯性的建构"将其安放在某种秩序当中,而获得现实的意义。所以说,在悬而未决的状态,这样的诗有无数种读法,但没有一种是真正准确的,按照拉康的说法是:"症候最初对我们显现为一个踪迹,它也只能显现为一个踪迹,我们不能理解它,除非对其作出精湛的分析,除非我们认识到了它的意义。"[①]与蒋浩的诗歌观念相对

---

① 转引自齐泽克《意识形态的崇高客体》,季广茂译,中央编译出版社,2002,第78页。

照,其实这种意义也是并不费解,它在于一种朝向经典诗歌的努力,也就是那种最终进入母语的空白,而被深深地嵌入我们文化逻辑当中,而被永久保存的诗歌,这几乎是新诗从一开始就梦着的一个梦。

四

在此意义上,蒋浩在古典诗歌"重写"方向的努力,虽然还没有获得完整的面目,也理应得到批评家的关注,它代表一种进路和朝向。因为这种朝向,确认了一个诗人与母语的最基本的关系,诗人的各种语言实践,最终要进入母语的空白,我们今天的诗人对此还没有完全的自觉。在这一点上,蒋浩与张枣是同路人。最后,我将引用张枣二十多年前的一段文字,以备案,留待将来的讨论。

> 母语的递给诗人的是什么,空白。……今天个人写作的危机乃发轫于母语本身深刻的危机。它将诗人以前所未有的绝大考验,无情地分开"死者"与"生者"的行列:要么卑颜屈膝,以通俗的流利和出口成章的雄辩继续为官为话语添油加醋;要么醉生梦死,以弱智的想象力为一个小气、昏庸、虚无、躁动的时代留下可怜的注脚;要么自命为新形式的馈赠者,却呼啸成群地彼此派生、舞弊,喂养,甘心做种族萎靡不振的创造性的牺牲品。但真正的诗人必须活下

去,……他必须穿过空白,走出零度,寻找母语,寻找那母语中的母语。①

---

① 《张枣随笔集》,人民文学出版社,2012,第58页。

第十五章:古典的法则与明晰诗意的生成
——读李少君《草根集》

一

在论及古典诗歌与新诗的传承关系时,西川曾言明:"自中国新诗发轫至今,传统对于新诗写作的意义一直处于悬空状态。"① 这一判断在多大的意义上是真实的,我们暂且不论,但西川所提出的新诗与传统的关系,却一直是当代诗学中最为核心的问题。自胡适的《尝试集》开始,西方现代诗歌作为新诗写作最重要的文化资源、语言资源和精神资源,其所带来的巨大推动力远胜于中国古典诗歌,正如诗人王家新所说的,没有西方现代诗歌,中国新诗的历史是无法想象的。在回答陈东东与黄灿然

---

① 西川《抹不去的焦虑——读张新颖〈中国新诗对于自身问题的现代焦虑〉》,刊于《中国学术》2001年第1期,第295页。

的书面提问,对于如何看待整代诗人几乎是在读外国诗人(译诗)中成长的这一问题时,王家新曾说:"我们并没有一个可以直接继承的传统——古典诗歌由于语言的断裂成为一种束之高阁的东西,'五四'以后的新诗又不够成熟,它在今天也不会使我们满足:它有一种内在的贫乏。因此目前这种状态实在是使出必然。"①那么,新诗与传统的断裂似乎是一个必然的结论。也正是在这一思路下,宇文所安的《什么是世界诗歌》一文,则对中国新诗做出了决然的判断:"许多二十世纪初期的亚洲诗人创造了一种新的诗歌,意在和过去决裂。这是一个辉煌的梦想,但是很难真正实现。在与浪漫主义诗歌初次相遇以后,本世纪的中文诗在西方现代诗的影响下继续成长。正如在所有单向的跨文化交流的情景中都会出现的那样,接受影响的文化总是处于次等地位,仿佛总是'落在时代的后边'。西方小说被成功地吸收、改造,可是亚洲的新诗总是给人单薄、空落的印象,特别是和它们辉煌的传统诗歌比较而言。"②这个判断是他评价北岛的英文诗集《八月的梦游者》时做出的,这一判断不仅表明新诗与传统的断裂,而且表明新诗在成就上既低于其所模仿的西方现代诗,也无法与古典诗歌相比。但对于我们来说,重新来回应这个问题,则必须来重新思考何为古典诗歌,何为传统以及这个传统到底

---

① 王家新《回答四十个问题》,见《为凤凰寻找栖所》,第 280 页,北京大学出版社,2008。
② 宇文所安《什么是世界诗歌》,见《新诗评论》第三辑,北京大学出版社,2006 年 4 月。

和我们有着怎样具体的关系？古典诗歌所确立的古典法则是否如诗人王家新所说，由于语言的断裂而成为一种束之高阁的东西？或者说，在新诗写作的历史中，这种古典法则的存在在何种程度上影响了诗人对西方现代诗歌的选择？

我们注意到，李少君在其出版的诗集《草根集》的前言中，提到了"诗教"的传统，其实正是绕过了新诗与传统的技术层面的问题，而把"诗教"作为一种有待继承的古典法则，来重新辨认现代新诗的传统取向，这也是李少君诗歌写作自我设定的一个线索。但前提是，回避掉了传统"诗教"中所固有的通礼、从政、仁教、事父事君的具体含义，"其为人也，温柔敦厚，《诗》教也"，所具有的政治、伦理向度，也就是《诗序》中所宣称的"经夫妇，成孝敬，厚人伦，美教化，移风俗"之经国大业，也就自然被审美的取向所替代。这无疑是现代诗人与生俱来的一种"历史意识"，海德格尔将此视为现代世界的一个本质特征，"现代的第三个同样根本性的现象在于这样一个过程：艺术进入美学的视界之内了。这就是说，艺术成了体验的对象，而且，艺术因此就被视为人类生命的表达。"[①]同样，在审美的视界之内的诗歌，会以"日日新"为基本导向，会以语言、风格、修辞的革新为动力，会宣称一切都是语言和修辞的问题，而传统"诗教"中的政治和伦理问题，或者以观念的面目，或者以修辞的形象来加以更新，而不是对维系共

---

① 海德格尔《世界图像的时代》，《林中路》，孙周兴译，上海译文出版社，2004，第77页。

同体的基本原则的宣扬。新诗在诞生之日,就面临如此种种问题的胁迫,它试图以此回应的是旧诗体与新时代的矛盾,旧文艺与新生活的隔阂,新诗理论的重要文献,废名的《新诗讲稿》中的一个重要线索,即在此种矛盾和隔阂中来回答何为新诗之"新"。然而,在历经近百年更新和自我塑造的新诗,已经自成一个系统,与古典诗分门别立,新诗之"新"的问题,已然不是一个重要的问题,或者说是一个早已解决的问题。但是,另外两个问题的凸显,却构成了新诗的另一种"焦虑",一个是新诗的公共性问题,新诗由于其特殊的历史,没能像古典诗那样全面地介入到共同体和民族文化的构建形成中,正像宇文所安所说,新诗甚至无法取得现代汉语小说的成绩,深深根植于本民族的历史文化记忆当中,新诗在这种文化记忆当中,似乎扮演的是一个波西米亚人的角色,它似乎是边缘而私密的,它没能站在人类大家庭的一边,它始终是阴郁而多变的;另一个是新诗的中国性,或者说民族性问题,无论是在形式还是主题或是语言的更新方面,新诗都与西方现代诗歌有着极为微妙的亲缘关系,我们关于新诗作品的评价和阐释,大多时候也是参照西方诗歌作品来给出的,熟悉新诗史的读者会知道,像是庞德、艾略特、里尔克、瓦雷里等众多经典诗人的译作,也是新诗史的一个重要组成部分,因此,在某些人的眼中,新诗被看作是西方诗歌的一个变种或是附庸。这两个问题原本也不是什么新的问题,它一方面带有着对新诗的误解和成见,另一方面是站在古典诗的一边,带着对古典诗所确立的古典法则的认同,对新诗的评判,简单来说,这两个问题只不过是新诗之"新"问题,在我们语境中的一次重新发问,但也没有一个标准的答案可供我们选择,我们今天的语境是,新诗与古典诗的"阶级仇恨"早已敉平,新诗与西方诗的"蜜月期"也已结束,我们不会再像废名那样去强调新诗与古典诗的新旧之争,也不会像某个时期那样将西方现代诗及其所代表的价值系统认作是我们的精神家园,这里面的明显变化是,自成一个系统的新诗,业已确立自己的现代法则,使得它既可以向古典诗寻求自我更新的资源,也可以与西方现代诗分庭抗礼。因此新诗与古典诗的关系,如果单纯论及传承,如果单纯以古典诗来定义何为诗歌,那么这个传统无疑是死的,我们也无疑会接受断裂的说法,新诗对于古典诗的任务在于,重新发明和发展古典诗所创造的古典法则,这也是艾略特《传统与个人才能》中的一个观点,"现在进一步来更明白地解释诗人对于过去的关系:他不能把过去当作乱七八糟的一团,也不能完全靠私自崇拜的一两个作家来训练自己,也不能完全靠特别喜欢的某一时期来训练自己。"[①]而是要建立起总体性的历史意识。

诗人李少君为自己所拣选的"诗教"的古典法则,其背后的驱动力恰是新诗的这种总体性的历史意识,这是当代诗人的一个基本视野,在这个视野之下来看,黄灿然所提出的在"两大传统的阴影之下",倒不如说是在两大传统之后,因而,新诗的这种

---

① T·S·艾略特《传统与个人才能》,卞之琳译,见陆建德主编《传统与个人才能》,上海译文出版社,2012,第4页。

总体性的历史意识,也在试图调整古典诗的古典法则与西方现代诗歌的现代法则之间的冲突与争执。但与他的同时代诗人,比如张枣、萧开愚、柏桦、陈东东等人的古典诉求不同的是,李少君所选取的切入点,是在这场"古今之争"中,保守地站在了古典的一边,并试图以古典的法则来对抗现代世界的历史逻辑,关于这一点清楚地表露其在"草根诗学"的主张当中,即"一、针对全球化,它强调本土性;二、针对西方化,它强调传统;三、针对观念写作,它强调经验感受;四、针对公共化,它强调个人性。"[①]李少君的"草根诗学",虽然表述笼统,但其基本的意图是明显的,尤其是考虑到其提出的背景,是在当代思想界的"古典转向"这一潮流之下,其关于本土、传统、经验与个人的强调,是寄托在"自然山水"之中的。正如他文中所写:"对于我来说,自然是庙堂,大地是道场,山水是导师,而诗歌就是宗教。"[②]李少君对诗歌传统问题的回应也就在于通过诗歌来切入人生内在的问题,同时建立起超越日常意义的价值观念,在他看来,这也正是古代"诗教"传统的基本教诲,这一传统通过山水、自然的中介,而理应成为现代诗人天然具有的古典法则。他将这一法则的内在理路解释为:"诗歌教导了中国人如何看待生死、世界、时间、爱与美,他人与永恒这样一

---

① 李少君主编:《21世纪诗歌精选第一辑 草根诗歌特辑》序言,长江文艺出版社,2006。

② 李少君《自然的庙堂》,见《草根集》,第5页,上海人民出版社,2010。

些宏大叙事,诗歌使中国人生出种种高远奇妙的情怀,缓解了他们日常生活的紧张与焦虑,诗歌使他们得以寻找到现实与梦想之间的平衡,并最终达到自我调节内心和谐。"①这也就要求诗人将诗歌放置于一种本体的位置,或者宗教的位置来潜心"修行","投身大道,从而获得自由,先从个人修身养性做起,从一点一滴开始,所以,到达大境界,获得人格力量,是自我修身养性、内在超越的结果,是不断自我升华的产物。……因此,诗歌是具有宗教意义的结晶体,是一点一点修炼。萃取的精髓。"②无疑,这种表达是将审美的"感性生活"提升为第一要务,并试图颠倒当代价值观中的历史高于自然,将历史看作是行动的最高当事人的主张,因此与历史相对的自然,也就具有了相应的伦理维度和人文关怀,在李少君那里,这种关怀则是来源于"道法自然"的自然山水的体认,诗人应当向自然学习,来获得人在世界中的位置的认知,因此自然山水、山川风物作为一种"诗意"的形象,成为其诗歌的主要元素和救赎的意象。如果用罗兰·巴特的理论来概括,自然山水的伦理维度则是表现为这样一种救赎的形象:"简言之,问题仍然和伦理式的写作有关,在伦理式的写作中,写作者的意识发现了一种集体救赎中稳固人心的形象。"③

---

① 李少君《自然的庙堂》,前揭,第3页。
② 同上,第5页。
③ 罗兰·巴特《零度的写作》,第19页,李幼蒸译,中国人民大学出版社,2008。

二

在这个意义上,我们来阅读李少君的诗集《草根集》,会发现其写作的基本思路正是在这种古典法则中展开的,从而试图获得一种明晰的诗意,如海伦·文德勒所说:"正如我们看到的,很多抒情诗的说话者都用一种亲密的方式对看不见的倾听者发言。"① 那么在李少君那里,这种明晰的诗意的获得也在于诗歌中的说话者向着那些同时存在于古典诗词和现实场景中自然山水发言,并从那里获得能够抚慰人心和泰然处之的力量,这种诗意的图景曾教化过历代的中国人,具有不言自明的明证性,尤其是在今天全球化的世界图景之中,对这种诗意图景的执着,则获得了双重的补偿,一是谋划了一种超越的生命立场,另一则是有效地抵制了现代化逻辑对我们的连根拔起。那么,这种"反思现代性"的批判之声与自然山水的乌托邦回响,则构成了李少君诗歌中的两个显著的声道。

> 在大都市与大都市之间
> 一个由鸟鸣和溪流统一的王国
> 油菜花是这里主要的居民

---

① 海伦·文德勒《约翰·阿什贝利与过去的艺术家》,见《读诗的艺术》,王敖译,第245页,南京大学出版社,2010。

蚱蜢和蝴蝶是这里永久的国王和王后
深沉的安静是这里古老的基调

这里的静寂静寂到能听见蟋蟀在风中的颤音
这里的汽车像马车一样稀少
但山坡和田野之间的平缓地带
也曾有过惨烈的历史时刻
那天清晨青草被斩首，树木被割头
惊愕的上午，持续多年的惯常平静因此打破
浓烈呛人的植物死亡气味经久不散

这在植物界被称为史上最黑暗时期的"暴戮事件"
人类却轻描淡写为"修剪行动"

——《某苏南小镇》

在这首诗中，苏南小镇的自然风物被裹挟在"斩首"与"割头"的"暴戮"气味当中，这气味的"经久不散"使我们可以倾听到一种刻不容缓的紧张。如果注意到诗歌中城市与小镇之间的层次分明的差异感，就会发现这里的地理特征显然被置于两种空间的对峙当中，诗人的笔调冷静而热切，它摆脱了旁观者视角的诱惑，又躲避掉了游历者的无痛关痒的啰嗦叙述，在这里它更像是对历史的书写。值得一提的是，这种视角在李少君的诗歌当中，占有很大的比重，这也使得李少君的诗歌具有很强的思辨和审视的色彩。诗人被隐藏在诗句最深的深处,从那里发出声音,尽管我们在诗歌很少看到人称的出处,但仍能明显感觉到诗人在每句诗里迫不及待地现身。李少君大学毕业之后就闯荡海南,做过编辑,也有过经商的经历,经过多年打拼,最终在海南扎根。① 这种复杂的经历和经过多年的沉淀之后,赋予了诗人冷峻的审视当代生活的禀赋,甚至在这种冷峻当中也时时透露某种尖锐的声调。在这里,城市与乡村的对立,更突出地表现为两种形象,城市或者说以城市的大规模扩展为表征的现代化进程更多是对自然与乡村的"暴戮",而与此对应的乡村或者乡村所赖以维持的自然则带有强烈的乌托邦色彩。在诗人的另一首诗《下九华山》中,此种反思现代性的思考路向则更加明显。

绿色田野上间或点缀
　　两三块金黄的油菜花地
一幅大色块的油画　一床大面积的锦毯
山区的美丽仿佛非人间
但汽车一驶入城郊　世俗烟火渐浓
车窗外不断闪过站立的树的队列
不断闪过错综交叉的电线杆
还闪过破败的村庄,以及

---

① 见林森《一个人的二十年》,刊于《文学界》2007 年第 10 期。

一个站在桥上检查自己突然熄火的
　　　　拖拉机的中年农民
　　还有,那些运载猪和牛的货车
　　不断被我们抛在后面
　　那些难闻的气味总是要笼罩很久才会消散
　　路上的乌鸦和我们的心情都阴郁着
　　但淮地多水,原野上那些无处不在的镜子似的水面
　　倒映出水边的繁花细枝和天上美丽多变的白云
　　那些隐约闪现的虚妄仙境令我们心情愉悦

　　展现在这首诗歌当中的中突出的地缘效应表现"虚妄仙境"和"世俗烟火"之间的反驳与争辩,前者"令我们心情愉悦",而后者被"难闻的气味"笼罩,这和奥登早期以英国本土的现实与想象之间的质疑来审视英国精神相像,奥登早期的风格因而呈现出"强度和错位的地缘政治的幻境",但考虑到李少君所提出的"本土性"主张,正是在对"全球化"所带来对地域文化的侵蚀或对自然文明的破坏提出的一个反驳,我们不难看出,诗人对现代化所隐含的一个西方中心主义的反思,在《在纽约》这首诗,诗人对来到纽约的人们的描述:"世界各地的人们,像一只只飞鸟/降落在这个叫纽约的水泥平台上/他们膜拜着这些钢筋结构的庞然大物/叽叽喳喳,惊叹不已/他们啄食着资本与时尚的残羹剩饭/津津有味,乐此不疲"。这里面的反讽色彩和批判的意识在于诗人对现代世界的反思,但无疑也借助了对山水自然风物的

乌托邦想象,这种想象所根源的在我看来就是古代士大夫的自然观念,李少君也力图借此来帮助我们重构生存的经验和逝去的世界图景。

> 五间小木屋
> 　　泼溅出一两点灯火
> 我小如一只蚂蚁
> 今夜滞留在呼伦贝尔大草原中央
> 　　的一个无名小站
> 独自承受凛冽孤独但内心安宁
> 背后,站着猛虎般严酷的初冬寒夜
> 再背后,横着一条清晰而空旷的马路
> 再背后,是缓缓流淌的额尔古纳河
> 　　在黑暗中它亮如一道白光
> 再背后,是一望无际的简洁的白桦林
> 　　和枯寂明净的苍茫荒野
> 再背后,是低空静静闪烁的星星
> 　　和蓝绒绒的温柔的夜幕
> 再背后,是神居住的广大的北方
> 　　　　　　　——《神降临的小站》

这首诗写于稍早的时期,在这首诗中,诗人的另一个声道开始发生。呼伦贝尔草原的一个无名小站在此成为了诗人驻足于世界的基点,这不仅是现实意义上,在这里更重要的表现为隐喻的迂回。"无名",也就是无可命名,无可指认,它超脱于语言的束缚,而与语言最内在的本性深深地契合,一个无名的小站,因此也就丰饶的足以容纳最宽广的音调。诗人在这里,目光向前,却不断地看到背后的寒夜,马路,"在黑暗中它如一道白光"的额尔古纳河,白桦林和苍茫荒野,"背后"也不断地在黑夜中向更辽阔的居所延伸,直到"低空静静闪烁的星星"、温柔的夜幕和神的出现,一种更光辉的光芒也迅速地把诗歌照亮,震惊也就在这个时候发生了,齐泽克说震惊是"当眼睛在它期望什么也看不到的地方看见了某物"[1]神的降临,在诗人的指认当中发生了。在这个精神日益萎缩和困乏的现代世界,谁指认神的居所,谁就将获得丰盈的存在,谁也就将重新拥有全部的世界。借助荷尔德林或海德格尔的荷尔德林思路,这意味着我们只有在神的看护下,才能度过这个"世界的黑夜"。

三

写到这里,想起波兰诗人切·米沃什的一首短诗:"透明的树,蓝色的早晨飞满了候鸟/天气还很冷,因为山里还有雪。"[2]这首名为《季节》的诗,我多年以前背诵过,已烂熟于心。诗中所

---

[1] 齐泽克《快感大转移》,第130页,江苏人民出版社,2004。
[2] 见《切·米沃什诗选》,张曙光译,河北教育出版社,2002。

呈现出的明晰的诗意,在于通过对自然的诗性书写,而抵达对自我和世界的认知,这里的"透明的树"、"蓝色的早晨"作为一种集体救赎中稳固人心的形象,以一种淡蓝色的微光剖开事物结痂的硬壳,而使其袒露那钻石似的绝对的内核,这种明晰的诗意因而也在调教我们观看的目光和倾听的耳朵,它试图对我们残缺的世界进行增补,从而开启那道萦绕我们存在之谜中的微光。读李少君的诗集《草根集》,也唤起我们对这种明晰性诗意的向往与继续探究的渴求,而与米沃什不同的一点是,李少君的明晰诗意所依据的古典法则和其中所包含的稳固人心的形象,更多地在一种冲突中展开。其诗歌则单纯地在山水、自然、家园、地理风物、故人旧事、羁旅长途等形象主题下经营着这种明晰的诗意,其场景、图像的位移与叠加、延异与回旋,在一种有节制的平衡秩序中展开,这是一种对语言乌托邦的信赖,对语言的自我繁殖、对现实的征用、对时间的主动命名的信赖,本身就具有一种强大的诗意。那么在这里,古典的法则不仅仅是对唐诗宋词的古典尺度的借用,而也恰恰是对现代世界的资本逻辑、物化逻辑的抵抗之后的自我追认。例如在诗集中一首名为《春》的短诗中,白鹭、牛背、水田、草坡、蓝天、青山以一种山水时间的序列构成了"一个春天",它所开启的微光,试图带我们进入对无可挽回的时间的追认。也就是说,"诗教"传统所赋予的古典法则,其实对李少君来说更多的包含着对现代世界的反思,灵魂的宁静与内心的平复都在于从现代世界向重构的"古典世界"的逃离,例如在《南山吟》这首诗中:

我在一棵菩提树下打坐
看见山,看见天,看见海
看见绿,看见白,看见蓝
全在一个大境界里

做到寂静的深处,我抬头看对面
看见一朵白云,从天空缓缓降落
云影投到山头,一阵风来
又飘忽到了海面上
等我稍事默想,睁开眼睛
恍惚间又看见,白云从海面冉冉升起
正飘向山顶

如此——循环往复,仿佛轮回的灵魂

在这首诗中,现代世界里的线性时间被取消了,自然的景物在一种轮回的时间里降落到灵魂的深处,所带来的是对一个真实世界的确认,宁静而深远,是对一个"古典世界"的重构。海德格尔对这种时间观念的论述是:"由于此在作为在—世界—中—存在而远—去着,它就总是行止于一种在某个回旋空间里与之相远离的'寰世'之中。对于那距离上最邻近的东西,我却总是听而不闻、视而不见。看和听是远离感官,因为作为去—远着的此在就优先地依持于它们。"① 也就是说,"古典世界"代表了内心回旋的曲调和亲近的所在,并不是现实的结果,而是诗歌使得这一切得以发生,遵循古典法则的诗歌将这种发生书写为诗意,从而完成一种超越的拯救。因此我们可以看到,在李少君的诗歌当中,这两种时间观念总是交错的并置,有意的对比和选择,从而将诗人内心最深处的"法则"挖掘出来。在这首名为《佛山》的诗作中,有着较为集中的表达:

> 夜雾中,前方高处浮起一个灯火辉煌的物体
> 我们仰头看了很久,才明白那是光明顶
> 但另一处被我们误认为是寺庙的所在
> 原来是一团半月,在雾海里若隐若现
>
> 我们在山上的小茶馆里喝茶、聊天、听黄梅戏
> 另一群人则在宾馆里饮酒、打牌、讲黄段子
> 在这非人间的世外桃源的佛山上
> 商店、发廊与喧哗、叫卖一应俱全
>
> 但半夜我们走到大悲寺时
> 抬头看见山顶有灯,一灯可燃千灯明
> 那一瞬间,我们全都驻足,屏气息声
> 每个人心中的那盏灯也都被依次点燃

---

① 海德格尔《时间概念史导论》,第320页,欧东明译,商务印书馆,2009。

即使是在山中,诗人也还是要逃,"商店、发廊与喧哗、叫卖一应俱全"的山中世界也并非清静所在,现代世界的逻辑对日常生活的控制,迫使着诗人却营造大悲寺"每个人心中的那盏灯也都被依次点燃"的时刻,而这一刻也使得诗歌带有某种宗教的色彩,我想李少君所说的"诗歌是宗教"就是在这一意义得以实现的。

现在稍微有些清晰的是,这种古典的法则中的展开是对三重时间结构的想象与依托,第一种就是我们提到的山水时间序列,在《南山吟》、《山中》、《初春》、《仲夏》等诗歌中,山水时间序列在为我们重新组织事物的同时,也试图回应古典诗意的微茫之音;第二种是日常生活时间结构,我们前面提到的那些主题正是在这样一种日常生活时间结构中展开,并赋予日常时间以本真的逻辑,如在《早归人》中,穿过黑夜归家的诗人,"担心打搅尚在梦中的年迈父母/静静站在院子里,等候鸟啼天明/想起这么一句诗,兀自微笑",在此,日常生活时间被打开的同时,也在向我们馈赠;第三种是据此对未来时间风景的重构,比如在《抒怀》一诗中,诗人说:"我呢,只想拍一套云的写真集/画一幅窗口的风景画/(间以一两声鸟鸣)/以及一帧家中小女的素描",它既是对一种语言乌托邦蓝图的书写,也是在描画一种开启未来时间的可能。正是在三重时间结构中展开的古典法则,构成了李少君诗歌书写的肌理,这种法则召唤着词语的聚集与相互认领,从而构建一个具有明晰的诗意的空间,它以一种若显的微光在引诱我们去认领那失而复得的时间与生命运转的轨迹。

在当代诗歌的版图中来看,李少君的诗歌应属江南一脉,气象氤氲而不乏超拔之相,温婉的展开的同时往往试图带我们进入幽深之境。这种诗歌风格的形成,得益于诗人对古典法则的秘密记忆,正如罗兰巴特所说,风格的秘密是一种闭锁于作家躯体内的记忆,"风格其实是一种发生学的现象,是一种性情的蜕变。因此风格的泛音回荡于心灵深处。"[①]诗人内心深处的秘密记忆驱动着他释放词语中所隐藏的古典世界的微光,而这一释放本身则是依照着自然山水的教诲,存留于"诗教"传统中的仍然延续的古典法则。

---

① 罗兰·巴特《零度的写作》,第9页,李幼蒸译,中国人民大学出版社,2008。

第十六章:词语的戏剧
——读张尔《壮游图》

作为一名文学从业人员,他必须深知,他在一条相对危险的道路上,文学除了在我们身上发展它那与世俗生活的古老敌意之外,还试图培养我们古怪而极端的想象力,从而与未来的时间发生共振。诗人因而被告知,要过一种有创造力的生活,正如奥登的写作时间表显露给我们的,他要谨慎而有效地使用自己短暂人生里的时间,他要学会与伟大而幽暗的事物博弈,他要抵制自身的潜能被报废的危险。而事实上所谓的创造,并不是那么美好的期许,并不是朝向壮丽图景的一路凯歌,真相是,创造从来都是新生与灾变、自由与奴役、美好和邪恶的孪生体。文学从业人员的危险在于,他要么可能会被生活的敌意所吞噬,要么可能会被创造的强力所折磨,这种折磨诗人的强力,会催促诗人茁壮成长,另外一种可能是,它也许是一块儿绊脚石,这两种情况往往会同时出现,艾略特当年曾抱怨,我不能写出比《普鲁弗洛克的情歌》更好的作品了,事实上他的确经过几年的折磨和煎熬之后,才成为了《荒原》的作者,而在《四个四重奏》出现之前,他则要忍受更多。因此,一个真正的诗人会清楚地知道,写作就是为时间下赌注,对于那些坚持认为诗歌就是如何怎样的同行,或是为自己写出某部作品而沾沾自喜的作者们,他也会清楚地知道,这些人终究是半吊子,而为时间下赌注,则意味着一种但丁式的永恒轮回地狱、炼狱、天堂的永恒复归,这样一种图景曾在亚里士多德那里,用两个权威的概念真实地标注出来,"是"与"能","逻各斯"与"努斯"的双重变奏。正是在这里,写作、创造、为时间下赌注,获得了它们应有的含义。

我猜想,诗人张尔深知这个写作的秘密,他在1990年开始诗歌写作,在这二十五年漫长而短暂的写作时光里,这种创造的强力也一定曾一次次地将他推向词语的深渊,伴随着困惑、沮丧、豁然开朗的喜悦以及再一次的灰心丧气动摇和再一次的拨云见日,事情还远不止于此。按照马克斯·韦伯的观察,一个从事创造事业的人,一定也会年复一年地忍受着,让一批又一批的平庸之辈迈过自己而去,并且多少也会受到抑郁和沉沦的袭击,甚至是精神上的损失。那么,诗人的工作其实是一个苦役犯的行当,正如张尔在诗中所写:"我依然写诗,坚持着与不明事物的雄辩与搏斗!"并试图在精神的领地获得奖赏。

> 在我的身体里,同样,也有属于
> 我自己的国家,那里只有

> 一个国王、一个法官和同一名政客
> 我,有我自己的领土,并且不容侵犯。

催动张尔在写作中不断前行的那种强力,对于每个写作者都一样,是写作者身上的才能与天赋不断向外扩张,不断地发挥自己的势能的结果,一种写作的完成,即意味着这种天赋和势能的完整实现。然而需要清醒的是,对于每个写作者而言,这种天赋和势能都是不完全的,没有一个诗人能穷尽诗歌的秘密,伟大的诗人也不例外,所以那些试图给诗歌或写作下全称判断的人,要么是无知,要么是出于理性的傲慢,每个完成的诗人都只是这片浩瀚的水域上的界标,而不是终点。奥尔巴赫的《摹仿论》之所以伟大,在于他真实地标注出了这些界标的位置,并对它们的位置做出了区分,也在告知我们,这片浩瀚水域的"底",是一个人无法看清的,如同"物自体"一样,唯一真实的事情是,我们如何穷尽自己的天赋和才能的"底"或类型,这是对每个诗人都是非常严肃和需要搏斗的问题。张尔近年发表的诗集《乌有栈》,向我们展示了他这些年在词语中搏斗和突围的痕迹,也展示出了他才能和天赋的势能动态,张尔身上有一种"戏剧化"的才能,这是天赋使然,这种文学才能曾在"莎士比亚—席勒—陀思妥耶夫斯基"这个三位一体的大莎士比亚传统中,获得过最经典的表达,正如陀思妥耶夫斯基的"戏剧化"与托尔斯泰的"史诗性"的对照,席勒的"突转"与歌德的"直叙"的互补中显现的,这种才能在于一种极富洞察的反思力与超越的意志,席勒当年曾有"素朴的诗"与"感伤的诗"之决断,"戏剧化"的诗人则为"感伤的诗"所侵占。我们可以读到,张尔早期的诗歌即执着于一种戏剧化的结构,在一首诗当中,自我、异己的现实、真实的存在这三种元素构成了戏剧冲突与对话的主体,他的语调是沉着而决断的,他与世界的接口,是哈姆雷特式的,带着难以和解的创伤。如2006年的《未标题》这首诗中,"稻草人"这个意象是从内心挣扎出来的,指示着抒情主人公与现实的冲突。

> 这个四肢分离、迷于嗅觉的稻草人
> 坚守着焚烧前的最后沉默

在《理想的镜子》中,对自我与真实的称量,对现实的直呼其名,再一次将这种冲突表现为不可和解的力量之较量,现实是蒙着忧郁的面纱的,而内心被推至到深渊之入口,这段独白也与哈姆雷特如出一辙。

> 我的镜子
> 漆黑一团
> 在现实的黑色里
> 一只蝴蝶和我
> 哪一个更轻?

我们看到,张尔的早期诗歌里驻扎一个"内心的教皇",它要求合乎理想的尺度和位置,它有一种独属于自己的计算法则,为现实分配比例和正义,它敌视"现实的凯撒"的暴政,以自己的法则对其进行审判。因而张尔的"冲突"是针锋相对的,即使他运用反讽的修辞,也不是在享用克尔凯郭尔所说的那种"否定的自由",而是带着复仇的面具。正如雅斯贝尔斯对《哈姆雷特》进行解读时所说的,这个忧郁的丹麦王子实际上是被"求真意志"所发动的,即使他装疯卖傻,试图掩藏他所知道的真相,反而更真实地暴露了他自己。

> 每一个虱子都长满金色的阴毛
> 每一棵树
> 每一对狡窟
> 每一段充斥耻辱与破碎的光阴
> 每一根脆弱的绳子
> 都是失物招领者的反刍
> 因而
> 请摘下胃
> 翻开,拧转,摊派
> 至明晃晃的穴
>
> ——《不动诗》

我们也可以清楚地看到,张尔后来不断地使用"短剧"这个标题和形式,来强化这种戏剧化的精神结构,另外一种以"某某诗"命名的标题和形式,比如《虚无诗》、《孤行诗》、《破镜诗》、《小情诗》等等,实际上,也是"短剧"的一个变体,是在"短剧"的单线冲突的基础上,以复杂的事件线索和场景的转换扩充而成的,并使之成为他写作不断扩展的一条中轴线。这意味着,那些难以和解的创伤和冲突,那些带有黑暗色彩的、变异的现实,那些试图获得解救的事物,需要一个更高者的裁决,他的诗歌正是扮演着这样的角色,但问题是他与世界是对立的,诗歌作为这之间的中介,则在加深和加固这种对立,单纯对世界的否定,只会将我们退回到亚伯拉罕所扮演的角色[1],所以,在历史世界中更高者的裁决,则需要我们重新寻找与世界的接口。张尔在2010年前后的诗歌写作,与早期相比更为复杂,呈现为多调转换的面目,早期诗中的那个与自我直接对峙的"现实",也转换为与自我相互关照的"镜像","审判式"的指认,变为"语境的现实",他与世界的接口也在暗中从哈姆雷特替换为霍拉旭。这个哈姆雷特最信任的朋友,同时也是他遗嘱的执行者,这个从此以后要与哈姆雷特的幽灵共在的霍拉旭,曾两次宣下了永远保守秘密的誓言,"那么你还是用见怪不怪的态度对待它吧。霍拉旭,天地之间有许多事情,是科学所没有梦想到的呢。可是,来,上帝的慈悲保佑你们,你们必须再做 次宣誓。"[2]霍拉旭比哈姆雷特更早地

---

[1] 关于亚伯拉罕这一形象的精彩分析,见黑格尔《基督教的精神及其命运》,《黑格尔早期神学著作》,贺麟译,上海人民出版社,2012。

[2] 莎士比亚《哈姆雷特》,朱生豪译,见《莎士比亚全集》第五卷,303页,译林出版社,2011。

接近了真相,也是唯一一个熟知全部秘密的人,曾经信誓旦旦的他也擅长以更为曲折的语言来讲话,霍拉旭的话,因而也充满了"症候"与难解的秘密。

> 天角挂乌云的树杈,一洗空寂的旅行下,心
> 狭窄处,涌生断然不惑的问。被错药灼伤的
> 无情脸,搓洗了化湿了丧尽了若无的伪青春。
>
> 芒果嫩涩的苦夏,孤僻小径上的米兰花,左
> 近的鼎沸人声贯穿了失落阳台,你后退,我
> 前进,祖国忧患,人生但可真理般一意孤行。
>
> 历史平夷了想象,但那不是真实的一段,更
> 不由你,私开臆测的门闩。医术妆扮私募的
> 借贷,金融颓靡,践踏如敌我的分身与尊严。
>
> 那时,盘桓于铁锁之凄艳,已令人神魂颠倒
> 乌有栈前,实则未必,孤陋头顶丛丛密麻的
> 乱,江湖篡改河道,一瞥轻投偏执,而人非。
>
> 我仍冒昧,肆意道破那明月之间无数个喘息
> 的暖冷。你的蕴厚,不曾剖开我的纳新吐陈。
>
> ——《孤行诗》

这首《孤行诗》,如果以"霍拉旭的话"为题,也许更接近词语所具有的自我辩护的含义,诗中的另一个自我"你",又何尝不能是哈姆雷特,这对历史世界的镜像关照,又何尝不能与莎士比亚笔下的场景相印证。但我们也不必绕道远至丹麦,才试图理解这一切,在戏剧化的精神结构中,霍拉旭的秘密就在于,他所面对的是一个整体性坍塌的世界,国王、王后、王子、大臣、以及奥菲利亚所构成的支柱,在最后一场戏中整体性的坍塌,世界重建的任务留给了福丁布拉斯,讲述两个世界的任务则留给了霍拉旭,"让我向那些懵无所知的世人报告这些事情发生的经过。"①对于世人来讲他们应该更期待福丁布拉斯的"重整乾坤",按照哈姆雷特的预言,他将成为一个出色的政治家,而作为讲述者的霍拉旭,要在哀悼与忍耐的氛围中,扮演一个令人讨厌的诗人角色。

霍拉旭也正是《壮游图》这首长诗的一个关键符码,与之前相比,这是一个更老练的霍拉旭,他的老练之处在于,他懂得如何更好地扮演这个诗人的角色。《壮游图》是张尔迄今最为雄心勃勃的一部作品,这首由三四十首短诗组成的长诗,首先在形式和标题上都借用了杜甫的诗作,以"游历"作为讲述世界的线索。杜甫在五十岁时所作的《壮游》一诗中,曾以"快意八九年"的回望向我

---

① 莎士比亚《哈姆雷特》,朱生豪译,见《莎士比亚全集》第五卷,401页,译林出版社,2011。

们讲述了他青年时代的壮游经历,这一时期他的"壮游诗"主要有:《登兖州城楼》、《望岳》、《冬日洛城北谒玄元皇帝庙》、《过宋员外之问旧庄》、《游龙门奉先寺》、《题张氏隐居二首》、《与李十二白同寻范十隐居》等等,如果将张尔的每首短诗,都赋予杜甫式的标题,其实也合适宜。以《登兖州城楼》为例,我们大致可以了解杜甫"壮游诗"的形式以及张尔对这种形式的发挥。

> 东郡趋庭日,南楼纵目初。浮云连海岳,平野入青徐。
> 孤嶂秦碑在,荒城鲁殿馀。从来多古意,临眺独踌躇。

据洪业的考证,这首诗是杜甫在737年,也就是他二十五岁时,科场失意后,去看望在兖州做司马的父亲时所作,属于典型的游历之作,依"平野入青徐"一句,可以大致判定具体的时间应为春天。这首诗初读之下,便可感受到唐诗的那种阔大的时空感,"东郡"、"南楼"、"浮云"、"平野"、"孤嶂"、"荒城"、"古意"所交织出的时空意识,已可初步窥见盛唐诗所独具的那种圆满自足盛大的宇宙意识,或者用高友工的话表述就是对"绝对时间"的把握,因而这首诗的关键在于,将观看的身体,通过风景的中介而与"绝对时间"接通,身体在这里只是充当了一个容器,而不是"以来访者和夏季猎奇者观察的眼光看。"①像今天流行的当

---

① 海德格尔《充满生机的风物:为什么我们留在小地方》,《思的经验》,陈春文译,第7页,人民出版社,2008。

代诗歌所作的那样,刻意地描述身体的感受与眼睛的猎奇,最后对内心匆匆地抚慰一下,便以为这就是在写诗,实则被谬见所误。张尔的《壮游图》,基本上采用了杜甫的形式,通过风景的中介,去把握和接通历史世界的光谱,在诗歌中,这种形式和结构是通过作为讲述者的霍拉旭来完成的,霍拉旭并不讲述自己,他并不热衷于自己,我们对他的生平所知不多,他像圣保罗一样,并不热衷于"自己独创的天才","而是一位恪守使命的使者。"[1]他的使命是对哈姆雷特所代表的整体性坍塌的世界的讲述,或许还应包含福丁布拉斯所代表的新兴世界。诗人萧开愚曾以《向杜甫致敬》为题,直接以杜甫的意识,去面对这两个世界的现实,"向杜甫致敬"本身就意味着,重要的事情并不在于杜甫曾经说过什么,而是杜甫在我们的时代会说些什么,如何来说,在这一点上,张尔与萧开愚有共同之处,《壮游图》因而也有了向杜甫致敬的意味。

之一

半山腰上,一条溪涌像被抽湿的棉絮
      拧出几滴捉襟的泪
燕尾在屋檐下低飞,血压,沿着电线攀升
车队盘旋

---

[1] 卡尔·巴特《罗马书释义》,魏育青译,第1页,华东师范大学出版社,2005。

天空下
　　　　　　　疾舞雕版纸钞,火烧眉宇
碳烤的蛛丝马迹,被拐杖的黄花梨
　　　　　　　　　　　一点点熏黑
水管冒青烟,马达自转,过滤青黄砂石装置
散架的飞机
　　　　轰隆隆——驶进半天黑前的深海洋。
硬伤的花木模拟心电图,突突,涂涂涂,
活脱脱将球径绘成一座拱形山,
　　　　　　　　　　　　花莲七星潭。
貌似那喷火的水枪,远程喷捣蛋,喷干
饲养的花洒,喷粪,
　　　　　　喷宇宙银河,
　　　　　　　　　喷,孤独责难……
巧妇无为,苟且旁骛,且慢滩涂沼泽湿地荤腥
雷雨强暴公摊建筑,巴士摇下——
　　　　　　　　铁杆手臂,拆那里!
几条鲶鱼清水游,邮轮的一半尾
斜依着趸船上俏皮的轮胎,意外但也翻晒。
超市门前伙计张贴的失物认领,
　　　　　　　　　　是否是
　　　　　　你赶忙遗失的仪式与零钱?

这是《壮游图》开篇的第一首,这里的风景也并不能称之为风景,或者按照西蒙娜·薇依的说法,可以称之为"拔根"的风景,"它在非常狭窄的环境中得到发展,与世界相分离,"[①]半山腰的溪流、天空和海洋,从原来的位置被旋转到一个大工地上,"拆那里!",几乎像是时代的标语,在告知这"拔根"的意义。这里到处都是词语的戏剧,在每一个地点,诗人霍拉旭都埋藏了通往我们的历史世界的线索,事物貌似隐藏在诡谲的幻象之下,但通过与历史世界的法则的对位,它将以自我呈现的方式摆脱幻象,正如荷尔德林以"父国"和"大地"作为他诗学空间的基本范畴一样,《壮游图》对我们自身处境的巡视,也是通过大地上以政治的、道德的、精神的、文化的形式所构建的历史世界的查看和表象来完成的。因而,词语的戏剧意味着借助现实的冲突方式来改造我们的感性分配以及词语的构造方式,在布鲁门伯格那里,曾以"未和解的现实"、"审美赋型"、"神义论"三者之间的辩论与冲突来标注这一形式。无论如何,这开篇的第一首,基本上奠定了全诗的基调和构造脉络,接下来全诗的展开,以"共振"的姿态来营造一种总体的氛围,三四十首诗所完成的三十四个历史图像,围绕着"世界的整体性崩塌"的指针而团结在一起。

---

① 西蒙·娜薇依《扎根》,徐卫翔译,生活·读书·新知三联书店,2003,第35页。

之十六

迷途折返的……

    一滩水洼与哨岩

山顶惺忪隐现禅宗的庙观,时而又连忙追赶
那满地蹊跷的幻觉？或由幽径中钻出一尾

      巨瀚的蟒蛇

它抖空的麻袋蓦然翻身,竟翻成了绝对——
沿袭陡峭的岩石与侧岭,它向世外的宫廷

  横看,演习,爬去！

某年某月,当他正值年少,那大德高僧确曾摸他
轻狂的脑壳,且赐他法号:旨修。

哨岩旁

  半棵松树号称千年古,正派正襟地危耸
骨子里,潜伏起一股进化的两难
而它另一半,

     则被迫移去了电视播报法制的荧屏。

    而依旧有人受难,受难的同胞,荒林,
动物垂死的世界,与山水糜烂的自然。
他们或它们,也依旧作亡我的挣脱
也像年迈者步入天命,在他故乡——一座
名曰"望山"的山岳,撬入坟冢迸射的青烟
为了冒犯语言,也阻止语言对自我的冒犯
他们或它们,也伪装互助团结,

> 沆瀣一气,
> 在土渣夯实的墙垣上描字画圆,
> 对着崇山峻岭或万里江河,咏叹、讴歌,
> 美好的时代真就要来去了?
>
> 2014/8/22 波士顿

作为全诗"拱顶"结构的第十六首,选择了波士顿这个地点来回望,从其连接前后两部分的"拱顶"位置来看,这也理应是极其重要的一首。首先清楚的是,在今天的现实里,波士顿在世界体系中的位置决定了它丰富的象征含义并埋藏了理解今天的历史结构的视角,但张尔对此的表态是含混的,波士顿因此在诗歌中只是作为一个"装置"出现的,它代表了一个"裂隙",在"世界的整体性崩塌"的景观中所发现的一个崭新的裂痕,借此可以看到一种新的历史契机和路径,同时也深感这契机和路径的艰难,正如诗中所写:"沿袭陡峭的岩石与侧岭,它向世外的宫廷/横看,演习,爬去!","骨子里,潜伏起一股进化的两难"。在张尔早期的哈姆雷特视角中,这个内心忧郁的、与世界格格不入的人物,一旦试图去整顿现实的时候,他就会变成亚伯拉罕,如黑格尔的精彩分析:"亚伯拉罕把整个世界看作是他的对立物,如果他不把世界看成是无物,至少把它看作是受一个异己之神支配的。……由于亚伯拉罕与对立的世界间唯一的可能的关系是统治,而他又不能实现这种统治,所以统治世界对他仍是一个理

想。"①也就是说,哈姆雷特与世界和解的途径是统治。而霍拉旭与哈姆雷特不同,霍拉旭并不是这个崩塌世界的根源,虽然他与这根源有着种种的联系,所以一旦他从他的世界试图向前迈进一步,他要么会变成晚年的萨特,要么会认同本雅明的弥赛亚主义,这是由他处身的历史结构决定的,不足为奇。在本雅明看来,历史世界就是灾难的世界,堆积着尸骸,历史世界的进程就是不断地把灾难和残桓断壁堆积到直逼天际的过程,唯有弥赛亚能够修补和终结这一切,历史本身不能够救世,弥赛亚的降临会中断历史世界的进程,并带来救赎,本雅明在《神学—政治学残篇》和《历史哲学论纲》所含混讲述的一切,在这个意义上与霍拉旭的"整体性崩塌的世界"构成了一种历史对位,如果他继续加深这种崩塌的进程,霍拉旭就会变成本雅明。而在晚年的萨特那里,历史世界是我们唯一的世界,我们唯有拥抱这个世界并试图开启新的历史进程以期待未来,他1960年出版的《辩证理性批判》,将存在主义嫁接在马克思主义之上,正是对这种期待的总体性蓝图的筹划,具体的做法是,将他《存在与虚无》中的以"意识"和"自由"为导向的个人,通过"聚集"变成政治性的主体,从而介入历史的总体进程。事实上,张尔并未试图去塑造霍拉旭的多重身份,在现实世界,无论霍拉旭选择哪一种立场,都会被斥责为单边的历史幻觉,我们今天的现实世界恰恰是卡在这

---

① 黑格尔《基督教的精神及其命运》,《黑格尔早期神学著作》,贺麟译,上海人民出版社,2012,第276—277页。

个历史僵局当中,各种力量都在涌动,但无法前进一步。在全诗的"拱顶"位置,所设置和悬搁的"两难",其实可以看作是整首诗的最深层结构,虽然没有获得统摄全诗的力量,只是以微弱的暗流涌动,但作为一种关照和远景,使得接下来的叙述变得更为沉重,"而它另一半,/则被迫移去了电视播报法制的荧屏。"在这一位置的霍拉旭,也继续着他的台词:"看,这整体性崩塌的世界!"毕竟是绝望而愤恨的。

之三十四

早餐用毕,面包切片的残屑
     在齿缝间如鲠。霜雾
挤上窗户,反复擦拭着玻璃,刮尽他
曾涂抹在秋季灰尘上的唇痕,一条
绿萝嫩枝婉转地弯腰,捡起他口中
   半截燃尽的副词。
夜班车上他半梦半醉,甩手将狠心
扔进电掣的铁轨。广告牌前,远山
独自拉拢湖面,将乡村黑色飞檐
     揽入虚脱怀抱。
风物不近人情,
  残花不问脸颊,
大地不拾稻粱,
  工业不授不惑。

哦,不惑,他冥冥不惑于他扁塌的车轮,
那轮胎下遁形于暗夜中的一头家犬,
那仿佛半野的土狗,
      缓缓唤出久病的轻咳。
几日阴雨铅云下,另一座城市翻天蜕变,
教堂尖顶倒插于心肺
将他胸腔与颅内的血液提前搅浑。
他貌似从瞌睡与晕醉中醒来,
遍身如剥鳞般疼痛,
 如他暗中埋伏于体内的剑刃
正刺破他青龙的文身。
他也像一只出家的野狗,半卷起放浪的蛇信。

  因而结尾的这第三十四首诗,将视角落入乡村,更像是一个补充,将"埋伏于体内的剑刃"全部吐出。同时,也将这由杜甫所引发的"壮游"推向债台高筑的历史现实,这是我们今天的视野无法偿还的一笔高利贷,而未来呢,当然也是悬而未决的。因而今天的诗歌写作,无法像八九十年代那样,分享一个历史的共识,那些曾经召唤我们的历史期待,如今都已山穷水尽,分裂和争议是我们所共有的属性,但诗人应该敢于下赌注,霍拉旭也应是福丁布拉斯。

附录 一：我与"朦胧诗"论争——孙绍振访谈

张伟栋：您在《我的桥和我的墙》这篇学术自述的文章中说，"从写那篇'崛起'的时候开始，我就非常坚定地相信文学的特殊价值和政治的、实用理性价值的区别"，比较您在《新诗发展概况》的写作所持有的"政治化"的观念和立场，这种转变是非常巨大的。在新时期有很多人也都经历过这样一种从"政治的、实用理性价值"转变为坚信"文学的特殊价值"，这些人的转变大多都表现为"去政治化"的路向。我想问的是，您的这种转变与对某种政治体制的不信任有着直接的关系吗？这里面是否还有着其他具体的事件或是原因？现在回过头来看，您是否可以为我们描述一下这种转变的具体过程？

孙绍振：1952 年，我考入江苏省昆山中学高中部。一天，我看到新华书店处理解放前的旧书。其中有一套胡风编辑的《七月诗丛》，只缺一本艾青的《向太阳》。我买下这套书，很快便爱不释手。我知道，毛主席在《讲话》中对新诗不满，号召以民歌形式创作。可看过《七月诗丛》,我却对当时最红的民歌体诗歌,如李季的《王贵与李香香》等等的诗歌看不下去了。"千里的雷声万里的闪,红旗一展天下都红遍。"还马马虎虎,至于"不是革命我们翻不了身,不是革命我们结不了婚",这是诗吗? 我只能硬着头皮强迫自己相信:这是好诗。但是,《七月诗丛》还有其他一些诗集叫我爱上了何其芳、绿原、鲁黎、天蓝、陈亦门(阿垅)等人,闻一多、徐志摩、还有艾青、田间早期的诗作,在我心里,这才是真正的诗。那时,我自己也开始学习写诗,不久,还在上海青年报上发表了一首新诗。有了实践经验,在我的意识中,对武断地鼓吹民歌体的主流思潮,就越来越感到不对劲。虽然在政治上,我为生活在"毛泽东时代、斯大林世纪"而感到自豪,但是,在艺术上,我常常感到与官方提倡的诗歌格格不入,在潜意识中我有一种对于硬性的民歌崇拜极其厌恶,民歌表现手段是比较有限的,所能表现的,也往往是比较单纯的农村生活和情感,其表现力,怎么能赶得上世界诗歌? 我隐隐约约感到,有一种拿民歌压抑诗人创作的官方意图,把王老九的农民诗歌抬得那么高,而且是众口一词,简直是睁着眼睛说瞎话。

1955年,我考入北大。很快就参加了诗社。我的眼界更是大开。我沉醉于马雅可夫斯基最有名的长诗《好》还有其他一些短诗,他的《开会迷》是列宁推崇的,斯大林还称赞马氏是苏联最有天才的诗人。他的"我是穿裤子的云",我觉得,想像寓意都极丰富,很过瘾,相比起来,李季等等哪怕是解放前写的四行体半自由诗都很粗糙。后来又陆续读了智利的聂鲁达、他的"北亚美利加啊,像野牛皮一样伸展"更是精致。法国的阿拉贡、土耳其的希克梅特的诗,这些都是共产党人。还有洛尔伽,他是西班牙革命政府的文化部长,为法西斯长枪党所杀害,他的"在远方大海,笑吟吟,浪是牙齿,天是嘴唇",令人心醉神迷。所有这些诗人,才华横溢,好像不约而同地在作着想象力的竞赛。人家也是革命的,马雅可夫斯基的名言是"无论是诗,无论是歌,都是炸弹和旗帜",但为什么人家在艺术上那样异彩纷呈,而我们的革命诗歌,却充满了生硬的概念?公式化概念化,反了多少年,越反越猖獗。我们诗坛上那些吹得天花乱坠的诗歌,实在太"土"。现在想起来,原因可能是,他们都属于超越了我们所熟悉现实主义或者浪漫主义诗歌的流派。马雅可夫斯基早期是未来主义的代表人物。他有一句名言,说是:"给庸俗的艺术趣味一记响亮的耳光",我觉得很精彩。聂鲁达早期是象征主义。他们的《伐木者醒来》《给斯大林格勒的情歌》有一度,每天早晨起来就念一段,真是过瘾。

我的审美情趣就是在这样的状态中潜移默化地形成。

我想,这样的诗,才是值得把生命奉献呀。我的心灵打开了一面灿烂的窗子。当时流行的诗歌,没有几首,能让我的审美情怀得到满足,包括闻捷的《天山牧歌》,在艺术上也还不能算成熟。就是名噪一时的贺敬之、郭小川的政治抒情诗,我也有所保留。不要说比起那些世界红色诗歌的经典之作,就是比起名不见经传的保加利亚的革命诗人瓦普察洛夫,也是相形见绌。

马恩明明声言不能像席勒那样作单纯的时代精神号筒,可我们的主流诗论却一再把时代精神当作最根本的艺术准则。

我听说,巴金的笔名是马枯宁和克鲁泡特金的结合。我也给自己起了个笔名"马达",意即马雅可夫斯基和聂鲁达。

后来,顺着这种艺术趣味,我又读了艾吕雅等法国左翼诗人的作品,他们的诗给我的震动更是强烈。他们在艺术上有种强烈的反叛意识,很对我的胃口。朋友说我有一点"迷洋"思想,我自己也感到有点危机。因为,我和政治概念和道德说教充斥的主流诗风格格不入。但我仍然喜欢叛逆,在一次团小组会上,我公开说,大学生应该有叛逆精神。就是和我很要好的朋友也对我大惑不解。

我在北大诗社做干事。诗社常办讲座。我去请过何其芳、冯至演讲。何其芳很认真,讲稿写满了蝇头小楷,我第一次听到在延安文艺座谈会前夕,何其芳是歌颂光明派,而艾青等则是暴露黑暗派。冯至则把刚刚翻译好的《海涅诗选》的序言先拿给我们。当时诗社还请过当时最红的两位诗人贺敬之和郭小川。郭小川比较开放,他对当时闻捷式的有了奖章,女孩子就爱的牧歌模式持保留意见,他认为人不那么简单的。那时也没有讲课费的概念,他骑着自行车来,骑着自行车去。贺敬之朗诵的《放声歌唱》,我至今记忆犹新,但是,我一直对他的艺术有保留。我认为他后来的作品,还不如最早十几岁孩子时期写的《乡村之夜》,像"黑八了子叔叔站在高粱地里"多带劲。对他的政治抒情诗,我心中狐疑,因为,很明显,是对马雅可夫斯基的"扶梯形式"的模仿,但是,人家多少是有轻重音节奏的。

在反右派运动,我差一点当了右派,随之,失去了自信,有一种负罪感,痛切感到不改造自己的世界观,会变成人民的敌人,失去和大家一起唱《社会主义好》的权利。(歌中有一句"反动派,被打倒,右派分子想反也反不了。")我曾经在检讨中写过,为了祖国的富强,中国的知识分子不应该奢谈自由民主,最为迫切的是就是改造的资产阶级思想立场,同时改造自己的资产阶级的文艺趣味。差一口气,就是右派,让我还真有点后怕,常常真诚地感激党挽救了自己,某种赎罪的心情决心改造自己的文艺思想。因而在和谢冕、孙玉石、洪子诚他们一起写《新诗发展诗话》的时候,我竭力戒备自己的资产阶级思想,努力从无产阶级、劳动人民的立场观点、感情去分析《王贵与李香香》,尽可能从中找出艺术上的好处。其实,这只是理性上,感到非这样做不可,实际上,自己并没有真正的艺术感觉,许多话,也许不错,2007年,钱理群看了我当时对《王贵与李香香》的分析,他从文学史家的立场出发,说不错嘛。但是,我当时应该说是违心的。

除此之外,我还在后来的新诗写作中,也尽可能窒息自己的原初感觉,刘登翰把这叫做"回避自我",我后来说,这是"歪曲自我""糊裱自我"。很长一段时间里,我们把一些假大空的套话,当成人民的、无产阶级的崇高。这种情况下,我经常处于矛盾之中,一方面,我失去了自我,只会模仿贺敬之郭小川式的颂歌和战歌,也就是当时所谓时代精神——"大我"的豪情,另一方面我的趣味,又特别亲近那些平凡的个人化的东西,也就是所谓"小我"的情调。这种矛盾,在一般情况下,是潜在的,而在和一些比我更为年轻的诗歌爱好者交往的时候,就突显出来了。70年代初,有一个叫做吴小龙的青年,拿他的诗给我看,他写一个"盲流"入城市的民工,唱起"凄凉的平阳小调",他欣赏这种凄凉,而且"祝他好运"。这种小人物的凄凉,肯定不是无产阶级的大我的情调,可是我感觉到,和颂歌和战歌相比,有一种特别真切的、令人心灵颤动的感觉。我时常感觉到,自己真切感觉到的,找不到诗歌语言,明明不是自己的感觉,现成的意象却左右逢源。最令我震撼的记忆是,从蔡其矫那里读到他不可能在公开刊物上发表的,很叛逆的诗。我在一篇怀念蔡老的文章中这样写:

> 阅读之后,第一印象就是惊异万分,简直是醍醐灌顶。几乎每一首,都使我灵魂震撼。有些句子,有惊人的影射,实属"大逆不道",如"不要让灾难伴装幸福,不要帝王扮成导师""当往日的呼喊变成低语""当颂扬之声不再感人"。如果有人出卖,只要一两句,就足以打成"现行反革命"。感人最深的是《屠夫》,具体诗句当然记不得了,现在从他的诗集《雾中汉水》查得,这是他1973年(正是我初到福州的时候)的作品:
>
> 当人猛增/而猪陡减/你满面红光,/下巴叠成三层/想捞些油水的/都向你罗拜/即使是混毛的/浅膘的/灰色的/提着一块走过街上/也引来无数羡慕;/就在这/缺乏上面/敌视上面/建造你渺小狂妄的权威。

我当时之所以感到惊心动魄,主要原因是,我一直感到我们的诗歌,组装英雄主义的豪言壮语,已经成了习惯,只能用有限的话语说话,换一种语调,就什么也讲不出来。蔡其矫还有一首《所思》,一样充满了反叛的情绪:

> 仲夏夜迟升的月亮/为黑暗的条状云掩蔽/一切都非常寂静/仿佛在等重现光明/受伤的老狗蜷伏在草地上/默想生活的残酷/对热情招呼不再信任/因为他并不愚蠢

在那文化专制的时代,把孤独感诗化是很危险的,何况其中还凝聚着受伤的感觉,而充满隐秘的期盼和刻毒的复仇的情绪。这是令人有点毛骨悚然的。震惊之余,有些振奋,振奋之余,也有些惭愧。我在当时,虽然,还没有觉悟到否定文化革命的程度,可是,在密友之间议论江青,发泄不满,已经不是很稀罕的事。但是从来也不敢想到过把这转化为书面语言。文化革命期间,多少善良的人,往往就是因为书信、日记,而付出鲜血的、甚至生命的代价。严酷的现实,让人们学乖了,朋友、亲人之间,连书信都不敢写了(我和谢冕就心照不宣地互相不写信),何况把这些异端思想,字斟句酌,写成整整一本诗。蔡其矫显然把它在密友间传阅他大逆不道的思想和艺术,当成一种乐趣。一种肃然起敬的感觉油然而生,不仅仅是他的勇气,而且也为他能把刻骨铭心的思索转化为诗歌。回想起来,我在极端苦闷之时,也曾经借诗发泄愤懑。唯一的一次,那是1969年春天,在华侨大学被隔离审查,一连四个月被关在一间斗室里,除了一本《毛泽东选集》以外,什么书也不给。但是,我充其量只能把咒骂写成打油诗,抄在从报页边上裁下来的小纸片上,卷成一个纸捻,插进眼镜盒的夹层。绝对不敢拿给任何人看,几年以后,有点后怕,终于取出来吞下了肚子。在蔡其矫的诗作面前,深深感到自己是个大俗人,写作品就是为了发表,而蔡其矫,写就是为写,放在抽屉里,并不想发表,就是给自己,给自己的朋友看看,过过瘾,如果有什么目的,也就是一种思想和才能的证明。这种境界是我所达不到的。虽然感到惭愧,但是,多多少少也有一点自豪,毕竟他把我当作朋友,把我当成能够进入他诗歌艺术境界的人物,这也许是那些徒有青春容貌的少女所不能到达的档次。

更使我震撼的是后来,他来了,一手托着一个手抄本的诗集,是两个年轻人的。我狼吞虎咽地浏览了一个女工的诗集,虽然,虽然经历和我如此之不同,但是,她对人的隔膜的哀伤,对人与人之间顺利沟通的渴望,还有可意会而难以言传的、潜在微妙的体验和意识,包括那无声的共鸣和温婉的默契,那样的微妙,那样的清纯,完全是另外一个心灵的和艺术的世界。我第一次听到了舒婷的名字,但是没有记住,但是那种精神清净之感却一直留在我心里。真正要记住舒婷这个名字,则要等到1978年底,舒婷诗歌引起了争议的时候。蔡其矫展示给我的另一个手抄诗集,是北岛的。给我的冲击也极具有震撼性,他的哲理性的冷峻和深邃,令我感到骨头里冒出来一股凉意。事过四十年,当时令我毛骨悚然的诗句,已经忘记了。只有一句,是永生永世难

忘的:

　　世界,我们和解了吧

这句话,像刀子一样刻在我心里,可惜的是,后来多次阅读北岛的诗集,都没有找到。每逢我想起这句诗,冥冥之中,就出现了一个冷酷的面容,和被我们用颂歌来赞美的世界冷眼对峙,说是"和解",其实势不两立。虽然那时,我并不完全认同他的这种孤独的姿态,但是,作为诗歌艺术的追求者,我不能不感到,这不仅仅是思想的,而且是艺术的突破。时间大概是1975与76年之间,我是真正感到自己的虚弱了。诗歌领域,并不是只有颂歌和战歌的语言,另一种诗的境界,已经被开拓出来。我平时所感所思,老是被自己拒绝于诗门之外,可人家已经写得这样精彩了。写到这里,我想起来,后来,有人以为我在1980年开始为朦胧诗呐喊,是冷锅子里爆出来一颗热栗子。其实,并不是,我的内心早就感到了某种蜕变。用陈思和的话来说,这是一种"潜在写作",不能发表的写作,播下种子。虽然后来我比较早就呼喊起来,但是,比之年轻诗人,还是比较晚熟的,这是可能是因为,在诗歌趣味这种精致的领域,脱胎换骨,是需要比较漫长的时间的,过了几年,我才写出了《恢复新诗的根本艺术传统——舒婷诗歌与我们的启示》和那引起诗坛地震的《新的美学原则在崛起》。

　　1978年,舒婷的诗出现在福州马尾区文化馆油印的一本诗刊《兰花圃》上。这本油印诗刊居然发行到全国,甚至有新疆等边远省份的读者来信,就舒婷诗歌展开争论。这令我激动不已。我感到,这正是我在1956年一直想写但却没有写出来的诗。不久以后,我又看到了《今天》,我确信一个新诗的时代终于来了。因为有在大学时读阿拉贡、艾吕雅、洛尔伽、聂鲁达等的经历,所以我不认为他们的诗晦涩难懂。相反,舒婷等人的诗使我产生了思想和艺术解放的强烈兴奋。

1980年,《福建文学》发表了舒婷的诗,并连续展开讨论。把舒婷本人请了过来。当时,她还是厦门灯泡厂流水线上的女工。在厦门,她的诗早有所争论,批判派占了上风,厦门日报上,一度整版整版的批判文章。当魏时英先生决定在《福建文艺》上讨论舒婷的诗的时候,最初,有些人,包括舒婷,甚至远在北京的诗刊社一些人士,还以为是福州要批判她。但是,在福州的讨论会上,支持派却占了上风。我写了长达一万字的文章,那就是后来被《新华月报》转载《恢复新诗的根本艺术传统——舒婷的创作给我们的启示》,但是,批判派很激烈。一位持批判态度的(会写一点民歌的),讲话比较尖酸,把舒婷弄哭了。舒婷出去擦干眼泪,我们非常绅士地装作什么也没有看见,继续辩论。

在一万字的长文中,我把舒婷的诗当作新诗复兴的标志。我说,中国自艾青、戴望舒、田间、何其芳等诗人之后诗歌忠于自我的艺术的传统就中断了,舒婷他们恢复了上世纪30年代以来的诗歌传统。我怎样想就怎样写了,没有想到,据说引起了诗刊一个有一点地位的女性诗人的极大不满,她说,照他这么说,中国新诗六十年的历史,就只剩下三个半诗人。她的意思是,连贺敬之、郭小川都不在内。何其芳,只算半个,因为,他后来革命了。六十年新诗,只有三个半诗人,还传到艾青那里去。引起他的狐疑。后来古性情活跃的江枫,看了这篇文章,跑到艾青家里,说,就是剩下三个半,您老人家还是第一个。据江枫说:艾青甚慰。

张伟栋:围绕"朦胧诗"展开的论争,1980年的"南宁会议"可以说是一个重要的开端,这次会议真正揭开了"朦胧诗"论争的序幕,后来围绕朦胧诗所进行批判和辩论也都在这场会议中开始了,您能详细地谈一下这次会议的组织与召开的情况吗,以及这次会议的整个过程?

孙绍振:78年10月左右,中国作家协会组织了大庆和鞍山之旅,一方面是宣示,在"文革"期间停止了十年的中国作家协会恢复运作,同时也是旨在实践所谓"创作要上去,作家要下去"的准则。我和刘登翰很荣幸地参加了。当时团长是艾芜,副团长是刚刚发表了轰动一时的《哥德巴赫猜想》的徐迟。作家比较多,诗人并不占多数,艾青和公刘都参加了。但是,都是"摘帽右派"。我从解放军进行曲的词作者公木口中得知,周扬已经说了,艾青右派问题可能重新考虑。而其他的人物,如丁玲,则是真反党。当时正是真理标准大辩论的前夕,每到之处,沸沸扬扬。吉林省委宣传部长宋振甚在和我们谈话时,甚至这样说:"有些人怕得要命。我对他们说:你怕什么?怕他咬了你鸡巴!"这句话,我终生难忘。几年后,我还把这句写在给朋友的信中。

弄得那个朋友的老婆说,孙绍振这个人神经不正常。

当时,山雨欲来,春江水暖,一些青年根本不管右派不右派,总是簇拥着艾青和公刘。而艾青在会上,也不时发出一些出格之言,如宣称自己是一面鼓,有一根针就要"呎"的一声出气,等等。

这个访问团的消息,是新华社发的通稿,影响很大,一些诗人没有赶上,后来,就另外组织了一次南海之旅。诗人启动了,理论家也就顺理成章地要有所表现,于是张炯、谢冕他们,当时可能已经组织了当代文学研究会,就策划了南宁的第一届诗歌理论讨论会。老同学在"文革"期间很少见面,就借此机会聚会一番,我就是怀着这样的心情去了。

张伟栋:您在《回顾一次写作》那本书中说:"会上我本来不准备发言。因为,直到当时,我还对理论抱着怀疑的态度。直到会议快结束时,张炯要求我'放一炮',我没有多大兴趣,但他和谢冕都坚持。我就提出一个条件,把我的发言安排最后。"您的发言也使得这次会议不得不延期,您能详述一下会议上争论的具体情况吗,会议是以怎样的方式结束的?当时,您和谢冕先生等人在会下有过怎样的交流和反思?您在《为朦胧诗呐喊》那篇文章中说,"一些人将这次会议的内容向上级做了汇报。我的名字也传到很多人的耳朵里。据说,一位老诗人还特意给谢冕写了封信,告诉他要与我划清界限。当然遭到谢冕的断然拒绝。"当时谢冕先生在会上对"朦胧诗"进行了怎样的辩护?

孙绍振:1980年4月,第一届诗歌理论讨论会,在广西南宁、桂林召开。这标志着关于朦胧诗的争论进入了第二阶段:从不登大雅之堂的油印刊物走向了全国性的学术殿堂。从叽叽喳的议论变成了严肃的论战,不过这还是口头的,还不能算是最正式的。

这时顾城的几首诗已经在刚刚复刊的《星星》诗刊三月号上出现,引起了与会者极其强烈的震动。一方面,顾城那些富有一定社会意义的诗歌,如:《一代人》("黑夜给我一双黑色的眼睛,我用黑色的眼寻找光明")得到了赞赏。但是他的不包含直接的社会意义的作品,例如《弧线》,就遭到了不少人的声讨、质疑:这样"古怪"的东西,也能算是诗吗? 闻山先生甚至在大会发言中,说顾城的一些诗是堕落。对这些诗最初的命名,并不是"朦胧诗",而是"古怪诗":它似乎古怪地刁难读者,下决心让人看不懂。(后来还传来舒婷对于看不懂的批评断然拒绝:你看不懂,你的儿子会看懂。)争论自然而然地爆发了。一派主张对于"古怪诗"这样脱离群众,脱离时代的堕落的倾向要加以"引导",而另一派以谢冕和我为代表,则为"古怪诗"辩护。当年还是中年讲师的谢冕提醒大家:每当一种新的创造产生,我们总是匆匆忙忙去引导,"采取行动"的结果,不但不是推动诗歌艺术的发展,而是设置了障碍。

而当时更年轻的我则以坦率而尖锐的演说,把争论推向了高潮,我的话以锋芒毕露为特色。我说,引导派本身在逻辑上存在着悖论:既然你们宣布看不懂,你们又有什么本钱去引导呢? 难道不懂就是引导的本钱吗? 如果没有什么本钱,又要引导人家,难道凭你干饭比人家吃得多吗? 难道看不懂是你们的光荣吗? 我的讲话把会场分裂了。一方面,引起与会青年的热烈鼓掌,另一方面,引起对方的愤怒。有些人就说,这不行,这家伙骂我们是吃干饭的。大会发言不能就这么结束,不能让他这么便宜就溜了。于是第二天的大会发言更热闹,语言上比较意气用事,但也比较友好。纯粹是艺术理念之争。当然,争论比较肤浅,基本上,集中在我那些比较放肆的语言上。我提出的原则性观念却没有得到充分展开,例如,我说,延安文艺座谈会讲话以后,虽然民歌体取得了巨大成就,如出现了《王贵与李香香》,但是,诗人都去写民歌体,代工农兵立言,却没有多大成就。田间放弃了鼓点式的节奏去写准五言体的《超车传》,改过来,改过去,直到1958年还在改,越改越厚,越改越离谱,其结果是,把艺术的车子赶到沟里,艺术上"全军覆没",不管这个"全军覆没",引起多么强烈的震惊,我继续说,艾青则也去写比较整齐的接近五言的诗歌,歌颂什么劳动模范吴满有,结果这家伙国民党一来,就投降,弄得艾青浪费才华。艾青放弃了他的"散文美",艺术上,从此一蹶不振。以后的新诗,常常有茅盾所说的"格格不能畅吐"的倾向。何其芳拥护民歌,但是,自己不写,再也写不出稍稍赶上《夜歌与白天的歌》的水平。李季以民歌起家,但是建国以后,就承认,新的生活,民歌形式不够用,改半自由的四行体。

当时广西师大有位徐敏岐先生,显然,注意到我的发言的分量,在会上说,孙绍振的意见,很偏颇,但是,要反对他需要花一点工夫。消息传到北京,震惊了诗坛泰斗,臧克家觉得我是"大放厥词",写信给谢冕说,你是党培养的青年评论家呀,劝他与我"划清界限"。理所当然地遭到谢冕拒绝。后来我到谢冕家去,他的孩子见到我,就偷偷问,这就是那个"大放厥词"的叔叔吗?

到了大会最后一天,广西诗人黄勇刹(著名歌剧《刘三姐》的执笔者)发言,他很气愤,又很幽默。他说,这些古怪诗理论家使我想起了六〇年,饭吃不饱,肚子饿。忽然报纸上来了一条消息,说是,只要把树叶泡在水里,过几天,就可以产生一种小球藻,营养比猪肉还强。我相信了,可是肚子不相信,还是饿得要命。现在,在我们诗歌界,出现了一种"小球藻理论家"。骗人的,不要上当。

大家都笑起来。我也给他鼓掌了。

反对派以老实巴交的丁力为代表,不无忧虑地提出:危机不在于古怪诗,而在于古怪诗张目的"古怪诗论"。虽然双方语言已经相当的情绪化了,但是,气氛还是比较友好的,当时还有一个人,看出争论的深度,那是后来当了云南省委宣传部长的诗人晓雪,他对谢冕说,老孙的言外之意是,虽然不能否定《讲话》,但是,为了《王贵与李香香》付出的代价是太大了。我听到了以后,觉得,不愧是第一个写出研究艾青著作的才子。在这个阶段我不知道任何政治压力。但是,后来听说,在会上发言的曲有源,回去后被弄得很惨,甚至捉将官里去。但是,我已经不记得他当时在会上说了些什么。他没有遭到在报刊上批判。

张伟栋:1980年的"南宁会议"之后,谢冕应《光明日报》之约写了《在新的崛起面前》,几个月后,您也写了《新的美学原则在崛起》,这两篇文章在当时对"朦胧诗"作出了最有力的辩护,给当时的文坛带来了很大的震动,根据您描述的发表经过,这篇文章是《诗刊》为了对您进行批判才得以发表的,请您详述一下这篇文章写作和发表的经过。

孙绍振:1980年4月,当时光明日报的一位资深编辑章先生,以他敏锐的眼力看出了这场论争的重要性。他约请了谢冕和我为光明日报撰文。当时,谢冕已经是全国著名的诗论家,而我还没有写过什么评论文章,名不见经传,他约我写文章,不仅是因为瞧得起我的发言,而且还因为我当时为了参加会议,带去了一篇论文《新诗的民族传统和外来影响》,他说,这个人发言虽然偏颇,但是论文还有东西。谢冕很快就写出了《在新的崛起面前》。我写的文章是《诗与小我》。两篇文章,都没有特别引起注意。虽然这标志着:关于朦胧诗的论争进入了第三阶段,从口头移到了全国性的报刊和出版物上,从片段的感觉印象上升为系统的理论。朦胧诗也顺理成章地以其艺术风貌开始了征服出版物的历程。不久,《诗刊》上出现了章明先生的《令人气闷的朦胧》,举的例子是"连秋天的鸽哨都是成熟了",鸽哨怎么能成熟呢?这种朦胧令人气闷。于是,"朦胧"这个比较通俗的说法(虽然它很不科学,内涵很不清晰)就代替了"崛起",而在谈及朦胧诗的理论的时候,由于它并不朦胧,仍然以"崛起"名之。"崛起"也并完全是谢冕的发明,前不久,在报刊上有一篇表彰李四光的文章叫做《亚洲大陆的新崛起》。

谢冕以他的文采和情采让地质学的"崛起"变成了文学史,思想解放的历史关键词。

由于南宁会议的影响,又加上《令人气闷的朦胧》,诗刊就决定展开讨论。最初他们请蔡其矫代表朦胧诗人作辩护,文章写成了,但诗刊不满意,当时我正在前门一家旅馆里,编辑第一期的《诗探索》,这个刊物是南宁会议的产物,会后由张炯、谢冕、雁翼、杨匡汉和我等作为编委。张炯请我到北京住在崇文门旅馆里编辑第一期刊物。《诗刊》有人看了我为南宁会议的论文,又听说我的发言,就请我去写,我写了《给艺术的探索都以更自由的空气》。不久,《诗刊》开始登载朦胧诗派的诗作,到了夏天,还邀请十四位可以接受的年轻诗人(除了北岛、芒克、食指等等)去参加"青春诗会"。不久以后,《诗刊》在北京郊区定福庄广播学院召开了全国性的朦胧诗讨论会。这是一次真正的理论的而不是感觉印象的交锋。双方摆开了阵势,旗鼓相当(据《诗刊》一位编辑说,支持者以谢冕、孙绍振、吴思敬等等为代表,反对的以×××、×××、×××为代表。后来据同一位诗刊的编辑的粗略统计,支持和反对的是 14 对 14,但是谢冕、孙绍振、吴思敬,还有钟文,由于是大学教师,学术资源比较丰富,尤其是吴思敬,言必有据,说着说着就掏出一张卡片。当时在《花城》工作的诗歌评论家易征还找了一个反对派中有分量的人士,对他说,要和崛起派辩论,光懂得古典诗话,是不够的。会上部分言论的综述以《一次冷静而热烈的交锋》为题发表在第 1981 年第一期的《诗刊》上。在那里,记录了我一段很直率的言论:我们的新诗史上,有为革命奉献了生命的诗人,如殷夫、陈辉,然而他们对新诗的艺术并没有什么贡献,而那些不革命的,对革命保持距离的,如徐志摩、闻一多,还有不革命时期的何其芳,还有参加了革命组织,而不革命的戴望舒,却对新诗的艺术发展作出了不可磨灭贡献,这说明什么问题呢?

这种议论在当时把诗歌当成"炸弹和旗帜",当作时代精神的号角的主流理论来说,是骇世惊俗的。

争论的焦点之一:诗人的自我和人民大众之间究竟是个什么关系。反对一方提出的自我必须是人民大众的大我,而不是小资产阶级的小我。一个理论家沿用前苏联诗人马雅可夫斯基"大写的我"说法提出:诗中的个人的"小我"是手段,而代表人民的我是"大我",才是目的。

我有一次长篇发言,整整一个上午,包场。我说,大我是普遍性,小我是特殊性,而根据列宁的《谈谈辩证法问题》特殊性大于普遍性,普遍性只是特殊性的一部分。而且马雅可夫斯基的大我,大写的我,从圣经中来,大写的"他"是上帝,大写的我,隐含着把自我当成上帝。后来,我在《关于历史的反思》中,回忆这次发言中最尖锐的部分,从个人迷信,造神运动的异化理论来阐释自我如何被消灭的:

> 费尔巴哈说,神是人的异化。把人的光辉品性,人的丰功伟绩,异化为神的创造。因为你跪下来,他才显得高大。我们的社会理想蓝图,同时也是人格理想蓝图,那就是领袖

在《为人民服务》中所说的,"毫不利己,专门利人"。但是,这是与人性矛盾的。因而,费尔巴哈的说法似乎需要补充:在一切造神过程中,同时也在造鬼。除了一神以外,一切都是魔鬼。鬼和神相对立,但是,有一点是相通的,那就是鬼也是人的异化。不过神作为人的救星,是人已经实现的丰功伟绩的异化,而鬼则为人尚在追求的精神和物质愿望的异化。实际上是人的原罪,人的鬼化。不过,它的实现,不是以宗教裁判所的火刑,而是以中国式所谓群众政治运动。列宁说,革命是群众的节日,而政治运动则是群众的狂欢。"打倒一小撮,解放一大片",总是先把一小撮鬼化,驱使一大片对之痛加围剿,以没有头脑的"驯服工具"为先进,以不讲逻辑为光荣,以无知愚昧为智慧,以人道为耻,作粗暴的竞赛。理性则被"踩上一只脚,让他永世不得翻身。"在神圣的名义下,对鬼就不能讲什么仁义道德,领袖说得很清楚,不要什么"宋襄公蠢猪式的仁义道德。"连温情也是资产阶级的,不道德就此成为最高的道德,反艺术成为艺术的准则。周扬和丁玲恩恩怨怨,双方说起来莫不头头是道,然而,换一个地位,也不会有什么两样。"一大片"获得解放思想精神升华,享受相对于鬼的优越的实质,却是失去了"一小撮"(鬼)曾经拥有的灵魂自由领域。思想升华到禁绝一切生命体验的高度,就不能向往提高物质待遇,因为你已经批判过修正主义的"物质刺激"了,你不能追求知识,因为你已经批判过走资派的"智育第一"了。搞臭了一小撮的个人主义之后，实际上是搞臭了自己。你的精神富有得只剩下"狠斗私字一闪念"的神圣了。这就是中国的知识分子的窘境，我把它叫做自我取缔加精神摧残的救赎感。外国人这么对待我们是不行的，但是，自己人，为了中国的光辉前程，忍受精神苦难和物质贫困的奴性变成了斗志昂扬，意气风发，怀疑变成恶，挑战变成罪，以忍受之苦为乐，可又不是苦行僧。中国没有严格意义上的宗教，可能这就是宗教。群众运动不是一次性的，此一轮一大片中的人，又成了下一轮的一小撮的鬼，一番又一番的轮回，造成人人可能变鬼的恐怖的恶性循环：批判胡风的成了右派，批判右派的成了右倾机会主义分子，批判右倾机会主义的，又成了党内走资派，批判走资派的，又上了"贼船"，批判上了贼船，给人戴高帽的，结果被戴高帽，以凌辱他人为乐的，又被他人以同样甚至加码的程度凌辱。神的祭坛上，神的权威越来越高，而把鬼送上祭坛上人的灵魂的领域日益丧失，等到横扫一切牛鬼蛇神之时，神的权威达到"顶峰"，"最高、最高、最高"，人的全部良知、智力则被全盘取缔，变成等待成鬼的躯壳。全中国只剩下一个大脑在合法地思考。其他皆为非法。

这次发言相当震撼，前一天，丁力嗓子都争哑了。听了我的发言，他说，你这样说，我就没有话说了。而对朦胧诗一直持保留意见的诗人丁芒（据说，他三次被开除党籍，三次离婚），听得都哭了。这次会议，还有一点，不能忽略，那就是原来是诗刊的理论组的活动,这次,来听会的增加了柯岩和邵燕祥等领导。邵燕祥支持我们,但是他似乎不便发言。有人说我说话走火了。可是当时还很年轻的高洪波说,这算什么,理论务虚会上,还有比之更为激烈的。

后来,《诗刊》资深编辑吴家瑾约我写稿。起初,我并不想写。说我已经写过了。恰好,《福建文学》在福州又开了一个诗歌讨论会,这次舒婷也参加了。就在这个会上,福建文学的魏世英先生把舒婷、顾城、梁小斌、杨炼、徐敬亚的"诗歌札记",收集了一组,打印成一个小册子,(后来发表在该刊上)。我一看就十分激动,就从会议上偷偷溜回去,写了那篇《新的美学原则在崛起》。最初题目前面还有两个字"欢呼"。但不久便被《诗刊》退了回来。还有一封信,说:你的文章很好,但是提出的问题比较多,建议你分别写成文章发表。这是很礼貌的退稿语言。可是过了一个月左右吧,《诗刊》让一个年轻的理论编辑给我写信,说是,你的稿其实很重要,我们觉得还是发表比较好。请我把稿子寄回去。此时,我也说不好自己是傻还是聪明,感觉气氛有些不对劲,是不是要批判我啊?我把稿子的主要观点,写在一封信里,寄给谢冕,让他把关,如果有重大问题,就给我来信,没有问题,就算了。过了一些天,谢冕没有来信。我想,他大概是觉得没有问题。就把自己稿子里最直率的话都删了,给了《诗刊》。后来,我得知,诗刊那个挺有地位的女诗人(柯岩),看了修改的稿子,对张炯说,你们那个孙绍振"缩回去了"。在1986年,鲁迅文学馆筹建的时候,向我征集手稿。有多少他们都要,但,我只给他们那个原稿。

不久以后,刘登翰收到张炯的短信:"孙猴的文章被诗刊加了按语。要批判。"这是通风报信的意思。很多人后来对张炯不满,我一直对这位老同学,在人品上,怀着敬意。他虽然已经是官方人士,但是,敢于冒这个风险,难能可贵。我当然有些紧张,就写了信,给诗刊,说是,文章要修改,请他们把稿子退回。但是,他们回信说,刊物已经付印,"为避免重大经济损失",就不退回了。这时,我又得到在鞍山文联工作殷晋培同学的来信,他在北京参加一个理论学习班,得知要批判我,叫我小心。但我已经成了瓮中之鳖。

等到三月号的诗刊出来,我才看到在我的文章前面,有一个挺有倾向的按语。程代熙的批判文章,在同一期刊出。名为"讨论",可是被批判的文章还没有发表,批判的文章已经写好了。后来,我知道,他挺得意地说过,是敬之写了条子给他,让他写的。

差不多在同一时期,人民日报刊登了程代熙的文章摘要和诗刊的按语,红旗杂志也有文章,对我进行批判。看到《人民日报》发表批判文章的当天,我走在去课堂的路上,心里忐忑不安。从上世纪50年代过来的人都知道,《人民日报》发表批判文章对一个人意味着什么。我不知道怎么去面对学生。但没想到,一走进教室,学生们竟全体起立,为我鼓掌。令我有热泪盈眶的感觉。接着,出乎意料的是,不断收到读者支持的来信,当时还很年轻的吴思敬说,他气呼呼地跑到诗刊去抗议。谢冕从诗刊上

看到我的文章说:他们受不了,光是那第一段,他们就受不了。我的第一段是这样的:

> 在历次思想解放运动和艺术革新潮流中,首先遭到挑战的总是权威和传统的神圣性,受到冲击的还有群众的习惯的信念。当前在新诗乃至文艺领域中的革新潮流,也不例外。权威和传统曾经是我们思想和艺术成就的丰碑,但是它的不可侵犯性却成了思想解放和艺术革新的障碍。它是过去历史条件造成的,当这些条件为新条件代替的时候,它的保守性狭隘性就显示出来了,没有对权威的传统挑战甚至亵渎的勇气,思想解放就是一句奢侈性的空话。在当艺术革新潮流开始的时候,传统、群众和革新者往往有一个互相摩擦、甚至互相折磨的阶段。

当时,主流的话语是,传统是革命的、群众是英雄的,领袖说过,"群众是真正的英雄,而我们往往是幼稚可笑的。"而我却说,传统是狭隘的保守的,不但不能顶礼膜拜,相反要"挑战甚至亵渎",那些靠几句语录吃饭的人士,当然吃不消,受不了。程代熙硬把我往叔本华身上挂,其实,他不知道,我根本就没有读过叔本华。我当时醉心于西方自然科学史,读了不少"科学学"著作。细心的读者可能发现,在我后来的学术论文中,有明显的科学主义的追求,源头就在这里。在我写作《欢呼新的美学原则在崛起》的时候,桌子上就有一本杂志,叫做《潜科学》,是专门发表从草创科学到成熟科学的论文的。就是在自然科学史中,我得知科学观念的突破,从来就不指望老权威在世的时候,能够得到承认,只能等到老权威死亡,才可能获得胜利。这就是我的文章中用了"亵渎"这样的字眼的原因。

我这样的痛快淋漓的文风,可能是年轻人特别喜欢的。有一个大学生来信说,我读你的文章,激动得要流泪。读程代熙的文章,却愤怒得要冒出火来。贵州大学学生张家彦和工人诗人黄翔,甚至还说,如有不测,可以到他们那里"避难"。最有意思的是,一个北大女同学宣布爱上了我。还寄来了照片。我说,我已经结婚了,有了孩子,可她说,爱不爱是我的权利,接受不接受是你的权利。她从孙玉石那里弄到我和女儿的照片,还认真考虑过到福州来工作。在文艺界上层,当然也引起了反应,听说,陆定一,在我的文章上,批了四个字:"不可多得。"当时,我的感觉,这是不可多得的反面教材的缩略语。今天看来,不一定很准确,很可能有赞赏的意思。一向扶持我们的徐迟,他也写过引起侧目的《现代化与现代派》,八月份路过福州等地请何为陪同,来到福建师大来看我,他对批判之类表示不屑。出乎我们意外的是,在文汇报上,出现了艾青批判崛起的文章,主要意思是,崛起理论,表面上是为了青年诗人的崛起,实际上,为了他们自己的崛起。

艾青的恼火,可能和我多少有些关系。贵州大学那时出了一本油印的小本子《崛起》。把一些年长的诗人都骂得很凶。有一篇是《致艾青的公开信》,其中有一句是:艾青你已经老态龙钟了,不要在我们队伍里挤,不然,就把你揪到火葬场去。我当时,看了一笑。觉得,这是出出气的。就没有说什么,在他们点名骂的那一大批中年以上的诗人中,我比较偏爱李瑛,就去信让张家彦把李瑛的名字去掉。后来,骂艾青的那句刻薄的话,就在诗歌界一些人士中间流传开了。艾青的火气,可能就是从这而来。不过,艾青的话,可能并不完全是他自己的。我得知,在批判我的文章发表之时,诗刊一个有地位的女士,写信给舒婷,意思也是这样,你的诗是好的,但,这些崛起理论家,名为青年诗人辩护,实际是为了自己崛起。后来,甚至传出这句话是舒婷说的,我绝对不相信。这里,我不得说,在当时,艾青的思想,有点跟不上。就在我们去大庆鞍山的时候,我们得知,蔡其矫把他在"文革"期间写的那些潜在写作,拿给他看,他说,你这样的东西,只能拿到地下刊物上去发表。他的态度是保守的。至于蔡其矫,在"文革"后期说的:"新诗就是给贺敬之、郭小川搞坏的。",他更无法想像了。我最初,也不理解。但这句话一直留在我心里,直到读了更多舒婷和北岛的诗,才体悟到,他们的政治抒情诗就是那种概念化的"时代精神的号筒",而把诗写得那么长,就取消了情感的精致和语言的微妙追求。我在《新的美学原则在崛起》中所说的,他们不屑于作时代精神的号筒,大抵就是发源于此种思考。

至于程代熙的文章发表出来,反应如何,我没有第一手材料。只是我们学校的李联明先生告诉我,在一次文艺理论的学术会议上,他遇到了程代熙。程问起我的情况,李告诉他,孙绍振收到大量读者来信,都是支持的,甚至还有女孩子爱上了。程代熙说,可是我收到的全是骂我的。

过了许多时间,我才从一个同学那里知道,批判我的来龙去脉。

诗刊退稿,是在1980年底,第一次"反自由化"已经决定。有权威人士(陈云)指出,文艺界自由化,人民日报上太多消极的东西,报刊要清理。胡耀邦全力减压。说八〇年十二月以前,就不要算账了。从八一年开始吧。那时,电影界已经挂上号的是白桦的《苦恋》。解放军报等都发了严厉的批判文章。我的《欢呼新的美学原则在崛起》,还没有发表。但是,一个领导人物(贺敬之),在中宣部主持了一个会,把我的文章的打印稿,拿出来,表示问题比较大了。青年诗人们已经形成了一种倾向。不能让它形成自觉的理论。因而要展开评论。会议规格很高都是一方权威报刊或部门的领导,计有:人民日报的缪氏(俊杰),《文艺研究》的闻氏(山),《文学评论》的许氏(觉民),《文艺报》的陈氏(丹晨)。陈丹晨说,孙绍振是我的大学同学。贺敬之不解,年龄也不对呀。可能我在南宁的发言,被一些人士漫画化,他把我当成抢话筒的红卫兵。陈丹晨说,他是调干生,工作过几年,故年龄大一些。而孙是中学生考上来的。

参加会议的,还有诗刊的负责人邹荻帆。会上的人士都认为我的文章有问题,闻山情绪还十分激烈。但是,都不主张用大批判的办法,故云"讨论"。但是,邹氏表示为难,说,此文已退稿。主持会议的领导,沉吟着说,那还是把稿子要回来。

这就是我从来不怪诗刊编辑写信给我,让我把稿子寄回去的原委。

当时,有关人士对讨论可能是有几分真心。不久以后,我接到丁力、宋垒两位朋友的书信,说因为想在中央音乐学院办一个文学方面的专业,到了中央宣传部。那位领导人士问他是不是认识孙绍振。他们说认识。他就让丁、宋二位带口信给我,说,这是讨论。我们党不会像过去那样,扣帽子、打棍子、抓辫子了。此时,由于人民日报的按语,福建师大党委七上八下,不知什么路数。通过我的朋友来了解情况。我就把丁力、宋垒的信奉上。党委觉得问题并不如想像的那么严重。后来红旗杂志的柯蓝来到福州。在谈话间,问到了我的情况。他说,孙绍振的问题,虽然不是政治问题,可是是文艺思想中的政治问题。

诗刊,当时还特地写信说,我可以发表不同意见。人民日报理论组的马畏安来了信说,你可以发表不同意见。我对他们提出,要平等。程代熙一万字,我也一万字。并且不得在我的文章上再加按语。我在北京的支持者要看清样。诗刊一个有一点资格的编辑(不是朱先树)回答说我"未能免俗",这句话,使我觉得,这位编辑是真正的丈二金刚,我个子太矮,三十八年来,至今摸不着头脑。后来马畏安就不理睬我了。据陈丹晨说,他们对我的态度感到"很厌恶"。当然,我对他们的感觉,可能程度更甚。

当时老同学江枫,出于义愤,要求为文辩论。后来他的文章,在诗刊发出来了。我印象最深的是,他指出程代熙的硬伤,连艾略特放逐个性的主张都不知道。读到此文的公刘称赞江枫是少有"古道热肠"。其他省市一些文艺刊物,不少起哄参与了围攻。不过,毕竟和"文革"大批判不同了,不是一味攻讦,有时多少夹着一些温和客气语言。如《雨花》上的文章:其中有一句:孙绍振的文章,也有深思熟虑的东西等,但是,所有这些文字,都不能改变行政权力单方面压制的性质。

按照当局的规定,我们单位应该派一个常委负责同志谈话。但是,没有人愿意来。过了很久,来了一个,据说在省委党校教过书的。他似乎在马列文论方面并不内行。连马恩反对"席勒式的单纯的时代精神的号筒"都不甚了了。没有办法,权力与智慧不相称。

按照惯例,我人民日报都批评了,我们学校应该有人为文批判。由一个副校长出面请我校文艺理论权威李联明先生为文。李的回答很精致:"宁犯天条,不犯众怒。"

当时周扬作为宣传部的首长,处境不好,路过福州,开了一个处级文艺干部的座谈会。我是一个小小的讲师,本没有资格参与。周扬点名要我去。会上我发言表示,现在就说我有错可能为时过早。程代熙说我受了叔本华(当时名声很差)的影响,这是文不对题。与其说我受了叔本华的影响,不如我是受了周扬的影响。我说,在1958年听周扬的《建设马克思主义美学》的报告,我的目的就要以我们的美学标准来衡量诗歌。我的这番话,完全是不识时务。后来才知道,这样的话,只能给当时备受压抑的周扬帮倒忙。但周扬似乎很有修养,很沉着。一开头就平静地说,我的文章他看了,觉得我"很有诗的秉赋"。不过作为共产党员,他不能不说,我的文章,是列宁说的那种"精致的唯心主义。"会后,周扬和我握手,一个中年干部拍我的肩膀,说:"你以后有什么问题,可来找我。"我看看此人,并不认识,就也拍拍他的肩膀,说"同志,你哪个单位的?"。旁边有个干部模样的人,忍着笑说,这是黄敏同志。我不知道黄敏是何许人物。直到回来以后,才知道,是省委常委,宣教口负责人士。

张伟栋:《新的美学原则在崛起》这篇文章对这种"崛起"的新的美学原则,从三个方面作出了辩护:"一、不屑于作时代精神的号筒,不屑于表现自我感情世界以外的丰功伟绩,而是追求生活溶解在心灵中的秘密;二、强调自我表现;三、对于传统艺术习惯的背离。"这三个方面现在看来,有着很强的针对性,从当时争论双方针锋相对的情势来看,这样具有非常明确的针对性的表述是很有效果的,但也忽略了某些东西,譬如对"朦胧诗"与"革命诗歌"的关系,北岛在《八十年代访谈录》对这一关系有着很清醒的反思,"现在如果有人向我提起《回答》,我会觉得惭愧,我对那类的诗基本持否定态度。在某种意义上,它是官方话语的一种回声。那时候我们的写作和革命诗歌关系密切,多是高音调的,用很大的词,带有语言的暴力倾向。我们是从那个时代过来的,没法不受影响,这些年来,我一直在写作中反省,设法摆脱那种话语的影响。对于我们这代人来说,这是一辈子的事。"您现在怎样评价这场争论,以及怎样看待"朦胧诗"的写作,与当时有着怎样的不同?

孙绍振:我当时主要的目标,就是强调个人的价值与尊严。

我觉得没有个人的价值和尊严,就没有什么人民的伟大。我厌恶以抒人民之情的神圣旗帜,否定自我表现,我早就说过,小我是特殊性,大我,人民之情,是普遍性,普遍性只能是特殊的一个部分。但是,我只能说,二者之间不能有人为的鸿沟,应该统一。实际上,我认为,没有抽象的人民之情,只有具体的个体的人。所谓崭新的美学原则,就是个人的价值和尊严为核心的原则:反对用阶级的时代的人民的这样的抽象的概念,抹煞个人的价值和尊严。这显然是一种启蒙主义的理念,不过我以一种心灵的呐喊的风格表现出来:其理论基础是,从费尔马哈到马克思的"异化"学说,这个学说,当时是王若水先生大力宣扬的。过了两年,周扬则集中到《关于人道主义的反思》中去,提到更高的理论层次。我在《崛起》中是这样说的:

> 如果说传统的美学原则比较强调社会学与美学的一致,那么革新者比较强调二者的不同。表面上是一种美学原则的分歧,实质上人的价值标准的分歧。在年轻的革新者看来,个人在社会中应该有一种更高的地位,既然是人创造了社会,就不应该以社会的利益否定个人的利益,既然是人创造了社会的精神文明,就不应该把社会的(时代的)精神作为个人的精神的敌对力量,那种人"异化"为自我物质和精神的统治力量的历史应该加以重新审查。在传统的诗歌理论中,"抒人民之情"得到高度的赞扬,而诗人的"自我表现"则被视为离经叛道,革新者要把这二者之间人为的鸿

沟填平。即使从社会学的角度来看,社会的价值也不能离开个人的精神的价值,对于许多人的心灵是重要的,对于社会政治就有相当的重要性(举一个极端的例子:宗教),而不能单纯以是否切合一时的政治要求为准。个人与社会的分裂的历史应该结束。所以杨炼说:"我永远不会忘记作为民族的一员而歌唱,但我更首先记住作为一个人而歌唱。我坚信:只有每个人真正获得本来应有的权利,完全的互相结合才会实现。"我们的民族在十年浩劫中恢复了理性,这种恢复在最初的阶段是自发的,是以个体的人的觉醒为前提的。当个人在社会、国家中地位提高,权利逐步得以恢复,当社会、阶级、时代,逐渐不再成为个人的统治力量的时候,在诗歌中所谓个人的感情、个人的悲欢、个人的心灵世界便自然地提高其存在的价值。社会战胜野蛮,使人性复归,自然会导致艺术中的人性复归,而这种复归是社会文明程度提高的一种标志。在艺术上反映这种进步,自然有其社会价值,不过这种社会价值与传统的社会价值有很大的不同罢了。当舒婷说:"人啊,理解我吧。"他的哲学不是斗争的哲学,她的美学境界是追求和谐。她说:"我通过我自己深深意识到,今天,人们迫切需要尊重、信任和温暖。我愿意尽可能地用诗来表现我对'人'的一种关切。障碍必须拆除,面具应当解下。我相信:人和人是能够互相理解的,因为通往心灵的道路总可以找到。"从理论的表述来说,这可能是有缺点的,离开了矛盾的同一,任何事物都是不存在的。但在创作实践上,作为对长期阶级斗争扩大化造成的人与人之间关系的恶化的一种反抗,它正是我们时代的一种折光。从美学来说,人的心灵的美并不像传统美学原则所限定的那样只有在斗争中(在风口浪尖)才能表现,谁说斗争能离开统一,矛盾不能达到和谐呢?因为据说有百分之五的阶级敌人,就应该对百分之九十五的人瞪着敌视的目光,怀着戒备的心理,戴着虚虚实实的面具,乃至随时准备着冲入别人的房子去抄家、去戴人家的高帽吗?在舒婷的作品中常有一种孤寂的情绪,就是对人与人之间这种关系的反常畸形的一种厌倦,而追求真正的和谐又往往不能如愿,这时她发出深情的叹息,为什么不可以说是一种典型化的感情?为什么只有在炸弹与旗帜的境界中呐喊才是美的呢?不敢打破传统艺术的局限性,艺术解放就不可能实现。一种新的美学境界的发现,没有这种发现,总是像小农经济进行简单再生产那样用传统的艺术手段创作,我们的艺术就只能是永远不断地作钟摆式单调的重复。梁小斌说:"'愤怒出诗人'成为被歪曲的时髦,于是有很多战士的形象出现。一首诗如果是显得沉郁一些,就斥为不健康。愤怒感情的滥用,使诗无法跟人民亲近起来。"他又说:"意义重大不是由所谓重大政治事件来表现的。一块蓝手绢,从晒台上落下来,同样也是意义重大的,给普通的玻璃器皿以绚烂的光彩。从内心平静的波浪中,觅求层次复杂的蔚蓝色精神世界。"这些话说得也许免不了偏颇,多少有些轻视战士和愤怒的形象在某种条件下不可替代的作用,但是他们的勇气是可惊叹的。他们一方面看到传统的美学境界的一些缺陷;一方面在寻找新的美学天地。在这个新的天地里衡量重大意义的标准就是在社会中提高了社会地位的人心灵是否觉醒,精神生活是否丰富。与艺术传统发生矛盾,实际上就是与艺术的习惯发生矛盾。在生活中,要提高人的地位,自然也有习惯的阻力,但是艺术的习惯势力比之生活中的习惯势力要顽强得多。

从这里,可以看出,我的当时的思想可以归结为启蒙主义个体价值论。这是从我切身的经历中概括出来的。我们的主流理论中的人民有两个特殊的内涵,第一是与敌人相对立的,第二,是和个体相对立的。人民因与敌人对立而日益崇高起来,但同时,人民越是崇高,作为人民的个体却越是卑微。当人民被提高到极点的时候,个体就被压到了敌人的边缘。建国以来,几乎每一次政治运动,都以人民的神圣名义去推行,而人民的个体只能去打击想像中的"敌人",以免自己从人民的边缘跌入敌人中去。

在这样的历史背景下,我形成了的人的个体价值与集体价值不可分割的理论。当然和北岛的思想背景大不相同。当时的问题,不是什么大词和小词,高调和低调。在那种语境下,我根本就来不及想到什么美学,只是想出一口鸟气,发泄一下,人生能有几回呐喊的机遇来表现反叛激情啊。那时我还在思想的青春期,文章也充满凌厉之气。横冲直撞,旁若无人。说到北岛的反思,当年,我的文章中就有回答,不能排斥愤怒的价值,不过是针对梁小斌的:"多少有些轻视战士和愤怒的形象在某种条件下不可替代的作用,但是他们的勇气是可惊叹的。"你们看我评舒婷的第一篇文章,是把舒婷的《这也是一切》和北岛的《回答》拿来对比的。

北岛不满当时的自己,是情志方面的强烈性,我不满意北岛的是,对生活的虚无,当然这也可能是他的愤激。

张伟栋:您在发表《新的美学原则在崛起》之后受到了批判,在1983年,在对"三个崛起"的大规模的批判中您也再次受到了批判,这些批判也都是在当时官方所认定的意识形态范围内展开的,对个人的命运和学术前途有着几乎是决定性的影响,请详细谈一下您在整个论争当中受到的批判情况,以及对您的生活和工作的影响。

孙绍振:1981年,对我的批判,高潮大约持续了半年。一年之后,大约是1982年,事态比较平缓下去。我的文章又开始可以发表了。那时我有点悲观,就开始写小说,在福建文艺上发表了《暮雨中的自行车》,没有想到居然在省优秀文学作品初评过程中,得了奖。还是一等奖。然而,有人表示异议。又加上一个福建籍的北京归来的年轻的评论家,又在一篇文章中,说我的小说写了"人格分裂"。最后评委会决定,让我拿另外一篇来换掉这一篇。但,这是我第一篇小说。得奖的事,就这样黄了。写小说的兴致,就这样被扼杀了。但是,小日子,又开始红火了一年多。可是好景不长,八三年的上半年,气氛又紧张起来。徐敬亚把他的《崛起的诗群》拿到大连的一个文艺刊物《海燕》上发表了。其观点和我与谢冕显然是一脉相承,在某些语言上,还更加直率。这个刊物影响不大,他又把它弄到甘肃省的《当代文艺思潮》上发表。示威的性质是明显的。最为关键的是,周扬发表了那篇著名的《关于人道主义的反思》,文艺风风雨雨地传闻,"清除精神污染"的运动即将展开。不久柯岩在西南师大开了一个诗歌讨论会。她在会上讲了话,又提起来那个要把艾青揪到火葬场的著名话语,形势显得严峻。说是讨论会,但是,只宣读了郑伯农的一篇文章。把三个崛起,绑在一起批判。据云,会议的氛围很是严峻,用山雨欲来风满楼来形容已经不够了。因为不仅仅是风来了,而且是雷声都响了,来自天庭,是心照不宣的。周良沛还发表了《致徐敬亚的公开信》暗示不称同志的时刻就要到来。后来郑伯农的文章在光明日报发表出来,我看到,我的那篇被当成三个崛起中"反毛泽东文艺思想的纲领"。此时有关人士早已忘记了当年通过丁力、宋垒打招呼,不会扣帽子,打棍子,抓辫子的承诺了。

周围的压力更加严酷起来。徐敬亚被强迫检讨,还登在人民日报上,弄得在吉林呆不下去,跑到深圳却长期不能落户口。北大校刊上,也对谢冕施加压力。本省漳州的中学教师在抚顺的《故事报》发表了一篇文章,由于抚顺故事报被批判,这位教师就被隔离审查了。我的处境变得微妙起来。省委宣传部一位副部长,是我的朋友,他托一个朋友带话给我:孙绍振不要让我踩地雷。福建省文联,作家协会开会,通知我,我不去,我知道他们要批判我。后来省文联一位女领导从东北回来,说福建省不能按兵不动,坚持要批判我。我不是省文联的人,不去,本来她是无可奈何的,可是,她派两个作家协会的领导在我家坐等。我回家吃饭,就被他们挟持去开会。一场早已准备好了的批判会,就拉开了架势。应该承认,当时我比较悲观,而且,也不坚强。我不是英雄,我在给吴思敬的信中说,一要生存,二要发展。先生存,委屈一下自己,留得青山在。所以,在会议开头之时,我表示愿意与中央保持一致。一些人,就把早已准备好的稿子拿出来念。我硬着头皮听。会议似乎开得很热烈,当中还休息了一下,继续开会的时候,有些人的稿子还没有来得及拿出来,省委宣传部的一位副部长来了,不待发言完毕,就讲话,说:孙绍振已经跟中央保持一致了。不但是那些发言的,就是我,都大吃一惊。我还没有检讨嘛,就一致了?会议就这么草草结束。一个朋友告诉我:警报解除。我不知是真是假。就在那个会结束的时候,那个叫我不要给他地雷踩的省委宣传部副部长,约我写一篇自我认识的稿子。我虽然不够英雄,毕竟也是老运动员了,却不想留下白纸黑字的检讨。就很干脆地以朋友的口吻对他说,说句老实话,我还没有摸到贵党的底。这个副部长,其实是个书生,他本以为是帮我过关,听我的话时一脸茫然。

过了好些年,我才知道,省委书记项南听说在开批判我的会,大发雷霆,说:"我还没有调走呢,你们就开会批判孙绍振啦。"于是宣传部赶紧收兵。因为他们知道,项南在一些会议上,不止一次地表现出对贺敬之的不敬。有一次,他在一个青年作者的会议上,有一句话是这样的:老实说,青年人也不怕那些张牙舞爪。正是因为这样,我在三个崛起挨整的过程中,是最为轻松的。

项南逝世以后好几年,在内地还不能公开纪念,只能在香港出一本《人民公仆项南》,那里收了我一篇文章。其中有这样的文字:

> 天道无常,有作为的人往往比庸人更容易受伤。他是福建省解放以来最得民心的一位书记,然而却在离任的时候,受了党内的处分。当历史错误地对待一个人物的时候,这是很残酷的,但是,当时间证明这是不公平的时候,历史却并不对他道歉。我年轻的时候,曾经写过:早发的真理之花,往往孤独的凋零。然而项南并不孤独,福建人民早在心中,替他平反了。

尽管有项南像硕大无朋友的榕树庇护着我,仍然有些人士不甘心。大约是年底,教育部来了一个女士,是一个刊物可能是叫做《高教战线》的编辑,说是在我们学校驻了一个礼拜了。想让我写一篇再认识,条件很宽松,可以不提崛起,就是讲讲新的认识就行。出于多次运动的经验,对于在报刊上发表检讨文字极其警惕,但又不能硬顶。就用搪塞的办法糊弄她。我答应写文章。她说,应该在一月五日交稿。因为十日要发稿。我说,可以。我想等她回到北京,她就没有办法指挥我了。1月5日她的信来了,催稿。我只好狡猾地编造谎言:不能把稿子给你,原因是文艺报也向我约稿,他们的条件是什么时候都可以,并没有限定时间。她马上回信,请示了领导,我们也和文艺报一样,不限定时间。但是,最好不要拖过一年。我就没有再回信。让她去望穿秋水吧。

几件后事:

1985年,作家协会四次代表大会,文联第五次代表大会,召开前夕,作协和文联的工作报告,都已经起草好了。两个报告中,都有批判三个崛起的内容。但得知胡耀邦主持中央的祝词中提出关于"创作自由"。有关方面连夜加以修改,文联报告把批判三个崛起的文字全部删节了,作协也作了删节,可是只留下对我的《新的美学原则在崛起》的批判,可能是觉得,"反毛泽东文艺思想的纲领"不能轻易放过吧。结果在会议上,遭到反对,我听说,吴祖光说,为什么只提对孙绍振的批判?这不是欺侮人吗?他还直接批评诗人朱子奇,主持过批判工作,到了会上,却潇洒得很像没事人一样。

那以后,我在一个会上,遇到邹荻帆,他马上向我道歉说,那个按语,是他在医院加上去的。我因为知道内情,决策的并不是他,故说,我对你没有多大意见,只是对柯岩同志在西南师大那种制造政治上紧张空气的作风有很大的意见。

多少年后,大约是1998年,全国作家协会开会前夕,当过文联党组领导和文艺报主编的郑伯农在北京要当选代表,却成了问题,有关方面就把他划归家乡福建来选举。在福建省作家协会主席团讨论,大家都说,这是你的老冤家,你说怎么办。我想了一下。说,他当个代表,代表他那种思想的流派,应该支持,宽容一些。又有人问,要给他多少票呢,要不要给他一点难堪,勉强过半。我说,算了,好人做到底,给他全票。结果他就全票当选了。

非常遗憾的是,项南在福建的时候,我并不知道,他是如此坚决在庇护了我。直到他去世前夕,我到北京参加过几次作家代表大会,也不知道项南家住何方,没有想起去拜访。后来,听去拜访他的朋友说,他还记得我。从朋友那里知道项南庇护我的全部情况时,已经是他过世以后了。今天想起来,当年未去项南家拜访的遗憾永远也不能弥补了。

最后,我还要提一下,贺敬之,在四五年前,武汉大学开了个他的诗歌讨论会,我的博士生余岱宗去参加了这个会议。回来对我说,贺敬之在会上说,他对朦胧诗是很支持的,对舒婷等年轻诗人,是很欣赏的。我听了大笑。但是,他批判《新的美学原则在崛起》那里的理论,就是从朦胧诗中,特别是从舒婷的诗中总结出来的呀。余岱宗对此不甚理解,我就给他痛说了一番。他恍然大悟,额手称庆说,不然,还不知道这么精彩的,又这么严肃的、光荣的"家史"呢。

附录二:记忆与心灵——张曙光访谈

张伟栋:算起来你写诗快三十年了吧,这是一个很漫长的时间,你是怎样走上写作的道路的?

张曙光:写作对于我应该是一件很自然的事情。并不是说我具有写作天赋(可能恰恰相反),而是出于某种兴趣,或误导。在我很小的时候就想过要当作家。最初爱听故事,我爸爸工作很忙,有时开会到很晚,他回来时我已经一觉醒来了,就非要他讲故事,听故事才入睡。那时也就是三四岁吧。我记得他讲过什么动物们在森林开大会之类的故事,现在想起来,大约是瞎编的。家里来了人,我也总是缠着人家讲故事。后来我姥姥说过,我最难哄,我弟弟闹人时,往他手里塞上一个硬币,他就不哭了,而我不行,非得讲故事不可。我小时候身体不好,可能影响到心情吧,总爱闹人。有时我姥姥就吓我:看,外面有个大尾巴。我向窗外看去,一片漆黑,于是就怕了,我现在爱看恐怖作品可能是源于此。我四五岁时,我姥姥一次给我买了两本小人书,一本是写墨西哥小孩子反抗殖民者的事,大约叫《小吉姆》,好像他们往大炮筒里塞了沙子,大炮就哑了,要不就炸了,我感到很新鲜。另一本我更喜欢,就是《大闹天宫》。以后我就迷上了看小人书,后来是小说。这些事情我在一首诗中提到过。这些都对我选择这个倒霉的行当起到了潜移默化的作用吧?我姥姥那时也总是对我说,长大要当作家。

后来上学了,我的作文并不怎么好,我迷上画画。在我上学前,我就拿着蜡笔在墙上乱画,上了学,就在作业本上,课本上到处都画上小人。老师忍无可忍,找到家长。家里给我换了全套的新课本和作业本,记得我爸爸还在上面写了两句话:爱护书及文具,认真完成作业。

我最初是喜欢小说,后来想写散文,直到最后才想到写诗。写小说要有故事,写散文字数也多。我比较懒,写诗字数少,看上去比较容易,又比较直接,我是说可以直接抒写情感,就这么算是走上了写作道路,如果写作真的算是一种道路的话。

张伟栋:确切地说,什么时候开始写作的?

张曙光:1978年。如果从我认真写第一首诗算起的话。

张伟栋:上大学那时,你们也有个诗社,你以前提起过,哈金和你们是一起的吗?

张曙光:确切说是个文学社,叫大路社。我不是第一批成员,是被后来发展进去的。我自己没有申请,是由人家做主,被拉到里面去的。我记不得哈金是不是其中的成员,大约也是和我一样挂个名吧。当时他和我个人关系很好,我们经常在一起聊天,谈谈诗什么的。

张伟栋:哈金那时写诗?我个人非常喜欢哈金的短篇,很有力量,那时你们之间相互有影响吗?

张曙光:他那时就是写诗。我们常在一起聊天,有时散步,偶尔也在小饭店里喝上几杯。

张伟栋:你在大学时,正好赶上当代诗写作的第一个高潮,当时对朦胧诗的反应怎么样?

张曙光:我刚开始写诗时,朦胧诗还没有在我们的视野里出现,尽管他们可能已经在开始创作了。那时读到国内最好的诗恐怕就是艾青的,至少他当时强过很多诗人。他还到过我就读的那所学校(由于某种原因,我不想提到这所学校的名字)。当然他的到来与校方无关,是应文学社邀请而来的。他搞过一次讲座,但很少谈到诗,只是讲他在北大荒流放时的生活,但大家听得津津有味。我是文学社的一员,因此坐在第一排,拿着从哈金那里借来的像砖头一样大小的录音机录音。艾青讲话声音很小,后面听不清,就递条子请他大声些。坐在他身旁的高瑛就提醒他,他的声音高了起来,但说着说着,声音就又小下去了,高瑛于是再次提醒他。那次还在展览馆搞过一次他的诗歌朗诵会。

那时我订了一些刊物,包括《诗刊》,但从上面是看不到朦胧诗作品的,除了那么一两首。只是后来哈师大一位写诗的朋友不知从哪里搞到了几本《今天》,送了一套给我,这才读到朦胧诗。当然是很震惊的,从中看到了一种新鲜感。

张伟栋:80年代两次最大的诗歌潮流,朦胧诗和第三代,姑且这么说吧,你都没参与,有人说你在此时默默地练习叙事的技艺,比如说你最早发表的诗,80年左右吧,受当时诗歌的影响就很小,这里面有对当时诗风反思在里面吗?

张曙光:我不知道应该从何种意义上来理解"参与"。其实我一直都不是在诗歌之外,尽管算不上活跃,但也不是有意地把自己"隐蔽"起来。那时文学社办有壁报,把作品用稿纸抄好,贴在上面。我最初的诗就发在那上面。八一年七月在《北方文学》上发了几首诗,当时沙鸥在那里主管诗歌。有位叫林子的诗人去了黑大,看到了我的诗,就推荐给了沙鸥。沙鸥发了后,还配发了个短评。后来还写过一篇评论文章,介绍了我和另外两位诗人。不久我接触到西方的现代派诗歌,对自己那种受到浪漫派影响的写作不很满意,对国内的创作也感到不够劲,开始寻求新的方法。尽管从八一年到八四年一直在写,但很少拿出来。我确实没有参加八六年的诗歌大展,也没有树起大旗号称某某流派,但从另一方面看,我一直在思考,在写作,也间或发表过少量作品,这是否也算是一种参与?我不知道。不过也许更多的是像你提到的那样,在默默地练习技艺(不只是叙事),或是在完成一次转型。

张伟栋:你和萧开愚是80年代认识的?

张曙光:和开愚认识大约是在1984年,开始是通信,一年或两年后见了面。

张伟栋:在这之前你在哈尔滨有一个诗歌的交流圈子吗,80年代时哈尔滨的诗歌氛围怎么样?

张曙光: 在这之前接触比较多的诗人是孟凡果和文乾义,还有一些搞画的朋友。八六年后和朱永良的接触就多了起来。也许谈不上圈子,但会经常见见面,聊聊天,互相买书——那时还不讲吃饭。至于说到诗歌氛围,我觉得 80 年代整体的写作氛围(也包括文化的其他方面)远比现在要好得多。

张伟栋: 你当时和一些画画的人交往很密切,就是后来的"北方艺术群体"的那些人,像王广义等人,你和我说起过,你们当时有一个"读书会",也有一些写小说的人,现在看来很有意思,当时是怎么回事。

张曙光: 北方艺术群体是后来的称谓。八四年前后,文化界开始萌动,外面成立了一些文学沙龙,于是有几个人就提出要搞个类似的东西。有一天,我在单位接到电话,是吕瑛和巴威打来的,说有事要找我。他们几个人骑着自行车来到我的单位,说要办个沙龙,要我参与。一块来的还有张茜荑,这是我第一次见到他。于是我们就在吕瑛家里策划这件事。最初有六七个人,除了上面提到的,还有孟凡果和任戬。苏群当时不在哈尔滨,王广义大约是正式成立时加入的。当时声势很大,参加的人也多,分成了几个组,还搞了个宣言,弄得像个群团,但尾大不掉,不过也确实搞了几次活动。后来大的活动不搞了,其中的一些人却经常聚聚,讨论问题反倒多了起来,其中有你提到的王广义,还有张茜荑、林建群和张仲达等人,这个时候搞画的就多了起来。后来因为什么原因解体了,过了一段时间,我提议继续搞,但人要精,但我很快就退出了,不过和这些人来往还很密切。他们接着搞,这时才叫你提到了那个名字。读书会与这个无关,是1990年我和张茜荑等人搞的,除了我们两个外,其他的全是另外一拨人了(那时搞画的都差不多走干净了)。内容也比较单纯,就是定期聚会,结合所读的书探讨一些思想和文化问题。

张伟栋: 有人认为新诗将近百年的历史已经构成自己的一个传统,但即使存在这样一个传统,它的能量也是很弱的,给我的感觉,你们这代人写作时更多的是对以往新诗写作的反对,而非继承,"90年代"诗歌最重要的写作资源还是西方现代主义诗歌和其背后的哲学思潮,情况是这样的吗?

张曙光: 其实反对也是一种继承,或许还是更好的继承。但无论如何,以往的新诗留传统给我们的资源并不很多,但也不是没有,至少方向上还是对的,我是这样看的。民间派反对西方资源,他们应该从胡适他们这帮人反起,直到60年代,才有人提出要搞民歌体,这是针对卞之琳、何其芳他们提出的新格律体的,但根本行不通。80年代诗歌的主要反对对象是朦胧诗,而不是更加广泛的诗歌传统,总的来说冲动多于冷静。当然各地和各人的情况也不一样,记得有些人还在当时文化热的背景下,在诗里加入周易之类的东西。90年代的一些人可能是比较侧重于你提到的方面。

张伟栋: 黄灿然在《在两大传统的阴影下》中提出中国古典诗歌和西方现代诗歌对新诗的哺育。在我看来,80年代以来的诗人并没将这两大传统"激活",缺少跳出这两个诗歌系统来审视的能力,因而也没能形成对中国古典诗歌和西方现代诗歌完整而深入的理解。我认为,一个好的诗人光有才气肯定不够,学识,修养,眼力和见识都很重要。请你结合当代诗歌的一些状况,谈一下对诗人这个词的理解。

张曙光:就我个人来讲,我对中国古典诗歌的了解可能远远超过西方现代诗。在上中学时,《唐诗三百首》和《千家诗》,也包括李白杜甫的诗集,龙榆生的《唐宋名家词选》和胡云翼的《宋词选》就读得烂熟,里面不少篇章都可以倒背如流。那时也喜欢《庄子》,尽管是一知半解。当然那时也读普希金和泰戈尔。现在有的大学生恐怕也没有我那时读的书多。所以有人批评我忽视中国的诗歌传统,这是不准确的。他们看不出来我诗歌的内在气质仍然是中国的,甚至很传统。但我确实在强调借鉴西方诗歌传统,这一方面是在补课,补我们多年来缺失的课。而且在某些时段上我认为借鉴西方现代诗歌比借鉴中国古典诗更为必要,现在我仍然这样认为。道理很简单,他山之石,可以攻玉,中国传统的东西已经很深地印在我们的骨子里,成为我们的精神气质,想去也去不掉。而且我们的那个古典传统,要进入新诗,就必须进行某种转化。我穿长袍是中国人,穿西装也是中国人,即使我穿着和美国人一样的衣服,走在美国的大街上,也不会有人把我当成美国人。但作为21世纪的人,我们总不能穿着唐宋时候的衣服在大街上招摇过市吧,人家会以为你是从马王堆里钻出来的,哪怕那衣服看上去真的很漂亮。

所以接受传统是必要的,不要成为遗老遗少则更为必要(当然也不要成为洋老洋少,但洋老洋少毕竟还是这个时代的人,不会被当作从博物馆里跑出的木乃伊,总归要好些)。也就是像你所说,要跳出来看,要超越地看。对现代人来说,要想写出好的诗歌来,不仅要面对这两大传统,更要把它们熔铸成一个。禅宗讲无人无我,无外无内,为什么我们现在做不到?为什么还要分什么中西汉夷呢?对我来说,只是有好诗坏诗之分(这也是相对的),不存在什么中西古今。

至于你提到诗人这个词,我真的很惶惑。诗人简单地说就是热爱诗歌并从事诗歌创作的人。如果赋予它更多的内涵,那就很有些麻烦了。有很长一段时间——记得我在别的地方也说过——我一直怀疑自己是不是诗人,原因就是我给了它更多的内涵。

张伟栋:我看过你一些80年代写的短篇小说,很不错,为什么没选择做一个小说家?

张曙光:一直在想,但不知道为什么一直没有做成。也许是缺乏写小说的才能吧。在我看来,写小说要有讲故事的才能,细节和描述能力也要好,这些我都不行。我在80年代中期试着写过几篇东西,但都不成功。后来只是偶尔写一写,算是调剂一下胃口。

张伟栋:很多人都在小说和诗歌之间设置了一个等级,认为诗歌要高于小说,主要是从语言的角度说的,诗歌在创造语言,因而更接近存在,海德格尔30年代的转向,也就是通过诗歌来直接把握存在,像对荷尔德林诗歌的阐释,你这样看么?

张曙光:当然是这样。但我们说诗歌高于小说,是从精神和技艺含量来讲的,也是就一般而言。但在做具体评价时就不能这样说了。比方说,我们可以说在文学体裁上诗歌高于小说,但不能说博尔赫斯的诗歌高于他的小说,或贝克特的诗歌高于他的小说。在我看来,他们的小说即使和最优秀的诗歌相比也毫不逊色。

张伟栋:德里达说,诗的本质是心灵与记忆,这两个词都很"人性",但他的意思绝不是仅限于此,我是说,几乎所有的情感方式都产生于此,或是通过心灵与记忆产生,语言的诞生也与此相关。现在很多人一谈起诗来就强调,诗歌要直面现实,承担社会责任,恰恰忽略了这个最根本的现实,你对此怎么看?

张曙光:据我所知,事情是这样的,有家刊物要德里达等人为诗歌找出两个关键词,德里达就用了心灵和记忆。我觉得德里达概括得很准确,直陈出诗歌的本质。当然诗歌的内涵很丰富,但要是用两个词来概括,实在找不出更恰当的词了。心灵和记忆都是现实的产物,与现实不悖,至于说社会责任,我不知道他们确切指的是那种。奥顿说过,诗不会使任何事情发生。诗歌不会解决贫困问题,不会缓解社会矛盾,也不会消除环境污染,但诗歌可以净化人的心灵,据说同样可以净化和丰富我们的语言,按海德格尔的说法,这可是存在的家园呵。我想这些就够了。如果承担简单的社会责任,那么完全可以通过其他形式。比如为民工写诗(原则上我不反对,但主旨不应仅仅停留在这种社会层面上),只是呼吁人们关注他们,我想是不会有太大效果的,还不如新闻特写来得直接有效。民工自己不懂诗,而官员们根本不读诗(也谈不上懂)。诗永远是少数人的事情,我不反对诗人们承担社会责任,但可以通过更恰当的方式,没有必要把这些硬塞到诗里面。如果硬是要谈诗的社会责任,我想把一首诗写好了,无论写的是什么,它的社会责任就自在其中。

张伟栋:程光炜在《不知所终的旅行》中,曾谈到你受到叶芝,阿什贝利、布罗茨基等人的影响,但就咱们两人这些年私下的交谈来看,但丁和陶渊明似乎是你谈论最多的诗人,谈一下你的师承吧?

张曙光:光炜提到的这几位诗人我确实都很喜欢,尤其是前面的两位对我的影响可能要更深些。你也许会注意到,我一直在他们两人间游移。但丁和陶渊明是我崇敬的两位诗人,更像是终极目标。他们的境界和语言风格让我赞叹不已。

张伟栋:其实在我看来,但丁和陶渊明正好是两种非常极端的美学风格,但丁的时代对世界的理解有一种很强烈的囊括整个世界的宇宙意识,并且要求作出最终极的解释,因此他的写作是一种很体系化的方式,很复杂也很繁复,而陶渊明恰恰相反,是一种化繁为简的方式,简单地说,但丁是"以象取意",而陶渊明是"得意忘言",能具体说一下这两种方式对你写作的影响吗?

张曙光:你说的这些也对,这是他们的不同,也可以看作东西方美学上的差异。但丁和陶渊明虽然有着不同的文化和宗教背景,但他们在最核心的地方却非常一致,概括起来说就是崇尚真实。在这方面他们做得比其他任何诗人都突出。他们同样都不回避所处的时代和自我意识。在美学风格上他们确实也有一些相同之处,比如形式和语言都简单而质朴,而这些正是我所欣赏的。陶渊明就不用说了,假如你把但丁和莎士比亚做一下比较,就会发现但丁的这一特点非常突出。他使用最质朴的语言,却表现出最深挚最复杂的情感和思想——如果可以使用这个词的话。这其实也是化繁为简。但丁和陶渊明都是无与伦比的,也难以超越。这里要说一下真实。诗歌是审美,这不错,审美是一切艺术的本质。但我想在审美之上是否应该有一个更高的准则呢?如果有,那么无疑就是真实了。真实表现为诗歌的伦理,也同时为审美提供了尺度和依据。

张伟栋:我个人认为当代诗人当中,你对语感的挖掘是极为深入的,这使得你的诗中始终充满了一种强烈的笼罩感,很接近海德格尔所说的"无"的那种境界,能谈谈你对此的理解吗?

张曙光:我注重语感,这一点毫无疑问,可能更多是出于趣味。我乐于读到语感强烈的作品,所以也把这一喜好带入到自己的作品中去。至于说我的作品接近海德格尔"无"的境界,我不知道,也不敢妄说,但确实我喜欢那种主题的不确定性,也确实有人批评我写得虚无,比如有人在他的博客上费心转了我在一份刊物上发的几首诗,还说了句很精彩的评语:与其读出一个虚无的知识分子,宁愿读一个知识分子的虚无。但我实在看不出二者之间的差别,也许这二者都不应该存在。

张伟栋:所谓清者自清,浊者自浊,随他去吧。海德格尔的"无"并不是虚无的意思。我想说的是,语感是节奏、语调、情感、声音和色彩综合的结果,布罗茨基在谈茨维塔耶娃的诗时,对她诗中独特的声音称赞有加,说的也是语感的事,博尔赫斯在《谈诗论艺》中说,诗歌中最基本的东西就是韵律。现在很多人写诗只注重"表意"而忽略了诗歌中的最基本元素,在我看来是不能算作诗的,你认为呢?

张曙光:我清楚这一点。海德格尔的"无"与中国道家的"无"有些渊源。而道家思想和佛教思想合流形成了中国的禅宗。禅宗是我感兴趣的,当然还有老庄。形和意是一而二,二而一的东西。至于语感和韵律,我是这样看的,现在的诗更多的是用语感来替代韵律。不知道你以为如何?

张伟栋:如果说韵律指的是抑扬格或平仄之类的形式,那当然是如此,但你也知道博尔赫斯的韵律是不止于此的。你觉得一首好诗应该有怎样的品质和境界?

张曙光:这里说的韵律只是就一般意义而言的。韵律作用于声音,语感也作用于声音。中国的古典诗讲求平仄音律,古代的格律诗讲抑扬格,新诗做不到这些,甚至连韵也不押,只是注重分行和节奏。这些必须通过别的方面的强化加以补偿。强调语感,其实就是一种弥补,同时也是为了达到一种说话的效果。这其实也是一种重要的转化。20世纪以前的诗歌注重抒情,歌唱式的语气有助于实现这一目的。而到了注重经验的诗歌那里,平易的说话式的语气可能要更恰当些。西方电影也是这样,爱森斯坦和普多夫金发明了蒙太奇,风行一时,但后来的年轻人采用了长镜头或其他方式来对抗蒙太奇,尽管蒙太奇在电影中没有完全被替代,但不再是占据绝对的位置了。艺术总是要发生一些偏移。就像河床一样,水流多了,泥沙淤积,河流就会改道。无论如何,有了好的语感,所谓韵律的效果也自在其中。说到这点,以前读过到,叶圣陶教人写文章,说好文章要像说话一样。余叔岩是京剧大师,老生唱得好,至今无人能及。他也说过类似的话,他说戏唱到最高的境界就要像说话一样。唱段比起现在更多用眼睛来读的诗来说更加要求音韵,好的唱段,不仅要字正腔圆,更要合辙押韵。但余叔岩尚且这样说。所谓像说话一样,就是接近我们这里所说的语感吧。歌唱最早都是来自说话,说话是歌唱的基础。脱离了这些,艺术就脱离了最本质的东西。说到底,我们可能谈论的是不同的问题,或者是不同层面的问题。既然说到语感,我想借题发挥了一下。

至于说到好诗的品质和境界,我说不太好,但可以举出两个例子来,上面也提到过,一个是外国的但丁,一个是中国古代的陶渊明。这对我说来是好诗的绝对标准。

张伟栋: 一首诗是否有一个底线的标准,不能所有分行的东西都可以成为诗吧?

张曙光: 当然。分行的东西不一定是诗,不分行的东西也不一定不是诗。如果硬要我找出一个底线的话,那可能就是情感——而不是诗意,情感是构成诗意的重要因素。诗至少要有情感,而且要真诚。

事实上,我也写过几首不分行的诗,后来发在《诗歌月刊》上,却被当成了随笔。这其实是很有意思的事情。

张伟栋: 孙文波说你的诗里有种挽歌的味道,我也注意到在你的诗集里有大量写给死者的作品,你对这种形式的作品是怎样考虑的?

张曙光: 文波看得很准,他是最早的少数几个能够理解我诗的朋友。但我自己实在不愿意这样。有谁愿意写这类东西呢,哪怕是受到了朋友和读者的褒扬?但对死者的追怀是一种责任,至少对我来说是这样,也是一种情感的宣泄。有些时间,写什么不写什么,或在你的作品中体现出什么,诗人是没有或很少有自主权的。

张伟栋: 我喜欢你这样的说法,"写什么不写什么,或在你的作品中体现出什么,诗人是没有或很少有自主权的。"但在你的作品中,回忆构成了一个主要的视角,挽歌只能算是其中的一种形式吧,这里面都有一个历史的角度,起码是个人的历史吧,比如说像《帕斯捷尔纳克》、《嵇康》、《谁杀了肯尼迪》、《我早年的读书生活》等等,都可以这样来读,我想说的是,你有过形式上的考虑吗?

张曙光: 回忆也算是一种不由自主吧。我写作状态较好的时候是比较放松,想得不是太多,甚至处于一种空明的状态中。形式感很重要,但一般有两种情况,一种是先有内容,根据内容生长出形式。另一种是先有了某种形式,然后生长出内容,就像瓦雷里说过的那样。但其实二者是不可分的,更多的时候是同时出现。我对形式当然很挑剔,也有自己的偏好。说起来很麻烦,看我的诗就会清楚,一般说来,我喜欢形式比较完整和匀称,不喜欢太过花哨的东西。

张伟栋：比起你同时代的诗人，你的发表量一直不是很大，我是说在公开出版的刊物上的，你怎么看待这种形式的发表？

张曙光：可能是这样。我很少寄诗去发表，可能没有什么名气，向我邀稿的刊物也很少。大都是朋友推荐的，有机会就发一些。

在我刚开始写诗时，在公开刊物上发表作品是唯一的途径，对我来说，也是变成铅字的唯一途径。那时发表作品最让人兴奋的是你期望看到你的诗变成铅字后是什么样子的。在90年代中期以前，我一共给刊物寄过三五次诗吧，但大都吃了闭门羹。比如，《作家》当时据说发诗不错，编辑也算开通，我就把当时我写的《尤利西斯》一组寄了过去，我写信给那位也算是写诗的编辑说，发不发无所谓，如不能发，请看在同行份上（我当时在出版社）退还给我。那些诗是我工工整整地抄在稿纸上的，费了好大的劲。但泥牛入海无消息。前两年，有位朋友说那位编辑要来，还要我的诗，我说去他的，当年给了他我最好的诗他不发，现在想要也没有了。

我并不是说寄了诗去就一定要发，但对作者应该有一定的尊重。现在发表的渠道很多了，但公开刊物仍然很重要，我是说如果办得好的话。

张伟栋：现在的人几乎都不大读诗，你认为发表和出版对于一个诗人很重要吗，你头脑里有没有一个想象的读者？

张曙光：说重要也重要，说不重要也不重要，关键是看你想要些什么。写诗当然是一种自娱，但写完了只是完成了一半，还要通过读者来彻底完成。那就不仅仅是自娱了,起码还要娱人。因此写了诗,发表出来还属必要。读诗的人少,但毕竟不是没有。其实像过去那么多也没必要,其中大部分人肯定是混子。少而精要更好些。博尔赫斯最早的诗集印了两百册,他说如果几个人他还能想象出他们的样子,两百人就无法想象了。想象的读者都是些理想化了的读者,是每个写东西的人所企求的,但很少有人有这样的幸运。而且即使有,在每首诗中大约也各不相同,甚至是很模糊的。就我个人来说,很多时候我都是在对自己说话——就像电影《雨人》中达斯汀·霍夫曼扮演的那个角色。不过我倒知道什么是理想的作者。在我看来,理想的作者一方面要尊重读者(你必须认真写好你的每一行诗),另一方面也要尽可能地蔑视读者(不为他们的趣味和批评所左右)。其实好好写就是了,不必在意他们。有意讨好读者也是一种媚俗。

张伟栋:你怎么看待自己的成名?

张曙光:我成名了吗?或者这只是你的错觉。

张伟栋:我们所说的角度不同吧,我知道你对自己要求很高。

张曙光:其实也算不上很高,我对写作并没有太大的期望,只是希望在写作时能够呈现自己内心的真实,带给自己的一些快慰,别人在阅读时能有一些感动和思考,这样就足够了。

张伟栋:想到过有一天会不写诗吗?现在很多诗人都放弃了写作,包括一些成名已久的诗人。

张曙光:没有想过。我还没有成名,还必须写下去。

张伟栋：有人说你善于"化腐朽为神奇",你是怎样做到这一点的?

张曙光：也有人说相反的话。前几天,在我的博客里有一条批评我的留言,说张曙光善于融他人之技为自己之技,又说我的诗半生不熟,充满了陈腐气,主体形象模糊。说得真的是很好,如果光看前半段,像是对我的赞美。写作本来就是融他人之技为自己之技嘛。但他批评得很对,至少还说明我没有"化腐朽为神奇"——仍然是陈腐。只是"主体形象"我至今有点弄不太懂,是不是与朝鲜的"主体思想"有什么关联呢?

张伟栋：私下交流时,你很强调人格对写作影响,谈一下这两者的关系。

张曙光：确实是这样。但这个问题谈清楚也很难。不是这样吗?现在人们重思想,重智慧,这些当然重要,除非是傻子才不会这样认为。但人们大都普遍忽略了人格的修养。急功近利的时代啊。

简单地讲,人格修养会提升一个人的境界和格调,也只有这样,他才有可能提升他的诗歌的境界和格调。反过来说,人格的缺陷会限制个人才能的发展。比如说一个人很聪明,但人格有问题,贪些小利,这样他就会把他的聪明才智都用于此,所以就不会有大成就。"卿本佳人,奈何做贼",但偏偏就有一些佳人要干那些偷鸡摸狗的勾当,因小失大。这样的人我见得多了,原来也为他们惋惜,现在连惋惜都顾不上了。另一方面,人格有缺陷的人如果不幸做成了大事,那就是周围人的不幸。希特勒就是很好的例子。他如果平庸些,那么充其量就是个疯子,顶多挥刀在大街上杀个把人,但他恰好有过人的才智,结果把世界弄得一团糟,死了那么多的人。

张伟栋:你现在有了两本诗集,一本是公开出版的《小丑的花格外衣》,另一本是剃须刀丛书中的那本《雪或者其他》,在成名诗人当中算是很少的了,这两本诗集收录都是你八九十年代的作品,前一本给你带来了诗歌上的荣誉,后一本应该算是《小丑的花格外衣》的补遗,可以这样理解吗?你比较满意哪一本?

张曙光:我说过,我这个成名诗人是冒牌的,从出书很少就可以证明。在网上看到有人说我功成名就,坐在自己大摞的诗集上写诗,这分明是在高抬我。到现在为止,我只出了两本个人诗集,其中有一本还是和朋友们自印的——其中也有你的一本,也更薄,加起来也没有半块砖头厚,坐在上面显然是不很舒服的。被称作"知识分子"就是这样,看上去风光,其实没什么好处。我也再说我的这顶知识分子的帽子是被别人扣上去的——不是知识分子不好,而是我不够水平。当年我被冠以"知识分子"加以攻讦时,我就对朋友开玩笑说,我他妈的才是真正的民间派,因为直到那时,我还没有在所谓的官办刊物《人民文学》和《诗刊》上发表过作品,甚至连一次像样的诗会都没参加过。不像于坚大师,一方面自我标榜,打出民间的旗号来一统江湖,号令天下,一方面坐享官方的所有好处,连大部头文集都出来了。

我的后一本诗集印得还算是精美,但还不到一百册,影响较之前一本可能会更小。这两个集子里面的诗我都有喜欢的,如果从这两本诗集中精选出一本,也许我会更满意些。

张伟栋:有两本民刊在你的写作过程中有着很重要的意义,就是90年代你和萧开愚、孙文波共同主编的《九十年代》,还有就是现在由你主编的《剃须刀》,谈一下这两本杂志的情况吧。

张曙光:关于《九十年代》,有些情况可能需要澄清一下,不然我心里会感到不安。从80年代中期到90年代中期,开愚多次来过哈尔滨,每次都住在我家。我们是非常亲密的朋友。他好像在80年代中后期就说过,要办一本杂志,名字就叫《九十年代》。这在我听来有些异想天开。因为那时办杂志印刷和费用都很难办。但开愚确实是个很有魄力的人,有一年他再次提起,说可以找到一家小印刷厂,所缺的就是经费。那时我没有什么钱,开愚比我还要穷,我就向一位有些钱的哥们提起,这位哥们仗义得很,满口答应。我就让开愚写信给他,把事情最后敲定。开愚发过信去,哥们不但答应,而且表现得很慷慨,于是开愚在写给我的信中盛赞其人:真乃豪杰。但临到拿钱了,大约当时要的也就是千把元钱,这位豪杰就找我说,曙光,我是个商人,拿钱要考虑回报的。你说这钱能赚回来吗?我说,这是出诗刊,根本赚不回来,你怕赔,现在就可以不拿。结果这件事就告吹了。后来我把开愚介绍给金雪飞,也就是哈金,雪飞知道了他要办刊物,什么话也没话,就寄来了一笔钱,这样才办起了这份刊物。也许是因为这些原因,更多是出于友情,开愚和文波也就把我算在了里面。确切说,我只是其中的作者,在办刊上真的没有出过什么力。

《九十年代》是一份重要的民刊,它的意义和价值在今天越来越清楚地显露出来了。至于《剃须刀》,说到这份刊物,我倒可以真的算作一个参与者了,因为办这份刊物是我提议的(这已经不算什么了,因为民刊在当时比比皆是,我只是说出了大家想说的话),名字也是我起的(当时为刊名犯愁,就让大家每个人都想几个。有一天中午吃饭,我突然灵机一动问桑克,叫《剃须刀》怎么样?桑克说好。后来在商量名字时,桑克力主叫这个名字,并说服了大家),不过我确实算不上主编,这是一本纯粹的同人刊物,大家都享有同等的权利,所有事情都是大家在一起商量决定的。

《剃须刀》的缘起是这样的。一次朱永良对我说,是不是找几个人聚一聚,谈谈诗。他这可能是静极思动吧。说到诗人聚会,以前我们也搞过多少次了,但总是坚持不下来。一天见到文乾义,我就提起了永良的话,乾义说,可以啊。我说聚会的地方怎么办,乾义说,这事我负责。于是我们就聚了几次,我担心聚会讨论的问题容易流于空泛,就说,我们不如办个刊物。在这之前,桑克就对我提到过要办一份刊物,但我考虑到种种因素,没有答应。现在有了这些人,办一份同人刊物应该是可行的。结果大家都赞成,就这样办了起来。

说到这份刊物,乾义可以说是功不可没。一般来说,我们这些人敏于思而怯于行。有些想法也还不错,但大都实行不了,或坚持不下去。乾义办事恒心和毅力都很好,总是催着大家按时交稿,又到处联系印刷厂什么的。就这样一办就是三年。这份杂志的同人们也可以说是很好的组合。永良的认真和纯粹为刊物的质量和纯洁性提供了保证,桑克视野开阔,包容性强,也对刊物起到了很好的作用。后来你和吴铭越的加盟,无疑为这个团体注入了活力。

张伟栋:《剃须刀》到现在已经出了十期了,对你写作的最大帮助是什么?

张曙光:最大的帮助也许是加大了写作的压力,逼着你写,不能偷懒。当然反过来也是坏事。我不太喜欢有压力的写作。其实没有这份刊物也会照样写作,心理压力可能会小些。我不知道哪种情况更好,也真的没法说。但有了这份刊物,毕竟有了切实的事情可做,这份刊物本身就是一个成果。

张伟栋:同意你的说法,《剃须刀》本身就是一个成果。翻译在你的写作中占据了很大的比重,除了《神曲》和《米沃什诗选》,你还翻译了大量的欧美诗人的作品,你怎样看待翻译在你写作中的位置?

张曙光:是这样吗?我不知道。我以前在哪里谈到过,我搞翻译,从根本上说是一个误会,或者说是情势所迫。当时很难读到翻译的诗歌作品,但很多诗人我都想读到,没有办法,只有翻字典读原文了。为了更好地细读,我就把读到的一些诗"译"了过来。后来也就发表过一些。一直到《神曲》的翻译,基本上都是这样。和称职的翻译家相比(可惜不多),我的只是客串角色。我的翻译就像庄子说的爝火一样,等到太阳一出就算完成使命了。

我在翻译时尽可能尊重原著,也就是说,我是严格的直译派。但后来朋友们说我的翻译有我自己的风格,也有人在网上说我的《神曲》太多意译,我不明白,我是说我在翻译时一直是忠实于原著的风格。

不管怎么说,翻译对我的写作有很大好处。我读东西一向很粗,就像陶渊明说的那样,不求甚解,但翻译起来,就得每一行、每一个词都落到实处,这使我对把握诗的脉络和肌理起到了很好的作用。

张伟栋:很喜欢你译的《神曲》,很现代的感觉,洛威尔、米沃什的东西我也喜欢。以往的阅读经验是诗人的译本容易让人信赖,像冯至译的里尔克、戴望舒的洛尔迦、卞之琳的瓦雷里简直可以说是完美之作,但现在一些诗人的译诗糟糕透顶,抛开对原文的误解不说,译成的汉语也是勉强及格,以至于一些一流的国外诗人在汉语里,连国内的二流诗人都不如,影响很坏,特别是对初学写诗的人。

张曙光:其实经典的东西都很现代,可以说是常读常新。好些年前,有一个诗人到我这里来,我对他提到,维吉尔的东西很现代。他说你拿出根据来,我就把我当时译的一段《埃涅阿斯》的开头给他看:

> 我歌唱战争和一个人:他的命运
> 使得他流亡;他第一个
> 从特洛伊的海岸远行直到

>意大利和拉维尼恩岸边。
>越过大地和河流,他被
>最高的神的力量所重创,由于
>残忍的朱诺难以平息的愤怒;
>许多战争中的痛苦要他承受——
>直到他建造一座城市
>并把他的神明带到拉丁姆;
>从此有了拉丁民族,阿尔巴的
>领主,以及罗马高高的城墙。

我个人非常喜欢戴望舒的翻译,语感纯正而典雅。卞之琳也是大家,但他的语气有时有些造作,他译东西在很大程度上也不是直译,比如他译的莎士比亚的十四行诗。但他译瓦雷里的《海滨墓园》确实非常好,尽管也许对原作的风格做了些许改变。

译诗和创作一样,也需要对语言的敏感,尤其是对你要译成的语言的敏感。所以译诗必须要懂诗,可能一个人不写诗,但一定要懂,不然就无法完成转换。

张伟栋:我自己也尝试翻译过一些诗和文章,深知译事艰难,有一点我感触挺深,就是很多诗歌很难在汉语里获得同样的表现力,你从事翻译也有二十多年的历史了,是否有同样的体会,你认为这是现代汉语自身薄弱的缘故吗?

张曙光:我对自己译的东西也不满意,也在很大程度上存在着你上面提到的对原文的误读,但在汉语这块我还是有一点自信的。当然,这也是相对而言。不是相对于别人,是相对于我的外语。译诗本身就是一件令人非常灰心的事情,就本质而言,诗真的是不可译的,你译过来的,只是一个仿制品,只是一个摹本,与原件相去不止里计。当然现代汉语也有很多问题,至少是不够成熟。现代汉语的句式不够丰富,逻辑也不够严密。我倒觉得古汉语句式非常丰富,乃至灵活,也特别接近英语。我们这代人要完成的也许就是使现代汉语达到成熟阶段吧。无论如何,翻译对汉语的成熟起到了至关重大的作用。另一方面,外语诗歌在汉语里得不到同样的表现力,也与诗的本质有关。反过来汉语诗歌在其他语言中也是一样。

张伟栋: 忘记了你在哪谈过,读书、音乐、写作就是你的大部分生活,巴赫应该是你最喜欢的音乐家吧?

张曙光: 哦,巴赫,还有海顿,肖斯塔科维奇。我不太喜欢莫扎特。我承认他是位天才,但我对华丽和过于流畅的东西有一种本能的排斥。我更喜爱炉火纯青的风格。当然,这只是个人趣味。

张伟栋: 谈谈音乐多大程度上影响了你的写作?

张曙光: 很难说。首先我要说我并不懂音乐,就像我不懂昆曲,不懂京剧,不懂美术,甚至也不懂诗歌一样。但我确实喜欢,只是去听,并不深究,也很少分析。确切说我只是一个热心的外行。我喜欢这些就是因为喜欢,没有目的性,如果说有什么影响,大约更多是熏陶吧。但在 90 年代初,九〇或九一年吧,我醉心于诗歌的结构,想通过音乐的曲式来处理诗歌的结构问题。

当时很少有人能够请教,后来通过别人认识了一个研究音乐理论的老先生,我请他简单介绍一下曲式,他说,你在音乐学院学上几年,就会清楚了。这当然是废话,如果学上几年,我也不会去问他了。我想知道的根本不是他想的,只是音乐的结构问题。但话说回来,音乐中那种纯然发自内心的情感、那种节奏和结构的自然转换或许对我的诗歌会起到一些潜移默化的影响。

张伟栋:从音乐的曲式来思考诗歌的结构,这里面受过象征主义的影响吗?

张曙光:没有,当时我已经对象征主义失去了兴趣。

张伟栋:书法也是你主要的生活内容之一,你很少谈起。

张曙光:其实也谈起过。在谈诗的时候,我有时会举些书法的例子。对书法,我研究得比较多,虽然仍不算深入。我很早就开始练字,但不得要领,字写得不好,但眼光是一流。这就是康有为说的眼下有神,腕中有鬼吧。上中学时有一天心血来潮,就买了毛笔和墨汁,想练练字。我的班主任就送了我一本柳体字帖,我就照着临了一段时间。我写字纯粹是自学,从来没有请教过别人,因此走了很多弯路,也许现在仍在走也未可知。但我的兴趣广泛,口味很杂,凡是好的我都能接纳。最早喜爱二王,也杂乱地临过很多很多帖,几乎见到喜欢的就临,当然都是浅尝辄止。然后是石门铭这类风格的作品,这是受了康有为的影响。我喜欢康的字。现在则对北朝的造像感兴趣。开始写字重法度,但看了造像之类的东西,你会感到抒写个人性情更为重要,书本无法,法是写出来的,但每个人都每个人的法,每个时代有每个时代的法。重要的是不要被别人的法所束缚,除非是你从追求出发为自己加上的。说来惭愧,有很长一段时间我不怎么写字了,直到前几年才重新拣了起来。无论如何,我只是个热心的外行而已。在诗的方面也是如此。

张伟栋:你去年有一门禅宗的课,据说听的人很多,我现在有点后悔没去听,禅宗的思想对你影响很深,大家聊天的时候,你也很喜欢拿禅宗的公案举例子,禅宗对你的意义是什么?

张曙光:其实很多上这门课的人都是凑热闹,而且禅是不能讲的。就我认识的人中,我也看不出他们受到真正的影响。但禅宗无疑对我的影响很深。我受益于禅宗很多,最重要的是它使我的思想变得更加开阔了,能够不断地超越事物本身去看待问题。我性格中有固执和激烈的一面,经过禅宗的训练,情况变得好多了。另一方面,禅宗主张精神的自由无碍,反对偶像,直指本心,这在写作上也显然是有帮助的。

张伟栋:你喜欢哪位国外的哲学家?

张曙光:古代的当然是中国的老子和希腊的柏拉图。康德和黑格尔相比,我以为康德更重要些,虽然后者是古典哲学集大成者。帕斯卡尔的《思想录》我经常读,斯宾诺莎也是我愿意了解的,尽管不怎么能读得懂。克尔凯郭尔影响了我所喜欢的卡夫卡,但我只读过他的一两本著作。韦依的独立精神我很推崇。当代的也可以举出一些,其中大约要包括柏林的自由主义思想。这里我只想举两个对我来说最重要的,一个是维特根斯坦,他的人格强烈地吸引我。另一个是德里达,我也许并不真正理解他的思想,但一开始他就让我着迷。我一直认为消解哲学与禅宗有着一种奇怪的内在联系。

张伟栋:去年有几个月,我一直在翻译德里达的东西,感觉德里达的思想还是非常正统,解构的方式与禅宗似乎很相像,但我个人认为两者还是存在着很大的差异。维特根斯坦和德里达这两人倒是都与诗歌有着亲缘关系。

张曙光:也许吧,在这方面你更有发言权。禅宗主要是讲超越,超越就是抛开既有的一切,在抛开或否定的基础上超越。这或许也是一种消解?大约只是在精神上相似吧。最近在随便翻看一点西方哲学史,发现一个问题,就是古希腊的哲学一直到中世纪,都不脱离人类的直观经验,也是最本质的东西,当然里面有玄想和神秘的成分,但怎么说呢,都能很好地进入人们的经验。那些哲学家们在骨子里都是诗人。大家都会提到,柏拉图要把诗人逐出理想国,可他自己也写诗。我不知道真的有了理想国,他会不会自我放逐?在《神曲》里面,但丁倒是把他们一股脑地放进了林菩狱,让他们在那里自由自在地谈论诗歌和哲学——我想那里肯定比理想国更好,因为乌托邦大都是以牺牲个人的自由为代价,乌托邦反过来就是奥威尔写到的1984年。到了启蒙时代以后,哲学就开始和方法较上劲了,哲学更多的是和科学而不是宗教捆绑在了一起,钻到概念里面出不来。但说底,诗歌和哲学都是在揭示存在,为事物命名,但方法却迥然相异。禅宗就是禅宗,是独一无二的,你可以说它和现象学有联系,或是跟别的什么有联系,但这充其量是一种感觉,是指它们在某一点上有相近处,但禅宗本身就是不可捉摸的,即所谓的说了就错。

张伟栋:你几乎很少外出,半生的时间都是在哈尔滨渡过的,在这个时代多少有点隐士的味道了,这个城市多大程度上影响了你的写作?

张曙光:我21岁上大学,就在哈尔滨,以后就一直没有离开过。我今年50岁,算起来有大半生时间在这里度过。哈尔滨这座城市过去我很喜欢,我觉得风味纯正,带点欧洲风格,这可以使我和中国的传统文化产生某种疏离感。北方的气候对我的写作风格也会产生某些影响,比如,春天很短暂,总是会突然爆发,然后就进入夏季。夏天也不是很繁茂,不是浓得化不开的那种。这里的秋天最美,景物变得很疏朗,像一篇被精心删削的作文,也多少带有一点伤感的情调。冬天只有白色和黑色,更像是极简主义作品,整体色调统一于灰色。但让我失望的是,现在这个城市变得越来越没有格调了,更像是一个暴发户,毫不讲究的暴发户。讲究一点的暴发户在脖子上无非挂的是珍珠钻石之类,而我们挂的只是一串串锃亮的铜钱(连点绿锈都没有)而已。

说到隐士,我并不是刻意这样做的,可能只是性格使然。凡事一沾上刻意就没有了意思。我只是不太喜欢热闹,对活动也不很热衷。我只是想躲在一边静静地做些自己喜欢的事情。

张伟栋:你说的我也有同感,我很喜欢这里季节的分明,气候一转变,情绪马上就能捕捉到。最后一个问题,我还是希望你能谈谈对这个世界的期望,或者也可以谈谈将来的打算吧,尽管这个问题有点那么不合时宜。

张曙光：怕是又让你失望了，我对这个世界越来越不抱期望了。你最好也不要让我抱有期望，因为有了一旦所谓的期望，最后肯定会是失望。有一点是明确的，人类并不是越活越聪明，同样人类也非常健忘。9·11事件发生后，很多人幸灾乐祸，记得当时我就说，恐怖时代开始了。不在于有一些恐怖分子存在，而在于人们的这种极端民族主义情绪。你研究过阿伦特，她本身就是犹太人吧，但她不主张为纳粹罪犯订下杀害犹太人的罪名，而是力主他们是犯下了反人类罪——这个名词大约是从她开始的吧？就是这样。这是从更大的环境来讲，小些的环境，打开电视，就是于丹等人在眉飞色舞地大讲什么孔子和庄子，要不就是什么刘老根大舞台。当初我只是在我的博客上调侃了于丹几句，还没有提及学问（在这方面我认为不值一谈），只是置疑她"美女"的身份，就有她的崇拜者不高兴了。我说的只是自己的看法，我不喜欢于丹，是因为无论在大的方面和小的方面，她讲的东西都起到了误导的作用。我说的还算温和，却仍然受到攻击。我想当年杀谭嗣同，后来杀革命党，百姓也都是观者如山，伸长了颈子在看热闹吧，而且事后会一直兴奋很多天，以此作为茶余饭后的谈资，大约就像现在看世界杯一样。他们当初骂康梁，后来骂革命党，大约和现在当什么人的粉丝骂反对者没什么两样。儒家学说中有好的东西，但我不认为能够解决当下问题。几千年来都没有解决问题，像鲁迅说的那样，弄出了五胡十六国，到了21世纪显然更是无能为力了。而现在对传统文化的理解也有很大的偏差,读《史记》,列传里的第一篇就是《伯夷叔齐列传》,这两个人逃避责任,对历史进程没有产生过任何影响,按说不应该被写入史书,更不应该被放在篇首。司马迁是想借此彰显士人的道义感和气节,但这些恰恰被有意无意的遮掩了。大学应该是思想最为自由的地方,即使在中世纪也是这样,但现在大学里面的形式主义被搞得无以复加。人们的素质在下降,就像海平面在上升一样。纳粹德国倒台后,有的学者指出这不光是纳粹党的事情,也是整个民族在犯罪,德国人也确实在反思这方面的问题,但我确确实实没有看到中国人对自己行为进行过哪怕是肤浅的反思——当然也包括我。其实也不是人类不聪明,而是太聪明了。现在是一个极其功利的时代,做什么都目的性明确,同时也变得更加冷酷。前一段时间,有人在残杀动物,比如用硫酸泼狗熊,或是用高跟鞋踩死小猫,连眼睛都冒了出来,就是为了取乐,或是出出风头——这些人就不用说了。还有借着保护市民安全大批杀狗,多么堂皇的理由,当初那些得了萨斯的人很万幸,没有像这样被处理掉。而当人们谴责这类事情时,就有人在贴帖子反对了,说人都顾不过来呢,干嘛要同情猫狗?这种人自己显然需要同情的,要不然就不会这样说了,但我宁可同情猫狗,也不愿去同情这类人。也许这类人根本不值得同情,因为他们本身就没有同情心。人之所以为人,就是要有一点爱,不光爱自己,也要爱他人,不光爱人类,也要爱及所有生命。《圣经》里面说上帝造了人,要人去统领万物,也许是这样,但从来没有哪位上帝说过要人去破坏和残杀万物。无论是犹太教的上帝,还是基督教的上帝,也包括伊斯兰教的真主。在这方面,倒是可以帮助人成为彻底的无神论者,因为假如有上帝,他一定会发一场比诺亚时代更大的洪水。但谁知道呢,也许有一天会是这样的。

我对世界和写作都不抱什么期望。我还不是悲观主义者,虚无有一点,但并不怎么颓废——对文人来说,颓废也是一种好品质,至少强过功利。我只是在做自己喜欢做的,这就是对我最好的报偿,别的很少去想——也想不过来,甚至也不归你想。无论如何,人总得活下去,活着总得有点事做。我认为在我能做的事情当中最值得做的就是写作。另外,说到将来的打算,我只是想写诗,如果能写得更好一点最好,甚至连客串的翻译也要放弃——因为有比我更适合的人选。在写诗上没有什么具体的打算,但在风格和技艺上有了一些接近成熟的想法,要一点点来实现。总之,就像上面说的,我还没有出名,因此还得写下去,等出了名,坐在自己的大摞诗集上再想更多吧。

附录三:"为凤凰寻找栖所"——王家新访谈

张伟栋:有一次聊天时,你提到很年轻时的文学的梦想,大约是在你上初中的时候吧,现在你已经出版了四本诗集,因为你在诗歌上的卓越成绩,你的名字也被写入了最重要的几本当代文学史,回过头来看,你自己是不是也觉得有种很令人惊奇的命运呢?黑格尔的《小逻辑》里第一个概念就是讲"存在",在他那里这个存在作为最源初的概念还是空无一物的,存在还只是一个"存在起来"的决心,这个提法对后来的存在主义哲学影响很大。我们的这个访谈也先从这个"决心"开始吧。

王家新:被写入当下的文学史,这重要吗?不过,经常为自己的一生感到惊讶,这倒是真的。我的父母只是普通的中小学老师,母亲50年代幼师毕业,性格开朗,也爱好文艺,有惊人的记忆力;父亲解放前上的是当时在全省都有名的老河口光华中学,语文功底很扎实,人们都尊称他为"活词典",但也仅此而已。他并没有特殊的文学爱好和才能。记得上初三时,有一天我很冲动地在家门口对父亲说我要写诗,他吃了一惊,然后不相信似的笑了起来"啊?你要写诗?诗歌要有意境!"而我当时整个一个大红脸,从此再也不好意思问他了。

我父亲也从来不关心我是否写诗。他只关心一点:别犯错误!甚至到我上大学后,他每次来信都还要叮嘱我写东西"要注意",看得我真烦呐。不过我也理解。父亲和母亲都出身于"地主"家庭,父亲上中学时为宣传抗战还加入过"三青团",因此"文革"一开始就被整,就不断地下放,由县中学到区中学直到最偏远的山区学校。记得父亲有一次在家里悲愤地大叫"天无绝人之路"!因此还有别的什么奢望可言?他们只求孩子们一生平安。

我就是在这样一种情形下走向文学的。时代的压抑,自从懂事起就感到的那种歧视甚至"阶级仇恨",使我变得愈来愈内向了。上初中时,我各门功课都很好,对数学、物理也很着迷,但内心里总有一种被压抑的渴望,我那时把能找到的书全都"吞咽"了下去,有幸得到几本50年代的中学语文课本,上面的一些诗,如普希金的《渔夫的故事》,我读得简直着迷,还有臧克家的《青鸟》,读了也感到自己的喉咙像是被锁住了似的,"我的喉咙在痛苦的发痒"(如果我没记错的话,《青鸟》的最后就是这一句诗)。更难忘的是在"黄阿姨"家里的经历。黄阿姨是县医院护士,上过省卫校,爱好文学,是个典型的"小资",我母亲早年曾许配给她哥哥,后来两家解除婚约,但关系依然很好。放暑假期间,我翻山越岭几十公里去她那儿玩。在她家我居然发现保存完好的50年代、60年代的《萌芽》和《收获》杂志,我便一连几天一头埋在这些杂志中,尤其是《收获》上一部以50年代北大校园生活为题材的长篇小说《大学春秋》,里面一帮大学生为中国作家一直未能得到诺贝尔文学奖而深感耻辱的慷慨陈词深深刺激了我,似乎从那一刻起,我知道我这一生该做什么了!黄阿姨和她戴着深度近视眼镜的当医生的丈夫见我这样,深感惊异,便这样问我"你长大后是不是想当文学家啊?"我点了点头。他们对视了一下,接着很认真地对我说"当文学家可是要吃苦的啊"(黄阿姨的哥哥就是因为"言论问题"被划为右派,吃尽了苦头),我听后,同样又很认真地点了点头。一生就这样决定了。

的确,一切就这样决定了。如果说我到现在仍感到惊异,我是惊异于这种心灵的力量,正是它使一个人有了"存在起来"的动力和决心。纵然我很快就吃到了苦头(初中毕业时,班主任就毫不含糊地在我的毕业评语上写下"有严重的资产阶级个人奋斗思想"一语,我因此不能上高中,后经母亲在冰天雪地里走几十里去区教委抗争才上成),但这种心灵之力却更为顽强。同学们讥笑我为"书呆子",连我父母也经常惊讶"这个孩子怎么啦",但这就是心灵的力量。如果说一个人有什么"天赋"的话,我看这就是最重要的"天赋"。

张伟栋:湖北丹江口地属楚地,楚地的遗风对你好像影响不是很大,你的诗更接近杜甫和岑参,你在文章中也提到过岑参。你自己怎么看?

王家新:我不清楚人们是怎样界定"楚文化"的,但我的血液里肯定有这方面的基因。我的诗里也很可能有着人们包括我自己都没有充分意识到的来自楚辞的抒情音调的反响。也许区别仅在于,我们这一代人读过叶芝、策兰、米沃什、帕斯捷尔纳克,而我们的先人没有。

至于杜甫,这里不是攀附,我们其实也是老乡。杜甫祖籍为襄阳人,而我家乡离襄阳只有80公里,同一条母亲河——汉江——贯穿了两地。对我来说,屈原是精神先驱,而杜甫为现代诗人——在很多意义上,一个同时代的诗歌大师和艺术榜样!就在前几天的秋雨中,我还想起了杜甫的诗:"雨中百草秋烂死,阶下决明颜色鲜",写得多好!我真是为这样的感受力感到惊异。

张伟栋:你们这一代诗人,大都有着"文革"的背景,你在长诗《少年》当中处理的这段经历就让人很难忘,你能谈一下你当时的经验吗?现在你对这段历史有怎样的思考?

王家新:《少年》写于2003年,在这之前我还写有《一九七六》一诗,诗中写到在知青点里,当伟大领袖逝世的讣告传来时对我们的震动以及在后来"一个时代的结束"。但我并没有专门去写"文革"的想法,我只是想写出一个心灵在那个时代的遭遇。

写自己的童年和少年,应该说是来自早些年读到荷尔德林的《当我还是年少时》的冲动,那首诗的最后一句是"我在神的怀抱里长大",这如梦初醒般地唤起了我对童年的回忆。不过,在告别童年后,我的人生已是另一个故事。大自然不得不把我们从它的"怀抱"交给了另一位监护人,那就是历史。因此,我那首《少年》,借用布莱克的说法,注定了是一首"天真与经验之歌"的二重奏。

在《少年》中我写到许多细节,但我更想写出那种惊异感。在童年时所惊讶的一切,以及后来"历史的闯入",这些对一位少年都具有一种谜一样的性质。我想,正是这些谜一样的东西在决定着我们的一生。因此我在写时,把真实与虚构、历史的细节与诗的意象结合在了一起。叶芝说过他的写作就是要"把神话植入大地"。第一次看到这句话时,我就永远记住了。

"文革"当然对我们具有持久的影响。可以说,我们每一个人的"人生之谜"都是由童年和历史这两样东西决定的。我第一次感到的痛苦是不能加入红小兵的痛苦,第一次感到"笔的沉重"是在上初中时填写家庭出身栏的时候。这也就是我为什么能够在某种程度上进入策兰的诗。像我这种"出身"的人,在"文革"期间就是犹太人,只差肩臂上没戴那种黄星了。

张伟栋:80年代末期之后,你的诗歌影响非常大,我认识的一些年轻诗人有很多都从你那批作品中寻找过力量。我是说《转变》、《瓦雷金诺叙事曲》那批诗歌,当中有着语言遭遇现实而迸发出来的令人动容的力量和无法直视的光芒,和你早期带有禅诗风格的作品,像《蝎子》、《中国画》,很不一样,你是在什么状况下写下它们的?

王家新:我曾多次谈过这一时期的写作,它对我和许多诗人而言,的确是个重要的关头。时代的总体氛围,个人的处境,或者说深入到精神内部的那种力量,促成了那批作品。我想我首先仍是一个从内部来承担诗歌的人。诗歌撞上了历史,它下沉了,但这一切却迫使我们和语言建立了一种更深刻的关系。

讲到那时,就难免让人怀旧。这里只讲一个细节,那时我家住在西单路口的一个胡同,每当走到秋风中的长安街头,或严寒中的长安街头,总有一种巨大的荒凉感要涌上喉头。对那个年代,我们真的写出了一些什么吗?我们欠下的是太多了。

张伟栋:我个人认为,你的诗歌里面有着很强的批判和反思的声音,如果不是把"批判"这个词简单地理解为反对的话。我是在康德的意义上理解这种"批判"和反思的,比如像《帕斯捷尔纳克》和长诗《回答》等诗中,里面也始终有着一个见证人的角色,这和你的"文革"、知青经历有关系吗?

王家新:这么说吧,我当然不可能把诗歌写作限定在纯粹审美的领域,但我的写作,首先都是在面对我自己人生中的那些问题。就像我在上面已讲到的,你必须首先是一个从内部来承担诗歌的人。我所认同的诗人,也都有着这种"如铁锚一样下沉的'内在性'"。这使他们即使在对时代进行"批判"或"见证"时,也从不会浮到表面上来。

至于这种批判和反思,和我的"文革"、知青经历当然有关系,但和我在这之后的全部经历也有关系。可以说,我诗中的"痛感"来自我的全部生活,来自我自己的一生。

说到批判和反思,我想人们应发现,在我的写作中总是伴随着一种自我认识、自我审判的艰难。我所惭愧的是我做的还不够。"我重复着易卜生的话——写作,就犹如对我们自己做出判决",凯尔泰斯曾在他的一本书中如是说。他们说的是多么坚决!

张伟栋：在当代诗人当中,你是少数几个有着自己完整的诗学主张的诗人,有人说你的诗学文章是"一部中国诗坛的启示录",你能概括一下自己的诗学观点吗?另外,你今年由北大出版社新出版的诗论集《为凤凰找寻栖所》,我很喜欢这个书名,为什么会用这个书名?

王家新：首先,很难说哪个诗人有一套"完整"的诗学主张,我也不相信那种完整。我只欣赏那些用减法,或者说用斧头来写作的人。

写一些诗学随笔和论文,只是我"进入到诗歌内部工作"的一种方式。这和那种职业性的"学术生产"完全是两回事。到现在,我大概已出过五、六部诗论随笔集子,到底"提出"些什么,真的很难说清。另外,我也有点怕"概括"了,怕被标签化。它们不是诗,但它们同样也是一种心血浇铸的东西。

至于"为凤凰找寻栖所",是出自叶芝的一句话"我们必须为凤凰在生命之树上找寻栖所"。其实,类似的隐喻在中国古典中早就有了,所以一个中国读者对此应该说不难领会。"为凤凰找寻栖所",也就是为灵魂找寻一个栖所,为一种诗的追求找到一种语言形式,为一种写作构建一种语境,等等。无论怎么看,这都构成了我们最初的、也是最根本的出发点。总之,我希望这样一个书名本身就能构成一个具有诗学意义的话题,就能调动一种思的想象力,正如我前几本诗论随笔集的书名"夜莺在它自己的时代"、"没有英雄的诗"一样。

张伟栋: 你的诗学文章中,我感觉一直存在着一个海德格尔式的命题,在《诗人何为?》那篇文章,海德格尔表述的比较清楚,就是在世界的黑夜中,诗人与存在的关系。

王家新: 是这样吧。对我来说,诗歌的问题就是存在的问题,写作的问题从来都与个人与世界的关系、与个人的精神存在问题深刻相关。一旦我们深入到这些问题中来,对我来说,写作才有了意义。否则它很可能就会陷入到希尼所说的"审美的空洞"之中。

张伟栋: 你的诗歌中一直有着对某种光亮的执着。这一主题也和海德格尔很相似,策兰晚期的诗歌中也涉及到了这一主题,他曾为此写信向萨克斯道谢,认为是她让自己找到了"光"那个词。"光亮"以及由此而来的"澄明"的境界,怎样构成了你的诗歌信念?

王家新: 策兰的确写信给萨克斯说她让他自己找到了"光"那个词。但这一切并不那么简单。1960年,策兰第一次与奈莉·萨克斯在苏黎世会面,正逢上"升天的日子",后来他在诗中写到"大教堂矗立在那里,它从水上/带来一些金子。"但他与他的这位犹太裔诗人"姐姐"也有更深刻的争执。这就是中后期的策兰,他不仅要对说"不"说"是",还要对说"是"说"不"。他经历的创伤太深,思想也很复杂,充满了深刻的悖论。可以说他最终拒绝了那种浮士德式的拯救。而他之所以这样,是因为他完全、绝对地忠实于他自己的痛苦。

张伟栋: 看来"光亮"或"澄明"这种最接近宗教色彩的努力,

它本身就是一种争执。

王家新：落实到写作本身,对"光亮"的执着,可以说是一种对语言的透光性的执着。但是,要从语言内部透出光亮,首先要能够吸收黑暗。没有那种里尔克式的"忍受",就不可能把语言带入到一种光辉里。当然,这种透光性也和"精神性"深刻相关,只有精神元素的闪耀,才能真正带来词语的明亮。所以,找到现在仍在梦想一种词语与精神相互吸收、相互历练的诗歌语言。

张伟栋：这是不是又回到你多次谈到的"词"的问题上了呢?

王家新：是这样吧。大概从 80 年代后期起,我就开始关注这个问题。这种"对词的关注",不仅和一种语言意识的觉醒有关,也愈来愈和对存在的进入,对黑暗和沉默的进入有关。这使一个诗人有可能从更本质的层面来把握诗歌。在我现在看来,那些真正的诗人,如杜甫、策兰,都是"词"的诗人。记得多多前一段时间在一个讲座中曾引用一位匈牙利诗人的诗"在鱼群向我游来之前,我不知道自己是不是一个渔夫",这句话说得多好!在我看来,它所谈的仍是一个"词"的问题。如果一个诗人进入到这般境地,"词"本身就开始书写他了。

张伟栋：除了你在文章中提到过维特根斯坦和海德格尔之外,还有哪些哲学家影响过你?

王家新：从精神品格到写作上,维特根斯坦都是真正影响过我的人,80 年代后期、90 年代初期,我都是在他的影响下度过,后来我到维也纳时,我要做的第一件事情,就是寻访当年他亲自设计的那座房子。至于还有哪些哲学家影响过我,这里很难列出一份清单。古希腊哲人的哲学残片给我了很多昭示,海德格尔的哲思照亮了我对语言和存在的认识,本雅明的艰涩、德里达的出其不意,对我的心智都曾是一种激发,等等。但现在在我看来,哲学就在诗里、在大自然和存在的启示里。海德格尔从事哲学,不过是为他读诗做出的准备。一部卡夫卡的小说,远远比一部哲学著作更难以穷尽。另外,我要说我读的书很杂。我翻译过卡内蒂的一些思想片断,他有这样一句话:"没有阅读的混乱,就没有诗人的诞生"。

张伟栋:从写作时间上来看,你的诗歌写作几乎是和朦胧诗同步的,作为当代诗歌最重要的亲历者与创建者,你怎么看这三十几年的诗歌?

王家新:我早期的写作只能说是一种练习,性质上和一个孩子在沙滩上垒城堡没有什么区别。出于多种原因,我是经过了很多弯路才走上一条诗的道路的。至于这三十年的诗歌,作为一个参与者和旁观者(远不是什么"创建者"),我只能说它既很了不起,又没有什么了不起的。从总体上看,说它了不起,是指它在"文革"之后,几乎一下子就使诗回归到它的正道,并在历史上开辟出了一个众星灿烂的时代;说它又没有什么了不起的,是指它还有很多问题,还有更艰巨的路要走。它能否达到真正了不起的程度,也还需要"走着看"。

张伟栋:你在大学期间和北岛、江河等诗人交往,但你的诗歌一开始的路向就和他们不太一样,我读你早期的诗,就非常注重语言的质感,诗歌的肌理坚实,这种特点在你后来的诗歌当中也非常明显,这种特点在诗歌的谱系上更接近于俄语和德语诗歌的混血,这些诗歌是怎样进入你的阅读视野的?

王家新:我在大学期间的确和北岛、江河、杨炼、顾城、舒婷等诗人都有交往,但不能说我的诗歌一开始就和他们不太一样。我受过他们许多影响。真正形成自己的"路向",还是在后来的事。

我认识多多较晚,在他们那一拨诗人中,他是一位到现在仍在深刻激励着我的诗人。多多有一句话"离远的近,离近的远",这大概也是我形成个人诗歌谱系的一种方式。说到俄语和德语诗歌的影响,这当然比较明显,这和我自己的生活、和我本人喜欢更"重"一些、更有质感和精神性的东西有关。帕斯捷尔纳克的诗和散文,阿赫玛托娃的诗,都曾对我的写作有影响,但是很奇怪,曼德尔斯塔姆,我承认他是天才,但读他的诗却唤不起我任何的创作冲动。布罗茨基和米沃什对我都很重要,但他们都超越俄语和东欧诗歌的范畴了。在德语诗歌方面,里尔克的影响不如策兰那样深刻,但我接受策兰时,已变得更"成熟"一些,知道怎样将其影响排除在我的写作之外。法国诗人中,瓦雷里和夏尔我最喜爱。英语中的叶芝,我一生都在不断地读,他也经得起我们反复地读。但是斯蒂文斯,去年我在美国期间专门抽出时间读他的诗和诗论,但是有点读不下去了,读了半天,似乎我自己生命更深处的东西还未被撼动。

张伟栋:你上学期讲过海子的诗歌,我去年也写过一篇海子的文章,有人说他的诗作为乡村经验的宏大叙事失败了,我不承认诗歌里有失败这种说法,谁的诗歌又成功了呢,海子作为某种类型的诗人,还是非常可贵的。

王家新:虽然海子的诗我并不满足,他的诗是一种天才的体现,但并未体现出一种经验的生长,顾彬也曾很困惑地告诉我他一点都不喜欢海子的诗。但海子作为一种80年代的诗歌现象,我们必须面对。我们有时还必须回到他那里去。无论从何种意义上,在80年代,海子都是一个最终来到临界点上的诗人。我们都没有他那样决绝、义无反顾。我也不知道顾彬读到的是海子的哪些诗。他应该先读读海子死前写出的那一批抒情诗,然后回头读他的其他诗。我在一篇文章中也谈到了,正是在他最后大半年的那些诗中,或者说在对燃烧之后"灰烬"的忍受中,海子的诗性最终达到了一种"澄明",并使他的诗带上了一种中国诗歌中很少出现的令人颤栗的力量。

与海子血肉相连的,是骆一禾这位现代诗歌的仁人义士。海子完成了自己,而一禾没有。如果一禾不死,我想他比我们很多人都具有更远大的诗歌前景。我最后一次见到一禾是在1988年末或1989年初,总之是在海子死之前。那时他在我家大杯喝酒,是山西汾酒,很烈性的酒,他头一仰就下去了,而且不吃什么,异常壮烈。这么多年过去了,海子和一禾仍在我眼前。我们都曾是在精神上血肉相连的人。长夜漫漫啊。他们留给我的最后一句话就是:"流着泪迎接朝霞"。

张伟栋:90年代初,北京诗坛的氛围是怎样的?你也是当时的"幸存者俱乐部"的成员吧?你是90年代所有重要的诗歌民刊的作者,当时为什么没有考虑办一个自己的刊物?

王家新:这和我个人的性情、和我对诗歌写作性质的认定有关吧。大学毕业后,我就渐渐不再参与集体活动,甚至上大学期间,我就对所谓"大学生诗歌"不感兴趣,后来对80年代中期轰轰烈烈的"第三代诗歌运动"也保持着距离。顺便说一下,这也可能和我从小记住的一句法国格言有关:在田野上只有狮子独往独来,而小动物们总是成群结队。1990年,我被吸收为"幸存者俱乐部"首批成员,但我感到那里居然也像"组织"一样严格,虽然在我家也曾举行过"幸存者"诗歌活动,我和沈睿也曾找人帮忙冒着风险免费印了一期"幸存者"刊物,但我后来写信给芒克宣布退出,据说气得他老兄够呛,真对不起!1992年我到英国后,北岛请我编《今天》的诗歌,但我只编了一期就退出了,因为我发现我和北岛其实有很多美学上的分歧,我也不愿太委屈自己,更不想沾谁的光,那就朝孤独和黑暗处走吧。

我这样说,并不是否定这么多年来诗歌民刊对诗歌的重要意义,只是我个人习惯了"单干"而已。别说编什么刊物,我现在连话也愈来愈少了。到最后,我们也许会发现自己像策兰一样,是生活和写作于"回答的沉默"里。

张伟栋:当时你主编了不少的诗选,我手头就有你主编的《最明亮与最黑暗的》和《叶芝文集》,其他几本像《当代欧美诗选》、《二十世纪外国诗人如是说》我也读过,这对现代诗在大陆的传播和产生影响可以说是非常重要,你当时有着怎样的考虑?

王家新:首先是出自个人喜爱,也愿意大家一起分享。如果说有什么考虑的话,那就是通过这种编选编译工作,拓展我们的视野,并彰显一种诗的标准。我虽然不习惯于成群结队,但一个诗人又需要有某种献身精神。1987年编选《中国当代实验诗选》时,我就没有收入我自己的诗。我只是遗憾我和晓渡接着编选的《中国当代实验诗选》第二卷和第三卷都没有出成。

张伟栋:80年代后期你在《诗刊》做过编辑,除此之外你好像基本上都是在学院中任教,这种工作和学院中的生活对你的写作有哪些影响?

王家新:我生性安静,与书本为伴,学院当然为最好的职业选择。这种生活可能有它的问题或者说"局限性",但是我能干别的什么?(我想起来了,我可以当出租汽车司机啊)。这种学院生活对我的诗歌写作本身没有多少影响。它的影响在于我的其他方面。当我进入诗的写作时,学院对我根本就不存在。

张伟栋:你平时怎样安排自己的生活,有过移居国外的打算吗?

王家新:除了去学校上课外,平时在家一日三餐包括去超市买菜,还有一些杂事,都是我来做,因为我妻子要照顾孩子,也有她自己的事情。我对朋友开玩笑说我是"抽空诗人",一天能抽出那么六、七个小时来写东西我就很满足了。至于是否有移居国外的打算,最起码现在没有。不过,多年前我觉得自己只能生活在国内,现在我觉得在哪里都可以。我没有国家的观念。我终生侍奉的只能是诗歌和语言,而它超越了一切。

张伟栋:你的重要诗作都被翻译到国外的语言当中,从读者的反映看,你觉得哪种语言最为成功?

王家新:只能说有一些诗作被译介了,一些我自己看重的作品如长诗《回答》等,并未被译成任何一种语言。即使是被国内读者和批评界视为我的"代表作"的《帕斯捷尔纳克》一诗,也只是很晚才被译成英文。总的来看,比较好译的许多都被译了,而那些难译的或是与中国的社会历史和文化语境有着太密切、复杂关系的诗(《回答》就是这样的诗),还是为自己留着吧。

就译成的语种来看,有英、法、德、意、荷、俄、西班牙语、瑞典语、日、韩等语种,它们在这些国家的文学、诗歌杂志、汉学杂志及报纸上发表,或是被选入一些诗选。国外从事中国现代诗研究的人本来就很少,在这方面十分投入的就更少。这些年来我和其他中国诗人的诗译成德义的比较多,是因为德国有顾彬教授这样的诗人、汉学家;译成荷兰文的比较多,是因为在荷兰有柯雷教授、在比利时弗兰芒语区(它和荷兰语基本上是同一种语言)有汉学家万伊歌;在日本,有佐藤普美子教授这样的有眼光的学者,等等。

我不满意的,恰恰是作品被译成英语的情况,这不仅指我的诗,还有对朦胧诗后整个中国诗歌的译介。据我所知,这么多英语国家至今还没有一部能深刻、全面反映中国当代诗歌的权威选本出来。许多人对中国诗的了解,大体上仍是到朦胧诗为止。如果说我有什么期望,就是期望人们对中国诗歌的关注和译介能够更深入一些,同时,也期望有一些更年轻的、有志于中国现代诗的汉学家出来。前不久我看到美国 Kyle Borner 的翻译,让我有了一些信心。他选译了我五首诗,都是别人没译过的、我自己也比较满意的作品,这让我惊异于他的眼光;他还写有一篇关于我的诗的论文,也很敏锐,有新意和深度。我真希望这样的年轻人能坚持下去,因为译诗正如写诗,这只能是一种不计代价的生命的投入。

至于从读者的反映看哪种语言最为成功,从我和其他一些中国诗人在欧美一些国家和日本的朗诵经历来看,大都受到读者的欢迎,有些反映甚至让我深受感动。但要真正产生影响,恐怕首先需要在国外有影响的出版社出个人专集才行。对此,中国诗人除个别诗人外,大都处于边缘甚或"无缘"的状况。即使北岛的影响,恐怕也有限。去年我在哈佛大学旁边的诗歌书店挑了一本波兰流亡诗人扎加耶夫斯基的英译诗集,到柜台付钱时,年轻的男店员眼睛一亮"你也喜欢他的诗?"说着,他从自己的背包中掏出了同样一本诗集,说他上下班的路上就读这本诗集。中国诗人能在美国产生这样的影响吗?或者问,他们什么时候才能产生这样的影响?

张伟栋: 除了诗歌写作和致力于诗学的构建,你还是当代最为积极和出色的诗歌翻译者,它们在书写这一名目下也构成了你写作的一部分,你怎样看待你这部分的工作?你最满意自己哪些译作?你发在近期《当代作家评论》上的文章《词的"昏暗过渡"与互译》,也在谈翻译的问题,能不能具体谈一下你的翻译观念?

王家新: 我远远不是一个出色的诗歌翻译者。我不是外语科班出身,上的是中文系,而且一开始还对外语有一种拒斥。我决不是那种我们都见过的对语言有极强模仿能力的人。但怎么又译起诗来,这完全是一种内在的需要。

正是出于这种需要,近年我又开始重译策兰,并阅读许多关于策兰的研究专著和传记资料。在这使人躁动不安的年头,我需要抱着一个石头沉下来。而策兰的诗就是这个石头。借用策兰自己的话,策兰的诗,这才是我"从深海里听到的词"。

此外,虽然我不会是一个职业翻译家,但我多年来都有一个想法,那就是从我们这一代人开始,重建一种诗人作为翻译家,或者说集诗人、批评家和翻译家于一身的现代传统。这种传统的重建对于我们个人、对于中国诗歌的发展都极其重要。

至于翻译观念,我从来不信"信达雅"那一套。我看到多少可笑的翻译都打着这一个旗号。我只认同德里达的一个说法:确切的翻译。本雅明的翻译理论和庞德的翻译实践也都给了我很多重要的启示和激励。

说到我最满意自己哪些译作,我只能说有哪些让我自己激动的翻译,这里我挑出一首策兰的诗《以一把可变的钥匙》。如果人们留心,会发现我对这首诗的翻译已几易其稿了(这一稿也很难说就是"定稿")。这就是伟大诗歌的标志,它不仅构成了翻译的难度,也在召唤我们不断地去译。而不管怎么译,它都使我深深激动。在我1991年冬初次译策兰这首诗时,我就感到这首诗在等着我。今天重译,仍感到它在等着我。的确,它对我来说,已构成了"一种命运"。

张伟栋: 你有过多年的在国外诗歌旅行的经验,这种经验所带来的国际性视野,给你最大的收获是什么？你更喜欢国外哪个城市？

王家新：这种国外的经历肯定影响了我的写作,我的许多诗作也直接与此有关。这种影响在于：(一)它打开了我的视野,使我摆脱了过去写作的局限性,学会把自己置于人类生活和宇宙的无穷中来讲话；(二)这种带有某种"自我流亡"性质的经历,使我对人的孤独,对不同文化间的冲突,对于一个诗人的命运,都有了更强烈、深刻的体验；(三)在国外,也为我反观自己在中国的生活提供了必要的距离,如我在斯图加特附近一古堡写下的长诗《回答》,也许只有在那里,我才有可能回过头来看清自己的一生；(四)国外的生活环境和气候和中国都很不一样,这也很重要,比如我去年在纽约州期间写的一批诗,你看了就知道,那样的诗只能在那样的环境下写出。

这些影响是我已意识到的,还有我没有意识到的。总之,我感谢这种经历。纵然有些诗人不出国也写过很多好诗,比如英国的拉金(他甚至说过"我不拒绝到中国去,如果我能当天回来"),但我更喜欢像米沃什、布罗茨基这样的诗人。他们不断"越界"的经历,不仅使他们看到、体验到更多,更重要的,是把他们推向了一个高度。而一些地方主义诗人,虽然很有特色,但却有着他们自己意识不到的局限性。

至于最喜欢的国外城市,也许是布拉格吧。不过我没有去过,虽然我写过一首题为《布拉格》的诗。前不久我重译策兰,发现他也写有《布拉格》一诗。让我惊讶的是,策兰也从未访问过这个对他来说极其重要、神秘的城市!

张伟栋:你写过一些当代美术的评论,你喜欢哪些画家?

王家新:我只是应朋友之约写过几篇艺术评论,在这方面我很"业余"。当代画家关心的不多,但也有极好的朋友,如王音。他是一位人文底蕴和文学感受力都很罕见的艺术家,在我们认识之前他就读过我许多东西,我从他那里也学到了很多,不仅在艺术上,在文学上也如此,听他谈莎士比亚、谈《红楼梦》、谈俄苏文学、谈杜甫,都让我叹服他的眼光。我写的东西常常要听他的意见,他说好,我心里才更踏实一些。可以说,我这一生就是为这样的朋友写作,他们比诗歌圈里的那些人对我更重要。去年我在华盛顿看展览时,特意买了一张伦勃朗晚期的自画像(当然是画片)带回来送给他。大师的晚年,存在的史本质的显露,能够看出其中"门道"的,恐怕只有王音这样的艺术家了。

张伟栋:最后一个问题,你对下一步的写作有什么计划吗?

王家新:我正在修订、新译一部扩大版的策兰诗选,如有可能,再译出其他一些关于策兰的东西,如迦达默尔论策兰,等等。另外我承担了一个研究项目《诗人译诗与中国新诗的"现代性"》,要在几年内完成一部专著,这都是极其消耗人的事情。

至于诗的写作,这是很难计划的。我只是希望能迎来一个对自己更重要或者说"更深刻"的时期,使这一生的劳作达到一种结晶。不过,这里的"更深刻"也有点让我畏惧,因为这意味着我必须在我自己身上更深刻、也更有耐性地经历一种"诗歌之死",直到它把我全部耗尽。

附录四:还有多少真相需要说明——孙文波访谈

张伟栋(以下简称张):这个访谈,我想把重点放在你80年代的写作和经历上。那么,我们就从你在西安兵营的生活开始吧。从我的了解来看,这段经历应该算是你写作的一个前史,你在诗歌里对此也有过描述,请为我们还原一下你这段时期的生活以及阅读的情况。

孙文波(以下简称孙):准确地说我当兵是1976—1979年。如果把这段时间算做我写作的前史,虽然并不确切,但可能也多多少少有一点关系吧。而具体地说来,我做作家梦还与一次打架有关,当兵第一年,因为把一个战友打伤,领导让我写出深刻检查,不然的话要给我处分,由于我当时并不是在自己的原部队,而是被派到兰州军区技术学校学习,很害怕背一个处分回去,所以逼得我花掉好几个晚上认真写了一篇几千字的检查。大概领导认为我的这篇检查写得还行,最后没有给我处分不说,还在几天后让我写一篇类似于向国家表忠心的文章(当时由于毛泽东刚刚逝世,需要所有人对新的最高权力持有者给予认同),代表全团士兵在大会上宣读。虽然最后会议因为形势突然发生变化被取消,我并没有获得在大会上宣读文章的机会,不过写这篇东西的经历让我发现自己还能写点东西。从那以后,我开始有意识地寻找一些文学书籍阅读。又加上第二年回到自己所在部队呆着的城市后,刚好我的一位表哥此时也在这座城市读大学,他帮我在学校的图书馆借了很多当时外面看不到的书,使我得以在当兵的后两年时间里阅读了大量的中外文学作品。我现在还记得读过的有雨果的《悲惨世界》、老托尔斯泰的《战争与和平》、巴比塞的《光明》、巴尔扎克的《高老头》、陀斯托耶夫斯基的《死屋手记》《被凌辱的与被迫害的》,莫泊桑的《羊脂球》,左拉的《妇女乐园》,以及鲁迅的所有作品和李劼人的《大波》等等。现在回想起来,那时候的阅读真有点废寝忘食的味儿,常常是吹了熄灯号我还趴在被窝里打着手电筒阅读。能把那么多长得不能再长的长篇读完,现在的确不能想象当时哪来那么大的干劲。后来我退伍也与自己把大量的时间花在阅读上有关系。因为它使我过多的熬夜,经常早晨起不来正常地出操,从事一天的工作,让我的领导觉得我已不算一个合格的士兵,多次批评没有收到效果后,安排我在1979年全军没有退伍计划的情况下离开了军队;那时候中越边境不断发生军事摩擦,中国正准备与越南打仗,所有部队都在进行战争动员,我的一些战友还被调到了野战部队。而此之前我的领导可是一直很器重我的,在我父亲到部队看我时,还对他说过我会在部队干很多年的话。当然,今天看来那些阅读只是让我对文学有了一定了解,文学梦做得更深沉,并养成了很长一个时期阅读小说的习惯外,并没有真正使我在如何写作上获得多少清楚认识。

张:你谈过最初写诗和一次朗诵会有关系,当时你已经复原和回到成都工作,对写小说充满兴趣。我了解的不清楚,请你详细谈一下。

孙:我最终走上写诗这条路的确与一次朗诵会有关系。当时我从军队退伍回到家中呆了八九个月,被分配到成都西郊的一家工厂上班。这家工厂离我家很远,骑自行车大概要花40分钟左右才能到达。因此我每天中午吃完饭只能跑到工厂边上的茶馆里休息。一般情况下,我很少参与哪怕是同一个车间的工友们在茶馆里的聊天,都是带上一本书找个相对安静的角落坐下边读书边喝茶。80年代初,几乎每家工厂里都有不少因为各种原因没有参加高考的文学青年,我工作的这家工厂里也不例外。我每天在茶馆里读文学书籍的情况被几个当时正在筹划一个诗歌朗诵会的写诗的工友发现了,他们认定我也是一个对文学有梦想的人,于是找到我,希望我与他们一起搞这个朗诵会。虽然那时我主要的兴趣是放在小说上,阅读的主要方向亦是小说,对诗歌的了解并不深,但可能心里正苦于找不到有人一起谈论文学,尽管之前不认识他们,但还是没有犹豫就答应参加他们的活动。而既然答应参加活动,当然要有作品,我便在筹划活动的过程中写了两首诗,并在朗诵会那天上了台朗诵。本来,以我当时的想法,写那两首诗不过是为了应付朗诵会,完了也就算了,但没有想到的是朗诵会下来,不少人认为它们是很不错的作品,还有几个来听朗诵的四川大学成人学院的学生,干脆直接把我与其他几个人称为"工人诗人",并提出要采访我,让我谈谈对写诗的认识,以及为什么作为一个工人还对文学抱有创作的热情。第一次提笔写诗就得到认同,还有人说要采访我,对人是怎样一种刺激?完全就是火上浇了油嘛。加之通过那段时间与邀请我参加朗诵的几个人接触,我与他们已经成为朋友。于是乎写一下就算了的想法很自然地被抛弃。我也在那以后开始把兴趣从小说转到诗歌上。不过,要说到真正认为自己写出可以称之为诗的东西,又是几年后的事情了。现在回想起来,我不禁有恍惚之感,觉得好像冥冥中自有命数在一个人的生命历程中左右着他,像我这样的人,如果不是几次看起来不那么必然的事情将自己与文学的关系一步步拉近并最终落实到写诗上,我会是一个什么样的人呢?

张:86年诗歌流派大展,你的诗歌是在"四川七君"这个流派里的,这个命名的缘由是怎么样的?

孙:到了今天再来谈论这件事,对于我已经有点像在记忆里翻陈谷子烂芝麻。不过既然你问起我就再谈一谈吧:大概是1985年,当时还写诗的廖希移居香港,走之前他想带一些诗到香港去,以便有机会通过介绍他带去的诗与香港的诗歌圈打交道。而那时候我已经在成都的诗歌圈里混了,并与廖希交往比较多。我之所以与他交往比较多有三个原因:一是在诗歌趣味上我们能谈到一起,譬如那时我们都在读一些英美诗人的诗;二是他家与我家离得很近,我们经常在吃了晚饭后一起玩耍;再一个是我们都喜欢看足球比赛,能够一起坐下来看电视播出的意甲之类的玩意。这样一来,我的诗他带了一些走。另外他与钟鸣是西南师大的校友,一直关系不错,所以亦带了一些钟鸣的诗;而当时钟鸣与柏桦、张枣等人关系亦很好,并十分推崇,他们的诗也由钟鸣帮忙要了一些带上。而廖希到香港半年后,写了一封信回来,告诉我已经在那里与一家很有影响力的刊物取得联系,那家刊物的编辑在读了我们的诗后,觉得与此前他们了解到的大陆的朦胧诗很不一样,决定做一期专辑,以便向香港文学界介绍我们。同样意思的信他还写给钟鸣,并且在给钟鸣的信中还多一种意思,希望钟鸣能写一篇概括性的文章,自我介绍诗歌理念。因为那时大家在国内发诗都很少,有香港的刊物要做专辑介绍,不能不说是一件很煽动情绪的事。我还记得为此事钟鸣专门找欧阳江河、翟永明和我,到他父母位于成都人民公园后面一条街上的家里聚了一次,让大家谈谈这篇文章怎么写。聚的结果是欧阳江河把写文章的事从钟鸣那里要了过去。这就是后来他的《受控的成长》一文。这篇文章分两部分,第一部分欧阳江河以南方为楔子,谈论与"朦胧诗"诗人不同的对诗的认识,以及当时以四川为中心的新一代诗人写作上的追求与已经取得的成绩;第二部分则是对要上专辑的诗人的评论,但这部分的内容并非欧阳江河一人写的,就我知道的情况,谈论我和钟鸣的文字都是我们自己写的(好像钟鸣还写了张枣、柏桦、廖希的篇幅)。为什么这么做是欧阳江河的意思,当时他的说法是自己写自己更准确一点。不过,诗最后并非刊发在廖希之前说的那个有影响力的刊物,而是发在了由香港诗人叶辉(叶德辉)一干写诗的同人所办,名叫《大拇指》的文学报纸上。专辑出来后不久廖希从香港回成都带了很多份。我估计几乎当时在成都写现代诗的人都得到了这期报纸,还有的被寄往了外地。因为欧阳江河的那篇文章,也因为报纸上刊出的七个人的诗,当时成都的杨远宏、石光华等人就称呼这七个人为"七君子"。其实他们这样称呼带有戏谑和冷嘲的意味。而紧接着,便是徐敬亚和姜诗元搞得那个"现代诗大展"。当时徐敬亚并不是将约稿信直接寄给我们中的某一个人,而是寄了很多份给他早就认识,以一首叫《不满》的诗得过全国诗歌奖的骆耕野,请骆耕野在四川帮他散发。那段时间我恰好与骆耕野交往比较多,他便给了我一份。我在征求了欧阳江河等人的同意后,出面组织了诗以"七君子"的名义寄给徐敬亚。最后大展出来,其中的关于诗歌观念的部分,也是当时在征求了欧阳江河等人的意见后由我持笔写的。

张: 欧阳江河在一篇访谈里谈到四川诗歌时,更多的是谈到"四川五君"和万夏、李亚伟和宋渠、宋炜这几人的写作,使我感觉好像你当时的写作有种孤绝的味道。请你谈一下具体的情形是怎样的?

孙: 前面我已经讲了,之所以有过"七君子"一说,完全是由于香港那家刊物发表诗的缘故。而实际上我平时虽然与欧阳江河等人认识,偶尔也有交往,但算不上朋友。加之后来我了解到,由于徐敬亚的大展只登出我和欧阳江河、翟永明、柏桦的诗,其他人只是登出名字,钟鸣说过"孙文波怎么能与我们相提并论"的话——这是大展出来后不久,有一次在成都春熙路新华书店门口碰到欧阳江河,他告诉我的。钟鸣的话让我当时就意识到,其实这很可能也是欧阳江河自己的意思,他不过是用转述的方式告诉我罢了(转述别人的话,欧阳江河做过的不只是这一次,96年左右他还向西川转述过我说"西川已经是官方诗人"的话呢,只可惜那句话不是我说的)。时至今日,我已经能够非常理解他们当时为什么这样想。因为相比他们,我那时写诗的时间很短,也刚刚进入诗歌圈,他们却早已私下里是成都先锋诗歌圈的名流,我突然被别人看作是与他们相提并论的诗人,他们的心里不安逸也是很正常的事。诗歌圈不少人总是过高的估计自己的能力已经不是什么新鲜事情。当然,另一方面我觉得不管是欧阳江河还是其他人后来一直强调"五君子",也不是没有道理,至少从表面上看他们相互间的交往要多一些,彼此更欣赏一些,或许还更是一个诗歌的利益联盟。而我自从欧阳江河转述了钟鸣的说法(我到今天仍然怀疑钟鸣是否真说过这样的话),心里已经十分清楚自己不过是因为很偶然的一件事被人们看作与他们是一个圈子里的人,加之本来私人交往也不深,所以从此以后就有意地不再与他们搅和在一起,至少在与诗歌有关的事情上尽量不与他们中的任何一个人搅和在一起。后来的情况也的确是这样,不管情况发生了什么变化(包括有一段时间柏桦经常来找我玩),就写作而言,我一直把自己看作独立的诗人。我还在什么地方主动地谈论过"七君子",硬要把自己与他们拉扯在一起吗?另外还有生活的场域对我与别的诗人交往有一定影响,那就是我的家在成都离市中区很远的北边,而成都大多数写诗的人都住在南边,自从结婚后我便不再老是跑出去与写诗的人打交道。或许正是这样几种情况加起来促成了你说的我的写作有点让人看起来"独绝的味道"吧。不过回过头去想,我感到的这反而是一种庆幸,因此我一直把这种经历,包括欧阳江河转述的钟鸣的话给我的提醒,看作是对我起到了好作用的事情。如果当时我的确写得不让人满意,遭人诟言,那么它所造成的被迫和主动的与别人的疏离,带来的结果是,让我对如何写出自己的诗有了潜心思想的前提和动力,也因此造就了进入90年代以后,我在写作上不单形成自己的风格,还由于对某些具有改变意味的诗学观念、写作方法的强调,对中国当代诗歌的写作变化提供了实质性影响。而这一点,我从来不忌言。

张:其实你的诗歌写作和第三代在时间上几乎差不多,而您在一篇文章《我与"第三代"的关系》中,说自己与"第三代"没有关系,而且你的文章主要是就诗学观点的差异而定位,当然这里面有着反思和批评的视角,也很有启示的意义,所以我想请你就和第三代诗人的接触和交往来谈谈他们的写作、阅读或是一些诗歌活动的状况。

孙:在写作的最早期,我其实是在一个相对比较封闭的环境里。几个写诗的朋友都在同一个单位,像后来当过《非非》副主编的敬晓东。那时候敬晓东比我爱往成都的诗歌圈里跑,很早就认识了杨黎等人。我认识很多人都是通过他。还有就是有一次我们单位其他写诗的那几位在成都的望江公园搞了一个朗诵会,通过这个朗诵会我认识了当时还在四川大学读书的,川大诗歌社的胡晓波。认识以后,有那么一段时间我与胡晓波经常在一起耍。虽然现在他已不写诗,但当时却是川大最活跃的,被不少人评论为最有才情的诗人。又通过他,我认识了更多写诗的人。这以后便开始进入成都的诗歌圈。还有就是86年左右,万夏有一天突然对我说,因为他家在成都市中心最热闹的地段,外地来的写诗的人总是找他,搞得他不单要管吃管住,有些人离开时还要求他提供火车票。那时候万夏大学毕业后一直没有工作,自己都穷得打鬼,经常如此他已经受不了了。他听说我一人住一套房子,且地点又远离市中区,就提出要到我那里躲一些时日。后来万夏在我那里住了半年左右。80年代,万夏还算得上一个有侠义气的人,与他交往的写诗的人特别多。通过他我又认识了更多写诗的,像宋炜、李亚伟、马松等人。不过我当时真正交往多的还不是这些人,而是重庆一些写诗的,譬如傅维等人。之所以能与傅维等人交往,主要是我对当时成都出现的以搞流派为兴趣的很多写诗的人的诗歌观念不感冒,傅维他们也对之有看法,所以能够凑在一起。当然,老实地说,80年代我只能算作热闹的四川诗歌圈的边缘人,虽然与很多人认识,但他们那些在全国搞出了动静的诗歌活动我基本上没有参加。我唯一做了的一件事是与傅维、潘家柱等人创办了一份诗歌刊物《红旗》。说起来这份刊物的创办也有偶然性,是有一次潘家柱与柏桦到我家,在我家附近的小饭馆吃饭时,我们一边喝酒一边聊天谈定的。之所以把刊物的名字定为《红旗》,是因为我们都认为写诗这一行为在当时的时代氛围中就像把命豁出去一样,是具有极其悲壮色彩的事情。再之,就整体的四川诗歌氛围而言,当时流行的是反智主义,一方面对古老的文化秩序说不,另一方面则强调诗歌的平民化。而对于这些流行并形成了极大势力的诗歌力量,我和后来进入《红旗》的诗人想要做的是表明自己与他们疏离的态度。《红旗》杂志只办了5期,没有继续下去的原因是什么我现在已回忆不起来。但想一想大概还是在于到了最后大家发现,即使是加入《红旗》的不多的诗人,在对诗的认识上仍然是非常不同的。而且越到后来越是不同。譬如像我,其实一直以来感兴趣的是以经验主义为背景的英语诗歌写作方法,自觉当时受到的影响亦是来自于从玄学派到叶芝、奥登这样的,在细节描述上非常落实,带有叙述色彩的诗歌。而其他人,譬如傅维、柏桦则一直更推崇直接抒情。可以这样说吧:我一直认为,由于中国当代诗歌写作是受到西方现代主义影响,主要是英语诗歌的影响,而发生的文学革命,真正能够将中国当代诗歌带上正常而具有文学价值轨迹的应该是作为现代主义诗歌运动主流,在诗歌发展的文化推进上有最大影响,并在写作方法上改变了诗歌结构方式的英语诗歌。我甚至私下里把这样的诗歌与自身的写作相联系看作是追寻诗歌的正派性。如果非要追根溯源地探究我为什么在80年代会成为四川诗歌圈里的边缘人物,答案或许是因为一方面在写作本身上我还处于寻找属于自己的话语方式的阶段,另一方面应该就是由于我对诗歌的认识,使得我很难与大多数正忙于"发明"诗歌方法的人走到一起,加入到他们所掀起的时髦潮流之中。不时髦,不运动,到了今天仍是我对自己写作的要求。

张:从大展那三首十四行诗来看,你当时对诗歌语言和诗歌肌理的要求和第三代的一些诗人的确很不相同,那时你集中关心的问题是什么?

孙:具体关心什么问题我现在回想不起来了。不过从我还认可的,那时候自己写下的少量作品来看,除了上一个提问中说到的那些因素,更多地可能是把注意力放在了对结构、形式的把握上。我一直到今天都很喜欢整饬的形式,在写作中注意句式与分行对视觉的影响,应该就是那时候养成的习惯。可以肯定地说,在80年代,这些不是大多数人关心的问题。那时候,写诗的大多数人关心的是在粗线条上完成诗歌观念的革命性改变,而对于从细节上着手进行诗艺上的钻研,并不那么上心。如今我仍然很欣慰自己能够在那样一个年龄段上进行如此的训练。因为它让我对写作中如何运用控制手段完成诗,积累了比较好的经验。或许这也说明在当时我就心里明白,写作其实是一项需要长期劳动的工作,一个真正的诗人如果要最终在写作上呈现出自己的独立面貌,完成带有风格意味的诗歌形态的建设,就必须从年轻的时候开始,一方面为自己找到话语方式,另一方面则需要确立对技艺的重要性的认识,并在具体的写作中有意识地进行训练。我始终相信,所谓写作过程中的游刃有余、应付自如,无不是训练获得的能力。所以,如果细心的读者会发现,我

80年代写下的都是形式感非常确切的诗,十四行不说,其他的要么六行一节,要么八行一节,并且非常注意节奏。像我现在这样写下的一气贯通不分节的诗,那时候基本没有写过。不是有不少人认为我属于越写越好的诗人吗?为什么越写越好?今天看来主要的原因正是由于一开始写作就在技艺的修炼中为自己建立了一整套甄别词语的方法,因此获得了属于自己的把握词语的手段。它们使我能够在青春的激情消失后,通过仔细地经营一步步地建立起自己的话语系统。当然,还有一点需要说明的是,能够在那样的年龄就意识到这些问题,一个隐秘的推力还可能来自于对个人才能的认定,即:我从来不把自己看作"诗歌天才"。而且也不太信任"天才"在现代诗写作过程中的作用。时至今日,不是有很多80年代的"诗歌天才"都销声匿迹了吗?

张: 在其他一些文章中,给人的感觉是在80年代和张曙光有着很密切的交流,你也曾和我说过,那时你们互有影响。

孙: 我知道张曙光的诗是萧开愚介绍的。而关于萧开愚与张曙光如何成为朋友,他们各自都写有文章谈论过。现在我能回忆起来与张曙光第一次见面是有一年他到四川,先是在成都与萧开愚,我见了面,然后我们一起去了萧开愚在中江的家,并在那里呆了好几天。而通过这次在一起的经历,我们成为了朋友。到了今天,只要是了解中国当代诗歌写作进程的人,都知道张曙光是最早以疏离潮流的姿态,在诗歌上写出具有独特形式的诗篇,并对90年代的写作产生了广泛影响的诗人。而说到影响,我真的说过我们互有影响吗?也许更准确的事实是,当我真正地理解了张曙光的写作后,他的那些作品促使我对一些问题进行了思考。就像今天被人们大量谈论的90年代中国诗歌的"叙事性"、"中国话语场"这样的,在写作上产生出广泛影响的对写作方法认定的说辞,便是这些思考的产物。虽然,我不敢说由这些概念引发的中国当代诗歌写作走向的变化,仅仅来自于我对它们的提出,因为后来很多人都在谈论它们。但这些说法的提出,加之其他一些由朋友论及的问题,的确从格局的意义上改变了当代中国诗歌的面貌。像萧开愚一篇写得更早一些,在"叙事性"等概念被提出之前就完成的文章《从上海看中国当代诗歌……》,虽然没有直接提到"叙事性"这样的词,但其中关于诗与"及物"的关系的阐述,亦是非常重要的,点到了当代中国诗歌写作命脉。别人受没有受到他的这篇文章的影响不好说,但它对我的启发亦与张曙光的作品一样,是清晰的。至于当时萧开愚写这篇文章的初衷是什么,他又是基于哪些因素,看到了什么样的问题而谈论写作的"及物"的重要性的,我直到今天都没有问过他,因此不能妄言。但对于我,的确是通过与张曙光和萧开愚的认识,并由于对他们的写作的认同,想到了这些问题。至于要说相互影响,也许有,但那是一种更深入意义上的启发人思考的影响,落实到具体写作,我个人认为实际上的影响并不多。在我看来,很多时候朋友之间的交往是一种认同,它来自于一种对基本道德的认定带来的判定事物善恶的标准。所以,既然这里谈到了张曙光和我是朋友,我还愿意多说说。我认为:张曙光无论是人品,还是写诗的态度,以及对诗歌的见识,可以肯定地说,是当代中国诗人中我最尊重的几位诗人之一。

张: 我听其他的诗人说过,在80年代书信的交流是非常频繁的,如果能将这批书信整理出版,将会是非常重要的研究资料,除此之外还有一种很重要的交流方式,就是通过编辑民刊或者加入某个民刊的小圈子。我感觉,如果没有参与到这种交流当中,好多人的诗歌不会是现在这个样子,你怎么看?

孙: 也许情况的确如你说的那样。不过我认为我是一个例外。不管是80年代还是现在,我都不喜欢写信,所以真正与之有过频繁的书信往来的诗人只有几个,而且我也不认为我们之间的那些书信有什么诗歌研究意义上的重要性。因为我们书信的内容主要是关于个人生活,或者正在写作什么东西的一些情况通报,很少像卡夫卡,或我们读到的其他什么人那样的,在信中大量谈论文学的篇什。至多有少量的对将要进行的文学活动的意见交换,譬如哪里要我们的诗办刊物啦,哪里又要我们的诗发表啦。至于说到民刊是一个重要的交流方式,也许是吧。但对于我并没有重要到你所说的"诗歌不会是现在这个样子"的程度。而且我相信如果一个人把自己的写作建立在从民刊中获得动力,基本上这个人的写作不会有什么大出息。所以,一个人的诗歌最终能成为什么样子,更关键地还取决于每一个个体的诗人在自我训练的道路上的寻找,以及将自己的诗歌抱负落实到与哪一个级别的诗人的对照上。就像我,从来没有想到过与自己同时代的任何诗人比较,哪怕是最好的朋友,他们的写作都只是在另外的方面促使我思考问题。当然,或许一个时代的诗歌发展与民刊的存在有着密不可分的关系。因为它作为一种出版形式,解决了在意识形态支配下对诗歌进行的"政治正确"甄别造成的出版阻碍,使得更多的诗歌能够面世,从而在格局的意义上让人们看到诗歌形态变化的真实面貌。这一点当然也就对那些后来进入写作场域的诗人有影响。至少,会让后来的诗人了解到诗歌写作存在的具体情况。

张:谈一谈你和傅维几个人主编的《红旗》的情况。

孙:《红旗》创办的起始原因前面已经说过。具体地讲它一共出过五期,开始时间大概是1987年,前后的跨度有一年半左右。在上面发表作品的主要有我、傅维、潘家柱、向以鲜、柏桦、郑单衣、张枣、雪迪等。第一期由我主编,潘家柱负责印刷;第二期是傅维主编和负责印刷,后面几期也是你主编一期,他主编一期。总之那时候编这本刊物,大家还是很齐心协力的。而1987年,我还在一家工厂当工人,傅维、潘家柱、柏桦都还在学校,有的进修,有的读研究生,郑单衣则刚刚大学毕业分配至贵州一所学校,在经济上我们都是非常窘迫的。因此,办一份简单的刊物,对于我们来说也不是一件轻易的事。我记得除了有一期是那时候已经在倒腾图书出版的潘家柱出的钱,以后的几期都是大家像吃饭打平伙(AA制)那样,一人凑一份钱。《红旗》主要是老式铅版打字油印,用订书机装订,没有什么讲究。好孬那时自己印东西不像现在这么讲究,非要搞得比公开出版物还要精致,所以凑的钱也不算多。而且大家的想法也很一致,只有把诗印出来,能够传播给一些同行看就行了。其实《红旗》的传播面并不大。因为我们每期的印数不多,几十份而已,但是它还是让一些过去不太了解我们的写作的人,主要是外省一些人,了解到了一些情况,并通过他们的评说产生了不小的影响。我个人一直对这份刊物有一丝怀念。所以怀念,是因为这份刊物中的一些诗人的缘故,像潘家柱,我曾经多年没有他的消息,再次见面时他已经连姓名都改了;像傅维,他现在已经基本卜不写诗;像郑单衣,由于我们都可能做得不好,如今已经成为哪怕见面我也不会搭理的陌路人。再之,我手头现在一期《红旗》都没有了,每每想起这些,都不得不从心里浮出遗憾。要知道,在那上面首发的作品,有不少在今天看来还很有意思,像柏桦的《琼斯敦》、《痛》,张枣的《楚王梦雨》《梁山泊和祝英台》、傅维的《玛捷珀》、《回忆乌鲁木齐》,郑单衣的《妹妹》,等等。

张: 从目前的情形看,从北岛到你们这一代诗人也包括更年轻的诗人,最初的写作都很依赖翻译的启示,你在80年代的写作有哪些翻译家的翻译对你有过重要的影响。我们聊天时,你和我说过是《次生林》或者还是其他别的民刊,我忘记了,曾刊登过一组译诗,对当时的四川诗人影响很大。可否详细地谈一下对译诗的接受情况,最好能具体到那几首诗。

孙: 不单单是启示了。那是直接的,让人用带有模仿色彩的方式去学习的阶段。不管现在承认不承认,但当时很多人的确从西方现代主义诗歌中学到了不少东西。像欧阳江河的《悬棺》一诗,当时他写这首诗时,正是读了钟鸣主编的一本诗选后,那本书里有孟明翻译的圣琼·佩斯的《远征》一诗的几段。在这之前,人们对现代诗的理解最关键的一点是它的分行排列形式,但圣琼·佩斯这首诗却像散文一样是以段为单位的。还有就是欧阳江河在《悬棺》中有一句诗:"所有的死亡都是同一个死亡",让人读到觉得好像很有玄秘的神秘主义色彩,其实这一句不过是墨西哥诗人帕斯的《瞬间》一诗中的句子"所有的瞬间都是同一个瞬间"的改写。另外就是当年我在读到杨炼的一首诗时,对其中的一句"太高傲了,以至不屑去死"感到震惊,觉得写得很牛,但后来发现这句诗其实是英国诗人迪兰·托马斯《为死于伦敦的大火中的孩子哀悼》一诗中的句子。80年代,在西方现代主义诗歌被广泛引入介绍,人们一下子读到了后期象征主义、未来派、表现主义、运动派、自白派、高蹈派等诸多诗歌形态,看到了马拉美、艾略特、庞德、弗洛斯特、斯蒂文斯、帕斯、洛威尔、瓦雷里、圣琼·佩斯、菲力浦·拉金、H·D、毕肖普、普拉斯、塞克斯顿、曼捷尔斯塔姆、帕斯捷尔拉克、里尔克、特拉克尔等等诗人诗歌的情况下,谁又没有受到西方诗歌的影响呢?甚至当时私下里还有一种看法,就是资料的获得对一个写诗的人很重要,谁能够比别人先一步读到一些西方诗人的诗,谁就可能先一步获得诗歌革命的资本。所以今天回过头看,其实不少诗人那时候写下的作品都能让人看到西方诗人影响的痕迹。我当然也不例外。至于说到有哪些诗人是我在80年代重点学习的对象,一是奥登,二是叶芝。叶芝是对他的怪癖感兴趣,奥登则是对他的技术十分着迷,尤其是他具有的,使用词语的能力。叶芝我现在除了对他的像《在学童们中间》、《驶向拜占庭》、《在本·布尔本山下》等不多的几首诗感兴趣外,其他的已经不太感兴趣了。但对奥登的兴趣我一直没有变,到今天还时不时的读上几首他的诗。不过,我觉得更为重要的不是对西方诗人的具体学习,而是整个20世纪西方文化思潮带来的认识论意义上的理解世界的方式,以及西方现代主义诗歌在写作方法上的革命,改变了中国当代诗人对诗歌的理解,使得我们在对诗歌的形式、结构的认识上有了新的收获。从而由这些收获出发,在变化地支配诗歌语言,表达人与事物的关系时,得到了一种过去的中国现代诗人没有的能力。从而也在根本上使得中国当代诗歌的写作产生了丰富的成果。所以,重要的不是学习西方诗人后我们写出了哪几首诗,而是建立了一整套关于如何写作的原则。直到今天这套写作原则虽然处在被我们不断修订的情况中,不过它所产生的推力仍然存在。我相信以后也会一直存在。至于说到《次生林》,那是钟鸣办的一本在四川出现的最早的民刊,我前面说到的对欧阳江河等人有影响的并不是它,而是钟鸣编辑的一本《外国现代诗选》,据说这本书只印了15本,在当时是很珍贵的资料。我读到它亦是向别人借的。不过好像我还手抄了这本书中的不少作品。

张:读你最早的诗集《地图上的旅行》,我看到你在87、88年左右就形成了一种很成熟、饱满的风格,并且在有意追求一种白足的形式,那是在什么样的情境下完成的。

孙:我本人的看法与你不太一样。还是在十年前,我就对于自己在80年代写下的那些作品不满意了。为什么不满意,一个关键点是,尽管有一些诗从自足的角度来看是成立的,其内在的形式感,以及完整性都不错,但是这些诗还存在着受到别人影响的痕迹。而之所以它们还能被说成是我的作品,不过是因为构成诗的主题,以及所指向的对生活的理解是我自己寻找到的,由我的个人经验编织起来的东西。到了今天,我更愿意把自己80年代的诗歌看成是学习和训练得到的产品,它们并没有彻底完成。为什么这样说?其实只要再细致一点的话,任何读者都会发现在你所说的成熟、饱满的风格后面,那些作品中无不深深地隐藏着一种语言和认识方面的焦虑。虽然,这种语言与认识方面的焦虑再往前推一步地说,是由个人经验与时代关系相互纠结形成的,带有认识论色彩的东西,人们没有必要去过多地否定它的价值。但在我个人看来,这说明的是我在具体地处理诗篇时还没有真正做到淡定与"心无它诗"的境界。而作为一种境界,能够在写作中淡定与"心无它诗"地处理语言,把所有不是属于诗篇内在需要的因素从具体的写作中清除掉,应该说在任何写作中都是需要的。我认为就写作而言,只有当我们到达了这样的境界后,一个人才算真正达到了成熟,诗的饱满也才能算作纯粹的,有价值的饱满。当然,从某种意义上说这是非常困难的,一个诗人一生都不容易达到的高度。至少到现在我仍然不认为自己达到了。我要告诉你的是,哪怕到了今天,我所有诗的完成,如果硬要说是在一种"什么样的情境下完成的",我所能说的是,它们均是在对语言与认识方面的焦虑的克服状态下完成的。这一点也许使我有别于很多人,尤其是那些认为自己的写作已经非常完满的人。对于一个还在写作的诗人来说,存在着完满的作品吗?因此,每当我看到有人说自己的诗已经很牛逼,并常常以第一流诗人自诩的时候,心里不免感到这些人真是"了不起"。他们也就成为了我的镜鉴,使我一直把一种告诫记得在心里:诗是在退后一步的情况下完成的。是弥补自身的语言和认识漏洞,克服由此造成的焦虑的产物。

参考文献

阿甘本《潜能》,王立秋、严和来等译,漓江出版社,2014.
阿兰·巴迪欧《世纪》,蓝江译,南京大学出版社,2011.
波德莱尔《波德莱尔美学论文选》,郭宏安译,人民文学出版社,2008.
保罗·维利里奥《无边的艺术》,张新木、李露露译,2014,南京大学出版社.
本雅明《经验与贫乏》,王炳均、杨劲译,百花文艺出版社,2006.
本雅明《莫斯科日记 柏林纪事》,潘小松译,东方出版社,2001.
波德里亚《游戏与警察》,张新木、孟婕译,南京大学出版社,2013.
《波德里亚:一个批判性读本》,江苏人民出版社,2008.
布罗茨基《文明的孩子》,刘文飞译,中央编译出版社,1999.
布罗茨基《从彼得堡到斯德哥尔摩》,王希苏、常晖译,漓江出版社,1990.
勃兰兑斯《十九世纪文学主流·德国的浪漫派》,刘半九译,人民文学出版社,1997.
柏桦《左边:毛泽东时代的抒情诗人》,江苏文艺出版社,2009.

卞之琳《卞之琳文集》,安徽教育出版社,2002.

崔卫平编《不死的海子》,北京:中国文联出版社,1999.

德勒兹《普鲁斯特与符号》,姜宇辉译,上海译文出版社,2008.

德勒兹《哲学与权利的谈判》,北京:商务出版社,2001.

菲尔斯坦娜《保罗·策兰传》,李尼译,江苏人民出版社,2009.

弗兰克《浪漫派的将来之神》,李双志译,华东师范大学出版社,2011.

弗罗斯特《弗罗斯特集》,魏明伦译,辽宁教育出版社,2002.

福柯《临床医学的诞生》,刘北成译,译林出版社,2001.

郭军、曹雷雨编《论瓦尔特·本雅明:现代性、寓言和语言的种子》,吉林人民出版社,2003.

汉娜·阿伦特编《启迪——本雅明文选》,张旭东、王斑译,三联出版社,2008.

汉娜·阿伦特《人的状况》,王寅丽译,上海世纪出版集团,2009.

洪子诚、刘登翰《中国当代新诗史》,北京:北京大学出版社,2005.

哈罗德·布罗姆等著《读诗的艺术》,王敖译,南京大学出版社,2010.

黑格尔《美学》,朱光潜译,商务出版社,1996.

黑格尔《黑格尔早期神学著作》,贺麟译,上海人民出版社,2012.

海德格尔《同一与差异》,孙周兴译,商务印书馆,2011.

海德格尔《林中路》,孙周兴译,上海译文出版社,2004.

海德格尔《时间概念史导论》,欧东明译,商务印书馆,2009.

海德格尔《存在与时间》,陈嘉映、王庆节译,三联出版社,2000.

霍布斯《利维坦》,黎思复、黎廷弼译,杨昌裕校,商务印书馆,1997.

荷尔德林《荷尔德林文集》,戴晖译,商务印书馆,1999.

胡戈·弗里德里希《现代诗歌的结构:19世纪中期至20世纪中期

的抒情诗》,李双志译,译林出版社,2010.

杰弗里·马丁《所有可能的世界:地理学思想史》,成一农、王雪梅译,上海世纪出版集团,2008.

雅各布·布克哈特《历史讲稿》,刘北成、刘妍译,生活·读诗·新知三联书店,2009.

克林斯·布鲁克斯《精致的瓮》,郭乙瑶、王楠、姜小卫等译,世纪出版集团 2008.

刘小枫选编《〈杜伊诺哀歌〉中的天使》,林克译,华东师范大学,2005.

刘皓明《荷尔德林后期诗歌》,华东师范大学出版社,2009.

罗兰·巴尔特《埃菲尔铁塔》,李幼蒸译,2012,中国人民大学出版社.

罗兰·巴特《零度的写作》,李幼蒸译,中国人民大学出版社,2008.

罗兰·巴特《罗兰·巴特随笔选》,怀宇译,百花文艺出版社,1995.

朗佩特《尼采的使命》,李致远、李小均译,华夏出版社,2009.

列夫·洛谢夫《布罗茨基传》,刘文飞译,东方出版社,2009.

伽达默尔《美学与诗学:诠释学的实施》,吴建广译,北京大学出版社,2013.

拉曼·塞尔登《文学批评理论——从柏拉图到现在》,刘象愚、陈永国等译,北京大学出版社,2000.

米沃什《诗的见证》,黄灿然译,广西师范大学出版社,2011.

米沃什《被禁锢的头脑》,乌兰、易丽君译,广西师范大学出版社,2013.

欧阳江河《站在虚构这边》,北京:三联出版社,2001.

齐泽克《意识形态的崇高客体》,季广茂译,中央编译出版,2002.

萨义德《世界·文本·批评家》,李自修译,三联出版社,2009.

斯蒂芬·霍尔盖特《黑格尔导论》,丁三东译,商务印书馆,2013.
王家新选编《钟的秘密心脏》,解放军文艺出版社,1997.
王家新《为凤凰寻找栖所》,北京大学出版社,2008.
西默斯·希尼《希尼诗文集》,吴德安等译,作家出版社,2001.
伊格尔顿《异端人物》,刘超、陈叶译,江苏人民出版社,2014.
张枣《张枣随笔选》,人民文学出版社,2012.

图书在版编目(CIP)数据

修辞镜像中的历史诗学:1990 年以来当代诗的历史意识/ 张伟栋著.
--上海:华东师范大学出版社,2018
ISBN 978-7-5675-6988-1

Ⅰ.①修… Ⅱ.①张… Ⅲ.①诗学—研究—中国—当代
Ⅳ.①I207.2

中国版本图书馆 CIP 数据核字(2017)第 249816 号

华东师范大学出版社六点分社
企划人 倪为国

本书著作权、版式和装帧设计受世界版权公约和中华人民共和国著作权法保护

修辞镜像中的历史诗学:
1990 年以来当代诗的历史意识

著　　者　张伟栋
责任编辑　古　冈
封面设计　蒋　浩
出版发行　华东师范大学出版社
社　　址　上海市中山北路 3663 号　邮编　200062
网　　址　www.ecnupress.com.cn
电　　话　021-60821666　行政传真　021-62572105
客服电话　021-62865537
门市(邮购)电话　021-62869887
地　　址　上海市中山北路 3663 号华东师范大学校内先锋路口
网　　店　http://hdsdcbs.tmall.com
印　刷　者　上海盛隆印务有限公司
开　　本　787×1092　1/32
插　　页　1
印　　张　12.75
字　　数　250 千字
版　　次　2018 年 1 月第 1 版
印　　次　2018 年 1 月第 1 次
书　　号　ISBN 978-7-5675-6988-1/I・1776
定　　价　68.00 元

出版人　王　焰

(如发现本版图书有印订质量问题,请寄回本社客服中心调换或电话 021-62865537 联系)